AF154746

MARINA UMLAUF

Die geheime Insel

novum ⬧ pro

Dieses Buch ist auch als
e-book
erhältlich.

w w w . n o v u m v e r l a g . c o m

Bibliografische Information
der Deutschen Nationalbibliothek:

Die Deutsche Nationalbibliothek
verzeichnet diese Publikation in
der Deutschen Nationalbibliografie.
Detaillierte bibliografische Daten
sind im Internet über
http://www.d-nb.de abrufbar.

Gedruckt in der Europäischen Union
auf umweltfreundlichem, chlor- und
säurefrei gebleichtem Papier.

© 2023 novum Verlag

ISBN 978-3-99146-175-3
Lektorat: Dr. Annette Debold
Umschlagfotos: Christasvengel,
Panya Kuanun I Dreamstime.com
Umschlaggestaltung, Layout & Satz:
novum Verlag

www.novumverlag.com

Climate neutral
Print product
ClimatePartner.com/16547-2201-1002

Personen

Dr. Michael Berg
(Arzt)

Karl Mütze
(Verwaltungsbeamter)

Manfred Rupp
(Strafgefangener)

Harry Bender
(Strafgefangener)

Sven Sörensen
(Strafgefangener)

Thomas Winterbach
(Strafgefangener)

Marion und Katharina
(Krankenschwestern)

Max und Andy
(Krankenpfleger)

Jessica Schwarz
(Studentin)

Marc Dehner
(Paläontologe)

Lars Hansen
Kapitän des Versorgungsschiffes,
seine Frau Birgit und Sohn Olaf

Die ersten Boote erreichten den weißen Sandstrand der idyllischen Insel im Morgengrauen. Die Insassen wurden in barschem Ton aufgefordert, auszusteigen und durch das seichte Wasser an Land zu waten, was sie gehorsam taten. Anschließend legten die Boote sofort wieder ab, um zurück zum Schiff zu fahren und weitere Männer auf die Insel zu bringen.

Die Angekommenen standen zunächst unschlüssig am Ufer und wussten nicht, wie es nun weitergehen sollte. Sie warteten auf Anweisungen. Als sie bemerkten, dass sich offenbar niemand um sie kümmerte, entfernten sich ein paar von ihnen langsam. Als erwarteten sie, im nächsten Moment zurückgerufen zu werden, begaben sie sich vorsichtig vom Strand weg. Als nichts geschah, wurden ihre Schritte eiliger. Schnell verschwanden sie schließlich im Inneren der Insel und tauchten im Gestrüpp der üppigen Vegetation unter.

Die meisten blieben jedoch an Ort und Stelle. Die Handfesseln hatte man ihnen bereits an Bord des Schiffes abgenommen, doch die Männer konnten nicht glauben, dass sie sich nun tatsächlich auf dieser Insel frei bewegen durften. Sicherlich beobachtete man sie. Wer sich nicht fügte, musste mit hohen Strafen rechnen, vermuteten sie.

Es dauerte einige Stunden, bis alle an Land waren. Schließlich stiegen mehrere Uniformierte aus den Booten und gingen achtlos an den Wartenden vorüber.

Manfred Rupp, einer der Strafgefangenen, schob die Unterlippe vor.

„Was soll das denn jetzt?" Er stieß seinen Kumpel an, den er auf der Überfahrt kennengelernt hatte. „Die ignorieren uns einfach. Das gibt es doch gar nicht!"

„Komisch. Sicher ist es eine Falle. Die wollen uns fertigmachen!" Harry Bender, ein blonder Hüne, der fast zwei Meter maß, verzog düster das Gesicht.

„Hallo! Was ist los? Wo sollen wir denn jetzt hin?", rief er den uniformierten Männern zu. Einer von ihnen blickte sich kurz um, ging aber ungerührt weiter. Niemand antwortete ihm.

Ratlos standen die Männer weiter herum. Noch immer trauten sie sich nicht, das Ufer einfach zu verlassen. Zu lange hatten sie nach strengen Regeln gelebt und nur auf Anweisung gehandelt.

„Vielleicht sollten wir ihnen hinterhergehen?", überlegte Manfred Rupp laut.

„Was soll das bringen? Die kümmern sich doch gar nicht um uns", meinte Harry Bender zweifelnd.

„Wir können aber auch nicht den ganzen Tag hier stehen bleiben!", gab ein anderer zu bedenken.

„Das sehe ich auch so", pflichtete ihm ein weiterer bei. „Wir könnten einmal schauen, wo die Unterkunft ist. Das ist doch plausibel! Da kann uns sicher keiner was anhaben!" Beifall heischend sah er sich um.

„Also gut", sagte Bender, „ich wäre damit einverstanden. Wer kommt mit?" Er blickte fragend in die Runde.

Nicht alle konnten sich dazu entschließen, den Männern zu folgen, aber die meisten nickten und setzten sich in Bewegung. Da keiner sich auskannte, ging man zunächst in die Richtung, die die uniformierten Männer genommen hatten. Als sie eine Weile gelaufen waren, wurde ein weiß getünchtes Gebäude sichtbar.

„Na also!" Harry Bender blieb stehen und kratzte sich nachdenklich am Kinn. „Das wird die Unterkunft sein."

„Bisschen klein", fand Manfred Rupp. „Aber vielleicht ist das Gebäude größer, als es von hier aus aussieht."

Alle versammelten sich schließlich vor der Eingangstür und warteten. Mittlerweile hatten sie Durst und Hunger. Seit vielen Stunden hatten sie nichts mehr zu essen oder zu trinken bekommen.

Die Strafgefangenen konnten selbstverständlich nicht wissen, dass es sich bei dem Gebäude keineswegs um eine Unterkunft handelte. Es war genauso klein, wie es auf den ersten Blick aussah. Größer musste es auch nicht sein, da sich darin neben der Krankenstation nur die Verwaltung befand, die aus genau einem Büro bestand, in dem ein Beamter seinen Dienst tat. Wobei man sagen muss, dass man ihn hierherbeordert hatte, da man woanders keine Verwendung mehr für ihn hatte. Er hieß Karl Mütze, stammte aus Hamburg und war die meiste Zeit besoffen.

Die Krankenstation war ein wenig umfangreicher, aber sie war hauptsächlich für Notfälle gedacht. Man musste in der Lage sein, die Männer, die sich auf der Insel befanden, ärztlich zu versorgen. Dazu war das Nötigste vorhanden. Es gab einen Untersuchungsraum, einen kleinen OP und einige Krankenzimmer.

Ansonsten befanden sich nur noch die Wohnräume des anwesenden Personals in dem kleinen Gebäude.

Einen Arzt gab es selbstverständlich auch, der die Krankenstation betreute. Dr. Michael Berg hatte sich für diesen Posten beworben, von dem er nicht wusste, was auf ihn zukommen würde, da man sich mit Informationen sehr bedeckt gehalten hatte. Er war jedoch eine Art Abenteurer, dem die Aussicht, auf einer einsamen Insel zu arbeiten, sehr spannend vorkam. Man hatte ihm zwar gesagt, dass er Strafgefangene behandeln würde, aber das schreckte ihn nicht ab. Für ihn waren es Patienten wie alle anderen, und es war ihm egal, woher sie kamen und welche Vorgeschichten sie hatten.

Blöderweise hatte man ihm zwei junge Krankenschwestern zugewiesen, die dort wohl überhaupt nicht hinpassten! Wenn man die Insel mit männlichen Strafgefangenen füllte, die keine Möglichkeit hatten, mit Frauen zusammenzukommen, würde es problematisch werden. Er fühlte sich für die Krankenschwestern verantwortlich und konnte sich nicht vorstellen, wie er sie beschützen sollte. Aber es gab noch zwei bullige Krankenpfleger, die ihm helfen sollten.

Die Männer, die noch immer am Strand standen, wurden langsam ungeduldig. Sie hatten Hunger und Durst. Wenn man sich auch sonst nicht um sie kümmerte, musste man sie doch zumindest mit Wasser und Lebensmitteln versorgen!

Irgendwann beschlossen sie, sich auf eigene Faust auf den Weg zu machen. Auch sie trafen schließlich vor dem kleinen Gebäude ein, wo noch immer die anderen Strafgefangenen herumstanden. Erregt diskutierten sie miteinander. Niemand konnte verstehen, weshalb man sie nicht hereinließ.

„Die wollen uns weichkochen!", rief Harry Bender, der sich selbst zum Wortführer ernannt hatte. „Das lassen wir uns nicht gefallen! Wir haben auch Rechte!" Er blickte sich auffordernd um, doch keiner pflichtete ihm bei. Alle sahen stumm vor sich hin. Erst einmal abwarten, dachten sie.

„Es nützt ja alles nichts", meinte schließlich Manfred Rupp. „Ich würde vorschlagen, wir sehen uns selbst einmal um, ob es hier irgendwo Trinkwasser gibt und etwas zu essen. Ich habe jedenfalls Hunger!" Er sah in die Runde. Diesmal nickten einige der Männer und waren bereit, sich ihm anzuschließen.

Gemeinsam wanderten sie in das Innere der Insel. Nach geraumer Zeit trafen sie auf einen kleinen See, der durch eine Quelle gespeist wurde. Sofort stürzten sie sich ins Wasser und tranken. Durch die Hitze und den langen Marsch waren sie halb verdurstet. Hinter den Bäumen verbargen sich die Männer, die bereits direkt nach der Ankunft auf der Insel geflüchtet waren. Sie dachten zunächst, man würde sie verfolgen und bestrafen. Sie waren jedoch wild entschlossen, sich mit allen Mitteln zu verteidigen. Mit Knüppeln und Ästen in den Händen stürzten sie aus ihren Verstecken hervor. Erst als sie erkannten, dass es sich bei den Ankömmlingen ebenfalls um Strafgefangene handelte, ließen sie die Waffen sinken und kamen näher.

„Was macht ihr denn jetzt hier?", fragte einer. „Verfolgen uns die Wachmänner nicht?"

„Nein. Es interessiert sich keine Sau für uns!", bekam er grob zur Antwort. „Die kümmern sich einen Dreck um uns! Wir kriegen nichts zu fressen und nichts zu saufen! Die wollen uns hier verrecken lassen!"

„Mal langsam! Das gibt es nicht! Und notfalls versorgen wir uns eben selbst", sagte ein verwegen aussehender Mann, dessen Gesicht von einem wilden Bart umwuchert war.

„Und wie willst du das machen?", fragte Manfred Rupp. „Hier gibt es doch nichts!"

„Woher weißt du das? Wir sind gerade einmal ein paar Stunden hier! Wir müssen uns aufteilen und die Insel erkunden!" Der bärtige Mann hieß Sven Sörensen und hatte einiges auf dem Kerbholz. Aber er war von praktischer Natur. Die Männer fanden plausibel, was er sagte. Einige nickten zustimmend.

„Also los! In Gruppen von zehn Männern schwärmen wir aus und sehen, was es zu holen gibt!", bestimmte der Bärtige.

Einer der Trupps, zu dem Sörensen gehörte, fand tatsächlich nach kurzer Zeit ein kleines Zelt, in dem man offenbar Nahrungsmittel bereitgestellt hatte. Viel war es auf den ersten Blick nicht. Sörensen besah sich die Säcke genauer. Außer ihm passte niemand mehr in das Zelt. Die anderen warteten draußen.

„Was gibt es dadrinnen?", wollte einer wissen.

„Mais, Bohnen und Reis."

„Mehr nicht?"

„Nein."

„Keine Töpfe? Sollen wir das so essen?", fragte ein anderer. „Die spinnen doch! Sind wir Hühner, oder was?"

Sörensen rumorte in dem halbdunklen Zelt. Schließlich wurde er doch noch fündig. In einer Ecke stapelten sich ein paar Kochtöpfe und Schüsseln.

Die zweite Truppe fand auch ein Zelt, in dem mehrere Säcke standen, die mit der Aufschrift „Saatgut" gekennzeichnet waren. Außerdem befanden sich dort einige Fischernetze und verschiedene Werkzeuge.

Harry Bender, der dieser Gruppe angehörte, war ziemlich fassungslos. „Was soll das denn?", fragte er. „Anscheinend sollen wir die Insel kultivieren und bis dahin Fische fangen?"

So sah es tatsächlich aus. Und das vorhandene Werkzeug sollte offenbar zum Bau der Unterkünfte dienen.

Die dritte Gruppe tat das Sinnvollste. Die Männer sammelten Stauden reifer Bananen und fanden einige Kokosnüsse. Zunächst aßen sie sich satt, und anschließend schleppten sie die Stauden und Nüsse zum Strand. Man hatte zwar keinen festen Treffpunkt vereinbart, doch durch laute Zurufe fanden sie die anderen schließlich wieder.

In den Töpfen brodelte inzwischen über den Feuerstellen das Essen. Man hatte mehrere Schachteln mit Streichhölzern bei den Geschirrutensilien gefunden und aus Steinen und herumliegendem Holz Feuerstellen errichtet. Mais, Bohnen und Reis waren wahllos in die Töpfe geschüttet worden und kochten vor sich hin. Allen knurrte der Magen, und die Männer standen erwartungsvoll um die Töpfe herum. Als sie glaubten, nun endlich essen zu können, wurden sie jedoch bitter enttäuscht. Es stellte sich heraus, dass der Mais und die Bohnen viel zu hart und ungenießbar waren. Einzig den Reis konnte man essen, aber auch dieser war relativ geschmacklos, da man keine Gewürze hatte.

„Ich glaube, man muss das vorher einweichen", überlegte einer der Männer, nachdem er ein paar Maiskörner ausgespuckt hatte.

„Und wieso sagst du das jetzt erst?", rief Sörensen sauer. Fast hätte er ihm eine gelangt, aber er beherrschte sich.

„Weil es mir jetzt erst eingefallen ist", erwiderte der Mann gelassen und zuckte mit den Schultern. „Ihr habt es ja auch nicht gewusst."

„Haben wir kein Salz?", beschwerte sich der nächste.

„Da fragst du am besten mal bei denen nach, die uns hierhergebracht haben", meinte Manfred Rupp und grinste. „Sicherlich hat man dort Verständnis."

„Vielleicht könnte man etwas Meerwasser zum Kochen verwenden. Dann wäre es sicher salzig genug", schlug einer der Männer vor.

„Das ist doch eklig! Da hast du die Scheiße von den Fischen mit im Essen", wehrte sich sofort ein anderer gegen diese Idee.

„Das ist doch gar nichts gegen das, was wir sonst alles vorgesetzt kriegen. Und es ist wenigstens natürlich", bemerkte einer der Männer.

Immerhin hatten sie jetzt noch Bananen und Kokosnüsse.

„Morgen gehen wir fischen!", bestimmte Harry Bender und zeigte auf die Netze.

Dr. Michael Berg hatte darauf gewartet, dass die Männer vor dem kleinen Gebäude auftauchen würden. Er wusste nicht so recht, worauf er sich einstellen musste. Alles war möglich. Hoffentlich versuchten sie nicht, gewaltsam einzudringen. Auf Karl Mütze, der für die Verwaltung zuständig war, konnte er nicht zählen. Wenn überhaupt, war er nur in den Morgenstunden kurz ansprechbar. Den Rest des Tages verbrachte er sinnlos betrunken in seinem Bett. Als Arzt fand Dr. Berg die Verfassung des Beamten sehr bedenklich. Moralisch fand er es unmöglich, diesen alkoholkranken Mann einfach hier abzuladen, weil man ihn woanders nicht mehr gebrauchen konnte. Dass er seinen Pflichten nicht nachkommen konnte, war offensichtlich. Wie immer fühlte sich Dr. Berg verantwortlich.

Tatsächlich versammelten sich die Strafgefangenen am Abend vor dem kleinen Gebäude. Sie hatten sich kurzfristig dazu entschlossen. Vielleicht würde man ihnen hier sagen können, wie es denn nun weitergehen sollte.

Die beiden Krankenschwestern hielten sich ängstlich im Hintergrund, als sie mitbekamen, dass sich draußen eine Horde Männer befand.

„Ich werde mit den Leuten reden", sagte Dr. Berg. „Ich vermute, dass ihnen niemand gesagt hat, warum sie hier sind und wie sie hier leben sollen. Ehrlich gesagt, kann ich es mir auch noch nicht so recht vorstellen." Kopfschüttelnd begab er sich zum Eingangstor des Gebäudes. Die uniformierten Männer, die die Leute auf die Insel gebracht hatten, waren längst wieder abgefahren. Sicherheitshalber begleiteten ihn aber die beiden Krankenpfleger.

Die werden mir nicht viel nützen, wenn die Kerle mich jetzt überrennen, dachte Berg bei sich. Hoffen wir mal, dass das gut ausgeht!

Er atmete noch einmal tief durch, ehe er das Sicherheitstor öffnete. Augenblicklich wurde es still. Alle warteten gespannt, was er ihnen zu sagen hatte.

„Guten Tag!", sagte Berg. „Ich bin Arzt, und mein Name ist Michael Berg. Jeder, der krank ist oder sich verletzt hat, kann jederzeit hierherkommen und sich ärztlich versorgen lassen."

„Wo sind die Unterkünfte?", rief einer aus der Menge.

Das hatte Berg erwartet. Die Leute wussten nicht, dass man sie einfach hier ausgesetzt hatte.

„Es gibt keine." Berg zuckte die Schultern. „Es tut mir leid, aber dafür bin ich nicht verantwortlich!"

„Sollen wir uns Hütten bauen?", fragte ein anderer Mann.

„Ja, vermutlich hat man sich das so gedacht", erwiderte Berg.

„Und um das Essen müssen wir uns auch selbst kümmern?", fragte Manfred Rupp.

„Soweit ich weiß, hat man euch für die erste Zeit Lebensmittel zur Verfügung gestellt." Berg wusste es nicht genau. Ihm gegenüber hatte man nur vage Andeutungen gemacht.

„Ja. Ein paar Säcke mit Körnern. Ganz toll! In der JVA haben wir dreimal am Tag ein ordentliches Essen bekommen!", ereiferte sich Harry Bender. Im Gefängnis war er mit den Mahlzeiten zwar weniger zufrieden gewesen, aber das tat jetzt schließlich nichts zur Sache!

„Was ist das genau? Könnt ihr daraus etwas kochen? Auf der Insel gibt es vielleicht noch andere Dinge, womit man sich ernähren kann. Eventuell Früchte? Oder könntet ihr euch vorstellen, Fische zu fangen?" Berg wusste es nicht besser. Er hatte noch keine Gelegenheit gehabt, sich auf der Insel umzusehen.

Sven Sörensen winkte ab. „Wissen wir alles schon! Wird aber nicht funktionieren!"

14

„Warum nicht?"

„Weil wir dazu keinen Bock haben! Man ist verpflichtet, uns ordnungsgemäß zu versorgen! Was soll denn dieser ganze Mist hier überhaupt?"

„Es ist wohl ein neues Konzept zur Unterbringung von Strafgefangenen." Berg hob die Schultern. „Ihr könnt euch auf der Insel frei bewegen, müsst euch dafür aber selbst versorgen."

„Ja, genau! Hütten bauen und mit dem Saatgut Felder anlegen! Im Leben nicht!" Manfred Rupp tippte sich an die Stirn. „Die werden uns hier ganz schnell wieder abholen!"

Dr. Berg war sich absolut sicher, dass dies nicht der Fall sein würde. Wenn die Männer sich weigerten, würden sie eben verhungern müssen. Denjenigen, die das entschieden hatten, war das völlig gleichgültig.

Berg machte sich Sorgen. Er hatte es hier mit Männern zu tun, die sich nichts sagen ließen. Sie würden sich wehren. Und das konnte verdammt gefährlich werden!

Die beiden Krankenschwestern bewohnten gemeinsam ein Zimmer in dem kleinen Gebäude. Sie hatten es sich mit dem wenigen, das sie mit auf die Insel gebracht hatten, recht hübsch eingerichtet. Sie verstanden sich auf Anhieb ganz gut, obwohl sie rein äußerlich kaum unterschiedlicher hätten sein können. Marion war klein, drall und hatte kurze, blonde Haare. Katharina war sehr schlank, einen Kopf größer als Marion und besaß wunderschönes langes, dunkles Haar. Ihr Gesicht war sehr schmal, fein geschnitten und wirkte ein wenig exotisch. Sie war ein Typ, nach dem sich viele Männer sehnsüchtig umsahen. Marion war eher unauffällig, obwohl auch sie ein sehr hübsches, rundliches Gesicht besaß.

Meistens unterhielten sich die beiden jungen Frauen über Dr. Berg. Beide schienen an ihm Gefallen gefunden zu haben.

Bis jetzt gab es noch keine Kranken in der kleinen Klinik, und es war nicht sehr viel zu tun. Dr. Berg hatte die beiden Krankenschwestern angewiesen, die Medikamente und Verbände auszupacken und in die Schränke zu räumen. Damit waren sie eine

Weile beschäftigt. Fein säuberlich beschrifteten sie die Arzneimittelschränke und sortierten alles sehr penibel ein. Dr. Berg schaute sich das an, da er ja wissen musste, wo er die Sachen finden konnte.

Marion und Katharina freuten sich über jedes Lob von ihm und taten alles, um es ihm recht zu machen. Nun war es aber so, dass jede von ihnen genau darauf achtete, ob er mit der anderen mehr sprach oder sie lobte. Sobald er eine von ihnen direkt ansprach, wurde die andere eifersüchtig. Beide versuchten mit allen Mitteln, seine Aufmerksamkeit zu erregen.

Dr. Berg fiel das gar nicht auf. Er hatte gerade andere Probleme. Allerdings fühlte er sich für den Schutz der Krankenschwestern verantwortlich, was ihm angesichts der Horde krimineller Männer Kopfzerbrechen bereitete.

Bereits am nächsten Morgen zogen die Ersten los, um Fische zu fangen. Da sie keine Boote hatten, schwammen mehrere Männer ein Stück ins Meer hinaus und zogen eines der Netze zwischen sich durch das seichte Wasser.

Obwohl man es erst bezweifelt hatte, gelang es ihnen tatsächlich, auf diese Weise eine Menge Fische zu fangen. Als sie das Netz schließlich zum Ufer zogen, war es ziemlich schwer. Einige Männer standen am Strand und staunten nicht schlecht, als sie das gefüllte Netz sahen.

Sofort machten sich etliche an die Arbeit. Die Fische mussten ausgenommen, gesäubert und gebraten werden. Man konnte auf den ersten Blick sehen, dass einige offenbar Erfahrung darin hatten. Ohne zu zögern, schlitzten sie die Fische auf und nahmen sie aus. Die meisten blieben jedoch in sicherer Entfernung stehen und verzogen angewidert das Gesicht.

„Vielleicht helft ihr auch mal ein bisschen mit?", rief Sörensen ihnen zu, der gerade dabei war, einen Fisch nach dem anderen auszunehmen. Er hatte das früher oft getan und fand nichts dabei. „Dumm rumstehen kann jeder! Wer nichts macht, braucht auch nichts zu essen!", drohte er.

Einige murrten vor sich hin, wagten aber nicht, ihm zu widersprechen. „Wir könnten ja Holz sammeln und Feuer machen", schlug einer vor.

„Hauptsache, ihr tut was!", meinte Harry Bender. Er kam mit einer Schüssel voll Bohnen und Mais aus einem der Versorgungszelte.

„Ein paar der Jungs suchen Bananen und schauen, ob sie sonst noch was finden", sagte Manfred Rupp, der einen Topf mit Reis brachte. „Wer geht Wasser holen?" Sofort setzten sich drei Männer in Bewegung. Tatsächlich schien sich nun doch plötzlich jeder ein wenig Mühe zu geben. Hunger hatten sie schließlich alle.

Die Feuerstellen waren gerade so weit, dass man den Reis aufsetzen und die Fische braten konnte, als es plötzlich begann, heftig zu regnen. Das war auf der Insel völlig normal, aber die Männer kannten es noch nicht. Mindestens einmal am Tag regnete es. Der Regen hielt nie lange an, aber er war immer sehr ergiebig.

Hungrig und missmutig saßen sie unter den Palmen und warteten, bis es aufhörte zu regnen. Die Feuer waren erloschen, und alles war nass! Woher sollten sie nun trockenes Holz nehmen?

„So ein Mist!", knurrte Bender. Sörensen zuckte die Schultern und verteilte Bananen. „Was willst du machen? So ist es eben. Wir müssen wasserdichte Dächer bauen, damit uns das nicht öfter passiert."

Einige nickten zustimmend. Andere verzogen das Gesicht. Sie wären lieber im Gefängnis geblieben. Dort waren sie versorgt worden und mussten sich um nichts kümmern.

Mit den Werkzeugen, die man in einem der Zelte gefunden hatte, begann man nun tatsächlich, notdürftige Hütten zu errichten. Es waren eigentlich mehr Unterstände, die halb offen waren. Hauptsache, man hatte trockene Plätze, wo man schlafen konnte. Außerdem flochten die Männer aus Palmblättern ein paar Dächer, die man schnell über den Feuerstellen platzieren konnte, wenn es regnete.

Schon nach kurzer Zeit brachte man den ersten Verletzten. Er war mit einer Axt abgerutscht und hatte sie sich ins Bein geschlagen. Die Wunde sah übel aus und blutete stark. Zwei der Strafgefangenen trugen ihn zum Hospital und riefen nach dem Arzt. Als sie mit dem Verwundeten das Eingangstor erreichten, wurde dieses sogleich von den beiden Krankenpflegern geöffnet. Sie hoben den Mann auf eine Trage und schickten die anderen weg. Nur Kranke und Verletzte hatten Zutritt! Sofort wurde das Tor wieder geschlossen. Im Laufschritt brachten die Pfleger den Verletzten in das Behandlungszimmer. Dr. Berg war bereits alarmiert worden und hatte schon alles zur Wundversorgung vorbereitet. Die beiden Krankenschwestern hielten sich im Hintergrund und warteten auf seine Anweisungen.

„Es wird jetzt ein bisschen wehtun!" Dr. Berg beugte sich über den Verletzten, dessen Augen sich angstvoll weiteten.

„Haltet ihn fest!", sagte er zu den Krankenpflegern.

Max stammte aus Bayern und sah aus wie ein Preisboxer. Der andere Pfleger hieß Andy, und man hätte in ihm eher den Türsteher eines Bordells vermuten können. Woher er kam, wusste niemand. Überhaupt waren die Vorgeschichten der beiden sehr undurchsichtig, aber dafür hatte sich niemand interessiert, als man sie einstellte. Wichtig war, dass sie für den Job geeignet waren. Offenbar waren sie hier genau richtig. Wer die beiden sah, dachte nicht mehr an Gegenwehr.

Die Krankenpfleger packten kräftig zu. Der Kranke wimmerte erbärmlich vor sich hin. Bewegungsunfähig lag er hilflos auf dem Behandlungstisch. „Geben Sie mir eine Narkose?", flehte er den Arzt an. Seine Lider flatterten.

„Nein. Nicht wegen einer Fleischwunde!" Dr. Berg begann, die Wunde zu säubern. Der Verletzte brüllte. Die Krankenschwestern zuckten zusammen. Berg winkte sie herbei. „Was ist denn?", rief er genervt. „Sie müssen assistieren! Wenn Sie das nicht sehen können, sind Sie hier fehl am Platz!"

Die Axt war in den Unterschenkel gefahren und hatte den Wadenmuskel durchtrennt. Erst als Berg die Wunde gesäubert hatte, sah er, dass auch der Knochen etwas abbekommen hatte.

Mit einer Pinzette entfernte er einzelne, kleine Knochensplitter. Die beiden Krankenpfleger sahen emotionslos zu. Katharina presste die Hände vor den Mund und reagierte überhaupt nicht. Marion dagegen führte ruhig alle Handreichungen aus, die Berg anwies, ohne eine Miene zu verziehen.

Schließlich wurde der sichtlich mitgenommene Patient in ein Krankenzimmer gerollt. Dort bekam er ein sauberes, frisch bezogenes Bett und sollte von den Krankenschwestern betreut werden. Dies war jedoch nicht so einfach, da man sich hier nicht in einem normalen Krankenhaus befand. Die Schwestern ohne Schutz zu ihm zu schicken, fand Berg zu riskant. Wenn sie ihm sein Essen brachten, das sie in der kleinen Klinikküche zubereitet hatten, musste immer einer der Pfleger sie begleiten. Da außer ihm noch keine weiteren Patienten zu versorgen waren, war dies momentan problemlos möglich.

„Was war denn heute mit dir los?", fragte Marion am Abend arglos, als sie in ihrer Unterkunft allein waren. „Wieso hast du nicht geholfen?"

Katharina fuhr herum. „Hauptsache, du hast dich wieder beliebt gemacht!", giftete sie böse.

Marion sah sie mit geweiteten Augen an. „Aber warum denn? Ich habe nur meine Arbeit getan!" Verständnislos blickte sie Katharina an.

„Er fand das bestimmt ganz toll, wie du dich ins Zeug geschmissen hast!"

„Du spinnst! Der interessiert sich überhaupt nicht für uns. Weder für dich noch für mich! Der will nur, dass wir unseren Job machen!" Marion dachte da ganz nüchtern. Ihr war klar, dass Katharina gewisse Absichten hatte, und ihr selbst gefiel Dr. Berg auch sehr gut, aber sie wusste genau, wo die Grenze war. Wenn Berg kein Interesse hatte, dann war das nun mal so und musste akzeptiert werden. Sie war schließlich nicht wegen ihm hier.

Dr. Berg sah mehrmals täglich nach dem Verletzten – immer in Begleitung einer Schwester und eines Pflegers. Der Kranke verhielt sich jedoch bisher ruhig. Er hatte Schmerzen und war froh, versorgt zu werden.

Die Wunde war genäht worden, wofür der Patient aber dann doch eine lokale Betäubung bekommen hatte. Einmal täglich wurde der Verband gewechselt. Dr. Berg machte das selbst. Eine der Schwestern reichte ihm das Material an, während der Pfleger im Hintergrund blieb und überwachte, dass der Strafgefangene nicht aufmüpfig wurde.

Es dauerte jedoch nicht lange, bis weitere Verwundete vor dem kleinen Hospital standen. Immer wieder passierte es, dass sich die Männer beim Bau der Hütten verletzten. Die meisten von ihnen konnten jedoch nach einer ambulanten Behandlung wieder entlassen werden. Vielen passte das überhaupt nicht, da sie sich bereits auf ein gemütliches Bett mit Rundumversorgung gefreut hatten. Nur zwei weitere Fälle wurden stationär aufgenommen. Einer hatte hohes Fieber bekommen, und der andere hatte eine schlimme, eiternde Wunde, nachdem er sich am Ast einer unbekannten Pflanze, die vermutlich eine toxische Substanz absonderte, den Arm aufgeritzt hatte.

Verletzungen durch Schlägereien gab es bisher nicht, obwohl Dr. Berg fest damit gerechnet hatte, dass seine Patienten hauptsächlich deshalb zu ihm kommen würden.

Er konnte nicht wissen, dass sich unter den Strafgefangenen, die man auf der Insel ausgesetzt hatte, keine Gewalttäter befanden. Man hatte ihn nicht darüber informiert, welche Straftaten sie begangen hatten, und er hatte auch nicht danach gefragt, weil es ihn im Grunde nicht interessierte. Seine Aufgabe war es, Kranken zu helfen. Egal, woher sie kamen und was sie getan hatten. Trotzdem war wohlweislich entschieden worden, nur bestimmte Männer hierherzubringen, da man kein Massaker dieser Art auf der Insel provozieren wollte.

Kaum jemand wusste, dass es zwei Inseln gab. Eine davon war völlig offiziell. Hier wurden ebenfalls keine Gewalttäter untergebracht, da sich die Männer auch auf dieser Insel fast völlig frei bewegen konnten. Aber es gab einen Unterschied. Auf der offiziellen Insel gab es Unterkünfte und richtige Gefängniszellen. Jeder, der sich nicht fügte, wurde ohne weitere Diskussionen in eine Zelle gesperrt, wo er so lange blieb, bis er wieder abgeholt werden konnte, um zurück in eine normale Justizvollzugsanstalt verlegt zu werden.

Auf dieser Insel wurden hauptsächlich Straftäter mit guten Prognosen untergebracht. Nur wer sich vorher durch gute Führung bewährt hatte, fleißig war und niemanden angegriffen hatte, bekam die Chance, seine Haftstrafe hier zu verbüßen. Das Besondere war, dass die Männer dort fast wie in einem normalen Dorf leben konnten. Es wurden Schweine, Hühner und Gänse gehalten, und es gab auch ein wenig Landwirtschaft. Auf den Feldern wuchsen Mais, Weizen, Roggen und Gerste. Somit bestand die Ernährung der Männer hauptsächlich aus eigenen Erträgen. Jeder Gefangene bekam eine Arbeit zugeteilt, die er zu verrichten hatte. Echtes Geld erhielten sie dafür jedoch nicht. Entlohnt wurden die Männer durch ein Punktesystem, womit sie in einem Magazin einkaufen konnten, das regelmäßig durch ein Versorgungsschiff beliefert wurde.

Auf der Insel gab es eine Verwaltung, eine Kantine und sogar eine kleine Bibliothek. Die Unterkünfte blieben Tag und Nacht offen. Nur zu festgelegten Ruhezeiten hatten sich alle dort aufzuhalten, was jedoch nur sporadisch kontrolliert wurde.

Offiziell waren auch die Sträflinge der geheimen Insel hier untergebracht worden. Dass dies nicht der Wahrheit entsprach, wusste nur ein kleiner Kreis. Es ging einfach nur darum, dass man belegen konnte, wohin man die ausgesetzten Strafgefangenen gebracht hatte, falls sich jemand dafür interessierte, da niemand etwas über die geheime Insel erfahren durfte. Es fragte jedoch keiner danach, da man vorher genau dokumentiert hatte, ob jemand Angehörige hatte oder Besuch bekam. Diese Männer kamen für das Experiment nicht infrage.

Bei der Entscheidung, wer auf welche Insel gebracht wurde, kam es darauf an, ob die Insassen bereit waren zu arbeiten. Dies hatte man bereits in der Justizvollzugsanstalt eindeutig zuordnen können. Alle, die schließlich auf der geheimen Insel ausgesetzt worden waren, hatten sich geweigert, irgendetwas zu tun. Sie waren der Meinung, da man sie inhaftiert hatte, musste man sie nun auch versorgen. Im Prinzip war das schon so. Man konnte niemanden zur Arbeit zwingen. Unterkunft und Essen bekamen sie selbstverständlich trotzdem umsonst. Die Männer beklagten, dass sie ja nicht viel für sich behalten durften, wenn sie arbeiteten. Lieber taten sie dann gar nichts. Sie lagen auf ihren Pritschen herum, sahen fern, lasen Bücher aus der Gefängnisbibliothek und spazierten während des Hofganges, der jedem zustand, gemütlich mit den anderen plaudernd, auf dem eingezäunten Gelände herum. Das Essen wurde ihnen gebracht, und die Haftträume wurden beheizt. Sie brauchten sich um nichts zu kümmern.

So war es kein Wunder, dass viele Häftlinge, die man auf die geheime Insel gebracht hatte, sehr unzufrieden waren. Sie wünschten sich ihre Gefängniszelle zurück und hofften, man würde sie wieder dorthin bringen.

Nun zwang sie zwar auch niemand zur Arbeit, aber wenn sie nicht verhungern wollten, blieb ihnen nichts anderes übrig, als sich in irgendeiner Form zu betätigen.

Ein paar der Häftlinge durchstreiften die Insel auf der Suche nach Früchten, als sie plötzlich einen merkwürdigen Geruch wahrnahmen.

„Wonach stinkt es denn hier so?", fragte Harry Bender, der mit von der Partie war, und zog die Nase kraus.

„Es riecht nach Ziegen", meinte ein anderer. Manche nickten und empfanden es auch so.

„Da bin ich aber jetzt mal gespannt!" Bender übernahm die Führung und stapfte eilig voraus. Tatsächlich war nach einer Weile deutlich das Meckern von Ziegen zu hören. Schließlich endete das Gelände abrupt. Sie standen vor einem steilen Abhang und blickten in ein Tal voller verwilderter Ziegen hinunter. Ein eklig beißender Geruch stieg zu ihnen empor.

„Heute Abend gibt es Ziegenbraten!" Einer der Männer rieb sich voller Vorfreude die Hände. Ohne zu überlegen, begannen sie, den Abhang hinunterzuklettern. Als sie etwa die Hälfte geschafft hatten, löste sich ein Felsbrocken, auf dem einer von ihnen Halt gesucht hatte. Mit einem markerschütternden Schrei stürzte er in die Tiefe. Hart prallte er auf den felsigen, vollgekoteten Boden.

„Der ist hin!", sagte ein anderer emotionslos und sah nach unten.

„Quatsch! Der bewegt sich noch", meinte Bender. „Los, machen wir, dass wir runterkommen. Aber passt auf! Nicht, dass noch einer abschmiert."

Es stellte sich heraus, dass sich der Mann ein Bein gebrochen hatte.

„Und nun?", fragte einer. „Ich dachte eigentlich, wir nehmen einen Ziegenbraten mit. Stattdessen sollen wir den jetzt mitschleppen, oder was?"

Die anderen sahen ihn irritiert an. Man konnte doch den Mann hier nicht liegen lassen! Aber wie sollte man ihn den Felsen hinaufbekommen?

Bender beugte sich über den Verletzten. „So können wir dich unmöglich zurückbringen", sagte er schulterzuckend.

Der Mann geriet in Panik. Er traute es den anderen zu, dass sie ihn nun einfach hier liegen ließen. „Ihr müsst mich mitnehmen!", wimmerte er. „Egal wie!"

Doch als man versuchte, ihn anzuheben, wurde sehr schnell klar, dass es einfach nicht möglich war. Der Verletzte brüllte vor Schmerzen. Man hatte keine Trage und wusste auch nicht, wie man ihn den Hang hinaufbringen konnte.

„Vielleicht gibt es noch einen anderen Weg", überlegte einer. „Die Ziegen haben bestimmt Pfade, auf denen sie aus der Schlucht hinauskommen."

Das war logisch, und die Männer machten sich auf die Suche. Die Ziegen stoben sofort wild davon, als sie sich ihnen näherten. Tatsächlich gab es schmale Tierpfade, die die Ziegen getreten hatten, um im Umland zu grasen. Es stellte sich jedoch heraus, dass die Wege zu einem anderen Teil der Insel führten. Man hätte einen riesigen Umweg in Kauf nehmen müssen, um zurück zu dem kleinen Hospital zu kommen.

„Es hilft alles nichts", sagte Bender schließlich. „Wir müssen zurück! Der Doktor soll mit den Krankenpflegern kommen. Dafür sind sie schließlich da."

„Lasst mich nicht allein hier zurück!", brüllte der Verletzte sofort.

„Warum?" Bender schob die Unterlippe vor. „Hast du Angst vor den Ziegen?"

„Nein. Aber schickt ihr ganz bestimmt den Doktor?" Der Mann wusste genau, dass er verloren war, wenn die anderen einfach verschwiegen, dass er hier lag.

„Ich bleibe bei dir", bot sich einer an, der auf Anhieb verstanden hatte, was in dem Mann vorging. Er selbst hätte dieselben Bedenken gehabt.

„Wir nehmen aber mindestens eine Ziege zum Abendessen mit!", grinste einer.

„Du bist ein Depp!" Bender hatte das Gefühl, nur von Idioten umgeben zu sein. „Wie willst du die fangen? Und dann? Erwürgen, oder was? Oder hast du eine Hundeleine dabei und hoffst, dass sie brav mitgeht?" Er schüttelte genervt den Kopf.

Auch ein zweiter Mann erklärte sich bereit, bei dem Verletzten zu bleiben. Jetzt wurde offensichtlich, dass einer dem anderen nicht traute. Falls keine Hilfe kam, waren sie nun wenigstens zu zweit und konnten dem Mann vielleicht irgendwie beistehen, dachte er.

Es war sehr mühsam, den Felsen wieder hinaufzuklettern. Runter war es einfacher gegangen. Es wäre gar nicht daran zu denken gewesen, den Verletzten mit dem gebrochenen Bein ohne Hilfsmittel nach oben zu transportieren. Nachdem die Männer das Plateau erreicht und sich noch einmal winkend verabschiedet hatten, hieß es nun, abzuwarten.

Die beiden Helfer betteten den Verletzten so bequem, wie es in der Situation möglich war, setzten sich neben ihn und warteten. Die Ziegen kamen langsam zurück. Vorsichtig näherten sie sich. Sie hatten keinerlei Erfahrung mit Menschen und wussten nicht, was sie von ihnen zu halten hatten. In einem Umkreis von etwa drei Metern blieben sie stehen.

„Glaubt ihr, sie wollen uns angreifen?" Einer der Männer rutschte unruhig auf dem Boden herum.

„Ach was! Sind doch bloß Ziegen!", meinte der andere. Er hob den Arm und machte eine scheuchende Bewegung. Sofort zogen sich die Tiere ein paar Meter zurück.

„Na also!" Er lachte. Doch im nächsten Moment rückten die Ziegen noch näher heran. Sie waren durch die Gebärde neugierig geworden. Der Ring der Ziegen schloss sich immer enger um den am Boden liegenden Mann und die beiden Helfer, und es schienen immer mehr zu werden.

Auf dem Rückweg fanden die Männer Bananen, Kokosnüsse und unbekannte rote Früchte, die sehr lecker aussahen. Sie brachten alles in das behelfsmäßige Lager, das sie in der Nähe des kleinen Gebäudes errichtet hatten.

Harry Bender marschierte sofort zum Hospital und rief nach Dr. Berg. Als er berichtet hatte, was sich zugetragen hatte, überlegte Berg kurz und nickte.

„Warten Sie hier! Ich komme gleich." Er packte alles zusammen, was er seiner Meinung nach brauchen würde. Einen der Pfleger musste er hierlassen, da er die beiden Krankenschwestern nicht schutzlos zurücklassen wollte.

„Ich brauche mehrere Männer, um den Verletzten aus der Schlucht zu holen und hierherzutragen", sagte er ruhig zu Bender, „und Sie müssen leider auch noch mal mit, weil Sie den Weg dorthin kennen."

„Okay." Ohne ein weiteres Wort zu verlieren, rannte Bender zu den anderen und fragte, wer mitgehen würde. Sven Sörensen, Manfred Rupp und noch einige andere meldeten sich sofort.

Als sie aufbrachen, wurde es bereits dunkel. Dr. Berg lief mit Harry Bender an der Spitze. Die anderen folgten, und der Krankenpfleger Max bildete das Schlusslicht. Sie hatten eine Trage bei sich, mehrere Seile, Schienen für das verletzte Bein, Verbandsmaterial und noch einige andere Dinge, die hilfreich sein konnten. Berg schleppte seinen Notfallkoffer mit sich, den ihm Sörensen nach einer Weile wortlos abnahm. Berg nickte ihm dankbar zu.

Der Weg über die Insel schien kein Ende zu nehmen.

„Sind Sie sicher, dass wir hier richtig sind?" Berg sah zu Harry Bender hinüber und erschrak. Mit geübtem Blick erkannte er, dass Bender am Ende seiner Kräfte war. Nicht mehr lange, und er würde schlappmachen. „Halt!", stoppte er sofort die Kolonne. „Wir machen eine kurze Pause!"

Die anderen guckten verwundert. Was war jetzt wieder los? Sie waren gerade mal eine Stunde gegangen. Bender ließ sich zu Boden gleiten. Er hatte tatsächlich keine Kraft mehr, wollte es aber sich und den anderen nicht eingestehen. Er war solche Gewaltmärsche nicht gewohnt, da er sich ja vorher monatelang körperlich nicht anstrengen musste. Außerdem hatte er wenig getrunken und nichts gegessen. Vor seinen Augen flimmerte es, und seine Beine fühlten sich an wie aus Gummi.

Max kam nach vorne und drückte Bender eine Wasserflasche in die Hand. „Trink erst mal was, dann geht's dir besser!", meinte er. Berg nickte zustimmend. Ohne Bender würden sie den Verletzten nicht finden. Die Insel war zwar nicht der brasilianische Regenwald, aber so klein, dass man sie in kurzer Zeit durchwandern konnte, war sie nun auch nicht. Und man wusste ja nicht, wo man suchen sollte. Nach einer Weile ging es weiter.

Plötzlich blieb Bender orientierungslos stehen. „Ich weiß nicht, ob wir hier waren", sagte er zweifelnd. „Alles sieht irgendwie gleich aus."

Berg hatte das befürchtet. Im Dunkeln war es kaum noch möglich, etwas zu erkennen. „Egal. Wir müssen weiter!", sagte er trotzdem. Viel weiter kamen sie jedoch nicht. Bender sackte auf einmal in sich zusammen und rollte über den steinigen Boden, ehe Berg es verhindern konnte.

Zunächst wollte man ihn auf die Trage betten, die man für den Verletzten mitgenommen hatte, aber sehr schnell war man sich einig, dass es wenig Sinn hatte, wenn Bender ohnehin nicht mehr wusste, wo sie sich befanden.

„Ich kann nicht mehr. Geht einfach ohne mich weiter", sagte er kraftlos. „Wenn ihr den Gestank der Ziegen riecht, seid ihr richtig!"

„Gut." Dr. Berg blickte im Dunkeln um sich. Sehen konnte er nicht sehr viel. „Ich würde vorschlagen, dass wir es ohne ihn probieren. Wir müssen irgendwie zu dem Verletzten gelangen! Wir teilen uns auf. Zwei Leute bleiben bei Bender. Wenn wir nicht zurückkommen, müsst ihr sehen, wie ihr wieder zum Lager kommt." Alle nickten zustimmend, soweit man das bei der Dunkelheit erkennen konnte.

„Passen Sie aber auf, Doktor", warnte Bender, „da geht es irgendwo ganz plötzlich den Hang hinunter! Das sehen Sie im Dunkeln nicht!"

„Danke!" Berg klopfte ihm auf die Schulter. „Los, Leute, gehen wir!", bestimmte er und stapfte voraus.

Im Morgengrauen erreichte der Rettungstrupp schließlich das Plateau, von dem aus der Felsen steil abfiel. Tatsächlich waren die Männer seit geraumer Zeit dem Geruch der Ziegen gefolgt. Hören konnten sie jedoch nichts. Vorsichtig näherten sie sich dem Abgrund und blickten in das Tal hinunter.

Was sie sahen, verschlug ihnen zunächst die Sprache. Die drei Männer, die dort unten auf sie warteten, waren erst nach genauerem Hinsehen zu entdecken. Um sie herum lagen oder standen Hunderte von Ziegen! Einige hatten sich direkt zu dem Verletzten und den anderen beiden gelegt. Manche hatten sogar ihre Köpfe auf die Beine und Bäuche der Männer gekuschelt, die das nicht zu stören schien, da sie friedlich schliefen.

„Das glaube ich jetzt nicht!", fand Dr. Berg als Erster seine Sprache wieder.

Sofort waren die Ziegen in Alarmbereitschaft. Ihrem Instinkt folgend, blieben immer einige wach und beschützten die Schlafenden. Ein riesiges Getöse entstand, als plötzlich alle Ziegen aufsprangen und anfingen zu meckern. Berg bedeutete den anderen, sich ruhig zu verhalten. Hoffentlich wurden die Tiere nicht panisch und trampelten über den Verletzten, dachte er besorgt. Seine Befürchtung war jedoch unbegründet. Die Ziegen waren so vorsichtig, als wüssten sie, dass der kranke Mann hilflos war.

Dr. Berg und Max begannen, sich abzuseilen. Die anderen sollten oben bleiben, um anschließend die Trage hinaufzuziehen. Dann ging alles sehr schnell. Berg gab dem Verletzten eine schmerzstillende Spritze und untersuchte das Bein. Es war eindeutig gebrochen. Er winkte den anderen, damit sie die Trage herunterließen. Inzwischen schiente er das gebrochene Bein. Zusammen mit Max bettete er den Mann auf die Trage.

Fast zentimeterweise wurde die Trage anschließend vorsichtig nach oben gezogen. Max blieb immer daneben und hielt sie fest, damit sie nicht mit dem Verletzten gegen den Felsen schlug. Diese Erschütterung hätte ihm unsagbare Schmerzen bereitet. Dr. Berg und die anderen beiden, die im Tal die Nacht verbracht hatten, kletterten hinterher.

Als sie unbeschadet oben angekommen waren, begann der Rückmarsch. Ohne lange zu fragen, übernahmen Sörensen und Rupp sofort die Trage mit dem verletzten Mann und stapften los. Später wollte man sich abwechseln. Unterwegs trafen sie wieder auf Bender und die anderen. Bender ging es inzwischen besser, sodass schließlich alle nach wenigen Stunden im Lager vor dem Hospital eintrafen.

Andy, der Krankenpfleger, von dem niemand wusste, woher er stammte, hatte alle Hände voll zu tun. Immer mehr Männer versammelten sich vor dem kleinen Krankenhaus. Zunächst waren es nur zwei gewesen, die behaupteten, ihnen wäre schlecht. Andy ließ sie nicht hinein, da er ihnen nicht glaubte. Er musste vorsichtig sein. Viele versuchten, durch irgendwelche Tricks in das Innere des Gebäudes zu gelangen, da sie sich dort eine bequeme Versorgung erhofften. Erst als sie sich vor dem Sicherheitstor erbrachen und mit gelblichen Gesichtern in sich zusammensackten, dämmerte ihm, dass die Männer wirklich Hilfe brauchten.

„Was ist los mit euch?", herrschte er sie an. Die beiden waren kaum fähig zu antworten. Es schien um irgendwelche Früchte zu gehen, die sie offenbar gegessen hatten.

„Was war das für ein Zeug?" Andy stemmte die Hände in die Seiten und sah auf die am Boden liegenden Männer herab.

„Die anderen haben die Früchte aus dem Wald mitgebracht!",
wimmerte einer.

„Verdammt noch mal! Müsst ihr denn alles fressen, wenn
ihr es nicht kennt?", brüllte Andy grob. Er war da nicht zim-
perlich. Schließlich ließ er die beiden doch herein und brachte
sie in das kleine Behandlungszimmer. Eigentlich hätte er jetzt
Dr. Berg gebraucht, aber der war nun mal nicht da. Also machte
er sich selbst daran, den beiden die Mägen auszupumpen. Das
war nicht sehr schön. Während Marion neben ihm stand und
half, hielt sich Katharina bleich im Hintergrund. Sie war nicht
in der Lage, etwas zu tun. Der Krankenpfleger schrie sie zwar
ein paarmal an, aber es half alles nichts. Sie stürzte hinaus und
übergab sich.

Als Dr. Berg mit den anderen das Hospital erreichte, war er zunächst fassungslos, als er die Ansammlung von Männern vor
dem Gebäude sah.

„Was ist denn hier los?" Entsetzt betrachtete er die hilflos
am Boden kauernden Gestalten. Im ersten Moment dachte er
an eine Epidemie. Bloß das nicht! Die Kapazitäten des kleinen
Krankenhauses würden nicht ausreichen, um alle ärztlich zu
versorgen. Dazu war man nicht ausgerüstet. Und die Krankheit
würde sich in Windeseile ausbreiten!

Recht schnell erfuhr er aber, dass die Männer unbekannte
Früchte gegessen hatten, und man vermutete, sie hätten sich damit vergiftet. Sofort schickte Berg Sörensen los. Er sollte alle warnen und ihm einige der in Verdacht geratenen Früchte bringen.

Als Berg endlich den Mann mit dem gebrochenen Bein im
Krankenhaus versorgte, sah ihn Andy, der Krankenpfleger, unsicher von der Seite an. Was würde es jetzt geben? Er wusste
genau, dass er nicht befugt war, jemandem den Magen auszupumpen. Er konnte das zwar, weil er es früher schon öfter getan
hatte, aber als Krankenpfleger durfte er es normalerweise nicht.

Berg reagierte nicht. Er hatte gerade andere Sorgen. „Wo
zum Teufel ist die andere Krankenschwester?", rief er entnervt.
„Sie soll sofort hierherkommen und assistieren!", befahl er. Ma-

rion war nicht gemeint. Sie stand nach wie vor an Andys Seite und half ihm.

Als Berg keine Antwort bekam, wurde er böse. „Was ist hier los? Macht hier vielleicht irgendeiner mal das, was ich anordne?" Das war ungerecht. Alle anderen taten, was sie konnten. Nur Katharina blieb verschwunden.

„Ich glaube, sie ist in der Küche", wagte Marion schüchtern einzuwenden.

„Was will sie denn da? Sie wird hier gebraucht!" Berg schüttelte den Kopf, als niemand reagierte. Der Mann mit dem Beinbruch war versorgt und wurde von Max in eines der Krankenzimmer gerollt. Berg hatte nun genug. Er rannte hinüber in die kleine Küche und fand dort tatsächlich Katharina am Herd stehend vor, auf dem mehrere Töpfe mit Suppe vor sich hin brodelten.

„Sie sollen sich um die Kranken kümmern und nicht hier herumkochen!", fuhr er sie barsch an.

„Aber ich wollte doch nur für die Patienten das Essen herrichten!", sagte sie harmlos und schenkte ihm einen Augenaufschlag.

„Nein. Die können und dürfen heute sowieso nichts mehr essen! Die kriegen nur Wasser. Und morgen Tee und ein bisschen Zwieback! Sind Sie denn von allen guten Geistern verlassen?"

„Ach, mir geht es gar nicht gut!", jammerte sie und presste mit gekonnt verzerrtem Gesicht beide Hände auf ihren Magen.

„Sie haben aber nicht etwa auch von diesen unbekannten Früchten gegessen?", fragte Berg misstrauisch. Er fasste sie an der Schulter, um sie sich näher anzusehen.

„Nein, aber ich fühle mich schon die ganze Zeit nicht wohl", log sie und ließ sich stöhnend zu Boden sinken. Berg blieb gar nichts anderes übrig, als sie aufzufangen. Er zog sie zu einem Stuhl, wobei sie plötzlich die Arme um seinen Nacken schlang und sich an ihm festhielt. In diesem Augenblick erschien Marion in der Tür. Entsetzt blickte sie auf das Szenario. Berg fühlte sich ertappt und bekam einen roten Kopf, obwohl er an dieser kompromittierenden Situation völlig unschuldig war. Wortlos drehte Marion sich um und rannte zurück in den Behandlungsraum. Diese Schlange, dachte sie bitter. Sie leistet nichts und wirft sich bei erster Gelegenheit dem Doktor an den Hals!

„Wenn Ihnen nicht gut ist, gehen Sie auf Ihr Zimmer, und legen Sie sich hin!" Abrupt löste sich Berg aus Katharinas Umklammerung und stürzte hinaus. Er ärgerte sich maßlos. Weiber!

Man hatte zu wenig Platz, um alle Kranken unterzubringen. Nur die schlimmsten Fälle bekamen ein weiß bezogenes Bett. Alle anderen durften zwar zur Beobachtung bleiben, mussten sich jedoch einen Platz auf dem Fußboden suchen. Die Pfleger gaben ihnen Decken und Kissen, womit sie es sich halbwegs bequem machen konnten.

Erstaunt begutachtete Berg die roten Früchte, die Sörensen ihm brachte. Sie waren auch ihm völlig unbekannt. Ob die Vergiftungserscheinungen der Männer davon kamen, wusste er nicht, aber die Vermutung lag nahe. Er hatte keine Möglichkeit, die Früchte zu analysieren. Dazu fehlte ihm die notwendige Ausstattung. Er wollte sie jedoch mit dem Versorgungsschiff auf das Festland schicken, um Klarheit zu gewinnen.

Um es vorwegzunehmen – er hörte nie wieder etwas darüber. Es interessierte sich schlicht und ergreifend niemand dafür. Man las an maßgeblicher Stelle sein Schreiben eher gelangweilt und warf es mitsamt der Früchte dann einfach in den Müll. Somit war das Thema erledigt, und es musste sich keiner mehr darum kümmern.

„Marion, haben wir Zwieback hier?", fragte Dr. Berg, als sei dies gerade das Wichtigste auf der Welt. Marion nickte. „Ja. Wir haben davon einige Pakete da", sagte sie ruhig, ohne ihn dabei anzusehen.

„Gut." Berg zögerte. Ihm war die Situation sichtlich unangenehm. „Bitte versorgen Sie die Kranken morgen mit Tee und Zwieback!", ordnete er an.

„Heute sollen sie gar nichts bekommen?"

„Nein. Nur Wasser. Bitte sagen Sie es allen anderen auch."

„Ja. Selbstverständlich."

„Danke." Er nickte ihr zu.

„Bitte." Sie blieb kühl, jedoch völlig korrekt und ließ sich nichts anmerken.

Am nächsten Tag ging es den meisten wesentlich besser. Fast alle konnten aus dem Hospital entlassen werden. Berg hatte zunächst abgewartet, wie sie den Tee und den Zwieback vertrugen. Als sich bis zum Mittag niemand mehr übergeben musste oder Magenschmerzen bekam, atmete er erleichtert auf. Das hätte böse ausgehen können! Drei der Männer durften noch bleiben, da sie sehr wackelig auf den Beinen waren. Sie waren zu sehr geschwächt und sollten sich noch einen Tag lang erholen, entschied Berg.

Als er den Pflegern entsprechende Anweisungen gab, fiel ihm auf, dass Andy ihm nicht in die Augen sehen konnte. Welches Problem wartet denn nun hier schon wieder auf mich, dachte Berg alarmiert. Definitiv stimmte etwas nicht mit dem Mann. Offenbar hatte er ein schlechtes Gewissen – weshalb auch immer.

„Andy! Bitte kommen Sie gleich einmal zu mir", sagte er möglichst belanglos.

Der Krankenpfleger zuckte zusammen wie unter einem Schlag. Vorbei! Das war es nun! Er hatte gedacht, dass sich hier niemand für seine Vergangenheit interessieren würde. Offenbar war dem aber nicht so. Ich kann eigentlich schon anfangen, meinen Koffer zu packen, dachte er verzweifelt. Das ist schnell erledigt. Viel ist es sowieso nicht.

Zu Boden blickend und mit hängenden Schultern tappte er hinter Berg her. Als sich die Tür geschlossen hatte, betrachtete sich Berg den Krankenpfleger etwas genauer. Es war ganz offensichtlich, dass er etwas zu verbergen hatte.

„Wollen Sie mir etwas sagen?", fragte Berg ernst. Sein Ton war jedoch nicht unfreundlich.

„Was soll ich Ihnen jetzt noch sagen?" Andy schob trotzig die Unterlippe vor und zuckte mit den Schultern. „Sie wissen doch sowieso schon alles!"

„Was soll ich wissen? Ich habe keine Ahnung. Sie sprechen in Rätseln!"

„Na ja. Die Sache mit dem Magenauspumpen. Hätte ich gar nicht gedurft!"

„Hat sich jemand darüber beschwert?"

„Nein."

„Und wo ist jetzt das Problem?"

„Ich dachte, Sie schmeißen mich deshalb raus!"

„Weshalb? Sie haben das hervorragend gemacht!"

„Danke."

„Woher können Sie so etwas?" Berg dämmerte es langsam, wohin die Reise ging. Er vermutete, dass er hier keinen Krankenpfleger vor sich hatte.

„Ich habe ein paar Mal zugesehen", log Andy. „Sie waren ja nicht da, und ich musste etwas tun!" Als er es sagte, lag kein Vorwurf in seiner Stimme.

„Sie haben alles richtig gemacht!" Berg nickte ihm anerkennend zu. „Machen Sie sich keine Gedanken. Wenn uns einer dumm kommt, werden wir das schon regeln. Auch wenn ich gerne mehr über Sie erfahren würde, obliegt es Ihnen, was Sie mir erzählen wollen."

Der Krankenpfleger nickte langsam. „Vielleicht ein anderes Mal", sagte er leise. „Kann ich jetzt gehen?"

„Ja, natürlich." Nachdenklich blickte Berg ihm nach. Der Mann trug ein Geheimnis mit sich herum, da war er sich ganz sicher.

Gegen Abend lief er in Begleitung von Max hinüber zu den selbst gebauten Hütten, um nach den Kranken zu sehen. Offenbar ging es den Leuten wieder recht gut. Sie saßen um die Feuerstellen herum und brieten Fische an zugespitzten Stöcken über der Glut. Töpfe mit Reis waren über anderen Feuerstellen befestigt worden und simmerten vor sich hin.

„Doktor!" Sörensen kam ihm freudestrahlend entgegen. „Das ist aber schön, dass Sie uns besuchen kommen!" Er drückte ihm einen Stock mit einem aufgespießten Fisch in die Hand. „Setzen Sie sich dazu!", forderte er ihn auf. „Die Fische schmecken köstlich!"

Auch Max bekam einen Fisch, den er argwöhnisch beäugte. „Keine Angst!", meinte Sörensen. „Wir haben die schon öfter gegessen, und ich habe sie selbst ausgenommen. Da passiert nichts!"

Berg sah sich um. Es war erstaunlich, was die Männer in so kurzer Zeit geschaffen hatten. Die Hütten sahen nicht mehr notdürftig aus. Sie wirkten irgendwie fast idyllisch. Im Abstand von wenigen Metern standen sie hübsch nebeneinander und waren durchaus sinnvoll konstruiert worden. Man hatte etwas dickere Stämme als Stützen verwendet und dünnere, um die Dächer, die hauptsächlich aus geflochtenen Palmblättern bestanden, zu befestigen. Die Seitenwände waren noch nicht überall fertig, aber man konnte bereits erkennen, dass sie aus geflochtenen Matten bestehen sollten, die man nach oben oder zur Seite hin wegklappen konnte. Offenbar gab es unter den Gefangenen einige, die etwas davon verstanden.

Berg hatte sich vorgestellt, hier eine Art Slum vorzufinden, aber so war es überhaupt nicht. Alles wirkte sehr ordentlich und aufgeräumt. Er fragte sich, wie sie das Problem mit den Toiletten gelöst hatten, aber davon wollte er während des Essens nicht anfangen. Er würde es schon noch herausfinden.

Nach dem Essen – der Fisch schmeckte wirklich vorzüglich, und dazu war in Schüsseln Reis herumgereicht worden – fragte er, ob er einmal in die Hütten hineinsehen durfte.

Selbstverständlich gestattete man ihm das, und die Männer präsentierten stolz ihre Eigenbauten. In einigen Hütten war man bereits mit der Herstellung von „Möbeln" beschäftigt. Harry Bender hatte sich aus den vom Hüttenbau übrig gebliebenen Holzteilen ein Bett konstruiert, das er mit Palmblättern und trockenem Laub ausgepolstert hatte. Berg war beeindruckt. Die meisten schliefen jedoch noch auf dem sandigen Boden und waren zunächst zufrieden damit, ein Dach über dem Kopf zu haben.

Bender erzählte, dass sie als Toiletten tiefe Löcher aushoben, die später einfach zugeschüttet wurden. Das war die einfachste Lösung.

An einem Hang entdeckte Berg eine kleine Aushöhlung, die man mit Steinen ausgekleidet hatte. „Was ist das?", fragte er interessiert.

„Wir wollen einen Steinofen bauen, in dem wir Brot backen können." Bender kratzte sich am Kinn. „Ich habe keine Ahnung, ob das funktionieren wird. Wenn ja, könnte man auch Fleisch darin garen."

„Das ist doch eine gute Idee!", fand Dr. Berg. „Warum sollte es nicht funktionieren?"

„Wir haben keine Erfahrung damit. Aber wir werden es ausprobieren."

„Welches Fleisch wollt ihr darin garen? Denkt ihr dabei an die Ziegen?"

„Vielleicht. Warum nicht?" Lauernd wartete Bender darauf, dass Berg versuchte, es ihnen zu verbieten. Das lag ihm jedoch fern. Er hatte rein interessehalber gefragt und fand es ganz beachtlich, wie die Männer begannen, sich auf ihr neues Leben außerhalb jeglicher Zivilisation einzustellen.

„Ich wüsste nichts dagegen einzuwenden", sagte er dann auch. „Ich hoffe, es funktioniert alles so, wie ihr es euch vorstellt." Berg nickte Bender anerkennend zu. „Ich finde es sogar ganz große Klasse, was ihr hier auf die Beine stellt!"

Als der Doktor gegangen war, erzählte Bender den anderen, was er gesagt hatte. Manche zuckten nur gleichgültig die Schultern, aber einige waren mächtig stolz. Sie waren in ihrem Leben noch nie erfolgreich gewesen und kannten es gar nicht, dass jemand sie lobte.

Zwischen den beiden Krankenschwestern herrschte absolute Funkstille. Nachdem Marion gesehen hatte, wie sich Katharina buchstäblich an den Hals des Doktors geworfen hatte, redete sie nur noch das Nötigste mit ihr. Am liebsten wäre sie aus dem gemeinsamen Zimmer ausgezogen, aber sie wusste, dass dafür keine Räumlichkeiten vorhanden waren. Auch die beiden Krankenpfleger mussten sich einen Schlafraum teilen. Nur der Doktor und Karl Mütze besaßen je ein eigenes Zimmer.

Katharina fühlte sich zwar nicht wohl in ihrer Haut, aber sie wusste natürlich, weshalb Marion nicht mit ihr sprach. Hinzu kam, dass sie ein schlechtes Gewissen hatte, weil sie im Behandlungsraum nicht geholfen hatte. Sie hatte gedacht, sie käme schon irgendwie zurecht, aber sie war hoffnungslos überfordert. Sie konnte kochen und den Patienten das Essen bringen, Medikamente sortieren und vorbereiten, eventuell noch bei einer Untersuchung oder einem Verbandswechsel assistieren, aber das war es dann auch schon. Sie konnte weder Blut noch andere Körperausscheidungen sehen. Ihr wurde sofort übel. Daran hatte sie keine Schuld, und sie konnte es auch nicht ändern. Sie hatte sich lediglich den falschen Beruf ausgesucht.

Die Sache mit dem Doktor war etwas anderes. Es war kein Kalkül von ihr, sich an ihn heranzumachen. Sie hatte sich wirklich in ihn verliebt! Da es Marion offenbar auch so ging, waren sie jetzt Rivalinnen. Nicht am OP-Tisch und nicht im Behandlungsraum. Dort war ihr Marion ohne Zweifel haushoch überlegen. Sie war sich jedoch ihrer Wirkung auf Männer bewusst, und sie bildete sich ein, dass Marion bei Dr. Berg gegen sie nicht die leiseste Chance hatte.

„Das gebrochene Bein möchte mit Ihnen sprechen!", sagte Katharina lapidar. Sie hatte die Tür des Behandlungszimmers geöffnet, in dem Dr. Berg gerade einen eitrigen Abszess aufschnitt.

„Wie bitte?" Berg starrte sie irritiert an.

Katharina drehte den Kopf zur Seite und hielt sich die Hand über Mund und Nase, als sie sah, was Berg gerade tat. „Ich habe ihm eben das Essen gebracht und soll es Ihnen ausrichten!", würgte sie hervor.

„Ich wusste gar nicht, dass gebrochene Beine sprechen und essen können! Hat der Mann auch einen Namen?" Berg sah rot. Er konnte es überhaupt nicht leiden, wenn Patienten nach ihren Krankheiten benannt wurden. Es waren Menschen, die ein Recht darauf hatten, mit ihrem Namen angesprochen zu werden!

„Er heißt Müller, falls Sie das irgendwie weiterbringt", sagte Katharina in arrogantem Ton. Sie hatte es jetzt sehr eilig, das

Behandlungszimmer zu verlassen. Trotzdem stolzierte sie hocherhobenen Hauptes hinaus.

In Berg kochte es, aber er hielt sich zurück, da er die Schwester im Beisein des Patienten, der gerade auf seinem Behandlungstisch lag, nicht zurechtweisen wollte.

Karl Mütze, der eigentlich für die Verwaltung zuständig war, machte sich ziemlich rar. Man sah ihn fast nie. Er hielt sich beinahe ausschließlich in seinem Zimmer auf und sprach mit niemandem.

Deshalb war Dr. Berg einigermaßen erstaunt, als der Mann plötzlich bei ihm aufkreuzte. Zu seinem Erstaunen war er frisch gewaschen und ordentlich rasiert. Was man jedoch nicht übersehen konnte, war das Zittern seiner Hände und die Unruhe, die er ausstrahlte. Er hat keinen Schnaps mehr, durchfuhr es Berg. Da er längst erkannt hatte, dass er es mit einem Alkoholiker zu tun hatte, war er nicht besonders verwundert, Karl Mütze so zu sehen. Das war absehbar gewesen.

Karl Mütze stützte sich am Türrahmen ab und putzte sich geräuschvoll die Nase. Dass Berg gerade einen Patienten behandelte, störte ihn dabei nicht.

„Warten Sie bitte draußen, bis ich hier fertig bin!", bat Dr. Berg ihn. „Sie sind nicht steril!"

Das war schon zu viel. „Ich habe hier das Sagen, und ich bin immer steril!", brüllte Mütze mit hochrotem Kopf. Berg war klar, dass der Mann offenbar bereits unter Entzugserscheinungen litt. „Hören Sie", sagte er freundlich, „ich bin gleich bei Ihnen. Lassen Sie mich aber bitte erst den Patienten zu Ende behandeln!"

Mütze brummte etwas vor sich hin, zog sich jedoch zurück. Die beiden Krankenpfleger sahen sich vielsagend an. Auch sie hatten mitbekommen, was mit dem Mann los war. Als sie den Patienten hinausgebracht hatten, trat Berg auf den Flur und winkte Karl Mütze herein. „Setzen Sie sich!", bot er ihm an, doch Mütze reagierte nicht darauf und begann, unruhig auf und ab zu gehen. „Was kann ich für Sie tun?" Berg beobachtete ihn genau.

„Wann kommt das Versorgungsschiff?" Mütze blieb stehen und stierte Berg an. Dabei krampfte er die Hände ineinander, damit sie nicht zitterten.

„Warum? Brauchen Sie etwas?"

„Na ja, irgendwas wird halt immer gebraucht!"

„Und was?"

„Ich würde verschiedene Dinge bestellen wollen."

„Sie brauchen Alkohol!"

„Wie kommen Sie denn darauf?" Wütend fuhr Mütze herum.

„Das sehe ich." Berg schloss einen kleinen Schrank auf und entnahm ihm eine Flasche Cognac, die er für besondere Anlässe dort aufbewahrte. Er goss ein Wasserglas voll und reichte es Karl Mütze. Der sah ihn mit großen, ungläubigen Augen an und griff nach dem Glas. Doch seine Hände zitterten so stark, dass Berg es mit festhalten musste, sonst wäre es zu Boden gefallen. Wie ein Verdurstender stürzte Mütze den Cognac hinunter. Er ließ sich auf einen Stuhl fallen und schob das Glas sogleich wieder zu Dr. Berg. „Bitte!", flehte er. Berg goss noch einmal einen Schluck nach, aber mehr wollte er nicht verantworten. Nachdem Mütze getrunken hatte, wurde er sichtlich ruhiger.

„Warum begeben Sie sich nicht in Behandlung?", fragte Berg. „Wollen Sie so weiterleben?"

Mütze antwortete nicht. Er vergrub sein Gesicht in den Händen. So saß er eine ganze Weile stumm da. Berg ließ ihn gewähren.

„Vielleicht erzähle ich Ihnen irgendwann einmal meine Geschichte", sagte Karl Mütze schließlich vage. „Danke!" Er erhob sich und wollte hinausgehen, aber Berg hielt ihn zurück. „Wann wollen Sie Ihre Bestellung aufgeben?" Er holte eine Liste hervor, auf der er verschiedene Dinge notiert hatte, die das Hospital benötigte, und reichte sie ihm. „Bestellen Sie diese Sachen bitte mit!" Normale Lebensmittel und Hygieneprodukte für das Personal wurden sowieso mit dem Schiff angeliefert. Nur bestimmte Sachen mussten per Funk vorab bestellt werden.

„Das mache ich jetzt sofort", nickte Mütze.

„Gut." Berg überlegte kurz. „Außerdem habe ich mich gefragt, ob wir nicht ein paar Hühner und Gänse auf die Insel bringen lassen sollten."

„Wozu?" Mütze zog die Stirn in Falten. Offenbar hatte er völlig vergessen, dass sich auf der Insel Strafgefangene befanden, die sich selbst versorgen mussten.

„Für die Leute, die hier leben", antwortete Berg einfach.

„Das kann ich nicht entscheiden", behauptete Mütze.

„Dann beantragen Sie es zumindest!" Berg wusste jetzt schon, dass das nichts werden würde. Kein Mensch interessierte sich dafür, ob die Gefangenen hier Hühner und Gänse bekamen. Er war sich absolut sicher, dass sich niemand darum kümmern würde. Ein anderes Problem war, wie Mütze die nächsten Tage, bis das Versorgungsschiff kam, überstehen sollte. Garantiert würde er spätestens morgen früh wieder bei ihm erscheinen und um Alkohol betteln.

Manfred Rupp und Harry Bender hatten beschlossen, ein paar Ziegen aus dem Tal zu holen. Immer nur Fisch, Reis und Bohnen befriedigten sie nicht. Mit ein paar Männern zogen sie am Morgen los.

Es war ein anstrengender Fußmarsch, und oft wussten sie nicht mehr, ob sie sich auf dem richtigen Weg befanden, da alles gleich aussah. Überall nur Bäume und ein paar Tierpfade. Prompt verirrten sie sich tatsächlich und kamen nicht mehr weiter. Undurchdringliches Gestrüpp umgab sie plötzlich, und es war klar, dass sie nicht denselben Weg gegangen waren, der zu dem Tal der Ziegen führte.

„Wenn wir letztes Mal hier entlanggegangen sind, müsste man das sehen", meinte schließlich Harry Bender und blieb stehen. „Wir sind hier ganz sicher falsch!"

„Glaube ich auch", meinte Manfred Rupp. „Also, alle Mann wieder zurück!", kommandierte er. Die Männer machten sich auf den Rückweg, um eventuell doch noch die richtige Abzweigung zu finden, aber der Pfad, den sie irgendwann wieder erreichten, schien kein Ende zu nehmen. Stundenlang marschierten sie durch die Wildnis, um sich schließlich einzugestehen, dass sie sich hoffnungslos verirrt hatten.

„So ein Mist!" Rupp warf seinen Rucksack, den er sich selbst gebastelt hatte, wütend auf den Boden. „Wir sind hier vollkommen verkehrt!"

„Es wird gleich dunkel", meinte Bender und setzte ebenfalls seine Tasche ab, in der sich hauptsächlich Wasser und Werkzeuge befanden. „Am besten, wir richten uns ein Nachtlager her. Viel weiter kommen wir heute wohl sowieso nicht mehr."

Solange sie noch etwas sehen konnten, schwärmten sie aus, um Feuerholz und Früchte zu sammeln. Viel Zeit hatten sie dazu nicht mehr. Sehr schnell breitete sich die Dunkelheit aus, und alle kamen zurück. Man errichtete ein kleines Lagerfeuer, aber zu essen gab es nicht viel. Bananen oder Kokosnüsse hatten sie im näheren Umkreis nicht gefunden, also mussten sie mit dem vorliebnehmen, was sie mitgebracht hatten. Es waren nur ein paar gekochte Bohnen, etwas Reis und Wasser. Sie hatten fest damit gerechnet, am Abend zurück zu sein.

Inzwischen war es stockdunkel geworden. Man konnte kaum die Hand vor Augen sehen. Die Männer saßen um das Feuer herum und beratschlagten, wie sie am nächsten Morgen vorgehen wollten.

Plötzlich ertönte ein greller, furchtbarer Schrei. Alle fuhren erschrocken zusammen. Drei der Männer sprangen entsetzt auf und blickten wild um sich, obwohl sie in der Dunkelheit absolut nichts sehen konnten. Im nächsten Augenblick herrschte geisterhafte Stille. Jeder Laut schien erstorben zu sein. Selbst der Wind, der eben noch durch die Bäume gerauscht war, hatte sich urplötzlich gelegt. Die Männer waren wie erstarrt und sprachen kein Wort.

„Jetzt macht euch bloß nicht ins Hemd!", dröhnte schließlich Manfred Rupp und lachte laut. „Das wird irgendein bescheuerter Nachtvogel gewesen sein. Kein Grund zur Besorgnis!"

Noch immer misstrauisch, setzten sich die Männer wieder ans Feuer. Bender wollte gerade etwas sagen, doch die Worte blieben ihm buchstäblich im Halse stecken. Irgendetwas schien sich gerade einen Weg durch das Gestrüpp zu bahnen. Man konnte deutlich ein Flattern und das Knacken der Zweige hören. Von den Bäumen brachen mehrere Äste ab und stürzten krachend zu Boden.

„Hört sich nach etwas Großem an", meinte Harry Bender unsicher.

„Ach was! In der Nacht erscheint immer alles lauter, als es tatsächlich ist", beschwichtigte Rupp kopfschüttelnd. „Vielleicht sind es mehrere Vögel." Es klang aber nicht mehr so überzeugend.

Plötzlich wurde es wieder ganz ruhig. „Na also! Die Viecher sind schon weg. Kein Grund zur Panik!", behauptete Rupp und schlug im Sitzen die Beine übereinander.

„Es ist jetzt ganz in unserer Nähe und beobachtet uns", flüsterte einer der Männer. „Ich spüre seine Anwesenheit. Es verhält sich so ruhig, weil es glaubt, wir hätten es noch nicht bemerkt."

Alle saßen ganz still und wagten nicht, sich zu bewegen.

„Ich höre es atmen", sagte Bender ganz leise.

„Vielleicht sollten wir das Feuer löschen. Wir sitzen hier wie auf einem Präsentierteller", schlug ein anderer vor.

„Wozu? Es weiß längst, wo wir sind. Es hat uns im Visier!" Bender bewegte sich ganz vorsichtig.

„Wir verjagen das Tier jetzt einfach! Ich glaube, ich spinne. Lassen wir uns hier von so einem komischen Vieh ins Bockshorn jagen, oder was?" Rupp bekam wieder Oberwasser. „Das wollen wir doch mal sehen!"

„Das ist was Großes! Das kannst du nicht einfach so verjagen!", meinte Bender zweifelnd.

„Was ist die Alternative? Willst du warten, bis es uns angreift?" Rupp wurde sauer. Lauter Weicheier hier, mit denen er sich herumschlagen musste!

„Also gut. Was schlägst du vor?", lenkte Bender ein.

„Tiere haben Angst vor Feuer. Ein paar von uns entzünden Äste und benutzen sie als Fackeln, und die anderen machen möglichst viel Krach. Sucht euch etwas, was ihr aneinanderschlagen könnt, und dann rennen wir alle laut schreiend auf dieses Tier zu! Mit Sicherheit haut es dann ab!"

Die anderen sahen das ein. Langsam standen einige auf und hielten dickere Äste ins Feuer, um sie anzuzünden. Andere bewaffneten sich mit ein paar Holzknüppeln, die sie in Reichweite fanden. Noch immer bewegten sich alle sehr behutsam. Manche waren so starr vor Angst, dass sie sich kaum von der Stelle rühren konnten. Als schließlich alle so weit waren, gab Rupp das Zeichen zum Angriff.

„Los jetzt! Alle auf einmal!", brüllte er.

Sie wussten nicht genau, wo sich das Tier gerade befand, da sie in der tiefen Finsternis absolut nichts sehen konnten. Alle stürzten sich auf die Stelle, wo man es vermutete. Tatsächlich schien dies richtig zu sein. Wieder ertönte ein markerschütternder Schrei. Das Wesen hatte vermutlich nicht mit der Attacke gerechnet. Offenbar wollte es flüchten. Ein lautes Getöse entstand, als es seine Flügel ausbreitete, um davonzufliegen. Es wurde jedoch durch die üppige Vegetation behindert und schien panisch zu werden. Zweige brachen und krachten herunter, als seine Flügel gegen die dicht bewachsenen Bäume stießen. Als es nicht sofort entkommen konnte, begann es, voller Todesangst fürchterlich zu kreischen. Die Laute hörten sich wie aus einer anderen Welt an. Entsetzt hielten die Männer inne.

„Verdammt, ist das gruselig!", meinte einer leise, als die Schreie aufgehört hatten.

„Ist es jetzt weg?", fragte ein anderer schwer atmend.

„Mal abwarten! Vielleicht sitzt es noch in den Bäumen", befürchtete Bender.

Obwohl in der Dunkelheit niemand etwas gesehen hatte, war aber nun klar, dass es sich um ein riesiges Wesen handeln musste. Keiner hatte eine Vorstellung davon, wie das Tier aussehen mochte und wie groß es tatsächlich war.

Als die Männer nichts mehr hörten, beschlossen sie, bis zum Morgen zu warten, um sich dann, wenn es hell wurde, auf den Rückweg zu begeben. An Schlaf war nicht zu denken, und selbst für einen Ziegenbraten interessierte sich im Moment keiner mehr.

Am nächsten Morgen verbreitete sich im Lager die Nachricht, dass die Männer, die zum Tal der Ziegen aufgebrochen waren, noch immer nicht zurückgekehrt waren. Man beratschlagte, was zu tun war.

„Hoffentlich ist jetzt nicht der nächste vom Felsen abgerutscht!", argwöhnte einer düster.

„Ach was. Dann wären doch schon ein paar zurückgekommen und hätten Hilfe geholt", meinte ein anderer.

„Die werden sich verirrt haben. Erst mal abwarten! Die kommen schon wieder", entschied der nächste.

Tatsächlich traf die Truppe gegen Mittag wieder im Lager ein. Die Männer machten einen sehr missmutigen Eindruck.

„Was ist los?", brüllte ihnen sogleich einer entgegen. „Wo habt ihr den Ziegenbraten gelassen?"

Ohne zu antworten, setzten sich die Zurückgekommenen ans Feuer. Was sollte man erzählen? Sie waren sich einig, dass es die anderen nichts anging, dass sie sich verlaufen hatten. Diese Blöße wollten sie sich nicht geben. Und die Geschichte mit dem großen Vogel hätte ihnen sowieso keiner abgekauft. Das war ja auch wirklich zu blöd!

„Die Ziegen waren nicht mehr da", log Harry Bender. „Das Tal war völlig leer. Die müssen sich woandershin verzogen haben."

„Und wieso habt ihr sie nicht gesucht, wenn ihr schon mal dort wart?", fragte einer verständnislos.

„Weil es dunkel wurde und wir nichts mehr sehen konnten", antwortete Manfred Rupp wenig glaubhaft.

„Aha. Essen wir also weiterhin Fisch!", meinte ein anderer sauer.

„Du kannst ja selbst losgehen und Ziegen fangen, wenn es dir nicht passt!", giftete Rupp zurück.

Sörensen brachte wortlos ein paar aufgespießte Fische, die er selbst gefangen und ausgenommen hatte, und reichte sie den Männern. Sie waren ziemlich ausgehungert und freuten sich über die Geste. Wenn man die Spieße eine Weile über die Glut hielt, wurden die Fische herrlich gar und knusprig. Dazu gab es frisches Fladenbrot, das die Männer aus Weizenmehl in dem neuen, selbst errichteten Ofen gebacken hatten. Es schmeckte vorzüglich!

Sörensen hatte den anderen schon mehrmals gezeigt, wie man die Fische fing und ausnahm, doch die wenigsten konnten sich dafür begeistern. Sörensen machte das im Akkord und konnte nicht verstehen, weshalb sich die Männer so anstellten. Sie bemühten sich zwar, da er ihnen klargemacht hatte, dass sie sonst nichts zu essen bekämen, aber er konnte ihnen dabei kaum zusehen und schüttelte immer wieder den Kopf, wenn er beobachtete, wie langsam und ungeschickt sie waren.

Dr. Berg betrat das Lager. Er hatte gerade das Bedürfnis, seinen Krankenschwestern zu entfliehen. Inzwischen hatte auch er mitbekommen, dass ihm die beiden Damen schöne Augen machten. Damit konnte er nun überhaupt nichts anfangen. Katharina war offensichtlich für ihren Beruf als Krankenschwester vollkommen ungeeignet. Er empfand es belästigend, wie sie immer wieder versuchte, seine Aufmerksamkeit zu erregen.

Marion dagegen machte einen tollen Job, wie er anerkennend festgestellt hatte. Allerdings störte es ihn, wie sie sich anbiederte. Sie überschlug sich fast in allem, was sie tat, um ihm zu gefallen. Ihm lag es völlig fern, sich mit einer von ihnen einzulassen. Dazu war er nicht hier. Für ihn waren es Krankenschwestern, die ihren Dienst verrichten sollten – nicht mehr und nicht weniger.

Als er nun im Camp der Gefangenen erschien, wurde er herzlich empfangen. Sogleich zeigte ihm Bender stolz ihren neuesten Eigenbau.

„Was ist denn das?" Dr. Berg betrachtete die merkwürdige Konstruktion voller Erstaunen. Das Teil hatte Ähnlichkeit mit einem Pflug, war aber aus Zweigen und kleinen Holzstücken selbst zusammengezimmert worden.

„Damit wollen wir den Boden roden, um das Saatgut auszubringen", erklärte Bender und sah Berg dabei unsicher an.

„Das ist eine gute Idee!" Berg nickte zustimmend, worauf die Männer sich anstießen und grinsten. Sie freuten sich, dass der Doktor es gut fand, was sie gebastelt hatten.

„Das wird eh nichts!“, dämpfte einer die Euphorie. „Wir haben hier keinen vernünftigen Boden. Da wächst doch nichts! Für das, was wir hier an Saatgut haben, bräuchte man einen gescheiten Ackerboden.“

„Davon habe ich leider keine Ahnung.“ Berg zuckte die Schultern. „Ihr müsst das ausprobieren! Vielleicht klappt es ja trotzdem. Gibt es keine Säcke mit Humus oder Ähnlichem?“

„Nein.“ Der Mann schüttelte den Kopf. Er hatte vorher irgendwo in der Landwirtschaft gearbeitet und kannte sich offenbar ein wenig aus. „Ich habe alles durchgesehen. Die Leute, die uns das Saatgut geschickt haben, scheinen irgendwelche Sesselpupser zu sein, die von Ackerbau und Viehzucht keine Ahnung haben!“

Dr. Berg wollte das nicht bestreiten. Sicherlich hatte der Mann recht. Aber was half es? „Versucht es einfach!“, sagte er schließlich diplomatisch. „Wenn es nicht funktioniert, müssen wir eine andere Lösung finden.“

Sörensen ließen die Ziegen keine Ruhe. Es musste doch möglich sein, ein paar von ihnen einzufangen! Er wollte sie jedoch nicht schlachten. Er hatte die Idee, eine kleine Herde lebendig ins Lager zu treiben und dort zu halten. Man hätte dann Ziegenmilch und könnte immer mal welche schlachten. Auch damit hatte er Erfahrung. Er fragte den Doktor, was er davon hielt.

Berg überlegte. „Ich kann es mir nicht so recht vorstellen“, meinte er schließlich. „Wie wollt ihr die Tiere hierherbekommen? Sie sind ja nicht zahm. Und wenn sie hier sind, braucht ihr einen Pferch, sonst laufen sie wieder davon. Außerdem müsstet ihr sie füttern.“

„Ich bin dagegen, dass die hier ins Lager kommen“, wehrte sich Bender. „Die stinken bestialisch! Alles riecht dann nur noch nach Ziegen!“ Er verzog angewidert das Gesicht.

Rupp dachte praktischer. „Wenn wir mobile Zäune hätten, könnten wir sie etwas abgelegen unterbringen“, meinte er. „Es gibt hier genug Vegetation. Wenn wir die Zäune regelmäßig versetzen, könnten sie sich auch selbst ernähren.“

Dr. Berg bot schließlich an, entsprechende Zaunrollen zu bestellen. Er hatte aber seine Zweifel, ob man sie tatsächlich liefern würde.

Langsam breitete sich eine undurchdringliche Dunkelheit aus. Nur das Feuer erhellte den Lagerplatz wenige Meter. Dr. Berg fühlte sich bei den Männern sehr wohl. Er war ehrlich erstaunt, wie sie die Situation meisterten. Viele von ihnen waren sehr interessante Gesprächspartner, und er hatte kein Verlangen, in seine kleine Klinik zurückzukehren, um sich dort mit seinen Krankenschwestern auseinanderzusetzen. Er wurde im Moment nicht gebraucht. Die beiden Krankenpfleger versorgten die wenigen stationär aufgenommenen Patienten, und sie wussten, wo er war. Falls es Komplikationen gab, würden sie ihn holen kommen.

Als es schließlich stockdunkel war, wurde das Prasseln des Lagerfeuers plötzlich von einem unheilvollen Flattern und Kreischen übertönt. Erschrocken fuhren die Männer zusammen und sprangen auf. Deutlich war zu hören, wie etwas Unheimliches durch die Vegetation brach. Äste fielen krachend zu Boden, aber die Nacht war tiefschwarz, und man konnte nichts sehen. Der Schein des Feuers reichte nicht weit genug, um etwas erkennen zu können. Alle rannten wild durcheinander und brüllten sich gegenseitig Anweisungen zu, die jedoch während des Tumults niemand verstand.

Die Männer, die vom Tal der Ziegen zurückgekommen waren und bereits eine Begegnung mit vermutlich genau diesem Wesen hinter sich hatten, warfen sich bedeutungsvolle Blicke zu. Es war hier! Es war ihnen unbemerkt gefolgt! Oder das Feuer hatte es angelockt!

Einzig Dr. Berg blieb völlig gelassen. Er hatte das Flattern gehört und tippte auf einen großen Nachtvogel, der durch das Feuer irritiert worden war. Da Vögel normalerweise nicht gefährlich sind, konnte er überhaupt nicht verstehen, weshalb die anderen so panisch reagierten. Ruhig blieb er an der Feuerstelle sitzen und beobachtete kopfschüttelnd, wie die Männer aufgeregt umherrannten.

Er konnte nicht ahnen, wie fantastisch groß dieses Tier tatsächlich war. Auch die anderen hatten nur eine vage Vermutung, da es aufgrund der Dunkelheit noch keiner von ihnen wirklich gesehen hatte. Allein der Krach, den es machte, ließ darauf schließen, dass es sich um etwas Gigantisches handeln musste.

Statt der bestellten Zaunrollen für die Ziegen wurden mehrere Kisten mit Hühnerküken ausgeladen, als das Versorgungsschiff endlich eintraf. Kommentarlos stellte man sie einfach am Strand ab. Bei näherem Hinsehen stellte sich heraus, dass sich auch einige erwachsene Hühner unter den kleinen Küken befanden.

„Was sollen wir damit?" Sörensen sah sich ratlos um. Mehrere Männer hatten sich am Strand versammelt und begutachteten, was man dort an Land brachte.

Der Großteil der Waren war bereits am Ufer der Klinik, zu dem die Strafgefangenen keinen Zutritt hatten, ausgeladen worden. Dabei handelte es sich um Lebensmittel für das Personal sowie Medikamente und andere medizinische Dinge, die Dr. Berg bestellt hatte. Außerdem natürlich kistenweise Schnaps, den Karl Mütze angefordert hatte.

„Die großen Hühner werden gebraten, und die kleinen müssen halt noch wachsen!", meinte einer pragmatisch.

Der Mann, der früher einmal in der Landwirtschaft gearbeitet hatte, drängte sich nach vorne. Er hieß Thomas Winterbach und war offenbar der Einzige, der sich ein wenig auskannte. „Nein! Das wäre das Dümmste, was man machen könnte!", sagte er bestimmt. „Die erwachsenen Hühner sind Glucken."

„Aha!", meinte Rupp belustigt und stemmte die Hände in die Seiten. „Und was genau willst du uns damit sagen?"

„Ganz einfach. Die Glucken beaufsichtigen die Kleinen, wärmen sie und bringen ihnen alles bei. Oder wollt ihr das machen?" Grinsend sah er sich um. Die wenigsten von ihnen hatten bisher jemals mit diesen Tieren zu tun gehabt. Schweigend standen sie herum. Manche zuckten die Schultern oder nickten.

Dr. Berg hatte die Ansammlung der Männer bemerkt und wollte sehen, was es dort gab. Einen Teil der Diskussion bekam er noch mit. Als er die vielen Küken sah, konnte er es sich nicht anders erklären, als dass man ihn aufgrund der schlechten Funkverbindung falsch verstanden hatte. Vermutlich hatte man gedacht, man solle Ziegen auf die Insel schicken, und hatte stattdessen Hühner geliefert, weil es einfacher war.

„Sind denn wenigstens die Zäune für die Ziegen gebracht worden?", fragte er schließlich, obwohl er die Antwort bereits wusste.

„Nein, es sieht nicht so aus. Zumindest wurden hier keine Zaunelemente ausgeladen", antwortete Thomas Winterbach. „Immerhin haben wir jetzt Hühner!" Er lachte und zwinkerte dem Doktor zu. Was immer er auch auf dem Kerbholz hatte – Berg wusste es nicht und wollte es auch nicht wissen –, er fand den Mann irgendwie sympathisch.

„Und Sie glauben, man kann die Küken mit den Glucken jetzt einfach hier frei herumlaufen lassen?", fragte er zweifelnd.

„Ein gesichertes Gehege wäre schon besser. Vermutlich ist es aber zu viel verlangt, dass man so weit mitdenkt, wenn man uns schon Hühner schickt." Winterbach lachte noch immer kopfschüttelnd über so viel Unfähigkeit.

Im Hospital gerieten inzwischen die beiden Krankenschwestern aneinander. Sie wohnten noch immer gemeinsam in einem Zimmer und bekämpften sich ohne Gnade. Frauen können sehr erfinderisch sein, wenn es um einen Mann geht, den beide wollen.

Dass Dr. Berg sich für keine von ihnen zu interessieren schien, spielte dabei keine Rolle. Sie sprachen so gut wie überhaupt nicht mehr miteinander. Mit knappen Worten hatten sie sich darauf verständigt, abwechselnd Dienst zu tun, damit sie sich so wenig wie möglich sahen. Für Katharina war das ein Problem, da sie ohne Marion kaum etwas zustande brachte. Sie tat zwar immer sehr beschäftigt, aber es war nicht zu übersehen, dass sie sofort überfordert war, wenn sie irgendetwas tun sollte, was über Essen verteilen und Medikamente einsortieren hinausging. Wenn es Verletzte gab, musste immer Marion zum Assistieren gerufen werden. Diese eilte dann rasch an Bergs Seite, schenkte ihm ein freundliches Lächeln und warf Katharina triumphierende Blicke zu. Katharina hasste sie dafür.

Eines Tages fand Marion in ihrem Bett, das sie – so gut es ging – mit den vorhandenen Schränken und einigen Bettlaken abgeteilt hatte, sodass sie Katharina nicht sehen musste, eine große mumifizierte Echse. Als sie einen Entsetzensschrei losließ, konnte sie das boshafte Kichern von Katharina vernehmen, die sich zufällig auch gerade im Zimmer aufhielt. Wutentbrannt griff sie nach dem verwesten Tier und schleuderte es Katharina entgegen. Sie traf gut. Die Echse landete direkt auf Katharinas Mund. Das Lachen verging ihr sofort. Entsetzt rang sie nach Atem. Marion, die sie genau beobachtete, bemerkte erfreut, dass sich ihr Gesicht grünlich verfärbte. Marion rechnete mit einem Gegenangriff, aber dazu war Katharina nicht mehr fähig. Vor Ekel heulend rannte sie hinaus.

Andy, der ihr zufällig auf dem Flur entgegenkam, zog die Augenbrauen hoch. „Was ist denn passiert?", fragte er besorgt und hielt Katharina am Arm fest, als sie an ihm vorbeistürzen wollte.

„Lass mich sofort los, und kümmere dich um deinen eigenen Kram!", schrie sie ihn unbeherrscht an. Das war ein Fehler.

„Pass einmal auf, du blöde Kuh", zischte der Krankenpfleger ihr leise zu. Jeder, der ihn besser kannte, wusste, dass es brenzlig wurde, wenn er anfing, sehr leise zu sprechen. „Ich kümmere mich sehr wohl um meinen Kram, wie du das nennst. Die Einzige, die ihre Arbeit hier nicht macht, bist du!" Am liebsten hätte er ihr in diesem Moment eine gescheuert, aber zum ersten Mal betrachtete er sie näher und stellte fest, dass sie in ihrer Wut ganz herrlich aussah. Fasziniert beobachtete er, wie aus den großen braunen Augen noch immer die Tränen tropften.

Er ertappte sich bei dem Gedanken, dass er den Doktor beneidete. Es gab mittlerweile kaum jemanden, der noch nicht mitbekommen hatte, dass diese exotische Schönheit Dr. Berg nachstellte. Dieser schien es jedoch noch nicht einmal zu bemerken.

Als sich Katharina beruhigt hatte und schlafen gehen wollte, lag die eklige Echse – hübsch drapiert – auf ihrem Kopfkissen.

Winterbach wollte die Küken auf gar keinen Fall frei herumlaufen lassen. Man hätte nicht lange Spaß an ihnen gehabt. In den Kisten konnten sie aber auch nicht bleiben. Also begannen die Männer sofort damit, aus Zweigen und Palmblättern einen Pferch zu bauen. Es war eine mühselige Arbeit. Es stellte sich jedoch heraus, dass fast alle helfen wollten, um die Kleinen möglichst schnell in ein schönes Gehege setzen zu können. Einige suchten Material, während die anderen beieinandersaßen und emsig Zäune flochten. Ein paar suchten nach Pflanzen, mit denen man die Tiere füttern konnte, und ein anderer Trupp kümmerte sich um das Essen, das für die vielen Männer täglich herbeigeschafft und zubereitet werden musste.

Es war beachtlich, wie sich die Strafgefangenen für die Küken einsetzten. Den wenigsten ging es dabei um eine weitere Nahrungsquelle. Es schien fast so, als ob sie die kleinen, hilflosen Tiere irgendwie adoptiert hätten, da sie außer zu ihren Mitgefangenen keinerlei Sozialkontakte hatten. Ihnen fehlten ihre Familien.

Manche saßen oft in sich gekehrt am Feuer und dachten daran, wie es früher einmal war. Viele von ihnen hatten einmal Ehefrauen und Kinder gehabt. Oder Freundinnen. Einige vermissten auch ihre Mütter und Väter. Nun hatte man sie einfach auf dieser verfluchten Insel ausgesetzt und sich selbst überlassen. Nicht alle kamen damit zurecht.

Am Abend hatte man einen Teil des Geheges fertiggestellt. Die Küken rannten glücklich umher, und die Glucken hatten zu tun, auf die Winzlinge aufzupassen. Aus den Kisten hatten die Männer ihnen Unterstände gebaut, wohin sie sich zurückziehen konnten. Außerdem gab es innerhalb der Umzäunung Sträucher und Gestrüpp, worin sie sich verstecken konnten. Der Zaun war allerdings zunächst eher behelfsmäßig – nicht sehr hoch und auch noch nicht überdacht. Man dachte, er würde trotzdem vorerst genügen. Nach und nach würde man ihn vergrößern und ein sicheres Dach darüberbauen.

Die Männer standen immer wieder um das Gehege herum und warfen Futter hinein. Es war zu putzig, mit anzuschauen, wie die Glucken sich die größte Mühe gaben, den Küken beizubringen, was sie fressen durften.

Als sich die Männer schließlich am Feuer niederließen, um selbst zu essen, war es bereits stockdunkel. Es gab wieder einmal Fisch mit Reis und Bananen, aber niemand beschwerte sich heute darüber. Alle waren zufrieden mit dem, was sie geleistet hatten. Sie unterhielten sich über frühere Zeiten. Winterbach erzählte gerade von einer Begebenheit, die er vor Längerem auf einem Geflügelhof erlebt hatte, als plötzlich das unheilvolle Flattern zu hören war.

Ehe jemand reagieren konnte, landete das Wesen mitten unter den Hühnern. Es richtete dort ein Massaker an! Im Schein des Feuers sahen die Männer fassungslos, wie es mit seinem riesigen Schnabel ein Küken nach dem anderen verschlang.

Winterbach griff sich einen großen Ast und rannte auf den großen Vogel zu. Dabei trat er absichtlich die Einzäunung nieder, damit die Glucken mit den Küken fliehen konnten. Sörensen und einige andere taten es ihm nach, doch statt zurückzuweichen, griff das mächtige Tier an. Mit ausgebreiteten Flügeln ging es auf Sörensen los. Dieser brüllte und hieb mit aller Kraft auf den Vogel ein, der sich jedoch wenig beeindruckt zeigte. Immer wieder hackte er mit seinem scharfen Schnabel nach Sörensen, der den Hieben jedoch geschickt auswich. Mittlerweile hatten die Männer das merkwürdige Wesen eingekreist und attackierten es von allen Seiten, um es zu verjagen. Einige warfen brennende Holzscheite nach ihm. Wenn sie es trafen, gab es schauerliche Schreie von sich.

Sörensen hielt sich den Arm und taumelte zurück. Das Vieh hatte ihn mit einem seiner mächtigen Flügel getroffen! Sofort stürzte sich der Riesenvogel auf die anderen Angreifer. Es versuchte, sie anzuspringen, um sie mit seinen scharfen Krallen zu zerreißen. Auf diese Weise schlug es normalerweise seine Beute, aber auch wenn es sich zur Wehr setzte, benutzte es seine Klauen als gefährliche Waffe.

Winterbach konnte gerade noch ausweichen, aber das Ungetüm fuhr herum und erwischte ihn mit seinem scharfen Schnabel am Oberschenkel. Winterbach wusste im selben Moment, dass er ein Problem hatte. Er spürte, wie das Blut warm an seinem Bein herunterrann.

Durch den Lärm alarmiert, trafen immer mehr Männer ein, die in der Umgebung campierten, und stürzten sich in das Kampfgetümmel. Die meisten waren mit irgendwelchen Gegenständen bewaffnet, die gerade greifbar waren. Manche gingen sogar mit bloßen Fäusten auf das unheimliche Wesen los.

Winterbach wankte zurück zum Lagerfeuer. Seine Hose war nass vor Blut. Das Vieh musste eine Schlagader getroffen haben! Auch Sörensen stand mit schmerzverzerrtem Gesicht am Feuer und hielt sich den Arm.

Einer der Männer, die zu Hilfe geeilt waren, begriff, dass die beiden verletzt waren. Als er das viele Blut sah, löste er den Gürtel von seiner Hose und band Winterbachs Bein ab. Ein anderer rannte zum Hospital und rief nach dem Arzt.

Es dauerte lange, bis der unheimliche Vogel endlich aufgab. Die Männer hatten all ihre Kraft aufgeboten, doch das Tier schien sie nicht zu fürchten. Erst als es von unzähligen Männern immer heftiger attackiert wurde, erhob es sich schließlich in den schwarzen Nachthimmel und flog davon.

Diese Schlacht hatte es verloren, aber es würde wiederkommen. Das war sicher!

Dr. Berg hatte an diesem Abend viel zu tun. Es gab siebzehn Verletzte! Zunächst wurden Winterbach und Sörensen hereingebracht. Winterbach wurde sofort in den OP gerollt. Die Schlagader war tatsächlich getroffen worden und musste genäht werden.

„Wer war das?", fragte Berg, bevor er die Narkosespritze setzte.

„Der große Nachtvogel!", antwortete Winterbach und grinste dumm.

„Natürlich! Ein Messer war dabei sicher nicht im Spiel!" Berg schüttelte den Kopf und machte sich an die Arbeit. Marion assistierte, und Sörensen musste warten.

Die Operation verlief problemlos, und Winterbach wurde anschließend von Max in einen speziellen Aufwachraum gebracht.

Als Nächstes röntgte Berg Sörensens Arm. Eindeutig gebrochen!

„Wie ist das denn passiert?", fragte Berg stirnrunzelnd.

„Na ja, der Vogel hat mich mit dem Flügel erwischt ..."

„Der Vogel! Aha!" Berg wurde langsam sauer. „Ich will euch mal was sagen! Mir ist es völlig egal, welche Streitigkeiten ihr untereinander habt, und ihr müsst es mir auch nicht erzählen. Ich behandle hier jeden, egal, woher die Verletzungen stammen. Aber für dumm verkaufen lasse ich mich von euch nicht!" Für ihn war es völlig klar, dass es eine Schlägerei gegeben haben musste.

Der Bruch musste nicht gerichtet werden, und er überließ es Andy, den Arm einzugipsen.

Nach und nach trafen immer mehr Verletzte ein. Sie standen vor dem Hospital Schlange und wurden von Max hereingelassen. Die meisten hatten blutende Wunden, die von den Schnabelhieben des Vogels stammten. Manche hatten auch Prellungen und Hämatome.

Berg glaubte, es handle sich bei den Wunden um Verletzungen, die sich die Gefangenen durch Messerstiche zugefügt hatten. Die Hämatome waren vermutlich durch Faustschläge entstanden, dachte er.

Wortlos versorgte er die Verletzten, ohne noch einmal auf irgendwelche Erzählungen über den Riesenvogel einzugehen. Wie immer half ihm Marion dabei, während Katharina wieder durch Abwesenheit glänzte. Auch das ärgerte ihn. Und dabei soll man immer ruhig und freundlich bleiben, dachte er genervt bei sich.

„Wenn mir jetzt noch irgendeiner was über einen großen Nachtvogel erzählt, jage ich ihm eine Spritze in den Hintern, dass er nur so jubelt!", brüllte Max schließlich drohend. Auch er hatte sich ständig die Geschichten über den Vogel anhören müssen und kam sich veralbert vor.

„Nur die Ruhe behalten, Max! Lass sie doch erzählen, was sie wollen!"

„Doktor! Die haben sich gekloppt und sonst gar nichts. Und uns erzählen sie hier irgendwelche Märchen von geheimnisvollen Riesenvögeln! Ich glaube, ich spinne!"

Die meisten der Männer konnten nach der Wundversorgung sofort wieder entlassen werden. Sörensen und Winterbach wurden stationär aufgenommen und lagen mit noch zwei weiteren Männern im selben Krankenzimmer.

„Der Doktor glaubt uns nicht", begann Winterbach.

„Ich weiß. Der meint, es hätte eine Massenschlägerei gegeben." Sörensen lachte laut auf, zuckte jedoch gleich darauf zusammen und verzog das Gesicht. Jede Erschütterung jagte höllische Schmerzen durch seinen gebrochenen Arm.

„Hast du dir diesen merkwürdigen Vogel mal genauer angesehen?", fragte er schließlich nachdenklich.

„Ja. Mal davon abgesehen, dass ich noch nie so einen riesigen Vogel gesehen habe, sah er doch reichlich komisch aus. Eher wie eine Art Echse." Mehr wollte Winterbach eigentlich nicht sagen.

Einer der beiden anderen Männer setzte sich im Bett auf und sah interessiert zu ihnen herüber. „Ich habe das Vieh aus nächster Nähe gesehen. Und auch auf die Gefahr hin, dass ihr mich jetzt für völlig bescheuert haltet, sage ich euch, dass es für mich aussah wie ein Flugsaurier! Es ist zwar völlig bekloppt, aber ich habe vor vielen Jahren einmal einen Kinofilm gesehen, in dem genau solche Mistviecher herumgeflattert sind. Die wurden damals – im Film – auf einer Insel irgendwie künstlich erschaffen. Genau so sah dieses Untier heute aus!" Unsicher sah er in die Runde, doch niemand lachte ihn aus oder verspottete ihn.

„Ich habe den Film auch gesehen", sagte Winterbach nach einer Weile ernst.

Der Vierte im Zimmer tippte sich an die Stirn. „Ihr spinnt ja!", meinte er und grinste breit. „Wahrscheinlich treffen wir als Nächstes auf einen T-Rex!"

„Was für einen Rex?", fragte Sörensen irritiert, der den Film offenbar nicht gesehen hatte.

„Einen Tyrannosaurus Rex", sagte Winterbach gelassen. „Er zählte zu den größten Fleischfressern, die es je auf der Erde gab."

Am nächsten Morgen führten die Glucken ihre Küken zurück zum Lagerplatz. Die Männer staunten nicht schlecht, als die piepsende Schar plötzlich auftauchte, nachdem sie am vergangenen Abend in alle Richtungen davongestoben war.

Die Glucken blickten sich zunächst misstrauisch um, aber als sie bemerkten, dass offenbar im Moment keine Gefahr mehr drohte, marschierten sie mit den Kleinen zielstrebig in das zerstörte Gehege zurück.

„Die kommen tatsächlich zurück! Das ist doch nicht zu glauben, nach dem, was hier gestern passiert ist!" Manfred Rupp beobachtete, wie die kleinen Gruppen nach und nach wieder eintrafen, und verstand die Welt nicht mehr.

„Wahrscheinlich haben sie Hunger", überlegte Harry Bender. Sofort sprangen einige Männer auf und holten Schüsseln mit Körnern aus der Vorratshütte. Ein paar andere brachten Pflanzen aus der Umgebung und warfen sie in das Gehege.

Aufgeregt rannten die kleinen gelben Knäuel herum und pickten nach allem, was ihnen die Glucken zeigten. Eines hatte einen Wurm erwischt, der jedoch zu groß zum Verschlingen war. Es lief mit dem Wurm im Schnabel über den ganzen Platz, während alle anderen Küken lautstark piepsend hinter ihm herflitzten.

Die Männer beobachteten das Schauspiel amüsiert und lachten.

„Wenn sie auch ohne Zaun hierbleiben, brauchen wir ihn doch eigentlich gar nicht mehr zu reparieren", meinte einer.

„Wir müssen ihnen einen Stall bauen!", bestimmte Rupp. „Hier draußen sind sie nicht sicher. Der komische Vogel kommt garantiert heute Abend wieder. Er weiß jetzt, dass es hier für ihn leichte Beute gibt. Am besten fangen wir sofort damit an!"

Ein unangenehmes Schweigen antwortete ihm. Nach einer Weile fingen schließlich einige an, unwillig zu murren.

„Was denn noch alles? Am besten stellen wir den Hühnern noch unsere eigenen Hütten zur Verfügung!", ärgerte sich einer.

„Wenn wir bis heute Abend nicht fertig werden, wäre das keine schlechte Idee", meinte Bender. „Ansonsten brauchen wir nichts mehr zu bauen, weil es dann keine Hühner mehr geben wird!"

„Ich finde es total lächerlich, was hier für ein Aufriss um die paar Viecher gemacht wird. Außerdem sehe ich nicht ein, dass sie auch noch aus unseren Vorräten gefüttert werden. Wir haben dann selbst nichts mehr zu essen, aber Hauptsache, die Hühner sind satt! Habt ihr sie eigentlich noch alle?", regte sich ein anderer auf. Er war sehr erbost, weil er beobachtet hatte, dass die Männer das Saatgut und den Reis verfütterten.

Ein paar nickten zustimmend, während die meisten anderer Meinung waren. Ein Wort gab das andere, und ehe man sich versah, war plötzlich die schönste Schlägerei im Gange.

Es war zu erwarten gewesen, dass es irgendwann so kommen musste. Das Thema mit den Hühnern war nur der Auslöser. Viele der Männer kamen nicht damit zurecht, auf einer einsamen Insel ausgesetzt und von aller Welt abgeschlossen zu sein. Sie suchten ein Ventil, um ihren Frust abzubauen, und ließen ihrer Wut freien Lauf, indem sie rücksichtslos aufeinander eindroschen.

Sie hörten erst damit auf, als sie keine Kraft mehr hatten und kaum noch stehen konnten.

Es gab mehrere Blessuren, mit denen jedoch kaum einer zum Arzt wollte. Es waren nur zwei, die schließlich vor dem kleinen Hospital auftauchten. Manfred Rupp hatte einen Nasenbeinbruch und ein anderer eine Platzwunde an der Stirn, die genäht werden musste.

Max öffnete die Tür. „Aha!", brüllte er sofort los, als er die blutenden Gestalten sah. „Das war bestimmt wieder der Riesenvogel, was?" Er stemmte die dicken Boxerfäuste in die Seiten. „Kommt nur herein! Der Doktor wird sich freuen!", feixte er.

Die beiden Männer ignorierten ihn und marschierten an ihm vorbei in die Aufnahme, wo sie von Katharina empfangen wurden. Als sie das viele Blut sah, wurde sie ganz blass. Langsam wich sie zurück und stützte sich an der Wand ab. Ihre Beine schienen ihr den Dienst zu versagen. Andy, der auch im Raum zu tun hatte, eilte herbei und griff nach ihrem Arm, damit sie nicht stürzte, doch sie schlug wütend seine Hand weg. „Fass mich nicht an!", schrie sie unbeherrscht und rannte hinaus.

„Die hat sie doch nicht alle!", stellte Rupp emotionslos fest und tippte sich an die Stirn. „Kannst du mal nach meiner Nase kucken?", fragte er Andy kleinlaut. „Der Doktor muss es ja nicht unbedingt mitkriegen."

„Was soll ich nicht mitkriegen?" Berg war unbemerkt hereingekommen. „Und wo will die Schwester so schnell hin? Habt ihr sie beleidigt?"

„Ich wollte ihr nur helfen!", verteidigte Andy sich. „Sie kann offenbar kein Blut sehen!"

„Dann hätte sie sich einen anderen Beruf aussuchen müssen!", sagte Berg knapp, während er Rupps Nase untersuchte. Andy säuberte inzwischen die Platzwunde des anderen Mannes.

„Na ja, sie gibt sich aber sehr viel Mühe", nahm er Katharina in Schutz. „Sie versorgt die Patienten mit Essen und hält alles ordentlich."

„Dafür brauche ich keine Krankenschwester!" Berg blickte Andy forschend an. „Ach, so ist das! Ich verstehe. Sie sieht ja auch hübsch aus, aber man muss Privates von Beruflichem trennen!"

Andy wurde rot. Er fühlte sich ertappt, obwohl zwischen ihm und Katharina gar nichts vorgefallen war. Er setzte zu einer Erklärung an, aber Dr. Berg interessierte sich nicht dafür. Unwirsch schüttelte er den Kopf. „Marion soll kommen", sagte er. Über Katharina wollte er nichts mehr hören. „Gibt es noch mehr Verletzte?", fragte er ahnungsvoll.

„Ja, aber alles halb so wild!", meinte Rupp gelassen. „Es war …" Er brach ab, als Dr. Berg warnend die Brauen hob. „Nein, es war diesmal nicht der Riesenvogel. Wir haben uns gekloppt!", sagte Rupp treuherzig und lachte.

„Und warum habt ihr euch gekloppt?"

„Wegen der Hühner."

„Was? Wegen der Hühner?"

„Ja, es gab Meinungsverschiedenheiten."

„Aha. Und die kann man nicht anders lösen?"

„Nein. Wie denn?" Erstaunt sah Rupp den Doktor an. Der hat vielleicht merkwürdige Vorstellungen, dachte er.

Wieder musste sich Berg ins Gedächtnis rufen, dass er es hier mit einem Haufen Verbrecher zu tun hatte, auch wenn sie für ihn Patienten wie alle anderen waren.

Am Abend war der Hühnerstall tatsächlich fertig. Die meisten hatten tatkräftig mit angepackt. Ein paar Männer hatten Material aus der Umgebung herbeigeschafft, und einiges lag noch herum, was man für den Hüttenbau nicht mehr gebraucht hatte. Den ganzen Tag verbrachten die Männer damit, Stämme in den Boden zu rammen, sie miteinander zu verbinden und Zweige und Blätter für das Dach ineinanderzuflechten. Jeder war mit irgendetwas beschäftigt, bis der Bau am Ende stand. Den Zaun hatte man nicht mehr errichtet, da die Tiere von selbst in der Nähe blieben.

Bevor es dunkel wurde, mussten nun alle Glucken und Küken in den Stall gelockt werden. Die Männer brachten Schüsseln mit Futter und zeigten sie den erwachsenen Hühnern. Anschließend betraten sie den Stall und verteilten das Futter auf dem Boden. Ohne viel Aufhebens kamen sie wieder heraus und postierten sich in einiger Entfernung.

Es war erstaunlich, wie verständig die Tiere waren. Offenbar bedeuteten die Glucken den Küken, zurückzubleiben und zu warten. Zwei der Hennen marschierten in den Stall und sahen sich um. Als sie das neue Heim für gut befanden und keine Gefahr drohte, traten sie wieder nach draußen und bekundeten, dass alles in Ordnung war und die anderen kommen sollten. Sofort rannten sämtliche Glucken mit ihren Küken in den Stall und stürzten sich auf das Futter.

Bender schloss die Tür und lachte. „Das ging ja einfacher als gedacht!", freute er sich.

„Da kommt noch eins!", rief einer, als ein kleines gelbes Küken, das den Anschluss verpasst hatte, verzweifelt piepsend herbeieilte.

„Wenn wir jetzt wieder aufmachen, kommen sie alle wieder heraus!", meinte Bender. Er bückte sich und sprach beruhigend auf das Tierkind ein. Tatsächlich kam es zu ihm und ließ sich von ihm greifen. Es war so niedlich. Am liebsten hätte er es abgeküsst. Das tat er natürlich nicht, da die anderen Männer um ihn herumstanden. Einer öffnete vorsichtig die Stalltür und hielt die Hand davor, damit keines der Kleinen ausbüxte. Behutsam setzte Bender das Küken zu den anderen, von denen es mit aufgeregtem Piepsen empfangen wurde.

Inzwischen war es dunkel geworden. Man saß am Feuer und wartete gespannt, ob der Vogel tatsächlich wieder auftauchen würde. Die Männer, die normalerweise in der näheren Umgebung kampierten, waren auch gekommen. Diesmal war man vorbereitet. Die Männer hatten einen hohen Steinhügel aufgeschichtet, hinter dem sie Schutz finden konnten. Außerdem wollten sie die Steine als Wurfgeschosse benutzen. Zusätzlich hatten sie einen Berg voller Äste gesammelt, um sie als Fackeln oder als Schlagwerkzeuge zu verwenden, falls der Riesenvogel das Lager angriff.

Dr. Berg entschied, dass die beiden Verletzten zunächst im Hospital bleiben durften. Manfred Rupp war hocherfreut. Endlich wieder einmal in einem richtigen Bett liegen! Essen aus der Krankenhausküche, das Katharina zubereitete! Nicht immer nur Fisch und Bananen! Die beiden Männer waren trotz ihrer Blessuren gut gelaunt, als Max sie in das Krankenzimmer führte, in dem bereits Sörensen, Winterbach und die beiden anderen Männer lagen.

„Der Flugsaurier hat wieder zugeschlagen!", brüllte Sörensen sofort, als er Manfred Rupp erblickte.

Winterbach setzte sich gespannt auf. „Was ist passiert?", fragte er.

„Ach was!" Rupp winkte mit beiden Händen ab. „Wir haben uns gekloppt. Die sind alle so bescheuert! Jetzt kriegen sie sich wegen der Hühner in die Wolle. Passt manchen nicht, dass wir sie aus den Vorräten füttern."

„Na ja, irgendwas müssen sie ja fressen", meinte Winterbach schulterzuckend. „Habt ihr den Zaun wieder aufgebaut?"

„Nein, die kleinen Kerlchen bleiben auch so da. Aber ich habe gesagt, dass wir ihnen einen Stall bauen müssen, in dem man sie nachts einsperren kann. Keine Ahnung, was die anderen jetzt machen. Ich bin ja außer Gefecht!" Er deutete auf seine gebrochene Nase. „Was meintest du eigentlich mit Flugsaurier?", wandte er sich an Sörensen.

„Nur so eine Überlegung", meinte Sörensen vorsichtig. „Das Vieh sah nicht aus wie ein richtiger Vogel."

„Ach so, und ihr glaubt jetzt tatsächlich, es wäre ein Saurier?" Rupp wollte laut loslachen, aber er ließ es sofort und verzog schmerzhaft das Gesicht. Mit einer gebrochenen Nase sollte man sich eher still verhalten.

Diesmal hörten sie es nicht kommen. Es landete fernab des Lagerfeuers und kam langsam näher. Die knackenden Geräusche der Zweige, die unter seinen gewaltigen Füßen zerbrachen, wurden vom Prasseln des Lagerfeuers übertönt.

Bender lief es plötzlich eiskalt über den Rücken. Er hatte das untrügliche Gefühl, von etwas Unheimlichem beobachtet zu werden. Obwohl er noch nichts sah, spürte er deutlich die Gefahr.

„Ich glaube, es ist hier!", sagte er gerade so laut, dass man ihn verstand. Vorsichtig blickten die Männer um sich, konnten jedoch zunächst nichts entdecken. Die ersten griffen langsam nach den Steinen. Andere entzündeten behutsam die Fackeln. Alles geschah ganz ruhig, fast wie in Zeitlupe. Noch immer rührte sich nichts. Die Spannung wuchs.

„Es ist ganz nahe!", meinte einer leise. Die Nerven der Männer waren zum Zerreißen gespannt.

Plötzlich zerschnitt ein ohrenbetäubender Schrei die Nacht. Es griff an! Flügelschlagend und mit weit aufgerissenem Schnabel stürzte es sich auf die Männer, die noch immer um das Feuer herumsaßen.

Sofort sprangen sie auf und bewarfen es mit Steinen und brennenden Holzscheiten, doch das riesige Tier schien es nicht einmal zu bemerken. Unbeirrt rannte es mitten in das Feuer und stob die Glut auseinander. Es war furchtbar. Ein paar Männer bekamen die glühende Asche in die Augen und sahen nichts mehr. Schreiend vor Schmerzen pressten sie die Hände auf ihre Gesichter und suchten taumelnd Schutz. Der Vogel wusste, dass er gewonnen hatte. Ein blinder Gegner war eine leichte Beute! Er krallte einem der Männer seine fürchterlichen Klauen in den Hals und brach ihm das Genick. Die anderen hörten deutlich das Knacken, doch sie konnten ihm nicht mehr helfen. Entsetzt starrten sie den Riesenvogel an.

Er versuchte mit der Beute davonzufliegen, aber sie war zu schwer für ihn. So blieb er auf dem toten Mann sitzen und blickte mit kleinen gefährlichen Raubtieraugen um sich. Niemand sollte es wagen, ihm jetzt zu nahezukommen!

Die Männer waren wie gelähmt. Voller Grausen mussten sie mit ansehen, wie das fürchterliche Wesen begann, Fleischstücke aus dem Toten herauszureißen und zu verschlingen. Einer der Männer übergab sich.

„Es ist noch viel größer als gestern!", keuchte einer ungläubig.

„Glaubst du, es ist über Nacht gewachsen, oder was?", rief ein anderer kopfschüttelnd und tippte sich an die Stirn.

„Nein. Das ist ein anderer Vogel! Es gibt vermutlich eine ganze Population hier. Weshalb sollte es auch nur einen einzigen davon geben?" Harry Bender hatte sich als Erster wieder gefangen. Es musste sofort etwas geschehen! Nur was?

Es war ein ungleicher Kampf. Wieder und wieder versuchten die Männer, den Raubvogel von der Leiche zu vertreiben. Dieser dachte jedoch überhaupt nicht daran, seine Beute herzugeben. Jeder, der sich näherte, wurde mit gewaltigen Schnabelhieben attackiert. Schließlich mussten die Männer aufgeben.

„Wir können dem Kameraden sowieso nicht mehr helfen!", meinte einer resignierend.

Bisher hatte absolut nichts, was einer Kameradschaft auch nur im Entferntesten ähnelte, zwischen den Männern bestanden, doch in dieser Ausnahmesituation empfanden plötzlich alle eine gewisse Zusammengehörigkeit.

Erst als der Vogel sich satt gefressen hatte, ließ er von dem toten Körper ab. Er blickte sich noch einmal zögernd nach den schweigenden Menschen um und erhob sich dann mit seinen riesigen Schwingen in den Nachthimmel.

Für die Verletzten, die die glühende Asche abbekommen hatten, sah es nicht sehr gut aus. Dr. Berg spülte ihnen die Augen aus und legte Verbände an. Sehr viel mehr konnte er hier nicht tun. Sie mussten dringend in eine Spezialklinik gebracht werden. Berg befürchtete, dass einige von ihnen blind bleiben würden. Die Hautverbrennungen waren nicht so schlimm, sie konnten heilen, auch wenn hier und da vermutlich ein paar Narben zurückbleiben würden.

Harry Bender erzählte Berg, was passiert war. Dr. Berg konnte es nicht glauben. „So etwas gibt es doch gar nicht!", sagte er immer wieder. Als ihm Bender schließlich von dem Toten erzählte, war er völlig fassungslos.

„Liegt er noch dort?", fragte er leise.

„Ja. Wir haben ihn abgedeckt."

„Gut." Berg nickte langsam. „Ich muss mir das ansehen. Und ich muss den Totenschein ausstellen", sagte er schließlich. Im Geiste versuchte er sich auf das vorzubereiten, was ihn erwartete. Es war ihm jedoch unmöglich. Die Situation war viel zu unrealistisch.

„Gehen wir", sagte er tonlos.

„Ja. Hoffentlich kotzen Sie nicht!", antwortete Bender grob. Er musste sich irgendwie Luft verschaffen, nach dem, was er miterlebt hatte. Mit versteinertem Gesicht führte er den Arzt zu dem zerfetzten Leichnam.

Die Männer standen betreten herum. Berg wies sie an, sich zu entfernen, bevor er die Decke langsam von dem Toten zurückzog.

Was er sah, machte auch ihm zu schaffen, obwohl er einiges gewohnt war. Fassungslos betrachtete er den zerhackten Körper. Das Gesicht war nicht mehr zu erkennen. Der Bauch war aufgerissen, und Teile der Gedärme hingen bläulich grau schimmernd heraus. Der Körper war regelrecht ausgeweidet worden. Große Stücke fehlten.

Ein paar Männer kamen näher und versuchten erfolglos, mit Palmblättern die Schmeißfliegen zu vertreiben, die sich wie eine dichte, schwarze Wolke um den Leichnam versammelt hatten.

Nach einem kurzen Augenblick bedeckte Berg den Toten wieder. Noch nie in seinem Leben hatte ihn etwas so erschüttert!

„Begrabt ihn!", sagte er knapp und nickte den Umstehenden zu.

„Wird er denn nicht überführt?", fragte einer der Männer ungläubig.

„Nein. Wir können ihn hier nicht aufbewahren." Berg fand es selbst unglaublich, doch so war es nun mal. Man hatte keine Kühlmöglichkeit.

„Aber das ist Vorschrift! Der Fall muss doch untersucht werden!", beharrte ein anderer.

Einige hatten offenbar noch immer nicht begriffen, dass sich absolut niemand dafür interessierte, was mit den Männern auf dieser verfluchten, geheimen Insel geschah.

Dr. Berg würde gewissenhaft einen Totenschein ausstellen und ihn dem Versorgungsschiff mitgeben. Er war sich jedoch absolut sicher, dass keiner nachfragen würde, geschweige denn eine Überführung des Leichnams verlangte.

In dem kleinen Krankenhaus wurde es langsam eng. Die Betten waren komplett belegt, und die Krankenschwestern und Pfleger hatten mit der Versorgung der Patienten alle Hände voll zu tun.

Sörensen, Winterbach und Rupp lagen im selben Krankenzimmer und hatten viel Spaß miteinander. Sie sinnierten noch immer über irgendwelche Saurier, die sich womöglich auf der Insel befinden sollten, und amüsierten sich köstlich.

Besonders lustig wurde es immer, wenn Katharina das Essen brachte. Die Witzbolde hatten längst mitbekommen, dass sie sich vor allem ekelte und kein Blut sehen konnte. Bevor sie kam, heckten sie regelmäßig Streiche aus, die sie ihr spielen wollten. Zum Beispiel hustete und würgte dann einer zum Erbarmen und rief nach einer Brechschale. Der nächste sagte leise hinter vorgehaltener Hand, er hätte einen eiternden Ausfluss, den sie sich anschauen sollte, er hätte ihn extra aufgehoben.

Katharina ließ dann alles stehen und liegen und rannte davon. Die Männer brüllten jedes Mal vor Vergnügen.

Sicherlich hätten sie alles nicht so lustig gefunden, wenn sie von dem erneuten Angriff gehört hätten. Aber sie wussten davon nichts. Auch nicht, dass es einen Toten gegeben hatte. Alle, die dabei gewesen waren, lagen in einem anderen Zimmer und hatten genug mit sich selbst zu tun.

Bei Einbruch der Dämmerung wurden alle Feuer gelöscht, und die Männer verkrochen sich in ihre Hütten. Man hatte tagsüber beschlossen, sich am Abend zurückzuziehen und sich still zu verhalten. Es war fest damit zu rechnen, dass der Vogel wiederkam, da er erfahren hatte, wie leicht er hier an Beute kam.

Den ganzen Tag über waren die Männer damit beschäftigt gewesen, die größeren, stabileren Hütten weiter zu verstärken. Die leichten Unterstände, die zum Teil offen waren, boten keinerlei Schutz vor dem Untier.

Jeweils zu mehreren saßen sie nun in den massiven Hütten und warteten. Es war stockfinster, und sie bemühten sich, keinen Laut von sich zu geben. Selbst die Hühner, die man beizeiten in ihren Stall getrieben hatte, verhielten sich so ruhig, als ahnten sie die Gefahr.

Alle lauschten angespannt, ob das unheilvolle Flattern zu hören war, doch es blieb totenstill.

Katharina weigerte sich, die Patienten zu versorgen. Sie meldete sich einfach krank und blieb in ihrem Zimmer. Marion erschien erbost bei Dr. Berg und beschwerte sich.

„Mir reicht es jetzt langsam mit dieser Person!", rief sie ärgerlich. „Die ist nicht krank! Sie will nur nicht mehr zu den Männern in die Krankenzimmer, weil die sich einen Spaß mit ihr erlauben. Wenn sie so empfindlich ist, hätte sie hier nicht herkommen dürfen! Es kann nicht sein, dass ich ihren Dienst jetzt mit übernehme. Das meiste mache ich sowieso die ganze Zeit schon allein!" Vor Empörung war sie ganz rot im Gesicht geworden. Ihre Augen waren fest auf Dr. Berg geheftet. Diesmal würde sie sich nicht so einfach vertrösten lassen! Er musste etwas unternehmen!

Doch Berg hatte gerade absolut keine Lust, sich mit dem Zickenkrieg der Krankenschwestern zu beschäftigen. Er hatte andere Sorgen. Im Geiste sah er immer wieder den zerhackten Körper vor sich und fragte sich, welch eine Bestie hier ihr Unwesen trieb, die so etwas anrichten konnte. Er war in großer Sorge um die Männer, die nun in der Nacht dort draußen waren und nicht wussten, ob das Riesentier wieder angreifen würde. Am liebsten hätte er alle in das kleine Hospital geholt, aber es waren einfach zu viele. Es war nicht genug Platz vorhanden, um alle unterzubringen.

„Hören Sie mir überhaupt zu?", vernahm er schließlich die schrill gewordene Stimme Marions. Tatsächlich hatte er nichts davon mitbekommen, was sie ihm gerade ausschweifend erklärt hatte. Es war ihm auch einerlei. Es interessierte ihn im Moment nicht.

„Es ist gut. Ich kläre das!", sagte er knapp. Zum Zeichen, dass für ihn damit die Unterredung beendet war, nickte er ihr kurz zu. Damit ließ er sie stehen. Fassungslos sah Marion ihm nach, als er einfach davonging. Wutentbrannt ballte sie die Fäuste. Mit mir machst du das nicht! Nimm nur dein kleines Flittchen in Schutz, du arrogantes Scheusal, dachte sie böse.

Bender hatte einen schmalen Spalt zwischen den verflochtenen Zweigen der Hüttenwand entdeckt, durch den er hinausspähen konnte. Nachdem sich seine Augen an die Dunkelheit gewöhnt hatten, entdeckte er plötzlich zwei riesige, schemenhafte Gestalten, die langsam näher kamen.

„Es sind zwei!", flüsterte er atemlos. „Sie kommen genau auf uns zu!"

Die beiden Riesenvögel bewegten sich fast lautlos. Immer wieder hielten sie inne und sahen sich um. Offenbar versuchten sie, eine Bewegung oder ein Geräusch auszumachen.

„Absolute Ruhe!", befahl Bender. Auch in den anderen Hütten hielten alle den Atem an und verursachten keinen Laut.

Zum Glück hatte jeder mitbekommen, dass sich dort draußen etwas tat. Auch die Hühner verhielten sich ruhig. Es war eine gespenstische Stille.

„Der eine ist etwas kleiner als der andere", bemerkte Bender, als die Vögel sich etwas entfernt hatten. Noch immer sahen sie sich wachsam um. Es dauerte eine ganze Weile, ehe sie beschlossen, das Lager wieder zu verlassen. Da sich nichts rührte, glaubten sie offenbar, es gäbe heute keine Beute hier für sie. Als sie schließlich davonmarschierten, atmeten alle auf. Kurze Zeit später konnte man die Flügelschläge hören, als sie sich auf freierem Gelände in die Luft erhoben.

„Können wir jetzt wieder hinaus?", fragte einer leise.

„Ich weiß nicht. Ich würde noch warten. Vielleicht kommen sie wieder zurück. Denen traue ich sogar zu, dass sie uns in Sicherheit wiegen wollen!", überlegte Bender.

„Das könnte ein Pärchen gewesen sein", meinte ein anderer.

„Klar. Mama und Papa Riesenvogel!", kam eine Antwort aus der Dunkelheit. Irgendwie war das befreiend nach der Anspannung, und alle lachten.

„Mal im Ernst", sagte Bender, „ich glaube das fast auch. Vielleicht haben sie irgendwo Jungvögel im Nest, die sie füttern müssen."

„Wahrscheinlich hast du jetzt auch noch allergrößtes Verständnis dafür, dass die armen Tiere ihr Futter bei uns suchen müssen, weil sie ja sonst nirgendwo was finden", feixte einer. Bender hätte gern gewusst, wer es war, aber das war in der Finsternis nicht feststellbar.

Am nächsten Morgen versammelten sich einige Männer auf dem Lagerplatz und packten Vorräte in ihre selbst gebastelten Taschen. Sie wollten zum Tal der Ziegen aufbrechen, um mehrere von ihnen ins Lager zu holen. Sie hatten Hunger. Da Sörensen ausfiel, gab es zu wenig Fisch für alle. Nur Sörensen schaffte es, diese großen Mengen zu fangen und auszunehmen. Außerdem hingen den Männern Fisch, Bananen und Kokosnüsse mittlerweile zum Halse heraus. Sie wollten endlich einmal wieder Fleisch essen!

Harry Bender führte den Trupp an. Er war sich sicher, dass sie diesmal das Tal finden würden.

Stundenlang marschierten sie schweigend durch die Wildnis. Immer geradeaus. Irgendwann mussten sie schließlich irgendwo ankommen, dachten sie.

Plötzlich durchschnitt ein surrender Laut die Stille. Knapp neben Benders Kopf bohrte sich ein gefiederter Pfeil in einen dicken Baumstamm und blieb dort leicht wippend stecken.

Bender reagierte sofort. „Volle Deckung!", brüllte er und ließ sich dabei fallen. „Wir werden beschossen!" Die Männer krochen in das Unterholz und blieben dort flach liegen.

Als sich eine Weile nichts tat, hob einer den Kopf. „Was war das denn jetzt? Gibt's hier Indianer, oder was?", fragte er entgeistert.

„Lass den Kopf unten! Die zielen gut", knurrte ein anderer.

„Und ich dachte, die Insel wäre unbewohnt", meinte der nächste.

„Vielleicht soll es nur eine Warnung sein. Wenn sie uns abschießen wollten, hätten sie bestimmt getroffen", überlegte Bender.

„Warnung wovor? Wir tun doch keinem was", meinte einer naiv.

„Wir sollen anscheinend hier nicht weitergehen. Sie fühlen sich von uns gestört oder bedroht", mutmaßte Bender.

„Aha! Wer bedroht hier denn wen? Und was sollen wir jetzt machen? Wir können ja nicht hier liegen bleiben!" Ein weiterer Mann hob den Kopf und sah sich um.

„Abwarten! Bleibt unten! Sie werden sich schon zeigen." Bender wollte kein Risiko eingehen.

Er sollte recht behalten. Kurze Zeit später erschienen mehrere kleine braune Gestalten zwischen den Bäumen auf der anderen Seite des Pfades. Neugierig blickten sie zu ihnen herüber. Sie hielten die großen Menschen offenbar für ungefährlich, da sie keinerlei Deckung suchten. Sie unterhielten sich in einer unbekannten, merkwürdig kehlig klingenden Sprache und gestikulierten in Richtung der Männer, die ein paar Meter entfernt noch immer bewegungslos am Boden lagen.

„Das sind Wilde! Das geht nicht gut aus!", flüsterte einer, der einen kurzen Blick riskierte.

Die kleinen, seltsamen Menschen waren völlig nackt und trugen lange Rohre aus Bambus bei sich. Dazu hatten sie sich Köcher mit Pfeilen auf den Rücken gebunden.

„Die haben Blasrohre. Wir sind denen hilflos ausgeliefert! Vielleicht sollten wir abhauen?", schlug einer vor.

„Dann erwischen sie ein paar von uns garantiert!", meinte Bender. „Vielleicht sollten wir ihnen in Freundschaft begegnen?"

„Die wissen doch gar nicht, was das ist", befürchtete ein anderer mutlos.

Dann wurde es brenzlig. Ohne Vorwarnung rannten die kleinen Gestalten plötzlich schreiend auf die Männer zu.

„Unser letztes Stündlein hat geschlagen!", murmelte einer und begann tatsächlich zu beten.

„Quatsch! Los, aufstehen! Aber ganz langsam. Und immer freundlich bleiben!", kommandierte Bender. Er hatte einmal gelesen, dass man als internationales Zeichen des Friedens dem Gegenüber die Handflächen entgegenstrecken sollte, um zu zeigen, dass man waffenlos war. Also erhob er sich vorsichtig, hielt beide Hände hoch und machte ein freundliches Gesicht.

Sofort verstummten die kleinen Männer. Aus der Nähe betrachtet, sahen sie gar nicht so furchterregend aus. Sie hatten breite, platte Nasen und schwarzes, abstehendes Haar. Einer von ihnen schob sich näher an Bender heran und lachte, wobei er seine Zahnlücken preisgab. Jeder zweite Zahn fehlte. Als die anderen in ihrer kehligen Sprache laut durcheinanderredeten, sah man, dass dies bei allen so war. Vermutlich handelte es sich um ein Ritual, eine Mode oder eine andere Besonderheit des Stammes.

Der kleine Mann, der offenbar der Anführer war, streckte die Hand aus. Seine Handfläche zeigte dabei nach oben.

„Was will er?" Alle standen mittlerweile geschlossen hinter Bender, aber keiner wagte, sich zu rühren.

„Ich glaube, er möchte ein Geschenk von uns." Bender lächelte dem Eingeborenen weiterhin freundlich zu. „Was können wir ihm denn geben?"

„Gib ihm eine Kokosnuss!", schlug einer vor.

„Ach was! Davon finden sie doch hier selbst genug", widersprach ein anderer.

„Die Geste zählt! Es geht um ein Zeichen der Friedfertigkeit."

Bender nickte. „Das glaube ich auch. Gebt ihnen bloß nicht die Werkzeuge!"

Die Aufmerksamkeit des Anführers richtete sich plötzlich auf einen anderen Mann. Er trat ein paar Schritte auf ihn zu und zeigte mit dem Finger auf ihn.

Der Mann kroch förmlich in sich zusammen. „Was will er von mir?", flüsterte er leise. Er hatte Angst, jeder laute Ton könne die Wilden provozieren.

„Er will deinen Ohrring haben. Gib ihn ihm!" Bender lächelte weiter um sich, um die kleinen Menschen zu besänftigen. Der Anführer hielt wieder seine Hand auf. Ohne Widerrede löste der Mann seinen Ohrring und ließ ihn vorsichtig in die Hand des kleinen Kerlchens gleiten. Dieser schien sich darüber zu freuen und begann, hüpfend und singend um die fremden, weißen Menschen herumzutanzen. Alle anderen taten es ihm nach. Sie wirkten auf einmal wie ausgelassene, fröhliche Kinder.

Abrupt blieben sie vor Bender stehen. Sie hielten ihn offenbar für den Wortführer und gestikulierten in Richtung des Pfades.

„Ich glaube, sie wollen, dass wir mit ihnen kommen", sagte Bender zu den anderen.

„Nein! Auf gar keinen Fall! Vielleicht sind es Menschenfresser, und wir laufen brav mit wie die Lämmer zur Schlachtbank", wehrte einer sofort ab.

„Ach was. Für mich sieht das eher so aus, als wollten sie uns in ihr Lager einladen."

„Und wenn nicht?"

„Was bleibt uns schon groß übrig?"

Die kleinen Männer zeigten auf die selbst gebastelten Taschen und Rucksäcke und bedeuteten, dass sie sie tragen wollten.

„Das ist ja sehr nett", meinte einer, der die Gestik verstand, „aber ich würde die Sachen sicherheitshalber lieber selbst tragen." Die anderen pflichteten ihm bei.

Da die Eingeborenen sie aber erwartungsvoll anstarrten, übergaben sie ihnen ein paar Dinge, mit denen sie keinen Schaden anrichten konnten. Sie bekamen also zwei Taschen und einen Rucksack, in denen sich Bananen, Kokosnüsse und Trinkwasser befanden. Neugierig öffneten sie sogleich die Behältnisse und sahen hinein. Dann lachten sie wieder breit, sodass man die Zahnlücken sehen konnte, auf die sie offenbar sehr stolz waren. Freudig nickten sie den Fremden zu und stritten sich fast darum, wer die Sachen zuerst tragen durfte.

„Na, dann mal los!", meinte Bender. „Ich bin gespannt, wo sie uns hinbringen."

Im Gänsemarsch ging es den schmalen Pfad entlang. Vorneweg lief der kleine Anführer, ihm folgte Bender und danach immer abwechselnd je ein Eingeborener und einer der Strafgefangenen. Unterwegs stießen die kleinen Männer immer wieder laute, merkwürdig klingende Schreie aus.

„Sie kündigen uns an!", vermutete Bender.

Während die Eingeborenen auch nach Stunden noch immer munter vor sich hin trabten, waren die Strafgefangenen einem Zusammenbruch nahe. Es war sehr warm, und die Männer waren solche stundenlangen Märsche nicht gewohnt.

„Ich kann nicht mehr!" Bender blieb stehen. „Das ist mörderisch! Wie lange sollen wir denn noch durch diese Wildnis laufen?" Erschöpft ließ er sich genau dort auf den Boden fallen, wo er gerade stand.

Sofort umringten ihn die kleinen Menschen und sahen ihn erstaunt an. Sie konnten nicht verstehen, weshalb dieser fremde, große Mann keine Kraft mehr hatte. So etwas kannten sie nicht. Sie nahmen deshalb an, dass er krank sein musste. In ihrer kehligen Sprache redeten sie laut und schnell aufeinander ein. Einer von ihnen rannte schließlich eilig davon und kam kurze Zeit später mit einem großen Blatt wieder, in dem er ein paar

Tropfen eines milchig grünen Saftes trug. Damit kniete er sich neben den vermeintlich Kranken.

Bender verzog das Gesicht. Was sollte er jetzt tun? Wenn er das Zeug nicht nahm, waren die kleinen Männer womöglich beleidigt. Niemand konnte ahnen, wie sie sich in diesem Fall verhalten würden. Vorsichtig nahm er das Blatt und nickte scheinbar dankbar.

„Ich brauche nur ein bisschen Ruhe und Wasser zum Trinken", raunte er seinen Leuten zu. „Weshalb seid ihr denn noch so frisch?"

„Das täuscht! Wir sind auch platt. Aber wir dürfen uns nichts anmerken lassen! Sie legen das sonst als Schwäche aus", antwortete einer aus seinen Reihen und gab ihm Wasser zu trinken.

Die milchige Flüssigkeit nahm er nicht zu sich. Er tat nur so. Im nächsten Moment sprang er auf, als wäre er wieder völlig bei Kräften. Die Eingeborenen lachten und freuten sich. Nun konnte es weitergehen!

Nach einer ganzen Weile – die Männer konnten sich kaum noch auf den Beinen halten – erreichten sie einen freien Platz, der sauber gefegt war. Doch Hütten oder sonstige Behausungen waren auf den ersten Blick nicht zu erkennen. Nur ein großes Feuer brannte inmitten des Kahlschlages.

Bedeutungsvoll nickten sich die Männer mit weit aufgerissenen Augen zu. Kannibalen!

Die kleinen Menschen hatten es scheinbar plötzlich sehr eilig. Sie rannten davon, und verwundert sahen die Strafgefangenen, wie sie mit erstaunlicher Geschicklichkeit in Windeseile an den Bäumen emporkletterten. Dabei stießen sie immer wieder eigenartige, schrille Laute aus.

Erst jetzt entdeckten sie, dass in großer Höhe überall Baumhütten befestigt waren, die aussahen wie große Kugeln. Die Frauen und Kinder, die sich darin befanden, lugten neugierig aus den merkwürdigen Behausungen heraus. Im nächsten Moment entstand ein unglaubliches Gewusel. Alle Bewohner kletterten nach unten. Viele Frauen trugen Babys auf dem Rücken. Die größeren Kinder stiegen behände allein hinab. Unten angekommen, rannte alles mit lautem Geschrei durcheinander. Gleichzeitig kamen sechs Männer aus dem Dickicht und schleppten ein schwarzes Schwein zwischen sich, das sie erlegt hatten.

Während das Schwein über dem Feuer brutzelte, reichten die Frauen des Stammes kulinarische Köstlichkeiten herum. Dazu benutzten sie große, fleischige Blätter und Kokosnussschalen. Vor den weißen Männern schienen sie sich ein wenig zu genieren. Sie lachten verlegen, wagten kaum, sie anzusehen, und hielten ihnen vorsichtig die Speisen hin. Obwohl die Männer bei den meisten Dingen nicht so recht wussten, worum es sich genau handelte, griffen sie beherzt zu, um die Gastgeber nicht zu beleidigen.

„Ich glaube, das sind irgendwelche gerösteten Insekten", flüsterte einer leise, als könne man ihn verstehen. Jeder hatte eine Handvoll davon bekommen. Es waren knusprige Teilchen, die man nicht näher definieren konnte. Wenn man darauf biss, knackten sie zwischen den Zähnen.

„Die schmecken aber sehr gut!", meinte ein anderer, der nicht so zart besaitet war. „So ein bisschen nussig mit Röstaroma."

Außerdem gab es mehlig süß schmeckende Wurzeln und verschiedene Früchte, die sie nicht kannten. Doch dann wurden kleine gewebte Säckchen angeboten, die ekelerregend rochen und in denen sich etwas bewegte.

Bender verzog das Gesicht, als er den Geruch wahrnahm. Dass sich die Säckchen bewegten, hatte er noch gar nicht mitbekommen. Freudestrahlend, in der Erwartung, ihm etwas ganz Besonderes anbieten zu können, öffnete eine der Frauen das Säckchen und ließ ihn hineinsehen. Bender fuhr entsetzt zurück. In dem Säckchen krochen dicke, fahlgelbe Maden träge übereinander. Es stank fürchterlich.

„Die glauben jetzt aber nicht im Ernst, dass wir dieses eklige Ungeziefer essen sollen?", wandte er sich an seine Kameraden. Einige von ihnen hatten auch in die Säckchen hineinsehen dürfen und eine grünliche Gesichtsfarbe angenommen.

Bender schüttelte abwehrend den Kopf. Das mussten auch diese Wilden verstehen. Es war ja sicherlich gut gemeint, aber …

Der Anführer kam herbeigerannt. Offensichtlich wollte er wissen, welche Probleme es gab. Zunächst sah er die Frau böse an, als hätte sie etwas falsch gemacht. Gestikulierend schien sie ihm etwas zu erklären. Schließlich wandte er sich an Bender, zeigte auf das Säckchen mit den ekligen Maden und machte das Zeichen des Essens. Dabei deutete er auf die Maden und seinen Mund. Bender schüttelte wieder den Kopf und wehrte mit beiden Händen ab. Der kleine Mann pulte eine Made aus dem Säckchen und steckte sie sich in den Mund. Er kaute verzückt, und sein Gesicht schien vor Wohlwollen zu zerfließen. Offenbar pries er die Köstlichkeit an und konnte überhaupt nicht verstehen, weshalb seine Gäste sie verschmähten.

Die Früchte schmeckten jedoch sehr gut, und sogar die Wurzeln konnte man essen. Schließlich war auch irgendwann das Schwein fertig gegart. Es wurde in portionsgerechte Stücke zerteilt und an alle verteilt. Es war eine Wonne, endlich einmal wieder richtiges Fleisch zwischen die Zähne zu bekommen! Begeistert aßen die Männer und lachten den kleinen Menschen anerkennend zu. Diese freuten sich sichtlich darüber, dass es den Gästen so gut schmeckte.

„Das ist ja ein Ding!", meinte Bender und konnte es kaum glauben. „Hier gibt es tatsächlich wild lebende Schweine! Wer hätte das gedacht?"

„Nur komisch, dass wir noch nie eins gesehen haben", bemerkte ein anderer.

„Vielleicht gibt es sie nicht überall auf der Insel. Die Ziegen scheinen sich ja auch nur in diesem einen Tal aufzuhalten", überlegte ein weiterer.

Als es dämmerte, hatten es die Eingeborenen plötzlich sehr eilig, alles wegzuräumen und sich in ihre Behausungen zu begeben. Ein paar von ihnen brachten Wasser und löschten das Feuer. Wie auf ein geheimes Zeichen hin kletterten alle Frauen und Kinder zuerst in die kugeligen Baumhütten. Nach und nach folgten die Männer. Am Ende blieb nur das Stammesoberhaupt mit seinen engsten Vertrauten am Boden und versuchte, den weißen Männern etwas mitzuteilen.

Bender erhob sich. Er überragte den kleinen Häuptling um gut zwei Köpfe. Dieser deutete nun auf die Baumhütten und anschließend auf Bender und die anderen.

„Er meint, wir sollen da hochklettern!" Bender sah hinauf in die Baumkronen. Die Kugeln hingen verdammt weit oben. Das war sicher kein Kinderspiel, dort hinaufzukommen, wenn man es nicht von klein auf gelernt hatte. Zweifelnd hob er die Schultern. „Was sollen wir tun?", fragte er und blickte in die Runde seiner Leute.

„Ganz klar. Wir bleiben hier unten! Wenn wir uns durchs Geäst schwingen, stürzt garantiert einer ab und bricht sich den Hals!", entschied einer.

Auch wenn der kleine Mann sie nicht verstand, ahnte er sofort, worum es bei dem Gespräch ging. Wild gestikulierte er herum und zeigte immer wieder nach oben zu den Hütten. Bender schüttelte den Kopf und hob abwehrend die Hand. Nein. Der Häuptling verstand und schien plötzlich ziemlich verzweifelt zu sein. Schließlich breitete er die Arme aus und ahmte die Bewegung eines fliegenden Vogels nach. Dabei riss er den Mund auf und gab schauerliche Töne von sich.

„Du ahnst es nicht! Der warnt uns vor dem Riesenvogel!", erkannte einer die Gebärde.

„Und nun?" Wieder sahen die Männer hinauf zu den Hütten.

„Wie sollen wir denn jemals da hinaufkommen? Außerdem passen wir nicht in eine solche Behausung. Wir sind halt ein bisschen größer als die."

Der Häuptling zeigte nun jeweils auf einen der Männer und danach auf eine der Kugeln. Seine Leute unterstützten ihn mit Stimmen und Gesten. Er wollte, dass die Männer sich auf die Hütten verteilten, und sie würden ihnen beim Klettern helfen.

„Das kann ja heiter werden!" Bender rollte mit den Augen. Da ihnen jedoch nichts anderes übrig zu bleiben schien, entschlossen sie sich, den Einheimischen Folge zu leisten.

Es hatte sehr einfach ausgesehen, als die kleinen Meschen wieselflink auf die Bäume geklettert waren, aber die Männer taten sich schwer damit. Einer hatte Höhenangst. Er jammerte und weinte die ganze Zeit, während sich die Eingeborenen bemühten, ihm jeden Ast zu zeigen, auf den er treten oder an dem er sich festhalten konnte.

„Verdammt noch mal, reiß dich zusammen!", brüllte ein anderer. „Oder willst du lieber vom Vogel gefressen werden?" Es half aber alles nichts. Der Mann war vor Angst kaum noch bei Sinnen. Panisch hielt er sich zitternd fest und konnte nicht mehr weiter.

Für die anderen war es nicht ganz so schlimm, aber auch sie hatten zu kämpfen, bis sie endlich oben waren. Bender entdeckte, dass es dort in großer Höhe Laufwege durch das Geäst gab, auf denen man die anderen Hütten erreichen konnte. Das war zwar auch nicht so einfach, und man musste schwindelfrei sein, aber es war möglich. Jeder bekam eine „Gastfamilie" zugewiesen, bei der er untergebracht wurde.

Auch der Mann mit der Höhenangst war inzwischen angekommen. Man wusste nur noch nicht, wie man ihn wieder herunterbringen sollte. Das Drama würde von Neuem beginnen!

Die kugeligen Hütten waren größer, als sie von außen wirkten. Sie boten tatsächlich Platz für eine ganze Familie! Bender kletterte in eine von ihnen hinein und sah sich erstaunt um. Eine freundliche Frau lächelte ihn an. Sie trug ein Baby im Arm. Zwei ältere Kinder saßen neben ihr und blickten ihm scheu entgegen. Die Frau wies auf eine Seite der Rundhütte. Dort hatte man offenbar extra für den Gast ein Lager aus Palmblättern errichtet. Bender nickte der kleinen Frau dankbar zu und ließ sich auf dem Lager nieder.

Wieder staunte er über den Bau der Hütte. Die Wände bestanden aus kunstvoll geflochtenen Pflanzenfasern. Der Boden war fest und stabil.

Obwohl man gerade gegessen hatte, boten ihm die Kinder schon wieder Früchte und Wurzeln an. Das Essen hatte bei diesen Menschen offenbar eine große Bedeutung. Vermutlich wollten sie aber auch ihre Gastfreundschaft kundtun, dachte Bender. Obwohl er satt war, griff er zu, um die Frau nicht zu beleidigen. Herzhaft biss er in eine der Wurzeln und nickte anerkennend. Doch als man ihm wieder die dicken, feisten Maden anbot, musste er passen. Sofort stieg würgende Übelkeit in ihm hoch. Die kleinen Menschen konnten das überhaupt nicht verstehen. Für sie waren die Larven eine Delikatesse, die nur schwer zu bekommen war. Die Männer des Stammes liefen oft stundenlang durch das Dickicht, um faulende Baumstämme zu finden, in denen diese Tiere sich entwickelten. Sie waren eine willkommene Proteinquelle.

Erst als schließlich der kleine Anführer in das Baumhaus kroch, wurde Bender bewusst, dass er die Ehre hatte, Gast des Häuptlings und seiner Familie zu sein.

Bender war müde und gerade auf seinem Lager eingenickt, als plötzlich ein lauter Schrei ertönte. Erschrocken fuhr er hoch. In der Finsternis legte sich eine kleine Hand auf seinen Mund und wurde sofort wieder weggenommen. Er sollte still sein, bedeutete das. Nur schemenhaft konnte er die Familie in der Dunkelheit erkennen. Keiner bewegte sich. Draußen tat sich offenbar etwas. Das unheilvolle Flattern, das er nun schon kannte, war zu hören. Das riesige Wesen war hier und suchte nach Beute!

Lautlos schob sich der Häuptling an die Hüttenwand und spähte durch ein kleines Loch hinaus. Bender hielt den Atem an. Man konnte das Krachen der Zweige hören, als der Vogel sich näherte. Offenbar griff er die Hütten an!

Der Häuptling steckte schnell einen Pfeil in sein Blasrohr. Durch das kleine Loch zielte er und schoss.

Im nächsten Moment brach draußen ein Inferno los. Das Tier war getroffen worden und kreischte fürchterlich! Es hatte tatsächlich die Hütten fast erreicht und stürzte nun in die Tiefe. Dabei brachen unter seinem Gewicht die Äste ab und fielen polternd zu Boden.

Bender dachte, es wäre nun vorbei und wollte schon aufatmen und den Häuptling beglückwünschen, doch plötzlich hörte er deutlich mehrere Vögel schreien.

Das Wesen war nicht allein gekommen! Die anderen Tiere fühlten sich bedroht und setzten sich zur Wehr. Es war ein unglaublicher Tumult. Die riesigen Vögel versuchten, in die Hütten zu gelangen, um sich zu rächen. Niemand würde überleben!

Bender hatte bereits mit allem abgeschlossen. Er wusste, dass es nun kein Entrinnen mehr gab. Was sollten die kleinen Menschen mit ihren Blasrohren gegen solche Ungeheuer ausrichten?

Im Lager und in dem kleinen Hospital ging das Leben inzwischen ganz normal weiter, soweit man das so bezeichnen konnte.

Katharina suchte Trost bei dem Krankenpfleger Andy, nachdem sie von den Männern, die stationär aufgenommen worden waren, immer wieder drangsaliert wurde. Andy hatte Verständnis für sie und beschwerte sich sogar bei Dr. Berg über die Patienten.

Berg reagierte genervt. „Ich möchte von diesem Unsinn nichts mehr hören! Ich schätze Ihre Arbeit sehr, aber lassen Sie mich um Himmels willen mit dem Gezicke der Krankenschwestern in Ruhe! Wir haben hier wirklich andere Probleme!"

„Aber Katharina leidet so!"

„Ach! Tatsächlich! Sie leidet. Aha. Am besten verschwindet sie mit dem nächsten Versorgungsschiff. Davon hätten alle Beteiligten etwas!"

„Sie sind unfair!"

„Nein. Ich kann sie hier nicht brauchen. Und wenn sie ein solches Theater macht, erst recht nicht! Für so etwas haben wir keine Zeit. Außerdem wüsste ich gerne von Ihnen, weshalb Sie das interessiert und welche Geheimnisse Sie vor mir haben!"

Andy erstarrte. Er wollte abrupt den Raum verlassen, doch Bergs Stimme hielt ihn zurück. „Sie sind in Wirklichkeit gar kein Krankenpfleger. Habe ich recht?"

Andy zögerte kurz, bevor er antwortete. Aber es hatte ja alles sowieso keinen Sinn mehr. „Sie haben recht! Meine Papiere sind falsch. Ich werde mit Katharina die Insel verlassen!"

„Einen Teufel werden Sie! Was sind Sie? Arzt?"

„Ja. Aber man hat mir die Approbation entzogen."

„So etwas dachte ich mir schon. Und warum hat man sie Ihnen entzogen?"

„Man wollte mir einen Mord anhängen."

„Was soll das heißen? Ist Ihnen ein Patient gestorben?"

„So ähnlich. Aber eigentlich war es eine eingefädelte Sache, um mich loszuwerden."

„Haben Sie ihn nun umgebracht oder nicht?"

„Nein. Es sieht aber so aus. Dafür haben andere gesorgt. Ich bin dann abgehauen und mit gefälschten Papieren hierhergekommen. Es war einfach. Niemand hat großartig gefragt oder etwas nachgeprüft."

Berg konnte nicht sagen, warum, aber er glaubte Andy auf Anhieb. Dass er tiefstapelte, hatte er schon öfter bemerkt. Ein ausgebildeter Krankenpfleger wusste zwar auch sehr viel, aber er hatte normalerweise nicht die Fähigkeiten, wie er sie bei Andy mehrfach beobachtet hatte.

„Ich möchte, dass Sie bleiben." Berg räusperte sich. „Und was ist nun mit Katharina?"

„Ich liebe sie."

„Und umgekehrt?"

„Das weiß ich noch nicht."

„Oh Himmel!" Berg rollte mit den Augen. „Das kann ja heiter werden. Und wie stellen Sie sich das vor? Ich meine, wenn daraus etwas werden würde? Sie können schlecht die Zimmer tauschen, weil Marion dann mit Max in einem Raum wohnen müsste. Das geht nicht!"

„Das ist mir klar. Aber so weit sind wir ja noch nicht." Andy sah plötzlich gelöst und fast glücklich aus. Endlich war ausgesprochen, was ihn die ganze Zeit bedrückt hatte! Am liebsten wäre er Dr. Berg um den Hals gefallen.

„Ich danke Ihnen für alles!", sagte er stattdessen und strahlte.

Berg sah die Sache nüchterner. Dass Andy gefälschte Papiere hatte und in Wirklichkeit Arzt war, sah er nicht als problematisch an. Wo kein Kläger, da kein Richter! Und hier auf der

Insel würde es tatsächlich niemanden interessieren. Er vermutete jedoch Schwierigkeiten wegen Katharina.

Bender war froh, wieder festen Boden unter den Füßen zu haben. Der Abstieg hatte sich als schwieriger erwiesen, als er gedacht hatte. Mit großen Augen stand er nun vor dem toten Riesenvogel. Bisher hatte er ihn ja nur im Dunkeln gesehen. Schnell wurde ihm klar, dass es sich nicht um einen richtigen Vogel handeln konnte. Es war nicht nur die enorme Größe, die ihn zweifeln ließ. Das Tier sah irgendwie anders aus. Außerdem fiel ihm auf, dass der Pfeil des Häuptlings ihn nicht getötet haben konnte. Der Pfeil steckte noch im Flügel des merkwürdigen Wesens. Das war keine tödliche Verletzung!

Ein paar seiner Leute, die es ebenfalls geschafft hatten, aus den Baumwipfeln herunterzuklettern, versammelten sich um den toten Vogel. Schweigend bestaunten sie das riesige Tier. Die anderen Vögel, die ihm gefolgt waren, hatten sich glücklicherweise wieder zurückgezogen.

Blitzschnell und gewandt, von Ast zu Ast springend, erschienen schließlich der kleine Häuptling und einige andere Männer. Die Frauen und Kinder blieben in den sicheren Baumhütten.

Bender bedeutete ihm, dass er nicht verstand, weshalb der große Vogel tot war. Er zeigte auf den Pfeil, machte eine Geste des Sterbens und zuckte mit den Schultern.

So unterschiedlich die Menschen auch waren – der kleine Mann verstand sofort, was Bender meinte. Verschmitzt lächelte er und bedeutete Bender, ihm zu folgen. Er rannte in das Dickicht hinein, sich immer wieder vergewissernd, dass Bender hinterherkam. Eine ganze Weile liefen sie schmale Tierpfade entlang, und Bender hatte Mühe, das Tempo zu halten. Hinzu kam, dass er nicht überall durch das Geäst passte, durch das der Häuptling problemlos hindurchschlüpfte.

Schließlich blieb der kleine Mann vor einem unscheinbaren Baum stehen. Er deutete auf den Baum und zog einen Pfeil aus seinem Köcher. Mit einem scharfen Werkzeug, das einem Messer ähnelte, ritzte er die Rinde an. Sofort trat eine zähflüssige Masse aus und tropfte auf den Boden. Er zeigte Bender den Pfeil, deutete auf die Spitze und tauchte diese in den Saft, der aus dem Stamm strömte.

Bender begriff, was er ihm sagen wollte. Gift! Die Eingeborenen vergifteten ihre Pfeile mit dem Saft des Baumes und jagten damit!

Als sie wieder auf dem großen Lagerplatz eintrafen, brannten dort mehrere Feuer. Man hatte den Vogel zerteilt und garte ihn in großen Stücken zu einem Festmahl. Bender hatte Bedenken, da er nun wusste, dass das Tier mit Gift getötet worden war. Er versuchte, dies dem Häuptling mitzuteilen. Dieser strahlte breit und erklärte in seiner Gebärdensprache, dass das Gift unschädlich war, wenn es im Feuer erhitzt worden war. Dabei rannte er zum Feuer, zeigte auf den zerteilten Vogel, seinen vergifteten Pfeil, bedeutete das Zeichen des Essens, schüttelte den Kopf und lachte dabei.

Doch über einem der Feuer briet etwas anderes. Es erregte Benders Aufmerksamkeit, da es einer menschlichen Gestalt ähnelte. Er ging dicht an das Feuer heran und betrachtete sich näher, was dort aufgespießt hing. Er dachte, dass es sich dabei um einen Affen handeln musste, den die Eingeborenen erlegt hatten. Dennoch brauchte man starke Nerven, um sich das anzusehen. Es sah aus wie ein kleiner Mensch.

Bender wurde übel. Als er aufsah, bemerkte er, dass seine Leute sich am Rande des Platzes versammelt hatten und ziemlich verstört wirkten. Sie winkten ihm, zu ihnen zu kommen.

„Wir müssen sofort von hier verschwinden!", sagte einer von ihnen ernst.

„Warum? Was ist passiert?"

„Das da!", der Mann wies auf den vermeintlichen Affen, der über dem Feuer briet.

„Der Affe? Es sieht zwar abscheulich aus, aber anscheinend gehören Affen zu ihrer Nahrung." Bender zuckte die Schultern.

„Das ist kein Affe!" Einer der Männer wandte sich ab und weinte.

„Oh mein Gott!" Bender begriff.

Inzwischen hatten die kleinen braunen Männer den Häuptling umringt und erzählten ihm offenbar lautstark in ihrer merkwürdigen Sprache, was sich zugetragen hatte. Dabei sahen sie immer wieder zu ihnen herüber.

„Wir müssen von hier weg!", sagte nun auch ein anderer eindringlich.

„Wer ist das?" Bender meinte den Toten über dem Feuer, vermied es jedoch, noch einmal hinzusehen.

„Es ist einer von ihnen. Es hat Streit gegeben. Worum es dabei ging, wissen wir nicht. Einer hat ihn dann mit dem Blasrohr getötet. Alle haben sich darüber gefreut und sind um ihn herumgetanzt, als er am Boden lag. Da hat er noch gelebt. Wir haben gesehen, wie er sich gewunden hat. Er bekam Krämpfe, hat noch ein paarmal gezuckt und blieb dann bewegungslos liegen."

Einer der Männer schlug die Hände vor das Gesicht. „Und dann haben sie ihn regelrecht abgeschlachtet wie ein Tier!"

Es war grauenhaft. Die Männer waren vor Entsetzen wie gelähmt.

„Glaubt ihr, sie würden das auch mit uns machen?", fragte Bender leise.

„Warum nicht? Im Moment sind wir ihre Gäste, und sie tun uns nichts. Aber wer kann schon wissen, ob das nicht irgendwann umschlägt? Angenommen, es macht einer unwissentlich einen Fehler, durch den sie sich beleidigt fühlen – dann blüht uns womöglich dasselbe!"

„Außerdem möchte ich nicht zu dieser Mahlzeit eingeladen werden. Und wenn wir ablehnen, könnten sie sich gekränkt fühlen!"

Bender wurde klar, dass sie tatsächlich sofort verschwinden mussten. Aber wie? Ein Rundblick zeigte ihm, dass sie von allen Seiten mit Argusaugen bewacht wurden.

Dr. Berg teilte der maßgeblichen Stelle per Funk mit, dass er augenverletzte Patienten hatte, die in einer Spezialklinik behandelt werden mussten. Außerdem, dass es einen Toten gab und ein gefährliches Raubtier sein Unwesen auf der Insel trieb, weshalb – seiner Meinung nach – die Strafgefangenen unverzüglich evakuiert werden müssten.

Er bekam keine Antwort. Mehrmals sendete er seine Nachricht, aber die Behörde reagierte einfach nicht darauf. So etwas gibt es doch gar nicht, dachte Berg verbittert. Er weigerte sich zu glauben, dass es tatsächlich keine Menschenseele interessierte, was auf dieser Insel vor sich ging.

Er versuchte, mit Karl Mütze zu sprechen, da dieser schließlich eigentlich für die Verwaltung der Insel zuständig war. Aber es war ein aussichtsloses Unterfangen. Mütze war permanent betrunken und schien aus diesem Zustand auch nicht mehr herauszufinden. Die meiste Zeit war er überhaupt nicht ansprechbar.

Berg wollte ihm zwar gerne helfen, wusste aber nicht, wie. Ihm den Alkohol wegzunehmen, würde nichts bringen. Der Mann war alkoholkrank, und er ließ sich von Berg nichts sagen. Er schloss sich in sein Zimmer ein und ließ den Arzt gar nicht erst hinein.

Sven Sörensen, Manfred Rupp, Thomas Winterbach und einige andere hatten sich inzwischen selbst entlassen. Es war ihnen in ihren Betten zu langweilig geworden.

Berg ließ sie ziehen. Er konnte sie nicht länger im Krankenhaus behalten, wenn sie es nicht wollten. Er sagte ihnen zwar, sie sollten die nächste Zeit zur ambulanten Behandlung in die Klinik kommen, aber er wusste gleichzeitig, dass sie nur kommen würden, wenn es nicht anders ging.

Die Männer wurden lautstark von ihren Kumpanen begrüßt und erfuhren erst jetzt von dem Toten und dem erneuten Angriff des mysteriösen Vogels.

„Wo ist er?", fragte Winterbach betroffen.

„Wir haben ihn begraben."

Man hatte an der Stelle, wo der Vogel den Toten ausgeweidet hatte, Sand aufgeschüttet. Trotzdem sammelten sich dort Unmengen von Schmeißfliegen. Offenbar nahmen sie noch immer den Leichengeruch wahr.

Als die Dämmerung eintrat, versammelten sich die Hühner geordnet vor ihrem neuen Stall, als sei es das Selbstverständlichste der Welt. Sie warteten gesittet, bis jemand kam, um ihnen die Tür zu öffnen. Dabei sahen sie immer wieder zu den Männern und gaben leise gluckernde Laute von sich.

Winterbach konnte es kaum fassen. „Wie habt ihr ihnen so schnell beigebracht, dass sie abends in den Stall sollen?", fragte er kopfschüttelnd.

„Gar nicht. Die machen das ganz von allein!", erwiderte einer der Männer und lächelte. „Von wegen ‚dummes Huhn'! Die sind intelligenter, als viele es annehmen!" Er öffnete die Stalltür, wobei die Glucken tatsächlich genau beobachteten, wie er das machte. Es schien fast, als wollten sie von ihm lernen.

„Jetzt wird es wieder spannend!", meinte einer, nachdem die Hühner verstaut waren und alle um die Lagerfeuer saßen und gebratenen Fisch mit Reis und Bohnen aßen.

„Du meinst, die Riesenvögel kommen wieder?" Sörensen hatte die ganze Zeit schon überlegt, wie sie diese Tiere in die Flucht schlagen sollten, falls sie wieder erschienen.

„Mit absoluter Sicherheit! Wir müssen beizeiten in die Hütten verschwinden und leise sein, damit sie uns nicht hören. Gestern hat es funktioniert, und sie sind wieder abgezogen."

„Die lernen aber auch dazu! Heute sieht es vielleicht wieder anders aus!" Rupp traute dem Frieden nicht. Plötzlich fiel ihm etwas auf.

„Wo ist Bender?"

„Der ist gestern in der Früh mit ein paar anderen zum Tal der Ziegen aufgebrochen. Sie wollen welche mitbringen."

„Gestern Morgen? Hoffentlich ist ihnen nichts passiert!", meinte Winterbach ahnungsvoll.

„Ach was! Die sind doch schon groß!", scherzte einer, aber niemand lachte darüber.

Als es schon fast dunkel war, wurde ihnen bewusst, dass sie zu lange gewartet hatten. Beim Essen und Plaudern hatten sie die Zeit vergessen. Ein Rauschen und Flattern kündigte das Erscheinen der unheimlichen Vögel an.

„Weg!", schrie einer. „Sofort in die Hütten und alles dicht-
machen!"

Aber es war schon zu spät. Die Tiere hatten sie längst gesehen. Als die Männer die Hütten erreichten, machten sie bereits
Jagd auf sie. Im letzten Moment schlossen sich die Türen, ehe
die Vögel bei ihnen waren. Es waren wieder zwei.

„Mama und Papa Riesenvogel!", murmelte einer mit Galgen-
humor in die Finsternis.

„Scheiße! Da draußen ist noch jemand!", rief Sörensen entgeistert und starrte aus einem kleinen Loch nach draußen.

„Wer ist es? Verdammter Idiot!", schimpfte Rupp und suchte sich auch ein Guckloch.

„Sieht aus wie der Doktor!", meinte Sörensen bestürzt. „Verdammt!"

Dr. Berg hatte beschlossen, noch einen kleinen Spaziergang zu
machen und seine Patienten zu besuchen. Vom Fenster der Klinik aus hatte er die Lagerfeuer gesehen und gedacht, es wäre
eine gute Idee, einmal vorbeizuschauen. Außerdem hatte er
Hunger. Katharina hatte einen merkwürdigen Eintopf zusam-
mengekocht, der ihm nicht geschmeckt hatte. Nun freute er sich
auf einen frisch gefangenen, gebratenen Fisch.

Verblüfft sah er, dass keiner mehr am Feuer saß. Von Weitem hatte es so ausgesehen, als wären die Männer noch draußen beim Essen.

An die mysteriösen Vögel dachte er gar nicht. Laut rief
er: „Hallo! Seid ihr schon alle schlafen gegangen? Wo seid
ihr denn?"

„Na, klasse!" Winterbach war völlig entsetzt. „Der peilt es
nicht!"

„Die Biester haben es mitbekommen!", sagte Rupp leise. „Sie
schauen sich bereits nach ihm um."

Tatsächlich wurden die unheimlichen Tiere sofort aufmerksam, als sie die Stimme hörten. Sie fuhren herum und marschierten langsam, majestätisch in die Richtung, aus der sie die Laute vernahmen.

Berg hielt noch immer nicht den Mund. „Ich wollte gerne noch einen frischen Fisch essen!", rief er und lachte. Doch plötzlich kam ihm die Sache komisch vor. Irgendetwas schien hier nicht zu stimmen. Ehe er lange überlegen konnte, sah er die riesigen Schatten auf sich zukommen.

„Wir müssen ihm helfen!", rief Winterbach verzweifelt und raufte sich die Haare, was in der Dunkelheit niemand sehen konnte.

„Ja. Vielleicht können wir die Viecher irgendwie ablenken?", meinte Sörensen.

Ehe jemand bemerkte, was geschah, schlüpfte einer der Männer hinaus und rannte davon. Er entfernte sich von den Hütten, in die entgegengesetzte Richtung, aus der Dr. Berg kam. Als er weit genug weg war, begann er, Krach zu machen und zu rufen, um die Aufmerksamkeit der Raubtiere auf sich zu lenken.

„So ein Idiot!", zischte Winterbach. „Die machen ihn platt!"

Die beiden Vögel hielten inne und schauten sich kurz an. Sie verständigten sich stumm miteinander. Einer von ihnen warf sich herum und lief in atemberaubendem Tempo in die Richtung, aus der der Lärm kam. Der andere fixierte den Arzt. Langsam bewegte er sich auf ihn zu. Er war sich seiner Beute sicher und brauchte sich nicht anzustrengen. Er war der Überlegene, und sein Opfer konnte ihm nicht mehr entfliehen!

Dr. Berg rannte um sein Leben. Er wusste, dass die Tiere schneller waren als er, aber was blieb ihm schon übrig? Er hoffte einfach auf sein Glück. Und das hatte er tatsächlich.

Max wollte sich zufällig auf die Suche nach ihm begeben, da es Probleme mit einem der Patienten gab. Er öffnete gerade das Tor des Klinikgebäudes, als ihm Berg völlig außer Atem entgegenstürzte. Der Riesenvogel war ihm dicht auf den Fersen und hatte bereits den Schnabel zum Zuschlagen weit aufgerissen.

Alles ging blitzschnell. Geistesgegenwärtig packte Max den Doktor, zerrte ihn hinein und schlug im nächsten Moment die Tür zu. Das riesige Tier konnte nicht schnell genug reagieren und prallte ungebremst gegen das geschlossene Holztor. Es krachte bedrohlich, doch das Tor hielt stand. Der Vogel stieß einen schrillen, empörten Schrei aus, da er sich um seine Beute betrogen fühlte. Kurz darauf schien er sich jedoch daran zu erinnern, dass sich noch ein anderes Opfer in der Nähe befand. Er gab einen tiefen, knurrenden Laut von sich, worauf das andere Tier ihm antwortete. Noch einmal verständigten sie sich mit furchterregenden Schreien, ehe der unheimliche Vogel davonhastete.

Zu zweit stürzten sie sich schließlich auf den Mann, der nicht den Hauch einer Chance hatte. Als er sie kommen sah, senkte er ergeben den Kopf und schloss mit seinem Leben ab. Er war einer von denen, die sich in den ersten Tagen beim Hüttenbau verletzt hatten. In Dr. Berg hatte er zum ersten Mal einen Menschen gefunden, der sich um ihn gekümmert, sich um ihn gesorgt und vernünftig mit ihm gesprochen hatte. Er hatte ihn behandelt wie einen gleichwertigen Menschen, was er noch nie zuvor kennengelernt hatte.

Heute ließ er für ihn sein Leben.

„Sind wir vollzählig?", fragte Harry Bender leise.

„Nein. Der Angsthase sitzt noch oben auf dem Baum!", antwortete einer und rollte mit den Augen.

„Dann lassen wir ihn hier!", meinte ein anderer und zuckte die Schultern.

„Auf gar keinen Fall! Er muss mit. Egal wie!" Bender hatte da seine Prinzipien. Er hätte es sich niemals verzeihen können, einen seiner Leute im Stich gelassen zu haben. Er erspähte den kleinen Häuptling und marschierte entschlossen auf ihn zu. Er gestikulierte, dass sie nun aufbrechen wollten, und zeigte nach oben zu der Baumhütte, in die gestern der Mann mit der Höhenangst geklettert war. Dabei sah er seinen Gastgeber fragend an.

Der Stammeshäuptling hatte ihn offenbar verstanden. Er nickte und stieß mehrere laute Rufe aus. Sofort rannten einige der kleinen Männer herbei und kletterten mit erstaunlicher Geschicklichkeit auf den Baum hinauf. Von oben sah bereits die Gastfamilie herunter. Die Frau rief etwas und machte irgendwelche Zeichen.

Bender beobachtete, wie sie den Mann vorsichtig aus der Hütte lotsten und ihm Seile umbanden, die sie vermutlich aus Pflanzen selbst geflochten hatten. Sofort ertönte wieder lautes Klagen. Der Mann erlitt Todesängste, als er in die Tiefe blickte und Bender unten stehen sah. Man setzte ihn in eine Art Sessel, zurrte ihn dort fest und ließ ihn dann ganz langsam an den Seilen hinunter. Der Mann hatte die Augen geschlossen und weinte. Anders wäre es wohl nicht möglich gewesen, ihn vom Baum zu bekommen. Als er endlich unten war, freuten sich die kleinen Menschen. Sie lachten und tanzten.

Wenn sie uns wirklich etwas tun wollten, würden sie sich nicht solche Mühe geben, dachte Bender. Sie hätten ihn einfach runtergeworfen, wenn er nicht klettern wollte. Sie behandelten sie aber tatsächlich wie willkommene Gäste. Dann musste er aber daran denken, dass es im Moment zwar noch so war, sich aber vielleicht jederzeit ändern konnte.

„Wenn ich noch einmal da hinaufmuss, sterbe ich!", wimmerte der Mann mit der Höhenangst. Ihm zitterten die Knie so stark, dass er sich kaum auf den Beinen halten konnte.

„Wir wollen weiterziehen. Ich versuche gerade, dem Häuptling das begreiflich zu machen", antwortete Bender und gestikulierte wieder in Richtung des Stammesoberhauptes. Dieser machte ein bekümmertes Gesicht. Er hatte Bender auch schon beim ersten Mal verstanden, doch er wollte es nicht wahrhaben. Er zeigte auf die Feuer, über denen die Stücke des zerteilten Riesenvogels schmorten, und machte das Zeichen des Essens. Sie sollten bleiben. Er lud sie ein. Wenn sie jetzt gingen, kam das einer Beleidigung gleich!

Ein köstlicher Geruch nach knusprig gebratenem Fleisch breitete sich aus, aber es gab noch die andere Feuerstelle, über der ein toter Mensch aufgespießt hing ...

Bender zeigte in die Ferne und versuchte sein Bedauern zum Ausdruck zu bringen, damit es nicht so aussah, als würde er die Gastfreundschaft des Häuptlings ablehnen. Es hatte jedoch keinen Zweck. Die kleinen Menschen umringten die Männer und führten sie in die Mitte des großen Lagerplatzes, wo bereits die Frauen mit Schalen voller Essen auf sie warteten. Sie bedeuteten ihnen, sich zu setzen, und boten ihnen Früchte, Wurzeln und das gebratene Fleisch an.

Bender war bereits beim Geruch des Fleisches übel geworden, und den anderen erging es nicht viel besser. Sie griffen nach den Früchten und bissen kleine Stücke davon ab, um die Gastgeber nicht zu beleidigen. Aber es war eine Tortur. Niemand hatte Hunger oder gar Appetit, und alle kauten missmutig auf den Fruchtstücken herum. Das Fleisch lehnten alle ab, doch der kleine Häuptling wollte wissen, weshalb. Er steckte sich ein Stück davon in den Mund, um den Gästen zu zeigen, dass man es essen konnte. Das Fett troff ihm dabei über das Kinn, und er strahlte. Bender musste alle Kraft aufbringen, um sich nicht zu übergeben. Schließlich zeigte er auf die Feuerstelle, von der man den aufgespießten Menschen inzwischen entfernt hatte, und verzog entsetzt das Gesicht.

Erst jetzt verstand der kleine Mann, was Bender meinte. Er kreuzte beide Arme vor der Brust und schüttelte sie abwehrend. Das sollte offenbar heißen, dass das Fleisch nicht von dem Menschen stammte. Anschließend rannte er im Kreis, ahmte den Vogel nach und deutete auf das Fleisch, das die Frauen den Männern noch immer hinhielten. Das Fleisch war ausschließlich das des Riesenvogels, und es war genießbar!

Sie konnten nicht wissen, dass Fremde an dem Ritual nicht teilhaben durften. Verstorbene Stammesmitglieder wurden nur von der eigenen Sippe verspeist. So wollte es das Gesetz. Nach dem uralten Glauben dieser Menschen lebte der Tote somit in ihnen weiter.

Die Männer verstanden zwar, was man ihnen begreiflich machen wollte, aber ihre Mägen waren wie zugeschnürt.

„Wenn ich jetzt Fleisch essen muss, kotze ich!", sagte einer grob und sprach damit aus, was auch alle anderen empfanden.

„Wir müssen! Die beobachten uns genau. Wenn wir es nicht nehmen, sind sie wahrscheinlich beleidigt. Wer weiß, was ihnen dann einfällt!", sagte Bender leise und sah die anderen ernst an. „Egal wie, aber überwindet euch! Anschließend brechen wir sofort auf. Wir lassen uns nicht mehr länger zurückhalten!"

Schließlich griffen sie zu und steckten sich kleine Stücke des gebratenen Fleisches in den Mund. Es schmeckte ein wenig nach Pute, und auch die Konsistenz war ähnlich – vielleicht etwas fester.

„Stellt euch einfach vor, es wäre eine Weihnachtsgans!", meinte einer und blickte in die blassen Gesichter.

„Halt bloß die Fresse!", erwiderte ein anderer grob.

„Ich wollte bloß helfen!"

Schlecht schmeckte das Fleisch wirklich nicht, aber alle hatten noch den armen Menschen vor Augen, den man über dem Feuer gebraten hatte. So würgten sie mühsam die Fleischbrocken hinunter und beteten, dass das Ganze bald ein Ende nahm. Doch immer wieder reichten ihnen die Frauen neue Stücke, die ihre Männer von dem Braten geschnitten hatten. Den kleinen Menschen schien es zu schmecken. Sie lachten die Gäste fröhlich an, wobei sie stolz ihre Zahnlücken präsentierten, und vertilgten dabei gleichzeitig unglaubliche Mengen. Bender vermutete, dass sie nicht zum ersten Mal einen Riesenvogel erbeutet hatten.

Als das Mahl endlich beendet war, ließ Bender keinerlei Zweifel daran, dass er mit seinen Leuten nun aufbrechen wollte. Gestikulierend dankte er dem Häuptling für seine Gastfreundschaft und winkte demonstrativ seine Männer herbei, was gar nicht nötig war, da sie dicht hinter ihm standen.

Der kleine Anführer stieß ein paar kehlige Rufe aus, worauf sich sämtliche Bewohner des Hüttendorfes um die Männer versammelten.

„Verdammt! Und jetzt?", knirschte einer leise.

„Abwarten! Ruhig bleiben! Vielleicht wollen sie uns nur verabschieden", mutmaßte Bender hoffnungsvoll. Er lächelte, nickte nach allen Seiten und gab das Zeichen zum Aufbruch. Das war zwar nicht erforderlich, aber er tat es, um den Menschen begreiflich zu machen, dass sie jetzt ohne weitere Diskussion tatsächlich gehen würden.

Sie marschierten los. Bender hielt den Atem an. Ihm war nicht entgangen, dass sich die kleinen Männer bewaffnet hatten. Sie trugen ihre Blasrohre und die Köcher mit den Pfeilen bei sich. Würden sie davon Gebrauch machen?

„Hoffentlich blasen sie uns jetzt nicht ein paar Pfeile in den Rücken!", sprach einer der Männer aus, was Bender dachte.

„Einfach weitergehen! Dreht euch nicht um!" Bender blickte stur geradeaus. Angespannt folgten sie langsam dem Pfad, der aus dem Lager hinausführte. Hinter sich hörten sie keinen Laut – nicht einmal das Knacken eines Zweiges. Man ließ sie scheinbar tatsächlich gehen! Gott sei Dank!

Nach einer ganzen Weile drehte sich Bender vorsichtig um und erschrak fast zu Tode. Obwohl sie absolut nichts gehört hatten, war ihnen ein ganzer Trupp dieser kleinen Männer dicht gefolgt. Abrupt blieben alle stehen. Der kleine Häuptling stand – wie es ihm gebührte – an der Spitze und grinste die weißen Männer breit an.

„So ein Mist! Ich hatte mich gerade ein wenig entspannt", meinte einer, nachdem er sich von dem ersten Schreck erholt hatte. „Und was machen wir jetzt?"

„Auf gar keinen Fall können wir zurück zum Hospital. Sie würden uns folgen. Wer weiß, was dann passiert!", sagte ein anderer.

„So schnell kriegen wir die wohl nicht los", befürchtete Bender. „Vielleicht gehen wir wirklich erst einmal zum Tal der Ziegen. Da wollten wir ja ursprünglich sowieso hin. Wenn sie dorthin mitgehen, können sie wenigstens keinen Schaden anrichten."

Die Männer waren davon nicht überzeugt, aber sie hatten keine Wahl.

Sven Sörensen und Manfred Rupp standen vor dem Tor der Klinik, um Dr. Berg mitzuteilen, dass es wieder einen Toten gab. Andy ließ sie hinein und führte sie zum Doktor. Dieser war sehr ausgelassen, als er die beiden sah. „Da habe ich noch mal verdammtes Glück gehabt!", rief er. „Das wäre fast schiefgegangen. Max hat mich in letzter Sekunde durch die Tür gezerrt!" Er lachte.

Sörensen und Rupp verzogen keine Miene.

„Ein anderer hatte leider nicht so viel Glück." Rupp wischte sich betroffen über das Gesicht.

Berg erstarrte. „Aber wieso denn? Von euch war doch keiner mehr draußen! Was ist passiert?"

„Einer ist raus, um Sie zu retten. Ihn haben die Vögel erwischt." Sörensen sprach ganz leise und senkte den Kopf. Er war noch immer völlig erschüttert. Man hatte von dem Mann nichts mehr gefunden.

„Mein Gott!" Mehr brachte Berg nicht hervor. Er vergrub sein Gesicht in den Händen und schwieg eine ganze Weile. Damit musste er jetzt erst einmal klarkommen. Ein anderer hatte sich geopfert, um ihm das Leben zu retten!

„Ich komme gleich. Bitte lasst mich einen Augenblick allein."

„Sie brauchen nicht zu kommen. Es ist nichts mehr von ihm übrig."

„Was soll das heißen?"

„Die Bestien haben ihn mitgenommen. Man sieht nur noch die Blutspuren."

„Gehen wir trotzdem!" Berg kam es vor, als ginge er zu seiner eigenen Beerdigung – nur, dass nicht er der Tote war, sondern an seiner Stelle ein anderer.

Es war reiner Zufall, dass Jessica Schwarz das Schreiben von Dr. Berg in die Hände fiel. Sie studierte Biologie im fünften Semester und jobbte abends für ein Reinigungsunternehmen, um etwas Geld zu verdienen. Zurzeit wurde sie von dieser Firma bei einer Behörde eingesetzt, von der sie noch nie etwas gehört hatte. Es hatte sie auch bisher nicht interessiert, was diese Behörde tat. Ihre Aufgabe war es, zu putzen und die Papierkörbe zu leeren.

Als sie nun einen der Körbe in einen großen Sack ausschütten wollte, fiel ein Blatt Papier zu Boden. Sie war sich zunächst nicht sicher, ob es von einem der Schreibtische heruntergeflattert war oder ob es aus dem Abfallkorb stammte. Sie hob es hoch und warf einen Blick darauf.

Es waren nur wenige Worte, die sie las, doch sie genügten. Sie fühlte sich wie elektrisiert. Unauffällig blickte sie sich um, faltete das Schreiben zusammen und ließ es in der Tasche ihres Arbeitskittels verschwinden. Marc würde staunen!

Marc Dehner war ihr Freund. Er war Paläontologe und von seinem Beruf fasziniert. Nie hätte er sich vorstellen können, etwas anderes zu tun. Aber es waren nicht die Ausgrabungen allein, die ihn fesselten. Er glaubte fest daran, dass es auf diesem Planeten noch immer Tiere aus der Urzeit gab, die längst als ausgestorben galten, und es war sein größter Traum, diese fantastischen Lebewesen zu entdecken.

Am Abend saßen beide gebannt über dem Brief, den Dr. Berg an die Behörde geschrieben hatte. Es war von einem riesigen unbekannten Tier die Rede, das Menschen bedrohte und tötete. Offenbar befanden sich der Doktor und dieses Wesen irgendwo auf einer Insel.

„Du musst unbedingt herausfinden, wo diese Insel ist und wie man dort hinkommt", sagte Marc Dehner aufgeregt. „Ich habe da so ein Gefühl ..."

„Das hatte ich auch sofort. Es gibt auf dieser Insel ein Lebewesen, das aus der Vorzeit stammt oder das noch nicht entdeckt worden ist." Jessica strich sich eine Strähne ihres langen blonden Haares zurück. Begeistert sah sie ihren Freund an. „Ich muss spionieren. Ich kann ja schlecht jemanden fragen, wo die Insel ist und um welches Tier es sich handelt. Die wissen dann sofort, dass ich mich um Dinge kümmere, die mich nichts angehen."

„Du musst das ganz unauffällig machen. Wenn die was mitkriegen, können wir die Sache vergessen!" Marc starrte noch immer auf den Brief und las ihn Wort für Wort zum wiederholten Mal.

„Ich bin ja nicht blöd!" Jessica verzog das Gesicht und tat beleidigt.

Obwohl es sich um ein streng geheimes Projekt handelte, waren die Mitarbeiter der Behörde offenbar ziemlich sorglos. Jessica schnappte das eine oder andere Wort auf, welches sicher nicht für Außenstehende bestimmt war. Meistens war jedoch niemand mehr in den Büros, wenn sie zum Putzen kam. Heimlich durchwühlte sie die Papierkörbe und suchte auf den Schreibtischen nach Unterlagen. Sie fand jedoch zunächst nichts.

Erst wenige Tage später hatte sie Glück. An einem Stahlschrank, der normalerweise verschlossen war, steckte der Schlüssel. Jessica durchfuhr es heiß. Jetzt oder nie! Rasch sah sie hinaus auf den Flur, ob jemand in der Nähe war. Es war niemand zu sehen. In Windeseile durchstöberte sie den Schrank und fand nach wenigen Augenblicken, was sie suchte. Schnell nahm sie das Papier an sich und rannte damit zu einem Fotokopierer, der im Nebenraum stand. Wieder blickte sie sich sichernd um, als der Kopierer lief. Hastig steckte sie die Kopie ein und brachte das Schreiben zurück. Es war keine Sekunde zu früh! In dem Moment, als sie die Schranktür schloss, hörte sie näher kommende Schritte. Sie konnte sich gerade noch abwenden und so tun, als würde sie putzen, als einer der Mitarbeiter eintrat und sie misstrauisch beäugte. Ohne ein Wort zu ihr zu sagen, schloss er kurzerhand den Stahlschrank ab und nahm den Schlüssel an sich.

Die Einheimischen wussten offenbar bereits, was die weißen Männer vorhatten.

Obwohl das Tal der Ziegen noch weit entfernt war, setzte sich der Häuptling mit seinem Gefolge an die Spitze des Trupps und übernahm die Führung. Das hatte den Vorteil, dass sie viel schneller vorankamen, da die Eingeborenen einen im Dickicht verborgenen Pfad nutzten, den Bender und die anderen niemals gefunden hätten.

Tatsächlich erreichten sie nun endlich das Tal, in dem sich Hunderte von Ziegen aufhielten. Der Gestank war bestialisch und wehte zu ihnen herauf. Etwas verzagt blickten die Männer in die Tiefe. Es würde nicht einfach werden, den steilen Felsen hinabzuklettern. Und wenn man das geschafft hatte, musste man ja auch die gefangenen Ziegen irgendwie dort hinaufbekommen. Wie sollte das gehen? Alle dachten das Gleiche. Sie konnten ebenso gut an dieser Stelle abbrechen und umkehren. Es hatte sowieso keinen Zweck!

Der kleine Häuptling gesellte sich zu ihnen und lachte breit, wobei wieder seine herrlichen Zahnlücken sichtbar wurden. Er bedeutete ihnen, hier oben zu warten. In der kehligen Sprache der Eingeborenen verständigte er sich kurz mit seinen Leuten, die daraufhin wieselflink den zerklüfteten Felsen hinabkletterten, als sei das ein Kinderspiel. Dabei machten sie sich über die Fremden lustig, was durch ihre Gestik eindeutig erkennbar war.

Der Mann mit der Höhenangst atmete hörbar auf, da er schon befürchtet hatte, man würde von ihm verlangen, in das Tal hinabzusteigen.

Das Stammesoberhaupt blieb neben ihnen stehen und deutete stolz auf seine Männer. Bender fragte sich, was das Ganze sollte. Er vermutete, dass die kleinen Menschen ihre Macht demonstrierten. Sie wollten ihnen zeigen, wie armselig sie doch in der Wildnis waren.

Die Eingeborenen kamen fast alle gleichzeitig unten an. Dann ging alles sehr schnell. Einer von ihnen stieß einen grellen Pfiff aus. Die Ziegen reagierten darauf. Sie trotteten wie dressiert zu den kleinen Männern und ließen sich anfassen.

Bender und die anderen trauten ihren Augen kaum.

„Die Ziegen hören auf sie", sagte einer leise.

„Das glaubt uns keiner", stammelte ein anderer.

„Die waren schon öfter hier", meinte der Nächste.

„Ja. Ich weiß aber noch nicht genau, was sie damit bezwecken. Vielleicht wollen sie uns helfen, oder sie zeigen uns jetzt, dass sie uns für doof halten", sagte Bender. Ihm gefiel die Geschichte nicht.

Es wurde jedoch noch besser. Die kleinen Männer deuteten auf einige der Ziegen und wandten sich ab. Langsam durchquerten sie das Tal, wobei ihnen exakt die Tiere folgten, die sie ausgesucht hatten. Mit den Ziegen verschwanden sie im dichten Gestrüpp.

Der kleine Häuptling klatschte in die Hände und tanzte singend dicht am Abgrund des Plateaus entlang. Die Männer dachten, er würde im nächsten Moment abstürzen, aber keiner von ihnen wagte es, ihn zurückzuhalten.

Das Schreiben, das Jessica Schwarz gefunden hatte, beinhaltete die Daten der Reederei, die das Versorgungsschiff für die Insel zur Verfügung stellte. Darin war vermerkt, wann und in welchem Hafen das nächste Schiff ablegte. Das Papier war Gold wert!

„Wir bestechen den Kapitän, damit er uns mitnimmt", meinte Jessica leichthin.

„Du spinnst! Das macht der nie!" Marc schüttelte den Kopf über Jessicas Naivität.

„Ach! Weißt du etwas Besseres?"

„Eher gehen wir als blinde Passagiere an Bord."

„Und wenn sie uns schnappen? Das ist doch blöd!"

„Stimmt. Am besten, wir betreten ganz entspannt mit unserem Gepäck das Schiff und tun so, als wären wir offizielle Mitarbeiter der Behörde."

„So ein Unsinn! Und wenn sie dort nachfragen? Dann fliegen wir sofort auf."

„Nein. Wir brauchen bloß ein offizielles Schreiben." Marc lachte. Das war die Lösung!

Es war dann ganz einfach. Jessica fand ein Papier mit offiziellem Briefkopf der Behörde in einem der Papierkörbe, das achtlos weggeworfen worden war. Am Computer erstellte Marc daraus eine Genehmigung für beide, mit auf die Insel fahren zu dürfen. Niemand würde nachfragen oder das Schreiben anzweifeln.

„Ich würde gern wissen, welche Drogen die Kerlchen zu sich nehmen", meinte Bender kopfschüttelnd. „Normal ist das jedenfalls nicht, wie sie sich benehmen."

Im nächsten Augenblick blieb der kleine Häuptling abrupt vor ihm stehen und wedelte mit den Armen. Verblüfft sahen ihn alle an.

„Was will er?", fragte einer ratlos.

„Wir sollen mitgehen", glaubte ein anderer.

„Wohin?", fragte der Nächste.

„Das weiß wohl nur er." Bender zuckte die Schultern. „Was bleibt uns schon übrig?"

Der kleine Mann hatte es plötzlich sehr eilig. Er rannte den schmalen Pfad, auf dem sie gekommen waren, zurück und vergewisserte sich immer wieder, ob die Fremden ihm folgten.

„Ich habe dazu keine Lust mehr", sagte einer der Männer genervt. „Der führt uns jetzt wieder zurück zu seinem Lager. Ich will da aber nicht mehr hin. Und was ist denn nun überhaupt mit den Ziegen? Ich dachte, wir wollten welche mitnehmen."

„Die verarschen uns", meinte ein anderer. „Die wollen die Ziegen für sich. Die haben bestimmt nicht die Absicht, uns zu helfen."

„Mal sehen", beschwichtigte Bender. „Wir tun ihm den Gefallen und gehen mit. Wenn er uns tatsächlich zurück zu seinem Lager führt, verabschieden wir uns einfach und verschwinden."

„Wenn er uns lässt …", zweifelte einer. „Die sind uns überlegen."

Während sie überlegten und diskutierten, rannte der Anführer des Stammes immer weiter. Offenbar waren ihm die weißen Männer zu langsam. Immer wieder blieb er stehen und fuchtelte mit den Armen, um sie zur Eile anzutreiben.

„Warum macht der denn so eine Hektik?", fragte einer verständnislos.

„Der hat Angst vor dem Vogel", mutmaßte ein anderer. „Er will wahrscheinlich zu Hause sein, bevor es dunkel wird."

Das war plausibel, und die anderen glaubten es sofort. Plötzlich sahen sie in der Ferne mehrere Gestalten.

„Was ist das da vorne?" Bender blieb stehen.

„Ich glaube, das sind die anderen Kerlchen mit den wilden Ziegen, die sie aus dem Tal geführt haben", vermutete einer der Männer. Erkennen konnte man durch das Dickicht nicht viel. Nur, dass sich dort etwas bewegte.

„Die können unmöglich vor uns sein. Sie haben das Tal auf der anderen Seite verlassen und müssen einen enormen Umweg zurückgelegt haben, um wieder hier auf den Pfad zu kommen. Ich glaube das nicht!" Bender war das nicht geheuer.

Der Häuptling stieß einen grellen Schrei aus und rannte voraus. Um die weißen Männer kümmerte er sich nicht mehr.

„Das ist die Gelegenheit, sofort von hier zu verschwinden", murmelte einer.

„Nein. Die beobachten uns genau. Und sie sind schneller als wir", glaubte ein anderer.

„Versuchen wir es trotzdem!", entschied Bender. „Los!" Er stürzte sich augenblicklich seitwärts in das dichte Gestrüpp, und die anderen taten es ihm nach. Dort lagen sie eine ganze Weile bewegungslos, bis ihnen klar wurde, dass sich die kleinen Männer nicht mehr für sie interessierten.

„Die suchen uns gar nicht", meinte einer verwundert.

„Umso besser. Wir gehen jetzt zurück zum Camp. Und ich will nie wieder etwas von wilden Ziegen oder kleinen braunen Männern sehen oder hören!" Bender stapfte entschlossen voran. Mühsam kämpften sie sich durch das Dickicht und folgten den schmalen Tierpfaden, die sich immer wieder verloren und ins Nichts führten. Es wurde langsam dunkel, und alle dachten das Gleiche: Die Riesenvögel würden wieder auf Beutesuche gehen!

Marc Dehner sollte recht behalten. Mit dem gefälschten Schreiben gelangten sie unbehelligt an Bord des Versorgungsschiffes. Der Kapitän warf einen flüchtigen Blick darauf, erkannte den Briefkopf der Behörde und stellte keine Fragen. Völlig gelassen betraten Marc und Jessica mit ihrem Gepäck das Schiff. Jeder hatte nur eine kleine Tasche und einen Rucksack bei sich. Mehr brauchten sie nicht. Beide mussten sich beherrschen, ihre Freude zu verbergen. Erst als sie sich unbeobachtet fühlten, fielen sie sich lachend in die Arme.

„Mensch, ist das toll! Wir haben es geschafft!", triumphierte Jessica und hüpfte vor Aufregung auf der Stelle.

„Langsam! Noch sind wir nicht dort. Und wir wissen auch nicht, was uns erwartet", dämpfte Marc ihre Euphorie.

Die Schiffsreise dauerte nicht allzu lange. Gespannt standen die beiden an der Reling und sahen dem Abenteuer entgegen. Sie konnten es kaum erwarten, diese unbekannte, geheime Insel zu betreten.

Die Ankunft war dann doch eher ernüchternd. Als das Versorgungsschiff anlegte, kümmerte sich niemand um sie, und sie marschierten unauffällig mit ihrem Gepäck an Land. Zuerst sahen sie das kleine Klinikgebäude. Aber es interessierte sie eigentlich nicht. Sie wollten nicht auffallen und unabhängig die Insel erkunden. Trotzdem stießen sie durch einen Zufall auf Dr. Berg. Er kam direkt auf sie zu und begrüßte sie. Irrtümlich ging er davon aus, dass man aufgrund seines Schreibens nun endlich Fachleute geschickt hatte, die sich um die Vorkommnisse auf der Insel kümmerten.

„Ich freue mich, dass Sie gekommen sind!", sagte er ehrlich. Ich dachte schon, es interessiert niemanden, was hier vorgeht."

Er bat Jessica und Marc in das kleine Hospital. Unbedarft führte er die jungen Leute herum und zeigte ihnen alles. Dabei berichtete er ihnen von den riesigen Vögeln, die Menschen angriffen. Dabei verschwieg er auch die Todesfälle nicht.

„Ich bin so froh, dass sich nun endlich jemand der Sache annimmt. Aus meiner Sicht müsste man die Insel evakuieren. Man kann doch nicht mit ansehen, dass hier Menschen von wilden Tieren angegriffen oder gar getötet werden!"

„Haben Sie eines dieser Tiere schon einmal selbst gesehen?", fragte Marc vorsichtig.

„Ja, natürlich. Alle haben diese merkwürdigen Viecher gesehen", antwortete Berg erregt. „Und manche haben es mit ihrer Gesundheit oder gar mit ihrem Leben bezahlt", fügte er leise hinzu.

„Wir werden der Sache auf den Grund gehen", sagte Marc Dehner fest. Geschickt verbarg er seine Emotionen, denn sie glichen einer Achterbahn. Wenn er hier tatsächlich das fand, was er sich erhoffte, würde er Geschichte schreiben!

Im Lager der Männer wurde Alarm gegeben. Alle dachten sofort an die Riesenvögel und gingen augenblicklich in Deckung. Jeder suchte sich irgendeinen Unterschlupf. Max hatte die Rufe zufällig gehört und öffnete das Tor zum Hospital, damit sich die Männer in Sicherheit bringen konnten. Er traute jedoch seinen Augen nicht, als er hinausblickte.

Viele kleine braune Gestalten hatten sich in Begleitung einer Horde Ziegen auf dem Lagerplatz versammelt. Sie erwarteten, von den weißen Männern voller Freude begrüßt zu werden, da sie ihnen die Ziegen schenken wollten. Sie konnten nicht verstehen, weshalb sich nun niemand blicken ließ. Bei ihnen war es üblich, sich auch über größere Entfernungen durch Schreie, Pfiffe und Trommeln zu verständigen. Somit gingen sie selbstverständlich davon aus, dass die Fremden längst mit ihrem Erscheinen gerechnet hatten.

„Doktor!", brüllte Max. „Kommen Sie her, und sehen Sie sich das an!"

Auch Dr. Berg hatte den Alarm gehört. „Jetzt können Sie sich diese merkwürdigen Kreaturen gleich aus der Nähe betrachten", rief er Jessica und Marc zu.

Sie rannten hinaus. Auch Andy und die Krankenschwestern kamen mit, um zu sehen, was draußen vor sich ging.

Entgeistert starrten sie auf das Bild, das sich ihnen bot. Statt der erwarteten Vögel, standen kleine nackte Menschen, umgeben von Ziegen, um das Lagerfeuer in der Mitte des Platzes herum.

„Wo kommen die denn jetzt her?", entfuhr es Berg.

„Wie schön! Es gibt Einheimische auf der Insel", freute sich Jessica.

„Das wussten wir gar nicht", sagte Marc und strahlte Jessica begeistert an.

„Wir wussten das bis jetzt auch noch nicht", entgegnete Berg trocken.

„Vielleicht können sie uns sagen, was mit unseren Männern passiert ist, die zum Tal der wilden Ziegen aufgebrochen sind. Die sind nämlich noch immer nicht zurückgekommen. Aber die Ziegen sind ja jetzt schon mal da", meinte Max sarkastisch.

„Wir werden versuchen, ganz friedlich mit diesen Menschen zu verhandeln!", bestimmte Berg. „Auf gar keinen Fall dürfen wir ihnen feindselig gegenübertreten."

„Na ja. Erst mal abwarten, was sie wollen", sagte Andy misstrauisch.

„Diese Menschen sind von primitiver Herkunft", dozierte Marc Dehner. „Das Wichtigste ist jetzt, dass man sie gastfreundlich empfängt. Gastfreundschaft ist bei den meisten Völkern ein fest verankertes Gut!"

Max rollte mit den Augen. Oh Himmel! Ein Gelehrter! Der hatte hier gerade noch gefehlt. Wo kam der eigentlich so plötzlich her mit seiner Braut? Erst jetzt nahm er die beiden richtig wahr.

Als Bender und die anderen glaubten, allein zu sein, setzten sie ihren Weg fort. Alle wollten nur möglichst schnell zurück zum Lager. Doch es war schon spät, und die Dunkelheit kam schneller, als sie es erwartet hatten.

„Mist! Hoffentlich begegnen uns jetzt nicht wieder diese komischen Riesenvögel", sagte einer der Männer und verzog das Gesicht.

„Ach was! Die wissen doch gar nicht, wo wir sind", winkte ein anderer ab.

Sie konnten nicht ahnen, dass sie bereits seit geraumer Zeit von den Tieren beobachtet wurden. Sie warteten nur die Dunkelheit ab, um zuzuschlagen. Es lag in ihrer Natur, in der Dämmerung mit der Jagd zu beginnen ...

„Die Viecher werden bestimmt bloß vom Feuer angelockt", meinte Bender, aber es klang nicht sehr überzeugend. Er hatte es gerade ausgesprochen, als alle das unheilvolle Flattern vernahmen. Es hörte sich sehr nah an. Offenbar suchten sich die Tiere einen Weg durch das Dickicht, um an die Beute heranzukommen.

„Scheiße!", brüllte einer panisch und rannte los. „Nichts wie weg! Die machen uns platt!"

Die anderen folgten ihm hastig, jedoch war ihnen völlig klar, dass die Biester schneller sein würden. Wenn nicht ein Wunder geschah, hatten die Männer keine Chance! Sie rannten um ihr Leben.

Als sie dachten, sie hätten die Vögel längst hinter sich gelassen, landete plötzlich eines der furchtbaren Wesen nur wenige Meter vor ihnen auf dem schmalen Pfad. Sofort stakste es mit weit aufgerissenem Schnabel zielstrebig auf sie zu. Als die Männer verzweifelt versuchten, seitlich durch das Gebüsch zu entfliehen, mussten sie entsetzt feststellen, dass sich von dieser Seite aus eine zweite Kreatur heranpirschte. Die merkwürdigen Geschöpfe, die aus der Urzeit zu stammen schienen, jagten gemeinsam! Offenbar hatten sie diese Methode perfektioniert. Die Menschen konnten ihnen nicht mehr entkommen!

Beide Vögel griffen gleichzeitig an. Das Schicksal der Männer schien besiegelt zu sein. Noch einmal sahen sie sich verzweifelt nach einer Fluchtmöglichkeit um, aber es gab keine.

Bender hatte nicht die Absicht, sich ohne Gegenwehr fressen zu lassen. Diese blöden Viecher würden ihn nicht so einfach kleinkriegen, dachte er wütend. Er bekam einen großen Ast zu fassen und rannte damit laut brüllend auf einen der riesigen Vögel zu.

Nicht alle waren so mutig. Einige verkrochen sich wimmernd in das dichte Unterholz und blieben dort bewegungslos liegen, in der Hoffnung, die fürchterlichen Wesen würden sie nicht entdecken. Zitternd vor Angst, wühlten sie sich in die Erde und pressten ihre Gesichter weinend in den fauligen Boden.

Bender wusste, dass er keine Chance hatte, aber er wollte nicht kampflos aufgeben. Immer wieder hieb er auf das angreifende Tier ein. Der Vogel schrie ohrenbetäubend und attackierte ihn mit seinem scharfen Schnabel, doch es gelang ihm, den Hieben auszuweichen. Erstaunt sah er, dass der Vogel immer langsamer wurde, plötzlich einknickte und auf die Seite fiel. Auch das andere Tier war auf einmal still und rührte sich nicht mehr.

„Was ist denn jetzt los?", rief er verblüfft. „Das gibt es doch gar nicht!"

„Ganz einfach. Wir haben Hilfe bekommen", antwortete einer der Männer hinter ihm aufatmend.

Tatsächlich stellte sich heraus, dass sie nicht allein waren. Der kleine Häuptling des Stammes hatte einigen seiner Leute befohlen, auf die weißen Freunde aufzupassen. Sie waren die ganze Zeit um sie gewesen, doch da es die Einheimischen vorzüglich verstanden, sich völlig lautlos und unsichtbar durch das Dickicht zu bewegen, waren sie nicht von ihnen bemerkt worden.

Die kleinen Menschen hatten genau gewusst, wann mit dem Angriff der mysteriösen Kreaturen zu rechnen war. Sie hatten sie bereits viel früher gehört als die weißen Männer und sich mit ihren Blasrohren in Stellung gebracht. Noch nie hatte einer der Riesenvögel ihre Giftpfeile überlebt.

Die kleinen Männer kamen nun aus ihren Verstecken und blieben mit ernsten Gesichtern geschlossen vor Bender stehen. Stolz sprach aus ihren Blicken. Sie hatten ihre Aufgabe gemeistert und erwarteten ein Lob des Anführers der weißen Männer.

Bender verneigte sich vor ihnen. Er sprach ein paar Worte, und obwohl sie seine Sprache nicht verstehen konnten, wussten die kleinen Menschen, was er sagte. Es war ein bewegender Augenblick. Alle waren ganz still. Doch das änderte sich schnell. Plötzlich wuselten die kleinen Kerlchen wild durcheinander.

Bender und die anderen standen zunächst unschlüssig herum und wussten nicht, was sie tun sollten. Es war undenkbar, in der Finsternis den Weg zurück zum Lager fortzusetzen. Sie mussten hier übernachten.

Auch die kleinen Männer hatten offenbar nicht die Absicht, durch die Dunkelheit zu ziehen. Auf einer Lichtung errichteten sie ein Lagerfeuer und schleppten große Fleischstücke heran, die sie auf zugespitzte Äste spießten und über dem Feuer brieten. Es war das ausgelöste Brustfleisch eines der Riesenvögel. Schon bald duftete es ganz herrlich. Und so schmeckte es auch. Dazu gab es Bananen und grüne, säuerlich schmeckende Früchte. Als Nachtisch verspeisten die Eingeborenen wieder genussvoll gelbliche, feiste Maden, die sie ihren Gästen jedoch nicht mehr anboten, da sie begriffen hatten, dass die weißen Männer sie verschmähten.

Unbedarft gingen Jessica und Marc auf die kleinen Männer zu, um sie zu begrüßen. Dr. Berg folgte ihnen zögernd. Er wusste nicht so recht, wie er sich verhalten sollte. Die beiden jungen Leute machten sich darüber keine Gedanken. Sie nickten den

Eingeborenen freundlich zu und luden sie mit einer Handbewegung ein, am Feuer Platz zu nehmen.

Die wilden Ziegen glotzten neugierig, aber sie blieben erstaunlicherweise im Lager, ohne dass sie jemand festbinden oder einsperren musste. Sie waren müde nach dem Marsch und legten sich nieder, um zu schlafen. Offenbar vertrauten sie den Menschen, die sie hierhergebracht hatten.

Allmählich näherten sich die Strafgefangenen, als sie mitbekamen, dass Dr. Berg bei den kleinen nackten Menschen stand. Einige kamen, um den Doktor zu beschützen, falls die Wilden angreifen würden, die meisten erschienen jedoch aus purer Neugier. Sie hatten gesehen, dass sich eine fremde Frau bei Dr. Berg befand. Das war so ungewöhnlich, dass alle rätselten, was sie wohl hier tat. Auch den unbekannten Mann hatten sie bemerkt, aber der interessierte sie nicht. Männer gab es hier genug.

Dr. Berg fühlte sich genötigt, ein paar Worte zu sagen.

„Wir freuen uns, die Bewohner dieser Insel bei uns begrüßen zu dürfen", sagte er gestelzt und breitete dabei die Arme aus. „Wir betrachten sie als unsere Gäste und laden sie zum Essen ein." Dabei suchte sein Blick Sörensen. Dieser nickte, murmelte etwas Unverständliches vor sich hin und stapfte davon.

Der kleine Häuptling erkannte an der Stimmlage und Gestik des weißen Mannes, dass sie willkommen waren. Sofort sprang er auf und trat vor Dr. Berg. Er lächelte ihn breit an und redete in seiner kehlig klingenden Sprache auf ihn ein. Man verstand zwar nicht, was er sagte, aber offenbar dankte er Berg für seine Gastfreundschaft.

Sörensen erschien mit dem Fischfang des Tages. Die Fische waren bereits ausgenommen und mussten nur noch über dem Feuer gegart werden.

„Wissen die denn, wie man das macht?", fragte er unsicher.

„Das haben wir gleich." Jessica hatte keine Berührungsängste und wollte den kleinen Menschen zeigen, wie sie die Fische braten sollten. Das war jedoch absolut unnötig. Die Eingeborenen lachten freundlich, griffen nach den zugespitzten Stöcken, spießten die Fische damit auf und hielten sie über die Glut. Für sie war es das Normalste der Welt.

Die Strafgefangenen beobachteten die kleinen Männer argwöhnisch. Kritisch betrachteten sie die Blasrohre und Pfeile, die sie bei sich hatten. Sie wussten nicht so recht, was sie davon halten sollten.

Jessica und Marc unterhielten sich während des Essens in Zeichensprache mit dem Anführer und bekamen erstaunlich viel heraus. Immer wieder übersetzten sie den anderen, was sie verstanden. So erfuhren alle, dass die Männer, die das Camp verlassen hatten, Gäste der Einheimischen gewesen waren und vermutlich am nächsten Morgen zurückkehren würden. Außerdem übersetzten sie, dass die Ziegen ein Geschenk waren.

Dr. Berg bat Jessica, dem Häuptling zu danken, was sie mit einer einfachen Geste tat. Berg war fasziniert, wie einfach eine Verständigung sein konnte, auch wenn man die Sprache des anderen nicht kannte.

Als es dunkel wurde, breitete sich Unruhe aus. Es wurde höchste Zeit, Zuflucht in den Hütten zu suchen. Die Hühner hatten das längst begriffen und begaben sich eigenständig in ihren Stall, sobald es dämmerte.

„Wir müssen uns jetzt langsam in Sicherheit bringen", sagte Winterbach leise zu Dr. Berg. „Die Vögel beginnen um diese Zeit zu jagen."

„Um Himmels willen! Sie haben recht! Aber was machen wir mit unseren Gästen? Können wir sie irgendwo unterbringen?"

„Die kriegen einfach eine Hütte für sich", schlug Manfred Rupp vor. „Müssen wir halt ein bisschen zusammenrücken."

„Aber für die Ziegen haben wir definitiv keinen Platz mehr", meinte Winterbach bekümmert.

Die Eingeborenen wussten, weshalb die weißen Männer unruhig wurden. Bei ihnen zu Hause war es nicht viel anders, sobald die Dunkelheit hereinbrach. Insbesondere die Frauen und Kinder wurden jeden Abend vor den Vögeln in Sicherheit gebracht.

Neugierig bestaunten sie die Unterkünfte. Etwas in dieser Art hatten sie noch nie zuvor gesehen. Sie lachten und freuten sich, als Rupp ihnen zwei Hütten zuwies, in denen sie übernachten sollten. Vorsichtig gingen sie hinein und sahen sich um. Schnell fanden sie sich mit den Gegebenheiten ab und richteten sich zum Schlafen ein. Die Ziegen blieben zwar draußen, legten sich aber direkt vor den Hütten nieder.

Jessica und Marc sahen sich bedeutungsvoll an. Es musste einen Grund dafür geben, dass alle es plötzlich so eilig hatten, in ihre Unterkünfte zu kommen. Sicherlich wollte noch niemand schlafen gehen.

„Was ist denn plötzlich los?", fragte Jessica scheinbar unbedarft. „Müssen wir jetzt schon alle zu Bett gehen?" Sie lachte.

„Sie wissen aber, weshalb Sie hier sind?" Berg war nicht zum Spaßen aufgelegt. „Ich kann Ihnen eigentlich noch nicht einmal anbieten, im Hospital zu übernachten, weil wir dort keinen Platz haben. Es sei denn, sie suchen sich einen Schlafplatz auf einem der Gänge. Dort wären Sie zumindest sicher", sagte er ernst.

„Sie glauben, die gefährlichen Vögel könnten jeden Moment hier auftauchen?", fragte Marc, wobei er seine Aufregung kaum verbergen konnte. Er fieberte direkt danach, diesen mysteriösen Kreaturen zu begegnen.

„Ja, sicher. Sie jagen, sobald es dunkel wird. Aber das habe ich auch in meinem Bericht erwähnt. Ich dachte, Sie wären darüber informiert."

Zum ersten Mal kam Berg die Sache merkwürdig vor. Die beiden benahmen sich wie abenteuerlustige Kinder.

„Ja, schon", beeilte sich Jessica zu sagen, „aber wir, na ja ...", stotterte sie. Ihr fiel keine passende Ausrede ein, und sie kam sich reichlich dämlich vor.

„Wie dem auch sei. Ich muss jetzt zurück ins Krankenhaus. Kommen Sie mit, oder bleiben Sie hier?" Berg verlor langsam die Geduld. Der Platz war inzwischen wie leer gefegt, und man vernahm keinen Laut mehr.

„Wir bleiben hier", beschloss Marc. Auf gar keinen Fall wollte er etwas verpassen, falls eines dieser fantastischen Geschöpfe tatsächlich hier landen sollte.

„Gut. Dann wünsche ich Ihnen eine angenehme Nacht!", sagte Berg zweideutig und hatte es eilig, zurück in sein Hospital zu kommen.

„Klasse, der ist weg", flüsterte Jessica. „Los, suchen wir uns ein bequemes Versteck, von dem aus wir die Tiere sehen können, aber sie uns nicht ..."

Die beiden hatten keine Ahnung, dass sie es auf der geheimen Insel mit Strafgefangenen zu tun hatten. Sie dachten, die Männer wären freiwillig hier – aus welchem Grund auch immer. Als sie es sich zwischen den Büschen unweit des Lagerplatzes gemütlich gemacht hatten, begannen sie darüber zu diskutieren.

„Mich würde interessieren, was all diese Männer hier tun", begann Jessica das Gespräch. „Vielleicht sind das auch Forscher?"

„So viele?" Marc schüttelte den Kopf. „Das glaube ich nicht. Sie machen auch nicht den Eindruck. Ich denke eher an Abenteurer oder Aussteiger, die das ursprüngliche Leben kennenlernen wollen."

„Meinst du? Vielleicht sind es auch gestresste Manager, die für viel Geld ein Survival-Training absolvieren. Ich habe einmal gelesen, dass es Anbieter für so etwas gibt, die sich damit eine goldene Nase verdienen."

„Das könnte passen. Aber wie gestresste Manager kommen mir die Herrschaften eigentlich nicht gerade vor." Marc kratzte sich nachdenklich am Kopf. „Andererseits sieht man den Leuten nach ein paar Wochen in der Wildnis sicherlich nicht mehr an, was sie vorher getan haben. Wieso hast du den Doktor nicht danach gefragt?"

„Weil ich mich mehr für die Vögel interessiert habe. Meinst du, sie kommen noch?"

„Ich hoffe es." Marc lauschte gespannt in die Dunkelheit, aber es war nichts zu hören.

Sie konnten nicht wissen, dass die beiden Tiere, die das Camp zuletzt aufgesucht hatten, inzwischen den Giftpfeilen der Eingeborenen zum Opfer gefallen waren. Somit blieb die Nacht ruhig. Irgendwann, in den frühen Morgenstunden, schliefen Jessica und Marc ein und bekamen nicht mit, wie die Eingeborenen lautlos das Lager verließen.

„Die Wilden sind weg!", rief Manfred Rupp am nächsten Morgen laut über den Platz, als er bei einem kurzen Rundgang bemerkte, dass die Einheimischen verschwunden waren. „Und die Ziegen haben sie auch wieder mitgenommen. Eine Sauerei! Sie haben sie uns geschenkt!"

Unsanft durch sein Gebrüll geweckt, kamen alle aus ihren Hütten.

„Bleib mal locker!", sagte Winterbach gelassen, „die Ziegen sind noch da. Sie suchen bloß Futter." Er deutete auf einen Busch, an dem zwei der Ziegen standen und genüsslich Blätter abrupften, nicht ahnend, dass genau darunter Jessica und Marc lagen und fest schliefen.

Bender und die anderen wurden wach, als sich die Eingeborenen zum Aufbruch rüsteten. Sie löschten sorgfältig das Feuer und packten ihre Sachen zusammen. Einige der kleinen Männer blieben zurück, um das Fleisch der Riesenvögel in ihr Lager zu schleppen. Davon konnte der ganze Stamm ein paar Tage leben.

Die anderen wollten die weißen Männer zurück zu ihrem Camp begleiten. Bender war das unangenehm. Er wäre lieber mit seinem Trupp allein losgezogen. Er versuchte sich verständlich zu machen, fand jedoch kein Gehör. Die kleinen Menschen hatten die Anweisungen ihres Häuptlings zu befolgen!

Als sie schließlich aufbrachen, setzten sich mehrere der Einheimischen an die Spitze. Dazwischen lief Bender mit seinen Leuten, und am Schluss folgten wieder Eingeborene. So war es am sichersten. Den Gästen sollte nichts geschehen.

Merkwürdigerweise schienen die kleinen Männer genau zu wissen, wo sich das Lager der Weißen befand. Zielstrebig marschierten sie in Richtung des Hospitals, ohne sich auch nur einmal zu vergewissern, dass sie auf dem richtigen Weg waren.

Bender dämmerte es, dass die Wilden längst von ihnen gewusst hatten. Vermutlich hatten sie schon des Öfteren unbemerkt das Lager besucht und sie heimlich beobachtet. Bender wurde ganz kalt bei dem Gedanken. Zum Glück waren diese Menschen so friedlich, dachte er bei sich. Das hätte auch ganz anders ausgehen können!

Unterwegs kam ihnen der Häuptling des Stammes mit seinem Gefolge entgegen. Lautstark begrüßten sich die kleinen Männer und tauschten Neuigkeiten aus. Dabei gaben sie die merkwürdigsten Töne von sich, gestikulierten, lachten und hüpften auf der Stelle.

Der kleine Häuptling verabschiedete sich nun von den weißen Männern und wünschte ihnen alles Gute. Es war sehr emotional, wie er das tat. Er umarmte jeden einzeln, und tatsächlich rannen ihm Tränen über seine runzeligen Wangen. Er bedeutete, dass sie sich bald wiedersehen würden und er sich darauf freute. Dabei zeigte er auf sich und dann auf die Männer. Anschließend beschrieb er mit seinem rechten Arm einen Kreis und lächelte. Alle verstanden, was er meinte.

Der Häuptling musste nun zurück zu seinem Volk. Die anderen, die die weißen Männer in der Nacht beschützt hatten, begleiteten sie zurück zu ihrem Lager.

Die Jungvögel, deren Eltern von den Eingeborenen getötet worden waren, saßen in ihrem Nest und warteten auf Futter. Eigentlich waren sie bereits flügge, doch sie hatten das Nest noch nie verlassen und hofften auf die Rückkehr der Elterntiere. Sie hatten Hunger und hätten längst gefüttert werden müssen. Erst nach langer Zeit beschlossen sie, das schützende Nest zu verlassen, um sich selbst auf Nahrungssuche zu begeben.

Es waren drei. Einer nach dem anderen segelte mehr schlecht als recht zu Boden, jedoch kamen alle ohne Verletzungen unten an. Noch immer verzweifelt nach den Eltern rufend, begannen sie, alles aufzupicken, was sie finden konnten. Ihr Überlebenswille war stärker als die Verzweiflung. Das Leben findet immer einen Weg.

Nachdem in der Nacht nichts geschehen war, beschlossen Jessica und Marc, die Insel zu erkunden. Sie sagten niemandem etwas davon. Auf den Gedanken, dass man sie vermissen und suchen würde, kamen sie überhaupt nicht. Still und heimlich verließen sie das Lager und machten sich auf den Weg in die unbekannte Wildnis. Sie hatten hervorragend geschlafen, waren ausgeruht und voller Abenteuerlust.

Interessiert betrachteten sie die verschiedenen Pflanzen, die hier wuchsen, und versuchten, sie zu bestimmen. Einige davon waren ihnen völlig unbekannt. Immer wieder sahen sie sich begeistert um. Für sie war diese Insel ein Paradies!

Abrupt blieb Marc stehen und fasste nach Jessicas Arm. „Schau, dort!" Er zeigte auf eine kleine Lichtung und hielt den Atem an.

„Das sind die Vögel, von denen der Doktor erzählt hat", flüsterte Jessica aufgeregt.

„Unfassbar!" Marc duckte sich tief in das dichte Unterholz, damit die Tiere ihn nicht entdeckten. Jessica ließ sich vorsichtig neben ihm nieder und beobachtete fasziniert, wie diese fantastischen Wesen herumliefen und nach Futter suchten. Plötzlich schienen sie unruhig zu werden.

„Sie wittern uns", vermutete Marc.

„Ich habe sie mir viel größer vorgestellt." Jessica reckte den Hals, um besser sehen zu können.

„Das sind Jungtiere. Sieh dir das Gefieder und die Schnäbel an! Sicherlich werden sie etwa dreimal so groß, wenn sie ausgewachsen sind." Marc konnte sich nicht sattsehen.

„Was mögen das für seltsame Vögel sein? Ich habe nie von solchen Tieren gehört", flüsterte Jessica ratlos.

„Das sind keine richtigen Vögel!" Marc war sich nicht sicher, aber er sah mehr als Jessica.

„Was denn sonst?", fragte Jessica verblüfft.

Marc wollte es eigentlich nicht aussprechen, da es ihm selbst völlig unmöglich erschien. Aber für ihn, als Paläontologen, waren bestimmte Merkmale, die diese Tiere aufwiesen, eindeutig.

„Es sind Flugsaurier", stieß er schließlich leise hervor.

„Quatsch! Du spinnst. Du siehst Dinge, die du gerne sehen möchtest", urteilte Jessica nüchtern. Seine Miene verriet ihr jedoch, dass er es ernst meinte.

„Ich weiß, dass das eigentlich nicht sein kann. Diese Spezies dürfte es im Grunde gar nicht mehr geben. Diese Tiere müssten längst ausgestorben sein. Aber sieh sie dir einmal genau an, dann erkennst du die Unterschiede! Natürlich gibt es Gemeinsamkeiten zwischen ihnen und den heute lebenden Vögeln, aber wir vermuten ja auch, dass sie Nachkommen der Flugsaurier sind."

Marc konnte sich nicht mehr beherrschen. Er wollte unbedingt Kontakt zu diesen fantastischen Wesen aus längst vergangener Zeit aufnehmen. Zu Jessicas Entsetzten stand er langsam auf.

„Um Himmels willen, Marc, das kannst du nicht machen! Woher willst du wissen, wie sie reagieren? Es ist viel zu gefährlich", rief Jessica außer sich.

„Ach was. Das sind Jungtiere. Die tun uns bestimmt nichts. Sie sind wahrscheinlich eher froh, wenn wir ihnen nichts tun." Marc lachte leise und bewegte sich vorsichtig auf die drei Wesen zu. Gemächlich streckte er die Hand aus, um sie zu sich zu locken. Dabei redete er sanft auf sie ein.

Die Tiere verharrten bewegungslos auf der Stelle, als sie den Menschen auf sich zukommen sahen. Sie blinzelten, was auf den ersten Blick vertrauenserweckend wirkte. Doch plötzlich stieß eines von ihnen einen Alarmschrei aus. Marc hätte gewarnt sein müssen, aber er bildete sich aus irgendeinem unverständlichen Grund ein, diese urzeitlichen Lebewesen zu kennen. Er machte sich möglichst klein, um sie nicht zu verängstigen. Das war ein Fehler. Instinktiv deuteten die Tiere seine ausgestreckte Hand und sein vorsichtiges Heranschleichen in gebückter Haltung als Drohung. Jessica hatte sich hinter ihm verschanzt und bemerkte die messerscharfen Krallen, mit denen die Vögel nervös über den Boden scharrten. Sie waren auch nicht so klein, wie es aus der Entfernung den Anschein gehabt hatte. Obwohl sie noch halbwüchsig waren, reichten sie Marc bereits bis zur Brust.

Jetzt näherten sie sich langsam mit vorgestreckten Köpfen. Die Menschen waren keine Beute für sie, aber es waren in ihren Augen Gegner, die sie bekämpfen mussten.

„Pass auf!", schrie Jessica entsetzt, doch es war bereits zu spät. Eines der Tiere hackte blitzschnell nach Marcs Hand. Er hatte mit dem Angriff nicht gerechnet und konnte nicht rechtzeitig genug ausweichen. Er war aber so geistesgegenwärtig, nicht davonzulaufen, sondern zum Gegenangriff überzugehen. Er richtete sich zu seiner vollen Größe auf und marschierte entschlossen auf die Vogelkinder zu. Sie mussten begreifen, dass er der Stärkere war, sonst würden sie keine Chance haben. Aus Leibeskräften brüllte er sie an.

„Bewaffne dich mit irgendwas!", rief er Jessica zu. „Nimm dir einen Ast, egal was. Wir müssen uns gegen sie wehren."

Jessica zögerte nicht lange. Sie fand einen dicken Knüppel und rannte schreiend auf die Tierkinder zu. Diese zeigten sich nun doch beeindruckt und wichen zurück. Gott sei Dank!

Als Jessica Marcs Hand sah, war sie nicht mehr so erleichtert. Das Blut strömte aus einer tiefen Fleischwunde.

„Verdammt!", rief sie. „Wir müssen sofort zurück. Das muss behandelt werden, oder du kriegst die schönste Sepsis!"

Erst jetzt kümmerte sich Marc um seine Hand. Die Verletzung sah tatsächlich nicht sehr gut aus. Das Fleisch klaffte weit auseinander. Plötzlich setzte auch der Schmerz ein. Bisher hatte er nichts gespürt. So ein Mist! Hätte er bloß besser aufgepasst!

Im Camp staunte man nicht schlecht, als Bender und die anderen in Begleitung einiger Inselbewohner erschienen. Sie waren guter Dinge und hatten viel zu erzählen. Doch ehe sie dazu kamen, ihre Abenteuer zu schildern, richtete sich die Aufmerksamkeit der Strafgefangenen auf zwei Gestalten, die sich offenbar sehr mühsam näherten.

Winterbach und Rupp rannten ihnen entgegen, um zu helfen. Es stellte sich heraus, dass nur der Mann verletzt war und sich kaum noch auf den Beinen halten konnte. Die junge Frau, die ihn stützte, war jedoch ebenfalls am Ende ihrer Kräfte. Schnell wurden die beiden zum Hospital gebracht.

Man hatte die jungen Leute zwar bereits vermisst, aber da Dr. Berg geäußert hatte, sie wollten selbstständig die Insel nach den unbekannten Vögeln erkunden, hatte niemand nach ihnen gesucht.

Berg fragte nicht, was geschehen war, als er die Hand des jungen Mannes sah, doch Marc erzählte ihm von selbst von den drei Jungvögeln. Noch immer war er völlig fasziniert von diesen Tieren und beschrieb sie in allen Einzelheiten. Berg hörte ihm aufmerksam zu. Dabei desinfizierte und klammerte er routiniert die große Wunde. Was ihm jedoch Sorgen bereitete, war, dass sich offenbar bereits Bakterien eingenistet hatten, die eine Blutvergiftung auslösen konnten. Die Wundränder waren entzündet, und alles deutete darauf hin, dass die Bakterien bereits in die Blutbahn gelangt waren. Es sah nicht gut aus. Er verabreichte Marc sämtliche Medikamente, die ihm für solche Fälle zur Verfügung standen, aber er wusste nicht, ob sie ausreichen würden. Diese wilden Tiere konnten toxische Stoffe aus ihrem Speichel übertragen, gegen die er machtlos war. Darüber sagte er zunächst nichts. Nachdem er die Wunde verbunden hatte, wollte Marc gleich wieder los.

„Wir werden die Tiere weiter beobachten", sagte er begeistert und wollte voller Tatendrang von der Behandlungsliege springen. Es gelang ihm nicht. Verblüfft registrierte er, dass ihm die Beine wegknickten, als wären sie aus Gummi. Max griff sofort zu und hielt ihn fest.

„Was ist denn jetzt los?", fragte Marc fassungslos.

„Fieber messen!", wies Berg den Krankenpfleger knapp an. Das Ergebnis war erschreckend. Marc hatte hohes Fieber. Wie Berg es bereits geahnt hatte, begann sich die Entzündung in seinem Körper auszubreiten. Ob er überleben würde, hing nun von seiner Widerstandskraft ab.

Marion hatte sich unterdessen um Jessica gekümmert. Ihr fehlte weiter nichts. Sie hatte nur zu wenig getrunken und war erschöpft. Als man Marc gegen seinen Willen in eines der Krankenzimmer brachte, wollte sie sofort hinterher.

„Sie können ihm jetzt nicht helfen", sagte Berg sanft. „Ich kann Sie auch nicht bei ihm zwischen den Männern schlafen lassen. Tut mir leid, aber das geht nicht."

Jessica war völlig fertig. „Ich muss aber zu ihm", rief sie verzweifelt. „Er braucht mich doch jetzt. Und was, wenn er stirbt?"

Tränen strömten über ihre Wangen. Alles hatte so einfach ausgesehen, und jetzt scheiterten sie bereits nach der ersten Begegnung mit diesen fantastischen Wesen!

Berg überlegte, wo er die junge Frau unterbringen konnte. Es war völlig unmöglich, sie bei den Männern im Krankenzimmer schlafen zu lassen. Und keinesfalls wollte er sie einfach hinausschicken, wo sie sich eine Unterkunft zwischen den Strafgefangenen suchen müsste.

„Marion!" Dr. Berg winkte die Krankenschwester zu sich. „Ich habe eine Bitte. Meinen Sie, wir könnten eine Liege für Frau Schwarz in Ihr Zimmer stellen? Ich wüsste wirklich nicht, wo sie sonst schlafen könnte."

„Selbstverständlich." Marion lächelte ihn sonnig an. Für Dr. Berg würde sie alles tun. „Für mich ist das kein Problem. Aber sicherlich hat Katharina etwas dagegen."

„Ich werde mit ihr reden", sagte Berg und spürte Ärger in sich aufsteigen. Immer wieder diese Katharina, die nichts leistete und nur Schwierigkeiten machte! Er wollte schon gehen, doch im letzten Augenblick besann er sich. Er drehte sich noch einmal zu Marion um. „Ich danke Ihnen!", sagte er freundlich, nicht ahnend, welche Wirkung diese einfachen Worte auf sie hatten.

Katharina wurde sofort aggressiv, als Berg sie ansprach.

„Das Zimmer ist für Marion und mich schon zu klein", behauptete sie. „Es kann ja wohl nicht sein, dass Sie nun eine weitere Person dort einquartieren wollen!" Wütend schnaubte sie durch die Nase und stemmte provozierend die Hände in die Hüften.

„Es wäre nur vorübergehend. Es wäre nett, wenn Sie mir den Gefallen tun könnten." Dr. Berg bemühte sich, höflich zu bleiben. „Wie Sie wissen, wird diese Insel fast ausschließlich von Männern bewohnt. Die wenigen Frauen sollten schon etwas solidarisch miteinander umgehen", appellierte er an ihr Verständnis.

„Ich wüsste nicht, weshalb ich Ihnen einen Gefallen schuldig sein sollte", gab Katharina schnippisch zurück. „Ich will niemanden mehr in meinem Schlafzimmer! Und außerdem sollten Sie wissen, dass gerade Frauen nicht sehr solidarisch sind, wenn es um einen Mann geht", warf sie ihm wütend an den Kopf.

Dr. Berg hatte es noch immer nicht verstanden. Sie musste doch inzwischen begriffen haben, dass er keinerlei Interesse an ihr hatte. Außerdem war sie mittlerweile mit Andy liiert, soweit er das mitbekommen hatte. Was wollte sie also nun mit ihrer Weigerung bezwecken?

„Gut. Ich sehe ein, dass ein Gespräch mit Ihnen nicht von Nutzen ist", sagte er ruhig. „Deshalb ordne ich hiermit an, dass Frau Schwarz in diesem Zimmer untergebracht wird. Und darüber werde ich jetzt nicht mehr mit Ihnen diskutieren."

Damit ließ er sie einfach stehen. Er hatte die Nase voll von ihren Befindlichkeiten. Er nahm sich fest vor, sie mit dem nächsten Versorgungsschiff zurückzuschicken.

Andy bekam Katharinas Wut voll ab. Er wusste nicht, wie ihm geschah, als sie heulend auf ihn losging.

„Bin ich denn hier gar nichts wert?", schrie sie und trommelte mit beiden Fäusten auf seine breite Brust ein. „Jeder benutzt mich als Fußabtreter, und ich darf keine eigene Meinung haben. Er fragt mich, ob ich einverstanden bin, und obwohl ich es nicht bin, setzt er sich darüber hinweg. Ich hasse ihn!"

Andy wusste sehr gut, von wem sie sprach. Es tat ihm weh. Er dachte, sie wäre darüber hinweg und würde nur ihn lieben. Aber nun musste er bitter erfahren, dass sie ihm nur etwas vormachte. Trotzdem wollte er es nicht wahrhaben.

Er hielt sie fest und tröstete sie. „Er meint es nicht so", sagte er und hasste sich gleichzeitig dafür. „Du musst Verständnis haben! Wir leben hier in einer Ausnahmesituation."

Die Küken waren inzwischen erwachsen geworden und legten Eier. Zunächst war es eine Sensation, und jeder riss sich darum, die Eier einsammeln zu dürfen. Alle freuten sich über die Bereicherung des Speiseplans. Nach einer Weile gehörte es zum normalen Alltag. Da unter den ehemals niedlichen, kleinen Küken auch viele Hähne waren, begannen diese, sich zu bekämpfen, was absolut natürlich war.

Eines Tages beschlossen Winterbach und Sörensen, die meisten Hähne sowie die Glucken wegzuschlachten, was aus ihrer

Sicht völlig normal war. Es waren Nutztiere, und sie freuten sich auf das Fleisch, das an alle verteilt werden sollte. Somit fragten sie auch niemanden. Sie machten sich einfach an die Arbeit und dachten, sie täten allen damit etwas Gutes.

Die meisten Männer fanden es plausibel und waren froh, dass sie selbst diese Arbeit nicht tun mussten. Aber es gab auch andere, die völlig entsetzt waren, als sie das – in ihren Augen – blutige Massaker bemerkten. Kaum einer wagte sich zwar an Winterbach oder gar Sörensen heran, aber man konnte deutlich spüren, wie es in diesen Leuten gärte …

Die Stimmung war merklich angespannt, als Dr. Berg das Camp besuchte. Er sah, dass Winterbach und Sörensen die Hähne schlachteten, und kam gleich zu ihnen.

„Das ist eine gute Idee!", fand er. „Prima, dass ihr das in Angriff nehmt", lobte er sie. „Es ist halt keine schöne Aufgabe."

„Ob wir Fische oder Hühner töten, ist doch kein großer Unterschied", brummte Sörensen und zuckte mit den Schultern. „Macht ja keinen Sinn, sie an Altersschwäche sterben zu lassen."

„Sicher nicht. Es sind halt keine Kuscheltiere", pflichtete Berg ihm bei.

„Einige scheinen das hier anders zu sehen!" Sörensen erhob seine Stimme, sodass alle Umstehenden ihn hören konnten. „Wer ein Problem damit hat, soll ruhig kommen", rief er drohend. „Das können wir auf der Stelle klären!"

„Sie wollen ja wohl jetzt keine Schlägerei anzetteln?", fragte Berg entgeistert.

„Ich nicht. Aber sehen Sie sich einmal um!" Stirnrunzelnd beobachtete Sörensen seine Kontrahenten. Tatsächlich hatten sich einige der Männer versammelt und blickten finster zu ihm und Winterbach herüber.

„Leute!", rief Berg und hob beschwichtigend beide Hände. „Das bringt doch nichts. Seid doch vernünftig!"

Niemand beachtete ihn. Langsam rückten die Männer näher, bereit, ihrer Wut freien Lauf zu lassen.

„Jetzt wird es gleich gemütlich", grinste Sörensen breit und rieb sich die schaufelartigen Hände. „Kommt nur herbei!"

Winterbach, Rupp, Bender und einige andere standen hinter ihm. Berg musste einsehen, dass er keinen Einfluss auf das weitere Geschehen hatte. Resignierend hob er die Schultern. „Aber ich will nachher keinen von euch in meiner Klinik haben!", drohte er ihnen, bevor er sich zurückzog. Er hatte kein Verlangen danach, dieser Prügelei zuzusehen.

Es war einfach mal wieder so weit. Die Männer suchten sich ein Ventil, um ihre angestauten Aggressionen loszuwerden. Worum es dabei ging, war völlig gleichgültig.

Noch bevor Berg das Tor der Klinik erreicht hatte, flogen bereits die Fäuste. Wild und rücksichtslos droschen die Männer aufeinander ein. Berg hörte die klatschenden Schläge, als ihm Max entgegenkam. Breitschultrig, sich in den Hüften wiegend, wollte er sich an ihm vorbeidrängen.

„Halt! Wo willst du hin?" Berg stellte sich ihm in den Weg.

„Ich werde dort mal für Ordnung sorgen", antwortete Max gelassen und zwinkerte ihm zu.

„Auf gar keinen Fall! Ich brauche dich hier, wenn die Verletzten gebracht werden." Berg konnte es nicht fassen. „Ihr habt sie doch wohl nicht alle! Warum wollt ihr euch unbedingt die Köpfe einschlagen?"

„Ein bisschen Spaß muss doch auch sein!", meinte Max treuherzig und sah Berg bettelnd an. Zu gern hätte er dort mitgemischt, doch sein Chef hatte dafür absolut kein Verständnis. Es blieb ihm nichts anderes übrig, als wieder hineinzugehen.

Im Eifer des Gefechts bemerkte niemand, dass nur wenige Meter entfernt eines der urzeitlichen Wesen landete. Es war ein sehr großes Tier. Viel größer als die beiden Elterntiere, die das Lager zuvor aufgesucht hatten.

Beinahe lautlos pirschte es sich heran. Interessiert beobachtete es die sich prügelnden Männer. Die Unruhe und Hektik stachelten es an. Sein kalter Raubvogelblick suchte nach einem Opfer. Es wartete auf eine günstige Gelegenheit.

Als einer der Männer plötzlich in seine Richtung taumelte, ohne das riesenhafte Wesen wahrzunehmen, schlug es blitzschnell zu. Mit seinen mächtigen Klauen sprang es sein nichts ahnendes Opfer von hinten an und durchbohrte es mit seinen scharfen Krallen. Der markerschütternde Schrei des Mannes ging im Kampfgetümmel unter. Die Männer waren so mit sich selbst beschäftigt, dass sie nicht bemerkten, wie das unheilvolle Wesen einen von ihnen in das dichte Unterholz zerrte.

Der Mann lebte noch und schlug um sich, was den riesigen Vogel jedoch nicht sonderlich beeindruckte. Er hielt ihn mit den Füßen fest und begann, große Fleischstücke aus dem zuckenden Körper herauszureißen.

Jessica bemerkte sofort, dass sie im Zimmer der Krankenschwestern nicht willkommen war. Die Stimmung war eisig. Marion tat zwar recht freundlich, aber es war leicht zu durchschauen, dass es gespielt war.

Katharina hingegen machte keinen Hehl daraus, dass sie sie hier nicht haben wollte. Sie benahm sich vom ersten Augenblick an biestig und unnahbar. Kühl blickte sie auf Jessica herab, als diese versuchte, sich für die Unannehmlichkeiten zu entschuldigen.

Aber was sollte sie tun? Dr. Berg hatte eine Liege für sie in das Zimmer der Schwestern stellen lassen und sie angewiesen, dort zu schlafen. Sie fand die Situation auch nicht angenehm, aber sie beschloss, sich so wenig wie möglich in diesem Zimmer aufzuhalten. Nur zum Schlafen. Sie hatte auch wirklich andere Probleme. Marc ging es nicht gut, und sie betete zu Gott, dass er dieses Abenteuer überleben würde. Tagsüber saß sie meist an seinem Bett, was ihr Dr. Berg nach einigem Zögern glücklicherweise erlaubt hatte.

Am nächsten Morgen konnte es sich Berg nicht verkneifen, im Camp nach den Verletzten zu sehen. Offenbar hatte es tatsächlich keiner gewagt, mit den Blessuren, die von der Schlägerei herrührten, im Hospital zu erscheinen.

„Guten Morgen!", rief er provokant munter.

Die Männer verhielten sich seltsam still. Auf den ersten Blick waren einige blau geschlagene Augen sowie ein paar blutige Schürfwunden zu sehen. Aber das war es nicht. Irgendetwas war seltsam.

„Doktor, kommen Sie einmal mit!", bat ihn Sörensen schließlich müde. Hinkend führte er Berg zu einem Gebüsch, das ein wenig abseits lag. Alle anderen saßen schweigend herum und stierten stumpf vor sich hin.

Berg befürchtete, dass bei der Schlägerei jemand zu Tode gekommen war. Mit ungutem Gefühl folgte er Sörensen zu den Büschen. Noch ehe er etwas sehen konnte, hörte er das Summen der Schmeißfliegen. Er wusste sofort, dass er gleich einen Toten sehen würde, doch das, was dort im Gebüsch lag, war kaum noch als menschliche Gestalt zu erkennen. Es waren nur ein paar Überreste eines völlig ausgeweideten Leichnams.

„Wir haben ihn erst vor einer Stunde gefunden", würgte Sörensen hervor. „Keiner von uns hat mitbekommen, dass wieder so ein Sauvieh im Lager war."

„Weil ihr euch lieber völlig sinnlos geprügelt habt!", brüllte Berg los. Er musste sich irgendwie Luft verschaffen. „Dabei wisst ihr doch inzwischen genau, dass die Raubvögel abends auf Beutesuche gehen. Es ist doch nicht das erste Mal! Wie bescheuert seid ihr eigentlich?" Berg konnte es nicht fassen.

Sörensen hätte normalerweise niemandem erlaubt, so mit ihm zu reden. Aber er war immer fair und wusste, dass der Doktor recht hatte. „Es tut mir leid", sagte er leise. „Wir werden ihn begraben."

„Wartet damit noch! Ich will das noch jemandem zeigen. Wer ist es überhaupt? Erkennen kann man ja nicht mehr viel."

„Wir wissen es noch nicht. Wem wollen Sie das zeigen?"

„Den Forschern, die wegen dieser Vorkommnisse auf die Insel gekommen sind. Eher der Frau. Der Mann liegt mit einer Blutvergiftung im Krankenhaus."

„Das können Sie nicht machen!" Sörensen war entsetzt.

„Warum nicht? Die Leute sind aus genau diesem Grund hier."

„Die Frau kriegt einen Nervenzusammenbruch!"

„Das werden wir sehen. Wenn es so sein sollte, dann ist sie hier fehl am Platz", sagte Berg hart und marschierte davon. Sörensen sah ihm fassungslos nach. Er konnte nicht glauben, dass der Doktor auf einmal so unsensibel reagierte. Wenn er jetzt tatsächlich diese junge Frau hier anschleppte, würde er dazwischengehen, nahm er sich vor.

Als Berg wütend durch das Lager stapfte, sah er, dass Bender auf der Seite lag und sich erbrach. Einer der Männer kühlte ihm die Stirn mit einem nassen Lappen. Mit wenigen Schritten war Berg bei ihm und untersuchte ihn kurz.

„Bewegt ihn nicht. Er muss sofort ins Hospital. Ich schicke eine Trage", sagte er knapp und rannte davon. Er vergaß niemals, dass er in erster Linie Arzt war.

Max und Andy eilten mit einer Trage herbei und luden Bender auf. Im Laufschritt ging es zurück zum Hospital. Das war nicht so gut. Berg erwartete sie bereits.

„Spinnt ihr?", schrie er die beiden Pfleger an. „Der Mann hat wahrscheinlich eine Gehirnerschütterung. Ihr könnt doch nicht mit dem Verletzten hier herumrennen!"

Max rollte mit den Augen. „Da ist er selbst schuld", meinte er gleichgültig und zuckte die Schultern. Das war ein Fehler.

„Wir sprechen uns noch!", drohte Berg. Es hätte nicht viel gefehlt, und er hätte ihm eine gelangt.

Andy schob sich dazwischen. „Halt die Klappe!", befahl er Max. „Sie haben recht", sagte er zerknirscht zu Berg. „Es tut mir leid. Es sollte einfach nur schnell gehen."

Bender hatte offenbar tatsächlich eine Gehirnerschütterung. Außerdem einige andere Blessuren, die jedoch nicht weiter spektakulär waren. Nachdem Berg und Andy ihn behandelt hatten, wurde er im selben Krankenzimmer untergebracht, in dem auch Marc Dehner, der Paläontologe, lag. Jessica saß an seinem Bett, gab ihm Tee zu trinken und ab und zu etwas Zwieback. Immer wieder streichelte sie sein Gesicht. Sie hatte große Angst, er würde sterben, da sich sein Zustand nicht zu bessern schien.

Als nun Dr. Berg an sie herantrat, sah sie ihn aus müden Augen verzweifelt an.

„Ich möchte etwas mit Ihnen besprechen. Bitte kommen Sie mit hinaus", sagte er leise zu ihr.

Sie dachte, er wolle ihr mitteilen, dass es keine Hoffnung mehr für Marc gab. Tränen rannen aus ihren Augen, als sie Berg mit gesenktem Blick folgte.

Berg überlegte die ganze Zeit, wie er ihr sagen sollte, was sie erwartete, wenn er sie gleich zu dem ausgeweideten Körper führen würde. Als er sich umdrehte und sah, dass sie weinte, begriff er sofort, was in ihr vorging.

„Nein, nein! Sie missverstehen mich. Es geht nicht um Ihren Freund. Er ist auf dem Wege der Besserung." Er lächelte ihr aufmunternd zu. „Wir haben ein ganz anderes Problem. Ich möchte es Ihnen gern zeigen und auch wieder nicht. Es ist ein furchtbarer Anblick, aber Sie sind schließlich deswegen hier."

Als er kurz mitfühlend seinen Arm um ihre Schultern legte, kam ausgerechnet in diesem Augenblick Marion herein. Abrupt blieb sie stehen und sah, wie Jessica den Doktor vertrauensvoll anlächelte.

„Dann kann ja wohl die Liege wieder aus meinem Zimmer entfernt werden", sagte sie in schneidendem Ton und betrachtete Jessica und Berg gehässig mit hochgezogenen Brauen.

„Sobald es meinem Freund besser geht, werde ich Sie nicht mehr mit meiner Anwesenheit belästigen", gab Jessica zurück.

„Ich weiß nicht, welch schmutzige Fantasien Sie haben, aber Frau Schwarz ist zu Gast bei uns, und ich möchte, dass sie auch so behandelt wird", rügte Berg Marion. Ohne sie weiter zu beachten, führte er Jessica nach draußen.

„Es tut mir leid, aber die Krankenschwestern sind hier manchmal etwas komisch", sagte er entschuldigend zu ihr.

„Sie können ja nichts dafür. Ich habe schon bemerkt, dass mich die beiden Damen nicht besonders mögen." Sie zuckte mit den Schultern. „Aber es ist mir egal."

Berg druckste herum, als er versuchte, ihr zu erklären, was sie in wenigen Augenblicken sehen würde. „Es wird Sie erschüttern. Ich weiß nicht, ob Sie diesen Anblick verkraften", sagte er vorsichtig.

„Sie ist eifersüchtig. Ich glaube, sie liebt Sie", sagte Jessica zusammenhangslos.

„Ach was!" Berg winkte ab. „Das ist Unsinn!" Er wollte davon nichts hören.

„Meinen Sie?" Jessica sah ihn belustigt von der Seite an.

„Ich kann mit hysterischen Weibern nichts anfangen!"

„Das kann ich verstehen."

„Entschuldigen Sie. Das ist mir jetzt so rausgerutscht. Sie sind damit selbstverständlich nicht gemeint."

„Das ist mir klar. Ich habe ja auch keinerlei Absichten."

Berg fand das Gesprächsthema in Anbetracht dessen, dass man gleich eine Leiche besichtigen würde, höchst unpassend. Es war ihm sichtlich unangenehm, und er beschloss, sich dazu nicht mehr zu äußern.

Sörensen vertrat ihnen den Weg.

„Was soll das?", fragte Berg ruhig.

„Das ist kein Anblick für eine junge Frau."

„Sie ist Forscherin."

„Das ist mir egal."

„Sörensen, ich schätze Sie sehr, aber Sie lassen uns jetzt bitte durch!"

„Nein."

Jessica lächelte den Hünen fast schüchtern an. „Und wenn ich Sie darum bitte? Ich möchte nur einen kurzen Blick auf den Verstorbenen werfen."

„Verstorbener ist gut! Von dem ist fast nichts mehr übrig. Sie wissen nicht, was Sie sich damit antun. Diesen Anblick vergessen Sie in Ihrem ganzen Leben nicht mehr!" Sörensen schüttelte den Kopf.

„Bitte!" Jessica fasste ihn ganz sanft am Arm und drängte sich an ihm vorbei.

„Ich habe Sie gewarnt!" Sörensen blickte den Doktor noch einmal finster an und wandte sich dann ab. Er hatte es versucht. Jetzt war es nicht mehr sein Problem.

Viel konnte man nicht erkennen. Jessica sah nur ein paar blutige, von Schmeißfliegen bedeckte Fetzen. Sie wollte sich das auch nicht näher betrachten. Als sie sich nach einem kurzen Blick umwandte, prallte sie mit Dr. Berg zusammen, der dicht hinter ihr geblieben war. Er hatte befürchtet, sie würde ohnmächtig werden und wollte sie auffangen.

„Entschuldigung." Jessica lächelte Berg an und begann, den Boden abzusuchen, wobei sie sich immer weiter entfernte.

„Wonach sucht sie?", fragte Sörensen ratlos. Er war nicht gegangen, da er wissen wollte, wie die junge Frau reagierte. Außerdem war er sauer auf den Doktor, weil er sie in diese Situation gebracht hatte.

„Ich habe keine Ahnung", sagte Berg und betrachtete nun ebenfalls den Boden. Vielleicht glaubt sie, Spuren des Tieres zu finden."

„So wird es sein." Sörensen nickte. Auch er beteiligte sich nun an der Suche. Der Sand in der näheren Umgebung war aufgewühlt und ergab keinerlei Hinweise.

„Ich habe etwas gefunden!", rief Jessica plötzlich triumphierend. Als Berg und Sörensen angerannt kamen, streckte sie ihnen abwehrend beide Hände entgegen. „Halt! Kommen Sie nicht näher, sonst verwischen Sie mir die Spuren!", befahl sie. Fast ehrfurchtsvoll kniete sie sich nieder und begutachtete die Stelle. Hier war der Boden weniger sandig, eher etwas lehmig, wodurch der riesige Fußabdruck des Raubvogels gut zu erkennen war. Man sah jedes Detail – selbst die Löcher, die seine Krallen in den Boden gebohrt hatten.

„Das muss ein gigantisches Tier gewesen sein", flüsterte Jessica atemlos. „Doktor, Sie haben doch bestimmt Gips in Ihrem Krankenhaus. Würden Sie mir davon bitte eine kleine Menge zur Verfügung stellen? Ich möchte den Abdruck damit ausgießen und sicherstellen."

Berg zögerte. Eigentlich durfte er keine Mittel des Krankenhauses für andere Zwecke verwenden. Sörensen sah ihn schief von der Seite an. Er erriet seine Gedanken. „Wird wohl nicht auf eine Handvoll ankommen", brummte er.

Recht schnell stellte sich jedoch heraus, dass es mit einer kleinen Menge nicht getan war. Der Fußabdruck des Vogels war so riesig, dass der Gips, den Jessica zum Ausgießen verbrauchte, für einige gebrochene Arme und Beine gereicht hätte. Nachdem der Gips ausgehärtet war, konnte Jessica ihn allein gar nicht tragen. Drei Männer waren nötig, um ihn ins Hospital zu schleppen.

Marc war begeistert, als Jessica ihm den Abdruck zeigte. „Es ist nicht zu fassen!", staunte er. Es ging ihm bereits wieder ganz gut, und Berg wollte ihn in den nächsten Tagen entlassen. Er war noch ziemlich wackelig auf den Beinen, aber sobald die Schwäche vorüber war, würde er sich mit Jessica wieder auf Expedition begeben. Fast nebenbei erwähnte Jessica, dass dieser gigantische Raubvogel einen Menschen getötet hatte, doch Marc hörte gar nicht richtig zu. Ihn interessierte einzig und allein dieses urzeitliche Wesen. Er musste es unbedingt sehen!

Das Verhältnis zwischen Bender und Max war sehr angespannt. Bender hatte mitbekommen, dass Max sich abfällig über ihn geäußert hatte. Das hätte er besser bleiben lassen sollen, dachte Bender böse.

„Wenn es mir besser geht, haue ich dir ein paar in die Schnauze!", zischte er Max leise zu, als niemand sonst in der Nähe war.

„Sei mal vorsichtig, mein Lieber! Du bist hier voll und ganz auf mich angewiesen. Ich kümmere mich um dich und pflege dich liebevoll", gab Max gelassen zurück. „Außerdem glaube ich nicht, dass du mir etwas anhaben kannst!" Er grinste und schlug die dicken Boxerfäuste aneinander.

Bender drehte ihm beleidigt den Hintern zu und ließ einen kräftigen Wind fahren. Max ließ sich nicht provozieren. „Ein gesunder Darm ist immer ein erfreuliches Zeichen", sagte er und klatschte Bender mit der flachen Hand auf das Gesäß. Der Schlag fiel jedoch heftiger aus, als er beabsichtigt hatte.

Bender fuhr empor. „Das lasse ich mir von dir nicht gefallen!", brüllte er und hielt seinen Kopf, der vor Schmerzen dröhnte. „Ich verlange sofort den Doktor! Ich muss mich hier nicht von einem unfähigen Pfleger misshandeln lassen!"

„Halt lieber die Klappe, und bleib ruhig liegen!", empfahl ihm Max. „Wenn du wieder kotzen musst, bringe ich dir einen Eimer." Damit stapfte er hinaus.

Er hatte keinerlei Skrupel, so mit den Verletzten umzugehen. Es waren alles Verbrecher, und man brauchte sie nicht mit Samthandschuhen anzufassen.

Jessica hatte es mit den Krankenschwestern nun noch schwerer. Beide waren sehr unfreundlich zu ihr, obwohl sie ihnen keinerlei Anlass gab. Sie vermutete, dass es etwas mit dem Doktor zu tun hatte, aber er interessierte sie als Mann überhaupt nicht. Sie fand ihn nett und war ihm dankbar, dass er ihr half. Nicht mehr und nicht weniger. Wenn die beiden Damen sie als Konkurrenz betrachteten, war das in ihren Augen völliger Unsinn, aber sie hatte auch keine Lust, ihnen irgendwelche Erklärungen abzugeben. Sie hoffte inständig, dass Marc in den nächsten Tagen das Krankenhaus verlassen durfte, damit sie endlich wieder von hier wegkamen.

Die Männer hatten die Überreste des Toten begraben. Inzwischen wusste man, um wen es sich handelte. Es war ein Mann mittleren Alters, der sich unauffällig in die Gemeinschaft eingefügt hatte. Niemand war mit ihm enger befreundet gewesen, weshalb er auch nicht gleich vermisst worden war.

Am Abend wappnete man sich für einen erneuten Angriff des mysteriösen Vogels. Alle rechneten fest damit, dass er kommen würde. Bevor es dunkel wurde, brachte man die Hühner und Ziegen in Sicherheit. Die Männer bewaffneten sich und saßen wartend um die Lagerfeuer herum. Niemand wagte es, einen Laut von sich zu geben. Es waren nur das Prasseln des Feuers und das Knacken der brennenden Holzscheite zu hören. Die Spannung war fast greifbar.

„Ich fühle mich beobachtet", sagte Thomas Winterbach leise. Es war ein sehr unbehagliches Gefühl, das die anderen nun auch erfasste.

„Irgendetwas ist ganz in der Nähe", behauptete jetzt ebenso Manfred Rupp, obwohl er weder etwas hören noch sehen konnte.

„Ja. Aber es ist nicht der Vogel", ertönte plötzlich eine helle Stimme hinter ihnen. Alle fuhren herum. Jessica trat hinter einem Gebüsch hervor.

„Was wollen Sie denn jetzt hier? Es ist viel zu gefährlich. Gehen Sie sofort zurück zum Krankenhaus!", befahl ihr Sörensen aufgebracht.

Jessica legte den Zeigefinger auf die Lippen. „Leise!", flüsterte sie. „Für mich ist es nicht gefährlicher als für euch. Ich möchte dieses fantastische Tier sehen."

„Ach, wie nett! Die Dame möchte das fantastische Tier sehen!", spottete Sörensen. „Das ist ja wohl nicht zu glauben! Sie verschwinden auf der Stelle von hier, oder ich trage Sie hinüber zum Hospital! Hat man denn jemals so viel Dummheit auf einem Haufen gesehen?" Drohend kam er auf sie zu. „Man müsste Ihnen den Hintern versohlen! Ich werde sofort ..." Weiter kam er nicht.

Im nächsten Moment ertönte der triumphierende Schrei des urzeitlichen Wesens, das seine Beute erspäht hatte. Es konnte nicht sehr weit entfernt sein. Erschrocken sprangen die Männer auf. Sie hatten irrtümlich geglaubt, sie würden das große Tier hören, wenn es sich näherte. Bisher hatte man immer das Flattern der riesigen Flügel und brechende Zweige vernommen. Diesmal war es anders. Fast lautlos hatte sich das Wesen durch die Finsternis herangepirscht.

„Sofort in Deckung!", brüllte Winterbach. Im nächsten Moment rannten alle hektisch durcheinander, um sich vor dem Untier in Sicherheit zu bringen. Sörensen packte Jessica am Arm und zerrte sie zu einer der stabileren Hütten. Sie sträubte sich zwar, aber sie hatte natürlich gegen den Hünen keine Chance. Er kümmerte sich auch überhaupt nicht darum. Es ging gerade ums Überleben und nicht um irgendwelche Befindlichkeiten der jungen Frau.

„Still!", zischte er, als sie etwas sagen wollte. Sie hatten zusammen mit den anderen die Hütten erreicht und warteten atemlos, wie das seltsame Tier reagieren würde. Noch immer hielt er ihren Arm umschlossen, da er ihr nicht traute. Die Frau war so verrückt, dass sie womöglich nach draußen laufen und sich fressen lassen würde, dachte er grimmig bei sich.

Im Krankenhaus hatte man den markerschütternden Schrei des Vogels auch gehört. Max stand am Fenster und sah hinaus. „Am Lagerfeuer sitzt keiner mehr", stellte er sachlich fest.

„Die wären ja auch bescheuert, wenn sie noch da sitzen würden", gab Bender, der dicht hinter ihm stand, giftig zurück.

„Jessica ist weg!", rief Marc alarmiert und rannte suchend durch alle Gänge und Zimmer.

„Scheiße! Hoffentlich ist sie nicht da draußen", sagte Max. Inzwischen hatten sich alle, die sich gerade im Hospital befanden, am Fenster versammelt.

„Ich gehe raus. Ich muss sie finden!", sagte Marc Dehner entschlossen. „Hoffentlich komme ich nicht zu spät ..."

„Sie bleiben hier!", befahl Dr. Berg, der gerade erst ins Zimmer gekommen war. „Niemand geht jetzt dort hinaus!"

„Sie können mich nicht davon abhalten, meine Freundin zu retten!" Dehner wollte an ihm vorbeistürmen. Berg blickte kurz zu Andy hinüber. Er verstand sofort und hielt Dehner fest. „Doch, das kann er. Er hat hier das Sagen!"

„Es tut mir leid, und wir hoffen alle, dass der jungen Frau nichts passiert, aber Sie können ihr jetzt nicht helfen. Ich kann es nicht verantworten, dass jemand das Krankenhaus verlässt." Berg verstand den Mann sehr gut, doch er wusste nicht, was draußen vor sich ging, und er wollte kein Risiko eingehen.

Marc brach fast zusammen. Hilflos weinte er wie ein Kind.

„Da draußen sind Männer, die Ihre Freundin beschützen. Sie haben sie bestimmt in Sicherheit gebracht", versuchte Berg ihn zu beruhigen.

Man konnte absolut nichts sehen. Es war stockfinster, und im Schein der Feuer rührte sich nichts. Die Spannung war kaum auszuhalten. Jeder hätte gern sofort gewusst, wo die Männer waren, wo Jessica war und ob der Vogel sie bedrohte. Doch es blieb ihnen im Moment nichts anderes übrig, als abzuwarten.

„Das Mistvieh kommt!", knirschte Manfred Rupp leise.

Alle spähten durch die Ritzen der Holzbretter hinaus. Tatsächlich bewegte sich ein riesiges Ungetüm langsam auf sie zu. Dabei nickte es bei jedem Schritt mit dem Kopf und erstarrte scheinbar immer wieder bewegungslos, um zu lauschen.

„Es versucht, uns ausfindig zu machen. Gebt keinen Laut von euch!", befahl Sörensen flüsternd.

„Mein Gott, ist das riesig!", hauchte Winterbach hinter vorgehaltener Hand.

„Ruhig!", zischte Rupp.

Die Ziegen fühlten sich in dem engen Stall nicht wohl. Sie waren die Freiheit gewohnt. Instinktiv spürten sie die Bedrohung, die draußen lauerte. Sie wurden unruhig und wollten ihrem ungewohnten Gefängnis entfliehen. Als es ihnen nicht gelang, begannen sie angstvoll zu meckern.

Der Vogel blieb wie angewurzelt stehen. Er ortete die Geräuschquelle und marschierte sofort majestätisch auf sie zu. Mit seinem scharfen Schnabel begann er, die Hütte zu zerlegen.

„Tolle Idee, die Ziegen hier einzusperren", meinte Sörensen sarkastisch.

„Das Scheißvieh ist jetzt beschäftigt. Wir sollten versuchen, rüber ins Hospital zu kommen", schlug Winterbach vor. Die anderen waren einverstanden. Vorsichtig öffnete Winterbach die Tür. Hoffentlich bekam die Kreatur das nicht mit! Einer nach dem anderen schlich sich leise aus der Hütte.

Auch in den umliegenden Unterkünften hatte man das Geschehen mitbekommen. Als die Männer sahen, dass sich die anderen in Richtung des Krankenhauses begaben, hielt sie nichts mehr.

„Die hauen ab! Los, wir müssen hinterher! Wir lassen uns auch nicht fressen!", rief einer aufgeregt. Das war der Startschuss. Alle verließen fluchtartig ihre Hütten und rannten panisch zum Hospital hinüber. Leise war dabei niemand mehr.

Der Vogel zuckte zusammen und fuhr herum. Die Ziegen wurden jetzt uninteressant für ihn. Die flüchtenden Männer weckten seinen Raubtierinstinkt. Sofort jagte er ihnen hinterher. Schnell erwischte er den ersten und tötete ihn auf der Stelle. Eigentlich hatte er nun seine Beute geschlagen, doch da die Männer an ihm vorbeirannten, geriet er in einen regelrechten Blutrausch. Er sprang einen nach dem anderen an und tötete oder verletzte ihn.

Sörensen und Jessica waren unter den Ersten, die das Krankenhaus erreichten. Sörensen zerrte Jessica rücksichtslos hinter sich her. Sie fiel ein paar Mal hin, doch er zog sie immer wieder hoch und rannte mit ihr weiter. Er wollte das Mädchen und sich selbst unbedingt retten. Ihnen folgten die anderen Männer und – nicht weit entfernt – die Bestie.

„Sie kommen!", rief Max. Entsetzt mussten sie vom Fenster des Hospitals aus mit ansehen, wie die Männer schreiend heranstürmten. Das grauenhafte Wesen war dicht hinter ihnen und griff immer wieder einen von ihnen an. Es war furchtbar!

Max, Andy und Dr. Berg postierten sich am Eingangstor, um die panischen Männer hereinzulassen. Doch noch ehe Sörensen mit Jessica das Tor erreicht hatte, war plötzlich alles vorbei. Auf einmal herrschte Totenstille. Alle blickten sich verwundert um.

Wie in Zeitlupe brach der riesige Vogel zusammen und stürzte polternd zu Boden. Sein letztes Opfer, in das er seine Krallen geschlagen hatte, hielt er dabei noch unter sich fest.

„Bringt die Verletzten sofort ins Hospital!", rief Dr. Berg, der sich als Erster fasste. Nun kam Bewegung in die vor Entsetzen erstarrten Männer. Sie rannten hinaus und fanden neun Verwundete – zum Teil mit sehr schweren Verletzungen. Es war ungewiss, ob sie es schaffen würden. Für drei der Männer kam jede Hilfe zu spät. Die Bestie hatte sie im Blutrausch zerrissen.

Während sich Berg, Andy, Max und die Krankenschwestern um die Verletzten kümmerten, umstanden die Strafgefangenen den verendeten Vogel.

„Da steckt ein Pfeil", sagte Winterbach verblüfft und zeigte auf den Hals des Tieres.

„Hier auch", bemerkte Sörensen und wies auf einen der Flügel. Man konnte in der Finsternis nicht viel sehen. Nur der Feuerschein gab etwas Licht. Allmählich gewöhnten sich die Augen der Männer an die Dunkelheit.

„Da sind noch mehrere", sagte einer. Tatsächlich war der Vogel mit Giftpfeilen gespickt. Überall steckten sie in seinem Körper.

Fasziniert betrachteten Jessica und Marc das urzeitliche Wesen. Es war unglaublich. Niemals hätten sie gedacht, eine Spezies in dieser Größe zu Gesicht zu bekommen. Marc befühlte den riesigen Schnabel und die gigantischen Krallen des Tieres. Vorsichtig strich er ihm über das Gefieder, als könne er es wieder zum Leben erwecken.

Auf einmal näherten sich aus allen Richtungen kleine Gestalten, die nur schemenhaft in der Finsternis zu erkennen waren.

„Wer ist das?" Marc legte schützend seinen Arm um Jessica.

„Keine Angst! Sie tun uns nichts", beschwichtigte Winterbach. „Sie haben wahrscheinlich einigen von uns das Leben gerettet."

Die Einheimischen waren zurückgekommen, um ihren neuen Freunden beizustehen. Die kleinen Menschen wussten mehr über diese mysteriösen Raubtiere, als sie preisgaben. Sie wohnten schließlich schon seit vielen Jahren mit ihnen zusammen auf der Insel ...

Langsam traten sie an den Kadaver heran und beglückwünschten sich offenbar gegenseitig dafür, dass es ihnen gelungen war, das mächtige Wesen zu besiegen. Der Häuptling trat vor und erwartete, gelobt zu werden. Bender kam ihm entgegen und legte ihm die Hand auf die Schulter. Dabei nickte er ihm freundlich zu.

„Die Gefahr ist vorüber. Wir bedecken die Toten und begraben sie morgen", schlug Rupp vor. Alle waren noch sehr aufgewühlt und wollten nicht schlafen gehen.

„Vielleicht setzen wir uns mit den Inselbewohnern noch eine Weile ans Feuer?", meinte Marc euphorisch. „Auch wenn die Verständigung schwierig ist, könnten sie uns eventuell noch etwas Wichtiges über die Vögel berichten?"

Die anderen hatten inzwischen fast alle mitbekommen, dass er Wissenschaftler war. Für sie war er nichts weiter als ein Spinner. Und sie hatten überhaupt keine Lust, sich irgendwelche Ausführungen über diese Mistviecher anzuhören.

„Mich interessiert das nicht. Ich gehe jetzt schlafen", sagte Sörensen gelangweilt. Die meisten Männer brummten etwas Zustimmendes vor sich hin und verschwanden in ihre Hütten.

Jessica und Marc hatten den Eindruck, dass die Einheimischen sie loswerden wollten. Sie kommunizierten kaum mit ihnen. Sie konnten nicht ahnen, weshalb das so war. Das erfuhren sie erst schmerzlich am nächsten Morgen.

Sie hatten sich vorgenommen, das unbekannte Wesen bei Tageslicht zu begutachten und zu vermessen. Sie freuten sich darauf und besprachen in der Nacht immer wieder miteinander, was dabei wohl herauskommen würde. Marc war noch immer der Meinung, dass es sich um eine Gattung der Flugsaurier handeln musste, die als längst ausgestorben galt.

Als sie am nächsten Morgen gespannt und voller Tatendrang zu der Stelle kamen, wo das Tier gelegen hatte, trauten sie ihren Augen nicht. Es war nicht mehr da!

„Das gibt es nicht", stöhnte Marc. „Wo ist es denn jetzt hin? Wer sollte daran Interesse haben?"

Erst jetzt vernahmen sie den Geruch von gebratenem Fleisch. Als sie zu den verschiedenen Feuerstellen eilten, sahen sie entsetzt, dass dort überall aufgespießte Fleischstücke hingen.

„Das glaube ich jetzt nicht", sagte Marc fassungslos. „Meinst du, die brutzeln tatsächlich unseren Flugsaurier über den Feuern?"

„Es sieht fast so aus", meinte Jessica bekümmert. „Wir hätten hierbleiben sollen."

Die Eingeborenen hatten während der Nacht den Vogel gerupft und zerlegt. Die schönsten Stücke überließen sie ihren neuen Freunden. Um ihnen einen Gefallen zu tun, spießten sie sie auf und ließen sie über den Feuerstellen garen.

Sie waren fest überzeugt davon, dass sich die weißen Männer am nächsten Morgen sehr über die unverhoffte Mahlzeit freuen würden. Sie hatten die Begeisterung des Paares mitbekommen, wussten jedoch damit nichts anzufangen. Sie glaubten, die jungen Leute würden sich auf das Essen freuen. Für sie war die Beschaffung von Nahrung essenziell.

Den Rest des Vogels trugen sie in ihr eigenes Lager. Für den Stamm war es immer wieder ein Festmahl, wenn einer der Riesenvögel erlegt worden war.

Die Strafgefangenen freuten sich tatsächlich darüber, dass es zum Frühstück gebratenes Fleisch gab. Der Duft weckte sie, und alle krochen aus ihren Hütten, um sich an den Lagerfeuern die Bäuche vollzuschlagen. Sörensen und Winterbach brachten ein paar schöne Bruststücke des Vogels hinüber zum Hospital, damit die Verletzten auch etwas davon abbekamen.

Die beiden Pfleger verteilten das Fleisch sogleich an alle, und auch Dr. Berg und sie selbst aßen etwas davon. Die Krankenschwestern lehnten angewidert ab.

„Das schmeckt wirklich sehr gut", sagte Berg. „Sind die Inselbewohner noch da? Ich möchte ihnen gern danken."

„Die sind weg und haben den Rest des Tieres mitgenommen", antwortete Marc sauer. Er und Jessica aßen demonstrativ nichts. Sie waren bitter enttäuscht darüber, dass es ihnen verwehrt geblieben war, dieses fantastische Wesen zu untersuchen.

„Es gibt mit Sicherheit noch mehr dieser Tiere hier", meinte Berg leichthin. „Denken Sie an die Jungvögel, die Sie gefunden haben. Aber sehen Sie sich vor! Das ist kein Spaß. Diese Wesen sind gefährliche Raubtiere."

Marc war so weit wieder hergestellt, dass Berg ihn guten Gewissens entlassen konnte, und Jessica war heilfroh, endlich aus dem Zimmer der beiden unfreundlichen Krankenschwestern ausziehen zu können.

Sie packten ihre Rucksäcke und machten sich froh gelaunt auf den Weg, um die abenteuerliche Insel zu erkunden. Aus den Vorräten der Klinik hatte man ihnen ein paar Lebensmittel zur Verfügung gestellt. Später mussten sie dann selbst sehen, wie sie sich versorgen konnten.

Zunächst wollten sie nach den Jungvögeln sehen. Also führte ihr erster Weg direkt dorthin, wo Marc durch seine Unvorsichtigkeit verletzt worden war.

Es war ein warmer, freundlicher Tag. Die Sonnenstrahlen kämpften sich durch die üppige Vegetation und warfen bizarre Muster auf den sandigen Boden.

Vorsichtig pirschten sie sich an die Stelle heran, wo sie die Tiere gefunden hatten. Sie entdeckten das riesige Nest im Geäst eines Baumes, doch es war leer. Überhaupt war es gespenstisch still, wie ihnen nach einer Weile auffiel. Nichts rührte sich, und sogar der Wind, der meist leise über die Insel strich, schien erstorben zu sein.

„Ich habe ein gruseliges Gefühl", flüsterte Jessica. „Irgendetwas stimmt hier nicht."

Marc hatte dasselbe Empfinden. „Es ist wie die Ruhe vor dem Sturm", sagte er unbehaglich. Er konnte nicht ahnen, wie recht er damit hatte.

An diesem schönen Tag wurde das Versorgungsschiff erwartet. Im Krankenhaus brauchte man dringend neue Lebensmittel sowie Verbandsmaterial und Medikamente. Auch Karl Mütze freute sich auf die nächste Schnapslieferung, da sein Vorrat zur Neige ging.

Sörensen bemerkte es zuerst. Er stand am Strand und beobachtete sorgenvoll den Himmel und das Meer. Der Himmel schien nach wie vor blau und wolkenlos zu sein, doch die Sonne war von einem merkwürdigen, blassen Schleier umgeben. Die Wellen des Meeres sahen nur minimal anders aus als sonst. Sie waren ein wenig höher und bildeten kleine Schaumkrönchen.

„Was ist los?" Winterbach trat an seine Seite und sah nun ebenfalls auf das Meer hinaus.

„Es zieht ein Sturm auf", brummte Sörensen.

„Bist du sicher? Man sieht doch gar nichts." Winterbach zuckte ratlos die Schultern.

„Siehst du die Schaumkronen und die verhangene Sonne? Wir sollten Vorkehrungen treffen und die anderen warnen."

Der Kapitän des Versorgungsschiffes stand auf seiner Brücke und beobachtete kopfschüttelnd die verschiedenen Anzeigentafeln. Die Messinstrumente schienen verrücktzuspielen.

Pünktlich betrat einer der Offiziere die Kommandobrücke, um den Kapitän abzulösen. Sofort spürte er, dass etwas nicht in Ordnung war.

„Ist etwas geschehen?", fragte er alarmiert.

„Ich weiß es noch nicht. Die Geräte scheinen zu spinnen. Was sie anzeigen, ist völliger Unsinn. Vermutlich haben wir ein technisches Problem."

„Ich hole einen Techniker", schlug der Offizier vor.

„Bleiben Sie hier, und sehen Sie sich das an! Vielleicht können Sie sich einen Reim darauf machen. Ich rufe inzwischen einen der technischen Offiziere." Der Kapitän verließ die Brücke und sah auf das Meer hinaus. Sofort fielen ihm die Schaumkronen auf den niedrigen Wellen auf. Er sah zum Himmel. Die Sonne war von einem seltsam milchigen Schleier umgeben. Ein ungutes Gefühl überkam ihn. Er hatte so etwas noch nie selbst erlebt, aber oft genug davon gehört. Er befürchtete, dass sich gerade ein heftiger Sturm anbahnte, der aus dem Nichts zu kommen schien und eine Kraft entwickelte, die alles vernichtete.

Der Offizier beobachtete die Messgeräte. Die Daten, die sie übermittelten, konnten unmöglich stimmen. Auch der Techniker wusste sich keinen Rat. Er überprüfte sämtliche Geräte, konnte jedoch keinen Fehler feststellen.

Auf der Insel war man zunächst sehr entspannt. Weshalb sollte man sich Sorgen machen? Es war windstill, und das Meer war ruhig. Für die meisten war es völlig abwegig, was Sörensen da von einem Sturm faselte. Was sollte auch groß passieren? Ein bisschen Wind und Regen vielleicht. Wen interessierte das schon?

„Bleib mal locker", sagte Bender und grinste. „Komm und setz dich! Wir haben noch Fleisch. Dazu gibt es Reis und Bohnen."

„Ihr denkt auch nur ans Fressen!", brüllte Sörensen grob.

„Na klar, wir haben ja sonst nichts", erwiderte einer, und alle amüsierten sich köstlich darüber.

„Wir müssen uns in Sicherheit bringen! Da kommt ein böser Sturm auf uns zu", versuchte es Sörensen noch einmal, doch die Männer winkten ab und lachten ihn aus.

„Macht doch, was ihr wollt, wenn ihr so blöd seid!" Sörensen tippte sich an die Stirn.

„Komm", sagte er zu Winterbach, „wir gehen rüber ins Krankenhaus. Wir müssen den Doktor warnen."

Max verwehrte ihnen den Zutritt. Breitbeinig und mit vor der Brust verschränkten Armen blockierte er das Eingangstor. „Seid ihr krank?", fragte er barsch.

„Nein. Wir wollen den Doktor sprechen. Es ist wichtig", sagte Sörensen und betrachtete Max angewidert. Er hatte den Kerl noch nie leiden können.

„Was hier wichtig ist, bestimme ich!", antwortete Max süffisant und grinste herausfordernd.

„Mach den Weg frei, du Affe!" Sörensen trat drohend auf ihn zu.

„Es ist wirklich wichtig", versuchte Winterbach zu beschwichtigen. „Lass uns bitte rein!"

„Worum geht es denn? Sitzt euch ein Furz quer?" Max lachte schallend.

„Bei dir sitzt gleich was ganz anderes quer!" Sörensen wurde es zu dumm. Entschlossen versuchte er, Max zur Seite zu drängen, um durch das Tor zu kommen. Glücklicherweise tauchte nun hinter Max Dr. Berg auf.

„Was ist denn hier los?"

„Diese Komiker versuchen gerade, mit Gewalt hier einzudringen", sagte Max giftig und stellte sich Sörensen und Winterbach wieder in den Weg.

„Doktor, es ist wichtig! Wir müssen Sie sprechen! Der Idiot hier peilt ja nichts. Er lässt uns nicht zu Ihnen", rief Sörensen aufgebracht.

„Kommt rein!" Berg kannte die beiden lange genug, um zu wissen, dass sie nicht wegen einer Lappalie zu ihm kommen würden.

Ohne Max noch eines Blickes zu würdigen, betraten Sörensen und Winterbach das kleine Krankenhaus und folgten Dr. Berg. Max war beleidigt. Und das zu Recht. Er hatte die Order, keine Strafgefangenen in die Klinik zu lassen, wenn es sich nicht gerade um einen Notfall handelte. Dass dies ein Notfall anderer Art war, konnte er selbstverständlich nicht wissen.

„Was soll ich machen?", fragte Dr. Berg ratlos, nachdem Sörensen ihm seine Befürchtung mitgeteilt hatte. „Hoffentlich ist das Gebäude sicher. Ich kann euch nur anbieten, hereinzukommen und auf den Gängen zu warten, bis das Unwetter vorbei ist. Und das auch nur, wenn es ganz schlimm kommt. Ich kann hier unmöglich so viele Menschen unterbringen." Er zuckte hilflos die Schultern.

„Es geht gerade nur ums Überleben", meinte Sörensen. „Wenn der Sturm so heftig wird, wie ich es mir vorstelle, fliegen draußen sämtliche Hütten auseinander!"

„Gut!" Berg nickte. „Wenn es losgeht, kommt ihr alle rein und setzt euch irgendwo hin. Es wird eng werden, aber vielleicht zieht der Sturm auch schnell vorüber."

Sörensen war zufrieden. „Danke, Doktor!" Er warf Max noch einen angewiderten Blick zu und stapfte hinaus. Winterbach folgte ihm wortlos.

Der Himmel begann sich eigenartig gelblich zu verfärben. Lars Hansen, der Kapitän des Versorgungsschiffes, beobachtete besorgt das Meer. Es sah plötzlich grau und feindlich aus. Die Wellen wurden immer höher und lauter.

Niemand konnte ahnen, dass sich ein Kind an Bord befand.

Der kleine Olaf hatte sich in einem unbeobachteten Moment aus dem Staub gemacht. Seine Mutter, Birgit Hansen, kaufte ihm gerade ein Eis, doch als sie sich umdrehte, war ihr kleiner Sohn plötzlich verschwunden.

Olaf hatte zufällig mitbekommen, wie sein Papa der Mama etwas von einer geheimen Insel erzählte. Fasziniert hatte er zugehört und sich die tollsten Geschichten ausgemalt. Er musste unbedingt diese geheimnisvolle Insel sehen! Sicher gab es dort viele Tiere und vielleicht sogar Menschenfresser. Er fand das hoch spannend, befürchtete jedoch, dass sein Papa ihn nicht mitnehmen würde. So nutzte er die Gelegenheit, als seine Mama mit ihm am Hafen den Papa verabschiedet hatte und einen Moment abgelenkt war. Das Schiff kannte er. Sein Papa hatte ihn früher schon einmal mit an Bord genommen und ihm stolz alles gezeigt.

Wenn er groß war, wollte er selbstverständlich auch Kapitän werden und ein solch schönes Schiff führen. Zu seinem Ärger ließ ihn sein Papa aber nie mitfahren.

Als er es geschafft hatte, ungesehen an Bord zu kommen, versteckte er sich im Maschinenraum des Schiffes. Dort war es sehr laut und stank nach Diesel, aber es machte dem Kleinen nichts aus. Zwischen irgendwelchen Säcken und Maschinenteilen suchte er sich ein Plätzchen, wo niemand ihn entdecken konnte. Er stellte sich vor, wie erfreut sein Papa sein würde, wenn sie auf der wunderschönen Insel ankamen, und er plötzlich da war.

Das Schiff begann, durch den Wellengang bedenklich zu schwanken.

„Wir müssen so schnell wie möglich die Insel erreichen!", schrie Hansen gegen den Wind an. Eine Rückkehr war keine Option, da sie der Insel inzwischen näher waren als dem Festland.

Die Wellen wurden höher und heftiger. Das Schiff tauchte von einem Wellental in das nächste, um anschließend wieder nach oben katapultiert zu werden.

Dem kleinen Olaf wurde übel, und er bekam Angst. Er wollte zu seinem Papa. Mühsam taumelte er durch den Maschinenraum, doch noch bevor er die Treppe erreichte, fiel er hin und verletzte sich am Kopf. Blut strömte über sein Gesicht, und er fing entsetzt und verzweifelt an zu weinen, als er das viele Blut sah.

Irgendwie gelang es ihm, sich am Treppengeländer festzuhalten und sich nach oben zu ziehen. Die Außentür bekam er kaum auf. Nach einer Weile schaffte er es doch und sah bestürzt auf das tosende Meer. Die Gischt sprühte ihm eiskalt ins Gesicht, und sofort packte ihn eine Windböe und drohte, ihn über Bord zu werfen.

Einer der Offiziere entdeckte den kleinen Jungen glücklicherweise und stürzte zu ihm. Er erwischte ihn gerade noch rechtzeitig, klemmte ihn sich unter den Arm und trug ihn hinunter in die Kombüse.

Der Schiffskoch war eben damit beschäftigt, alle Utensilien in Sicherheit zu bringen und festzuzurren. Zu kochen brauchte er im Moment nicht. Es hätte sowieso gerade keiner Zeit zum Essen gehabt.

Als der Offizier mit dem blutüberströmten Kind hereinkam, traute er seinen Augen nicht.

„Um Himmels willen! Wo kommt denn der jetzt her?", rief er entgeistert.

„Keine Ahnung. Ich habe ihn gerade an Deck gefunden. Kannst du dich um ihn kümmern?"

„Ja, klar. Setz ihn dort hin!" Der Koch wies auf eine kleine Eckbank. „Sagst du dem Kapitän Bescheid?"

„Mache ich."

„Du brauchst keine Angst zu haben", sagte der Koch freundlich zu dem kleinen Jungen. „Wir waschen jetzt ganz vorsichtig das Blut ab, und du bekommst ein schönes Pflaster."

„Okay", sagte Olaf und nickte. Der dicke Koch strahlte so viel Fröhlichkeit und Sicherheit aus, dass er ihm sofort vertraute. In Wirklichkeit war dieser alles andere als fröhlich, aber er ließ sich nichts anmerken. Er war entsetzt, als er die riesige Platzwunde am Kopf des Kindes sah. An Land hätte man den Jungen sofort in ein Krankenhaus gebracht. Dies war jedoch hier nicht möglich. So gut er konnte, versorgte er die Verletzung. Dabei sprach er begütigend auf das Kind ein.

„Das heilt wieder", sagte er ruhig.

„Na klar! Ein Indianer kennt keinen Schmerz!", erwiderte Olaf tapfer.

„Wie bist du denn eigentlich auf das Schiff gekommen?", fragte der Schiffskoch so beiläufig wie möglich.

„Das war ganz einfach. Meine Mama hat gerade nicht aufgepasst!" Olaf lachte.

„Und was wolltest du hier?", bohrte der Koch vorsichtig weiter.

„Ach, mein Papa nimmt mich doch nie mit. Ich glaube, er will zu einer ganz tollen Insel fahren, und ich möchte sie so gerne sehen."

„Aha." Dem Koch schwante etwas. „Wie heißt du denn?"
„Olaf Hansen."

Birgit Hansen suchte den ganzen Kai ab, doch von Olaf war weit und breit nichts zu sehen. Sie wurde panisch. Was, wenn er irgendwo ins Wasser gefallen war? Sie hatte ihn nur einen Moment lang aus den Augen gelassen, als sie das Eis für ihn bezahlte, dennoch machte sie sich große Vorwürfe. Voller Angst rannte sie an der Kaimauer entlang und rief immer wieder nach ihrem Kind. Aufmerksame Passanten sprachen sie an und beteiligten sich an der Suche. Auf die Idee, dass Olaf auf eines der Schiffe gelangt war, kam Birgit Hansen gar nicht. Er war ein lieber kleiner Junge und gut erzogen. Sie vermutete, dass er aus Neugier herumstrolchte und im Gewimmel der Menschen verloren gegangen war.

„Sie müssen die Polizei rufen", riet ihr schließlich eine ältere Frau, die bei der Suche half. „Hoffentlich ist der Junge nicht entführt worden."

Birgit starrte sie entgeistert an. „Um Gottes willen! An so etwas habe ich noch gar nicht gedacht." Mit zitternden Fingern wählte sie den Notruf. Man versicherte ihr, sofort jemanden zu schicken. Anschließend versuchte sie ihren Mann zu erreichen, doch sie bekam keine Verbindung zu seinem Schiff.

Der Kapitän fiel aus allen Wolken, als ihm sein Offizier berichtete, es sei ein Kind als blinder Passagier an Bord. Selbstverständlich ahnte er nicht im Entferntesten, dass es sich dabei um seinen eigenen Sohn handeln könnte.

„Der Koch kümmert sich gerade um den Jungen. Er hat eine Verletzung am Kopf", sagte der Offizier.

„Schlimm?"

„Ich weiß es nicht. Die Wunde hat stark geblutet."

„Auch das noch." Hansen schüttelte den Kopf. „Weiß man, wo das Kind herkommt?"

„Bis jetzt noch nicht."

„Ach, du Scheiße!", brüllte Hansen plötzlich, als er durch das Fenster der Kommandobrücke blickte.

„Was ...?" Im selben Moment sah es der Offizier auch. Eine riesige Wasserwand kam wie aus dem Nichts in rasender Geschwindigkeit auf sie zu.

„Eine Monsterwelle", rief Hansen fassungslos. „Wir müssen sofort von hier weg!"

Gemeinsam verließen sie die Brücke und rannten über das Deck. Sie hielten sich gegenseitig fest, um nicht über Bord gespült zu werden. Die rettende Tür, die in den Bauch des Schiffes hinunterführte, war nur wenige Meter entfernt. Jetzt ging es um Bruchteile von Sekunden. Im allerletzten Moment gelang es ihnen, die Tür zu erreichen. Als Hansen sie hinter sich zuknallte, wurde das Schiff bereits wie von Geisterhand emporgehoben. Ein gigantisches Krachen war zu hören. Das Schiff drehte sich und hüpfte auf und ab. Die Männer wurden herumgeschleudert, und einige zogen sich dabei heftige Verletzungen zu.

Die Riesenwelle zerschlug die Aufbauten und die Kommandobrücke, in der sich der Kapitän und der Offizier noch vor wenigen Augenblicken aufgehalten hatten.

Plötzlich wurde es etwas ruhiger. Doch die erfahrenen Seeleute spürten sofort, wie sich das Schiff leicht zur Seite neigte.

„Wir kentern", sagte einer der Offiziere nüchtern.

„Alarm geben und die Rettungsboote fertig machen!", befahl Hansen ruhig.

Die Mannschaft wusste, was sie zu tun hatte. Es gehörte zu den Pflichten der Seeleute, solche Notfälle wieder und wieder zu proben. Sofort begab sich jeder auf seinen Posten. Es würde angesichts des Sturms schwierig werden, die Rettungsboote zu Wasser zu lassen, doch sie hatten keine Wahl. Falls das Schiff tatsächlich sank, würde es mit Mann und Maus untergehen.

Im nächsten Moment gellten die Alarmsirenen durch das Schiff. Die Mannschaft versammelte sich an Deck. Schwimmwesten wurden verteilt, und man begann, die Befestigungen der Boote zu lösen. Alles lief sehr ruhig und geordnet ab. Niemand wurde hektisch oder bekam gar Angst.

„Weißt du, wir üben jetzt, das Schiff mit den Rettungsbooten zu verlassen", sagte der Koch zu Olaf.

„Ui, fein!" Olaf klatschte in die Hände. „Das wird bestimmt total spannend!" Seine Verletzung hatte er schon total vergessen.

Der Koch zog ihm eine Schwimmweste über, nahm ihn bei der Hand und marschierte mit ihm hinauf an Deck, als sei es das Selbstverständlichste auf der Welt.

„Papa!", rief Olaf erfreut.

Der Kapitän fuhr herum. „Das glaube ich jetzt nicht", murmelte er erschüttert, als er seinen Sohn auf sich zukommen sah. „Olaf, um Himmels willen, was machst du denn hier?"

Der kleine Junge stürzte sich in seine Arme und lachte. „Ich bin der Mama abgehauen!", sagte er stolz.

Hansen wusste nicht, ob er weinen oder lachen sollte. Olaf befand sich in höchster Gefahr, aber er war immerhin bei ihm. Birgit machte sich sicherlich große Sorgen. Er wollte sich das gar nicht ausmalen. Zunächst musste er aber dafür sorgen, dass alle das Schiff verließen. Er gab seinen Sohn wieder in die Obhut des Kochs.

„Passen Sie bitte auf ihn auf!", sagte er eindringlich. „Nehmen Sie ihn mit in eines der Boote! Ich komme später nach …" Als Kapitän würde er als Letzter das sinkende Schiff verlassen.

Der Koch nickte ernst. „Alles Gute, Herr Kapitän!"

„Ihnen auch! Es wird alles gut ausgehen", sagte Hansen zuversichtlich. „Ich vertraue Ihnen", fügte er mit einem Blick auf Olaf hinzu.

„Kommt der Papa nicht mit?", fragte Olaf verwundert, als er mit dem Schiffskoch in eines der Rettungsboote steigen sollte.

„Er kommt mit dem nächsten Boot nach", versicherte ihm der Koch.

„Ich will aber mit ihm fahren", beharrte Olaf.

„Dein Papa ist der Kapitän und gibt die Befehle auf dem Schiff", erklärte ihm der Schiffskoch geduldig. „Wir müssen das machen, was er sagt."

„Na gut." Der kleine Junge ließ sich schließlich überzeugen und kletterte in eines der Boote. Hansen beobachtete ihn dabei und betete, dass seinem Sohn nichts geschah. Um seine eigene Sicherheit machte er sich keine Gedanken. Er ordnete an, dass zunächst den Verletzten in die Rettungsboote geholfen wurde und sich danach alle anderen von Bord begaben.

Glücklicherweise war die See inzwischen relativ ruhig geworden. In jedem Boot gab es ein wasserdichtes Überlebenspaket mit dem Nötigsten. Es enthielt Trinkwasser, Seenotproviant, Fallschirmraketen, Zündhölzer, eine Taschenlampe, ein Messer mit Dosenöffner, eine Sturmlaterne, einen Kompass, eine Signalpfeife, ein Angelgerät, eine Erste-Hilfe-Ausrüstung und noch einiges mehr.

Hansen bestieg das letzte Boot, nachdem er sich überzeugt hatte, dass niemand mehr an Bord war. Die anderen warteten in den Rettungsbooten einige Meter entfernt. Man wollte zusammenbleiben, falls einer der Motoren ausfiel oder ein Boot kenterte. Alle sahen auf den Kapitän, der noch einmal über sein schönes Schiff blickte.

Hansen nickte und hob die Hand. Das war das Signal zum Aufbruch. Die Außenbordmotoren wurden angelassen, was problemlos gelang. Langsam und geordnet nahmen die Boote in Formation Kurs auf die geheime Insel.

Dr. Berg hatte alle Hände voll zu tun. Obwohl der Sturm mit unglaublicher Kraft über die Insel tobte, hatte kaum jemand sein Angebot angenommen, in dem einzigen befestigten Gebäude der Insel Schutz zu suchen. Nur wenige waren gekommen und lungerten auf den Fluren herum, wo sie von Max missbilligend beäugt wurden. Die meisten hatten keine Lust, beengt mit ihren Mitgefangenen in der kleinen Klinik zu sitzen. Draußen konnte man sich aus dem Weg gehen – das war in dem engen Gebäude nicht möglich. Außerdem hatte keiner wirklich geglaubt, dass der Sturm tatsächlich so gefährlich werden würde.

Nun wurden im Minutentakt die Verletzten hereingebracht. Knochenbrüche, Platzwunden, Schnitte und Prellungen. Einige hatten sogar lebensgefährliche Verletzungen, weil sie von umstürzenden Bäumen oder Teilen zerberstender Hütten getroffen worden waren.

Berg und Andy arbeiteten ohne viele Worte Hand in Hand. Max rollte immer wieder neue Verwundete heran. Es schien kein Ende zu nehmen.

Jessica und Marc befanden sich mitten auf der Insel und waren dem Sturm schutzlos ausgeliefert. Als sie sich durch die Windböen nicht mehr auf den Beinen halten konnten, drückten sie sich flach auf die Erde und blieben dort reglos liegen.

Um sie herum krachten mehrere Bäume zu Boden. Angstvoll hielten sie einander umklammert und hofften, das Unwetter unbeschadet zu überstehen.

Als der Sturm endlich etwas nachließ, wagten sie, die Köpfe zu heben. Erstaunt sahen sie sich den drei Vogelkindern gegenüber. Sie hatten sie eingekreist und beäugten sie neugierig.

„Wie schön!", rief Jessica erfreut aus. „Die Tiere erkennen uns wieder und wollen uns beschützen."

„Da wäre ich mir nicht so sicher", entgegnete Marc düster und stand vorsichtig auf.

„Aber sieh doch!" Jessica war ganz aus dem Häuschen, als sich die Jungvögel langsam näherten. „Sie fassen Vertrauen zu uns." Sie sprang auf und ging den Tieren entgegen.

„Komm sofort zurück!", knirschte Marc leise. „Die haben ganz was anderes im Sinn."

„Quatsch. Was denn?"

„Sie sehen dich als ihre Beute an."

Erschrocken fuhr Jessica herum. „Du willst mich doch bloß ärgern, oder?" Aber sein Blick verriet ihr, dass er es ernst meinte.

Wie recht er mit seiner Vermutung hatte, erwies sich im nächsten Augenblick. Ohne Vorwarnung griffen die Vögel plötzlich an. Als hätten sie sich abgesprochen, kamen sie von drei Seiten gleichzeitig und stürzten sich auf die aus ihrer Sicht hilflosen Opfer.

„Wehre dich!", brüllte Marc. „Lass sie nicht an dich heran!" Mit Tritten und Fausthieben versuchte er, zwei der angreifenden Tiere zu verjagen. Das stachelte sie jedoch noch mehr an. Sie wurden immer aggressiver.

Jessica versuchte es mit einer anderen Methode. Sie hob die Hand und sprach begütigend mit sanfter Stimme auf das dritte Tierkind ein, das auf sie zukam. Sie sah ihm fest in die Augen und trat ihm entschlossen entgegen.

Ich bin stärker als du, also lass es, wollte sie ihm damit signalisieren. Es stieß plötzlich einen Schrei aus uns sah sich nach den anderen beiden um. Diese blieben auf einmal unentschlossen auf der Stelle stehen und ließen Marc in Ruhe.

Jessica und Marc warteten bewegungslos, wofür sich die Vögel entscheiden würden. Als sie sich langsam abwandten und davonmarschierten, atmeten beide hörbar auf.

„Das war knapp", sagte Marc erleichtert.

In der Tür zur Ambulanz erschien mürrisch der für die Verwaltung zuständige Karl Mütze. Er machte einen ungewaschenen und verwahrlosten Eindruck. Normalerweise bekam man ihn selten zu Gesicht. Erst wenn er keinen Alkohol mehr hatte, kam er aus seinem Zimmer und wurde meist aggressiv.

Berg erschrak, als er sah, in welchem Zustand sich der Mann befand. Immer wieder hatte er in den letzten Wochen versucht, mit ihm zu sprechen und ihm zu helfen, doch er fand kein Gehör. Mütze war inzwischen fast rund um die Uhr kaum noch ansprechbar. Berg hatte bereits die Behörde um Hilfe gebeten, aber er bekam von dort keine Antwort.

„Wo bleibt das Versorgungsschiff?", artikulierte Mütze mühsam. Er konnte sich kaum auf den Beinen halten. Er hielt sich am Türrahmen fest und blickte mit gläsernen Augen in den Behandlungsraum. Was dort gerade vor sich ging, schien er jedoch gar nicht wahrzunehmen.

„Bleiben Sie bitte draußen! Ich komme gleich zu Ihnen", sagte Dr. Berg knapp und sah zu ihm hinüber. Sein Anblick war katastrophal. Die Hose des Mannes war vorne ganz fleckig, als hätte er sich mehrfach eingenässt. Er war unrasiert, und die Haare hingen ihm wirr und strähnig über das aufgedunsene Gesicht. Ein ekelerregender Dunst aus Alkohol, Urin und ungewaschener Kleidung umgab ihn.

Ausgerechnet jetzt, dachte Berg. Er hatte gerade genug mit den Verletzten zu tun. Andy warf ihm einen kurzen Blick zu. „Kümmern Sie sich ruhig um ihn. Ich mache hier weiter", sagte er leise.

Berg nickte. „Danke. Ich bin gleich wieder da."

„Kommen Sie!", sagte er zu Karl Mütze und deutete in Richtung seines Arztzimmers. Mütze brummte etwas Unverständliches vor sich hin und wankte mühsam hinter Berg her. Als der Arzt Anstalten machte, ihn zu stützen, fuchtelte er abwehrend mit den Händen herum. „Ich kann selbst gehen!", fuhr er Berg aggressiv an.

„Ich will Ihnen doch nur helfen."

„Ich weiß. Es tut mir leid." Im nächsten Moment fiel der Mann in sich zusammen wie ein Häufchen Elend.

„Kommen Sie!", sagte Berg noch einmal in begütigendem Ton und führte ihn in das Arztzimmer. Er bot ihm Platz an und setzte sich ihm gegenüber.

„Was kann ich für Sie tun?"

„Das wissen Sie verdammt genau!"

„Nein. Ich kann Ihnen nicht helfen, wenn Sie sich nicht helfen lassen wollen", sagte Berg ruhig.

„Geben Sie mir etwas! Bitte!" Mütze sah Berg aus wässrigen Augen flehend an.

„Gut. Ich gebe Ihnen ein Glas. Aber danach ziehen Sie sich um, duschen und rasieren sich!"

„Wozu?"

„Weil es nötig ist."

„Doktor, geben Sie mir was! Wieso darf ich mich nicht in aller Ruhe totsaufen? Alles andere interessiert mich nicht mehr. Und selbst das verwehrt man mir." Er begann zu weinen.

Berg schloss seinen Schreibtisch auf und holte eine Flasche Whisky heraus, die er einmal geschenkt bekommen hatte. Wortlos goss er ein Wasserglas voll und schob es hinüber. Mützes Augen glitzerten vor Gier. Er erwischte das Glas und schüttete den Alkohol in sich hinein, ohne es auch nur einmal abzusetzen. Sofort hielt er Berg das leere Glas erneut hin. Doch dieser hatte die Flasche bereits wieder in seinem Schreibtisch verstaut.

„Das reicht erst mal. Gehen Sie jetzt duschen! Ich muss mich um die Verletzten kümmern." Berg war erschüttert. Dieser Mensch hatte sich selbst vollkommen aufgegeben, und er wusste nicht, ob er dagegen noch etwas unternehmen konnte.

„Darf ich dann noch einmal wiederkommen?", bettelte Mütze und sah ihn dabei an wie ein trauriger Hund.

„Sie dürfen immer zu mir kommen", erwiderte Berg fest.

„Weshalb kommt das Versorgungsschiff nicht?"

„Ich weiß es nicht. Es gab einen schweren Sturm. Hoffentlich ist das Schiff nicht gesunken."

Mütze riss die Augen auf. „Wann hatten wir einen Sturm?"

„Vor Kurzem. Deshalb haben wir auch so viele Verletzte."

Mütze stierte vor sich hin. Es war offensichtlich, dass er in seinem Zustand nicht mehr allzu viel von der Realität mitbekam.

„Wie weit ist es noch bis zur Insel?", fragte der Schiffskoch einen der Offiziere, der mit ihm und dem Jungen im selben Boot saß.

„Nur wenige Meilen. Aber die See ist so unruhig, dass wir kaum vorwärtskommen. Es wird wohl noch ein Weilchen dauern, bis wir da sind", meinte der Offizier.

„Mir ist kalt", sagte Olaf und kroch fröstelnd in sich zusammen.

Der Koch fand eine warme Decke und hüllte den Kleinen darin ein. „Besser so?", fragte er und zwinkerte ihm aufmunternd zu.

„Viel besser!" Olaf schmiegte sich an den Schiffskoch, der sogleich schützend seinen Arm um ihn legte. Hoffentlich geht das alles gut aus, dachte er bei sich.

„Wann sind wir da?", fragte Olaf – die meistgestellte Frage aller Kinder, die irgendwohin unterwegs sind. Fast alle Männer, die mit im Boot waren, hatten selbst Kinder und nickten verständnisvoll.

„Bestimmt bald. Der Offizier hat gesagt, dass es nicht mehr weit ist", beschwichtigte der Koch den Kleinen.

Hansen saß im letzten Boot und hatte Sichtkontakt zu ihnen. Er sah gerade herüber und winkte ihnen zu. Er wollte wissen, ob es Probleme gab. Der Offizier signalisierte durch Handzeichen, dass alles in Ordnung war. Olaf sah seinen Papa winken und winkte fröhlich zurück. Wenn sein Papa in der Nähe war, konnte ihm schließlich nichts passieren, dachte er vertrauensvoll. Der würde schon aufpassen. Schließlich war er der Kapitän eines großen Schiffes und auf dem Weg zu einer abenteuerlichen Insel. Mit diesen beruhigenden Gedanken schlief er, warm eingehüllt in die kuschelige Decke, schließlich ein.

Jessica und Marc ahnten nicht, dass sie die ganze Zeit nicht unbeobachtet geblieben waren. Von Anfang an hatten die Einheimischen sie unsichtbar begleitet. Der Häuptling hatte dies angeordnet, da er den Weißen nicht zutraute, allein zurechtzukommen. Es waren sehr junge Menschen, die seiner Meinung nach überhaupt keine Ahnung vom Leben im Allgemeinen und schon gar nicht von den Gefahren, den sie auf der Insel ausgesetzt waren, hatten.

Die kleinen Männer hatten sich bereits mehrfach ihre Blasrohre mit den Giftpfeilen an den Mund gesetzt, doch da sie unter Umständen statt der Vögel womöglich die beiden jungen Leute getroffen hätten, brachen sie immer wieder ab und griffen nicht ein.

„Da hat sich etwas bewegt", sagte Jessica plötzlich und umklammerte angespannt Marcs Arm.

„Wo?" Marc blickte um sich, sah aber nichts. Sofort zerrte er sie hinter einen Baum.

„Da drüben", flüsterte Jessica und deutete auf eine Stelle im Gestrüpp.

Normalerweise waren die kleinen Menschen völlig lautlos und unsichtbar. Nur durch einen Zufall hatte Jessica die kurze Bewegung zwischen den Sträuchern gesehen. Da die beiden nicht wussten, wer oder was sich dort befand, blieben sie in Deckung.

Zunächst rührte sich nichts, und Jessica dachte schon, sie hätte sich das nur eingebildet, doch plötzlich trat der kleine Häuptling auf die Lichtung und winkte ihnen freundlich zu. Er lachte über das ganze Gesicht und gab seine herrlichen Zahnlücken dabei preis. Eigentlich gab es zwar gerade nichts zu lachen, aber er wollte damit seine Friedfertigkeit zum Ausdruck bringen. Auch die anderen Männer des Stammes kamen schließlich aus dem Gebüsch heraus und ließen sich sehen, zum Zeichen, dass sie nichts Böses im Sinn hatten.

„Gott sei Dank! Es sind nur die Wilden. Die tun uns ganz bestimmt nichts", stieß Marc erleichtert hervor. Jessica und Marc gaben ihre Deckung auf und gingen den Einheimischen entgegen. In Zeichensprache verständigten sie sich miteinander.

Die Männer des Stammes erklärten gestikulierend, dass sie sie vor den großen Vögeln beschützen wollten, und Marc dankte ihnen dafür. Der kleine Häuptling bedeutete ihnen, mit zu seinem Lager zu kommen.

„Ich weiß nicht", überlegte Jessica zögernd. „Sollen wir mitgehen? Wer weiß, was sie im Schilde führen."

„Sie sind doch sehr freundlich", meinte Marc. „Sie laden uns ein. Wenn wir uns weigern, sind sie womöglich beleidigt."

„Eigentlich wollten wir aber doch die Riesenvögel erforschen", warf Jessica ein.

„Ja. Aber vielleicht erfahren wir im Lager der Einheimischen mehr über sie." Marc hatte da so seine Vermutungen.

„Okay. Wir gehen mit. Wir können ja jederzeit wieder verschwinden, wenn uns danach ist", meinte Jessica leichthin. Sie ahnte nicht im Entferntesten, wie sehr sie sich irrte ...

Die Ankunft der Rettungsboote sorgte für einigen Tumult.

„Was kommt denn da jetzt?", rief Max, der sie als Erster sah, erstaunt. „Doktor! Sehen Sie sich das an!", brüllte er.

„Was ist denn nun wieder los?", fragte Berg genervt.

„Da kommen Boote!"

„Hier? Unmöglich!" Berg rannte zum Fenster und sah hinaus in die Bucht.

„Tatsächlich. Verdammt, das muss die Besatzung des Versorgungsschiffes sein", folgerte er sofort. „Max, hol ein paar Männer und hilf den Leuten, an Land zu kommen!", befahl er. „Ich kann jetzt hier nicht weg." Er hatte gerade einen Verletzten auf dem Behandlungstisch liegen, dem er einen Bruch schienen musste.

Max rannte hinaus und rief den Strafgefangenen zu, sie müssten bei etwas helfen. Sofort machten sich einige auf den Weg, obwohl sie nicht wussten, um was es sich handelte. Die meisten blieben jedoch bequem sitzen und dachten gar nicht daran, auf irgendetwas zu hören, was dieser Prolet von sich gab. Wäre der Doktor selbst gekommen und hätte gefragt, wäre es überhaupt kein Thema für sie gewesen.

Olaf schlief noch immer tief und fest, als die Boote anlegten. Die Männer, die Max gefolgt waren, zogen die Boote an Land und halfen den Schiffbrüchigen beim Aussteigen.

„Gibt es Verletzte?", brüllte Max.

„Ja." Der Kapitän übernahm sofort das Kommando. Er war verantwortlich für seine Mannschaft, auch wenn sie sich nicht mehr an Bord befand.

„Hansen", stellte er sich vor. „Ich bin der Kapitän." Er wies auf die Rettungsboote, in denen sich die Verletzten befanden. „Soweit ich weiß, haben Sie hier ein Krankenhaus. Die Männer müssen sofort behandelt werden. Sorgen Sie bitte dafür!", sagte er befehlsgewohnt.

„Das haben Sie nicht zu entscheiden!", widersprach Max frech. Das wäre ja noch schöner! Kamen hier irgendwelche Fremden an und wollte ihm Anweisungen erteilen! Kampflustig stemmte er die dicken Boxerfäuste in die Seiten.

„Tun Sie besser, was ich Ihnen sage. Wenn meine Leute durch Sie zu Schaden kommen, können Sie sich auf etwas gefasst machen!" Ein Idiot, dachte Hansen bei sich.

Der Schiffskoch trug behutsam den schlafenden Jungen an Land.

„Geht es ihm gut?", fragte Hansen besorgt.

„Ja. Alles klar. Er schläft bloß. Mal sehen, wo wir für ihn ein sicheres Plätzchen finden", meinte der Koch skeptisch, nachdem er einen Blick auf die wild aussehenden Gestalten, die ihnen halfen, geworfen hatte.

Die Seeleute waren keineswegs undankbar, jedoch wirkten die Strafgefangenen alles andere als vertrauenserweckend. Man muss das verstehen. Nach so langer Zeit in der Wildnis sieht kaum noch ein Mensch gepflegt und kultiviert aus. Die meisten hatten lange, zottelige Haare und Bärte, und auch ihre Kleidung war abgerissen und teilweise zerfetzt. Sie sahen genauso aus, wie man sich Leute vorstellt, die monatelang fernab der Zivilisation gelebt hatten.

„Sind die Boote jetzt an Land?", fragte Berg, nachdem er mit der Behandlung des Patienten fertig war.

„Ja, aber Max scheint sich mit den Schiffbrüchigen anzulegen", meinte Marion, die aus dem Fenster sah. „Zumindest sieht es gerade so aus", fügte sie hinzu.

„Spinnt der?" Berg schüttelte den Kopf. „Ich gehe hinaus. Kommen Sie einen Moment allein klar?", wandte er sich an Andy. Dieser nickte nur kurz.

Hansen stapfte bereits auf das Hospital zu. „Bleibt ihr hier! Ich kläre das", hatte er zu seinen Leuten gesagt. Nur der Koch mit dem noch immer schlafenden Kind auf dem Arm folgte ihm.

Auf halbem Weg kam ihnen Dr. Berg entgegen.

„Berg. Ich bin der Arzt des Hospitals. Gibt es Verletzte?", fragte er ohne Umschweife.

„Hansen, Kapitän", stellte sich Hansen ebenso knapp vor. „Ja, einige Männer meiner Besatzung haben sich verletzt und brauchen Hilfe. Ihr Mitarbeiter hat mich abgewiesen", sagte er sachlich und deutete auf Max.

„Wer noch laufen kann, soll gleich mitkommen. Für die anderen organisieren wir Tragbahren. Was ist mit dem Kind? Ist es auch verletzt?"

„Nein, zum Glück nicht. Es ist mein Sohn. Er hat sich heimlich an Bord geschlichen ..."

„Ach so. Gut. Er kann zunächst im Zimmer der Krankenschwestern schlafen. Dort ist er gut aufgehoben", beschloss Berg und winkte dem Koch zu, ihm mit dem Jungen zu folgen.

Einige Stunden später, nachdem alle Verletzten versorgt waren, saßen Berg und Hansen bei einem Glas Whisky in Bergs Sprechzimmer und berieten sich, wie es nun weitergehen sollte. Die Mannschaft hatte sich auf der Insel unter die Strafgefangenen gemischt. Berg war kurz nach draußen gegangen und hatte die Männer gebeten, der Schiffsbesatzung Unterkünfte zur Verfügung zu stellen und ihnen zu essen zu geben.

Die meisten hatten damit kein Problem. In den Hütten würde es zwar etwas eng werden, doch das Wetter war wieder schön, und man konnte notfalls auch draußen schlafen. An die unheimlichen Vögel dachte gerade keiner. Zu essen war genug da. Sörensen und ein paar andere hatten viele Fische gefangen, und die Seemänner halfen beim Ausnehmen. Ein paar andere besorgten Brennholz und Früchte. Dazu wurden Reis und Bohnen in großen Töpfen gekocht.

Zwar hatten die Strafgefangenen bereits mit dem Saatgut Felder angelegt, doch die Pflanzen wuchsen mickrig. Bis ein Ertrag erzielt werden konnte, würde es wohl noch dauern. Immerhin legten die Hennen eine beachtliche Anzahl an Eiern, die den täglichen Speiseplan aufwerteten.

Die meisten der Verletzten konnten nicht stationär aufgenommen werden, da das Krankenhaus dafür einfach zu klein war. Nur die schlimmsten Fälle bekamen ein Bett in einem der wenigen Krankenzimmer. Viele mochten aber auch gar nicht dort bleiben. Sie waren lieber draußen, wo sie tun und lassen konnten, was sie wollten, ohne dass ihnen Max oder sonst jemand Vorschriften machte.

„Ich kann Ihnen leider keinen Schlafplatz anbieten", sagte Berg und hob bedauernd die Schultern.

Hansen schüttelte den Kopf. „Das brauchen Sie auch gar nicht. Ich gehe hinaus zu meiner Mannschaft. Mir fehlt ja nichts. Ich bin Ihnen dankbar, dass Sie sich um die verletzten Männer kümmern und mein Kind hier schlafen darf."

„Glauben Sie, man könnte einiges an Material, das sich auf dem Schiff befindet, noch retten? Oder ist es zu gefährlich?"

„Schwer zu sagen." Der Kapitän wiegte den Kopf. „Ich würde es ungern riskieren. Ist das so wichtig für Sie?"

„Eigentlich schon. Wir haben kaum noch etwas. Wir brauchen dringend Medikamente, Verbandsmaterial und auch noch ein paar andere Dinge. Aber wenn es nicht möglich ist, müssen wir halt auf das nächste Schiff warten. Weiß da draußen überhaupt jemand, dass Sie in Seenot geraten sind?"

„Nein. Wir konnten keinen Notruf mehr absetzen. Wir hatten keine Funkverbindung. Ich gehe aber davon aus, dass man uns suchen wird, wenn wir nicht zurückkommen. Haben Sie schon versucht zu funken?"

„Ja. Ich wollte melden, dass Sie bei uns sind. Ging aber leider nicht."

Nach einem langen Fußmarsch erreichten Jessica und Marc endlich das Lager der Einheimischen. Sie waren völlig erschöpft, als sie dort ankamen. Stundenlang waren sie mit den Eingeborenen durch die Wildnis gelaufen. Die feuchte Hitze machte das Atmen schwer, und sie konnten kaum noch einen Fuß vor den anderen setzen. Die kleinen Männer zeigten keinerlei Anzeichen von Müdigkeit. Offenbar konnten sie endlos die Insel durchstreifen, ohne dabei auch nur eine kurze Pause einlegen zu müssen. Aus Rücksicht auf die in ihren Augen verweichlichten Weißen legten sie unterwegs immer wieder einen kurzen Halt ein. Während Jessica und Marc bei diesen Stopps, die jeweils nur wenige Minuten dauerten, nach Atem ringend auf dem Rücken lagen, um sich wenigstens ein bisschen zu erholen, konnten die kleinen braunen Männer ihre Ungeduld kaum verbergen. Sie begriffen nicht, weshalb diese jungen, gesunden Menschen so wenig Kraft hatten.

Als sie schließlich endlich im Lager der kleinen Menschen ankamen, gab man ihnen zu essen und zu trinken und nötigte sie anschließend, einen der hohen Bäume zu erklimmen.

Sie sahen die merkwürdigen Rundhütten, die in luftiger Höhe schwebten, und konnten sich kaum vorstellen, wie sie jemals dort hinaufkommen sollten. Die kleinen Männer gaben sich große Mühe, es ihnen vorzumachen, trotzdem war es ein langwieriges, kräftezehrendes Unterfangen, eine der schwebenden Kugeln zu erreichen. Glücklicherweise brachte man sie gemeinsam in einer der Behausungen unter.

„Ich fühle mich hier nicht wohl", sagte Jessica leise. „Ich spüre, dass diese Menschen etwas aushecken! Sie behandeln uns nicht wie Gäste."

„Das bildest du dir nur ein!", beschwichtigte Marc. „Sie wollen sicher nur, dass wir uns erst einmal ausruhen. Sie haben doch mitbekommen, wie anstrengend der Marsch für uns war."

Bis spät in die Nacht saßen die Männer an den Lagerfeuern. Die Seeleute erzählten spannende Geschichten aus ihrem Leben, und alle hörten gebannt zu. Für die Strafgefangenen war es eine willkommene Abwechslung. Niemand dachte an die todbringenden Vögel. Nachdem beim letzten Angriff der Riesenvogel durch die Einheimischen getötet worden war, hatte sich keines der Tiere mehr im Camp blicken lassen. Als alle schließlich müde wurden, legten sie sich einfach irgendwohin und schliefen.

Am nächsten Morgen traf man sich guter Dinge zum Frühstück wieder.

„Was habt ihr denn hier für komisches Getier?", fragte plötzlich einer der Seemänner amüsiert. „Die Viecher sehen ja lustig aus!"

„Wieso?" Winterbach blickte in die Richtung, in die der Mann deutete, und erstarrte.

Es hatten sich dort mehrere Tiere versammelt, die eine gewisse Ähnlichkeit mit Eidechsen aufwiesen. Im Unterschied zu ihnen gingen sie jedoch aufrecht und waren etwa dreißig Zentimeter hoch. Sie gaben seltsam keckernde Laute von sich und ließen dabei kleine, messerscharfe, spitze Zähnchen blitzen.

Verblüfft sahen die Männer, wie die sonderbaren Tiere immer näher kamen. Sie schienen sehr zutraulich zu sein.

„Die sind ja niedlich!", rief Sörensen lachend, als sich eins von ihnen an seinem Bein festklammerte. „Die betteln um Futter!" Er hielt dem kleinen Wesen ein Stück Weizenfladen hin, doch offenbar wollte es etwas anderes. Ehe Sörensen reagieren konnte, biss es ihn blitzschnell in die Hand. Empört und erschrocken sprang er auf und umklammerte seine Hand, aus der sofort das Blut strömte. „Mistviecher!", brüllte er. „Seht euch vor! Das sind keine Vegetarier", rief er den anderen zu.

Die Männer rannten auf die merkwürdigen Wesen zu und verscheuchten sie. Tatsächlich verschwanden sie sofort im dichten Gestrüpp.

„Wo kommen die denn jetzt her?", fragte Winterbach ratlos. Keiner von ihnen hatte jemals zuvor ein solches Tier zu Gesicht bekommen. „Wer weiß, was sich hier noch so alles tummelt", sagte er ahnungsvoll.

Die Tiere hatten sich im Gebüsch versteckt und warteten lautlos darauf, dass die Hühner hinausgelassen wurden …

Jessica und Marc kletterten am nächsten Morgen mithilfe der Einheimischen wieder hinunter auf den Erdboden und waren sichtlich erleichtert, als sie heil unten ankamen. Die Nacht in der kleinen Rundhütte war recht angenehm gewesen. Man hatte ihnen dort Früchte und Wasser bereitgestellt und sie allein gelassen. Die Menschen, die sonst dort wohnten, waren einfach vorübergehend zu ihren Nachbarn gezogen.

„Ich glaube, wir verabschieden uns jetzt besser", flüsterte Jessica leise, als könne sie jemand verstehen.

„Ja. Ich mag hier auch nicht länger bleiben", gab Marc ihr recht. Sie nickten den kleinen Männern, die um sie herumstanden, lächelnd zu und wollten einfach an ihnen vorbeigehen. Die Eingeborenen grinsten, was jedoch nicht sehr nett wirkte. Es sah eher bösartig aus, fast, als wären sie über irgendetwas schadenfroh. Prompt verstellten sie ihnen den Weg, wobei sie zugespitzte Speere, die man vorher noch nie bei ihnen gesehen hatte, vor den Weißen kreuzten.

„Sie wollen uns hier festhalten!", rief Jessica panisch.

„Ganz ruhig. Das ist sicher ein Missverständnis. Dort kommt der Häuptling. Wir machen ihm klar, dass wir jetzt gehen wollen." Marc war noch immer zuversichtlich.

Das Stammesoberhaupt kam mit ausgebreiteten Armen auf sie zu und lachte dabei scheinbar freundlich.

„Na also! Alles ist gut", sagte Marc erleichtert zu Jessica.
Doch er täuschte sich. Die Eingeborenen hatten etwas mit ihnen vor, und das war so absurd, dass sie niemals von selbst auf
einen solchen Gedanken gekommen wären.

Hinter dem Häuptling gingen eine junge Frau und ein älte-
rer Mann her. Sie hielten sich schüchtern im Hintergrund, und
die beiden jungen Leute dachten zunächst, es handle sich um
Bedienstete des Oberhauptes. Doch plötzlich drehte sich der
Häuptling um und gab ihnen in seiner kehligen Sprache knap-
pe Anweisungen. Die junge Frau trat daraufhin auf Marc zu und
verbeugte sich demutsvoll vor ihm. Marc sah sie verblüfft an. Im
nächsten Moment trat der ältere Mann heran und griff besitz-
ergreifend nach Jessicas Hand. Das war zu viel für Marc. Blitzartig verstand er, was die Wilden vorhatten, und legte schützend seinen Arm um Jessica.

„Auf gar keinen Fall!", rief er empört. „Das ist meine Frau,
und ich bin ihr Mann." Dabei gestikulierte er wild und versuchte, Jessica an sich zu ziehen.

Der alte Mann hatte trotz seiner geringen Körpergröße erstaunlich viel Kraft, und es entstand ein regelrechtes Tauzie-
hen. Jessica schrie und wehrte sich. Verzweifelt schlug sie dem
alten Mann schließlich mit der flachen Hand mitten ins Gesicht,
als er sie nicht losließ. Das war ein schwerwiegender Fehler. Die
Eingeborenen waren sehr stolze Menschen.

Der kleine Mann, der sich auf Wunsch des Häuptlings mit Jessica vereinigen sollte, hatte eigentlich überhaupt kein Interesse
an ihr. Seine Frau war ihm weggestorben, und er wollte viel lieber allein bleiben oder sich noch einmal mit einer anderen Frau
des Stammes vermählen. Er folgte nur dem Befehl des Häuptlings, da dieser ihn sonst aus der Gemeinschaft verstoßen würde.

Sofort griffen die anderen ein und trennten Jessica gewaltsam von Marc. Obwohl sich beide heftig wehrten, hatten sie keine Chance. Die kleinen Menschen waren in der Überzahl und
setzten sich rücksichtslos durch.

Jessica wurde mit dem alten Mann, der offenbar ihr Ange-
trauter werden sollte, in eine Hütte gesperrt, und Marc erging

es nicht anders. Die junge Frau, die man ihm zugedacht hatte, war eigentlich noch ein Kind. Er schätzte sie auf höchstens 14 Jahre. Sie verhielt sich ihm gegenüber sehr unterwürfig und zurückhaltend. Er konnte nicht ahnen, dass sie zutiefst verunsichert darüber war, dass er sie nicht anrührte. Sie glaubte, er verschmähte sie, weil sie für ihn nicht hübsch genug war. Dabei hatte der Häuptling extra sie ausgewählt, da sie als schönstes Mädchen des Stammes galt. Er wollte, dass sich das Blut seines Volkes mit dem der Weißen vermischte.

Der Kapitän ordnete an, alles, was sich in den Rettungsbooten befand, an Land zu bringen. Die Erste-Hilfe-Ausrüstungen wurden ins Hospital gebracht, damit man zunächst genug Verbandsmaterial hatte. Das Werkzeug bekamen die Strafgefangenen, die es zum Bau neuer Hütten gut gebrauchen konnten, und von den verschweißten oder eingedosten Lebensmitteln bekam ein Teil das Krankenhaus, und der Rest wurde unter den Männern auf der Insel verteilt. Diese freuten sich sehr darüber, da sie seit Monaten immer nur das Gleiche gegessen hatten. Die Seeleute wollten davon eher nichts. Sie aßen lieber den frischen Fisch, der über den Feuern gebraten wurde.

Sie gingen relativ sorglos mit diesen Notvorräten um, da sie selbstverständlich annahmen, in wenigen Tagen abgeholt zu werden, wenn bekannt geworden war, dass ihr Schiff gesunken war. Sie konnten nicht ahnen, wie sehr sie sich täuschen sollten.

Wie immer, waren die Hühner am Morgen aus dem Stall gelassen worden. Sogleich verteilten sie sich in der Umgebung und suchten nach Futter. Sie blieben eigentlich immer zuverlässig in der Nähe, und niemand machte sich darüber Gedanken, dass sie verloren gehen könnten. Sobald alle draußen waren, wurden täglich die Eier eingesammelt und frischer Sand im Stall aufgeschüttet.

Die seltsamen Echsen hatten die Anwesenheit der Hühner bereits gewittert. Versteckt saßen sie bewegungslos unter den Büschen und lauerten ihnen auf.

Plötzlich ertönte ein fürchterliches Geschrei und Gegacker. Die Echsen attackierten die Hühner!

Winterbach reagierte sofort. „Die Viecher fressen unsere Hühner!", rief er alarmiert und rannte in die Richtung, aus der das Geschrei kam. Bender und Rupp folgten ihm. Die Hühner stoben in alle Richtungen davon. Die meisten suchten Zuflucht im sicheren Stall. Die Männer ließen sie hinein und schlossen die Tür.

An mehreren Stellen war der Boden aufgewühlt und der weiße Sand vom Blut der Hühner durchtränkt. Die Echsen hatten bereits einige von ihnen getötet und ins dichte Gestrüpp gezerrt. Die Büsche bewegten sich, und es waren knurrende und schmatzende Laute zu hören, während die Kreaturen ihre Beute verschlangen.

„Das ist gruselig", sagte Winterbach schaudernd. „An die Ziegen gehen sie wohl hoffentlich nicht ..."

„Wer weiß? Vielleicht sollten wir sie uns einmal anschauen", überlegte Bender zweifelnd. Das taten sie dann auch. Jede Ziege wurde genau untersucht. Eigentlich waren die Ziegen zu groß, um ins Beuteschema der kleinen Echsen zu passen, doch es stellte sich heraus, dass auch sie Bisswunden hatten, die nur von den spitzen, scharfen Zähnen der Echsen stammen konnten. Eine der kleineren Ziegen fehlte sogar.

„Es hilft alles nichts", meinte Winterbach schließlich. „Wir müssen die Tiere einsperren, sonst haben wir bald keine mehr."

Berg und Hansen versuchten immer wieder zu funken, doch sie bekamen scheinbar keine Verbindung.

„Ich verstehe das nicht", sagte Berg irritiert. „Bis jetzt hat das immer gut geklappt."

„Der Ruf geht hin." Hansen kannte sich besser aus. „Es kommt aber keine Antwort", stellte er stirnrunzelnd fest. „Das ist merkwürdig."

In Berg stieg ein böser Verdacht auf. Vielleicht antwortete man bewusst nicht auf ihre Nachrichten? War es möglich, dass man einfach nicht reagierte, weil man sie abgeschrieben hatte und nichts mehr mit den Menschen auf der geheimen Insel zu tun haben wollte?

„Ich funke jetzt das Notsignal", sagte Hansen schließlich mit eiserner Miene. Er hatte ähnliche Gedanken wie Dr. Berg. „Wenn sie darauf nicht reagieren, ist das ein Straftatbestand!"

„Das nützt uns dann aber auch nicht viel", meinte Berg sarkastisch.

Hansen funkte SOS. Dann warteten sie. Es kam keine Antwort, obwohl es sicher war, dass der Funkspruch angekommen war.

„So. Jetzt wissen wir es." Hansen schien plötzlich um Jahre gealtert zu sein. „Ich habe schon viel erlebt", sagte er erschüttert, „aber das ist unglaublich!"

Schweigend überlegten sie, was sie tun konnten.

„Wir müssen versuchen, die Waren von Bord zu holen", meinte Hansen nach einer Weile, als er sich halbwegs gefasst hatte. „Von außen kommt offenbar keine Hilfe."

„Aber wie soll das denn nun weitergehen?", fragte Berg ratlos. „Die können uns doch hier nicht verschimmeln lassen. Es gibt doch auch Verträge, an die sie gebunden sind."

„Damit können Sie sich vermutlich den Hintern abwischen!", sagte Hansen grob. Sogleich entschuldigte er sich. „Es tut mir leid, aber wenn es stimmt, was ich vermute, scheren die sich da draußen einen Dreck um uns."

„Das können sie nicht machen!", meinte Berg fassungslos. „Sie wissen, wie viele Menschen hier sind. Und sie müssen sich um Ihr gesunkenes Schiff kümmern."

„Ich hoffe, dass meine Frau etwas erreicht. Sie wird keine Ruhe geben, bis geklärt ist, was mit uns passiert ist. Ich kann mir aber schon vorstellen, worauf es hinausläuft", sagte er ahnungsvoll.

„Was meinen Sie damit?" Berg konnte noch immer nicht begreifen, was sich gerade abspielte.

„Ganz einfach. Sie erzählen ihr, dass das Schiff vermisst wird und trotz tagelanger, umfangreicher Suche nicht gefunden wurde. Wer sollte ihnen das Gegenteil beweisen?"

Karl Mütze kam herein. Er hatte zwar inzwischen geduscht und trug saubere Kleidung, aber sein Zustand war besorgniserregend. Zitternd und wild um sich blickend steuerte er auf Berg zu.

„Das ist der Beamte, der eigentlich für den Verwaltungsapparat auf der Insel zuständig ist", sagte Berg leise zu Hansen.

„Das wundert mich jetzt nicht wirklich", erwiderte der Kapitän trocken. Er begriff sofort die Lage. „Geben Sie ihm etwas!", raunte er Berg zu. „Ich würde auch noch einen mittrinken."

Berg griff wortlos in seine Schreibtischschublade und holte eine Flasche Cognac hervor. Mützes Augen glitzerten gierig. Hansen, der ihn genau beobachtete, entging das nicht. Berg schenkte für Mütze ein großes Wasserglas voll ein. Für sich selbst und Hansen nur einen halben Cognacschwenker. Sie hatten trotz der misslichen Lage nicht vor, sich zu betrinken. Nachdem Karl Mütze den Alkohol hinuntergestürzt hatte, entspannte er sich sichtlich. Hansen nutzte die Gelegenheit. Er wollte mehr über die Behörde erfahren, die das Versorgungsschiff beauftragt und offenbar auch Karl Mütze hierhergeschickt hatte.

„Sie sind doch für die Verwaltung zuständig?", fragte er streng. Mütze fuhr nervös zusammen. „Na ja ...", stammelte er hilflos. „Ich kann hier nicht viel machen." Aus trüben Augen stierte er Hansen an. „Wer sind Sie überhaupt?" Erst jetzt nahm er ihn richtig wahr.

„Ich bin der Kapitän des Versorgungsschiffes."

„Aha! Dann haben Sie sicherlich neue Vorräte mitgebracht?"

„Nein. Das Schiff liegt vermutlich auf Grund. Und Ihre Behörde scheint das nicht zu interessieren."

„Wieso?" Karl Mütze hatte offensichtlich Schwierigkeiten, das Problem zu verstehen.

„Es reagiert niemand auf unser Notsignal. Vielleicht könnten Sie es einmal versuchen? Sie sind schließlich offenbar verantwortlich!"

Das war zu viel für Mütze. Er begann, wie ein kleines Kind zu weinen. Hansen begriff, dass der Mann mit der Situation total überfordert war. Scheinbar war er überhaupt nicht in der Lage, die Zusammenhänge zu erkennen.

Berg gab dem Kapitän ein Zeichen, das Verhör abzubrechen. Es hatte keinen Sinn. Aber schließlich fing der Beamte doch an zu sprechen. Zunächst sehr stockend, und man konnte ihn kaum verstehen, da er immer wieder schluchzte und sich geräuschvoll die Nase putzte. Es war erschütternd, was er den beiden Männern erzählte.

„Bei der Insel handelt es sich um ein geheimes Projekt. Niemand sollte je davon erfahren. Alle, die man hierhergebracht hat, werden nie wieder zurückkehren." Trübsinnig starrte er vor sich hin. Berg lief es eiskalt den Rücken hinunter. Wenn das stimmte, dann waren er selbst, die Schwestern und die Pfleger auch Gefangene!

„Mich wollten sie loswerden", fuhr Mütze fort. „Man hat mich vor die Wahl gestellt. Entweder würde ich mich auf die Insel bringen lassen, oder man würde mich für den Rest meines Lebens in eine geschlossene Anstalt sperren. Ich hatte durch Zufall von der Insel erfahren und wollte damit an die Öffentlichkeit gehen. Davon haben sie erfahren. Wahrscheinlich kann ich froh sein, dass ich noch lebe." Er schwieg wieder. Tränen rannen über seine aufgedunsenen Wangen. Die beiden Männer unterbrachen ihn nicht. Sie spürten, dass der gequälte Mann nach Erinnerungen suchte.

„Ich musste meine Familie zurücklassen. Ich habe eine Frau und drei Kinder." Er seufzte tief.

„Deshalb haben Sie angefangen zu trinken", sagte Hansen leise. Es war keine Frage, eher eine Feststellung.

Mütze nickte und sah den Kapitän unglücklich an. „Wenn die da draußen wissen, dass Sie sich auf der Insel befinden, sind Sie verloren! Sie werden nie wieder heimkehren können!"

„Ich verstehe es nicht", sagte Dr. Berg zweifelnd. „Das Versorgungsschiff kam auch vorher regelmäßig hierher. Die Besatzung des Schiffes kannte also die geheime Insel. Weshalb sollte man sie jetzt zwingen, hierzubleiben?"

„Die Seeleute durften die Insel nicht betreten. Sie wussten nicht, was sich hier abspielt. Das stimmt doch, Herr Kapitän?", wandte sich Mütze an Hansen.

Hansen nickte. „Das wussten wir tatsächlich nicht. Natürlich habe ich mir meine Gedanken gemacht, aber auf so etwas Absurdes wäre ich niemals gekommen. Was die anderen sich vorgestellt haben, weiß ich nicht. Wir haben nicht darüber gesprochen. Wir hatten unseren Auftrag, und die Mannschaft hat ihren Job gemacht. Da stellt man keine Fragen."

Marc wies die vorsichtigen Annäherungsversuche der jungen Frau brüsk ab. Als sie anfing zu weinen, versuchte er, sich mit ihr zu verständigen. Er berührte sie dabei bewusst nicht. In Zeichensprache erklärte er ihr, dass Jessica seine Frau war und er keine andere wollte. Aus großen Augen sah sie ihn an. Offenbar verstand sie ihn. Nun signalisierte sie ihm, dass sie unter den Eingeborenen einen Freund hatte, aber der Häuptling befohlen hatte, sie solle nun die Frau des Weißen werden. Dabei weinte sie wieder. Marc machte ihr klar, dass sie von ihm nichts zu befürchten hatte und er ihr helfen wollte. Demütig kniete sie vor ihm nieder und senkte den Kopf.

„Und das lassen wir auch", sagte Marc erschüttert. Ihm tat das Mädchen leid. Schließlich nahm er es bei der Hand und führte es zu einem Platz in der Hütte, der mit geflochtenen Matten ausgelegt war. Offenbar stellte dies das Hochzeitsbett dar. Zitternd setzte sich das Mädchen auf das Lager. Noch immer traute es dem Fremden nicht.

Marc schüttelte den Kopf und hob abwehrend die Hände. „Keine Angst, Kleine. Ich tue dir bestimmt nichts", murmelte er dabei. Schnell entfernte er sich und setzte sich auf der anderen Seite der Hütte auf den Boden.

Was für ein Horror, dachte er. Hoffentlich geht es Jessica gut. Ich muss unbedingt hier raus. Er begutachtete die Hüttenwände. Es dürfte kein Problem sein, sie einzureißen. Die Behausung war fensterlos, doch durch einen schmalen Spalt konnte er nach draußen sehen. Es war entmutigend. Bewaffnet mit Speeren und Blasrohren standen die Krieger des Stammes um die Hütte herum und bewachten sie. Ein Entkommen schien unmöglich zu sein. Aber er sah noch etwas anderes. Die Hütte, in der man vermutlich Jessica gefangen hielt, war nicht sehr weit entfernt. Er konnte erkennen, dass auch sie von den kleinen Männern umzingelt war.

Jessica bedeutete dem Eingeborenen, dass er es nicht wagen sollte, sie anzufassen. Mit geballten Fäusten stand sie abwehrbereit vor ihm. Ihr war nicht klar, dass sie ihn mit der Ohrfeige tödlich beleidigt hatte. Der alte Mann beachtete sie gar nicht und wandte sich demonstrativ von ihr ab. Er wollte mit dieser weißen Frau nichts zu tun haben, aber wenn der Häuptling es befahl, würde er sie notfalls mit Gewalt nehmen, da man ihn sonst mit Sicherheit töten würde, wenn er den Wunsch des Häuptlings ignorierte.

Als sich die Hüttentür öffnete, fuhr Jessica wild herum. Sie würde sich mit aller Kraft verteidigen! Zunächst konnte sie kaum etwas erkennen, da das grelle Licht sie blendete. Es waren aber nur zwei Frauen, die das Essen brachten. Sie trugen Palmblätter mit gebratenem Fleisch, Früchten und Wurzeln herein. Dazu Kokosnussschalen mit Wasser und ein gewebtes Säckchen, in dem sich etwas bewegte.

Als Jessica sich der Tür näherte, wurde sie brüsk zurückgewiesen. Zwei junge Krieger standen dort und bewachten den Ausgang. Sie versperrten ihr den Weg, indem sie ihre Speere vor der Tür kreuzten. Dabei lachten sie und redeten in ihrer kehligen Sprache miteinander. Jessica kam sich verspottet vor. Am liebsten hätte sie sich mit den jungen Kerlen angelegt, aber es war ihr klar, dass sie stärker sein würden. Machtlos sah sie zu, wie die beiden Frauen die Hütte wieder verließen. Auch sie schienen schadenfroh zu grinsen, als sie an ihr vorübergingen. Hilflos und wütend schlug sie die Fäuste gegeneinander.

Angewidert beobachtete sie, wie der Alte das Säckchen öffnete und darin herumfingerte. Als er sich schließlich die fetten, sich windenden Maden in den Mund stopfte, musste sie sich vor Ekel beinahe übergeben. Sie rührte nichts von dem Essen an. Ihr Magen war wie zugeschnürt. Sie nahm sich nur eine der Kokosnussschalen mit Wasser und trank daraus. Aber selbst das Wasser schmeckte bitter, und sie war sich nicht sicher, ob es genießbar war.

Olaf wurde es sehr bald langweilig in dem kleinen Krankenhaus. Er hatte ein Bett im Zimmer der beiden Krankenschwestern bekommen. Damit war er recht zufrieden, da die beiden Frauen sehr nett zu ihm waren und sich gut um ihn kümmerten, soweit es ihre Zeit erlaubte. Sein Papa holte ihn jeden Morgen ab und ging mit ihm auf der Insel spazieren. Für Olaf war das immer sehr abenteuerlich. Die Strafgefangenen fand er hoch spannend. Da sie so verwegen aussahen, passten sie genau in das Bild, das er sich von Seeräubern gemacht hatte.

Sie besichtigten auch die Hütten der Männer und die Felder, die sie angelegt hatten. Hansen staunte nicht schlecht, als er sah, was die Strafgefangenen bisher mit einfachsten Mitteln auf die Beine gestellt hatten. Natürlich waren auch die Ziegen und Hühner für Olaf sehr interessant. Aber er glaubte fest, dass es noch viel mehr Tiere auf dieser tollen Insel gab. Und bestimmt auch Menschenfresser! Wahrscheinlich wollte sein Papa ihm die bloß nicht zeigen! Er beschloss, eine günstige Gelegenheit abzuwarten, um sich dann allein auf den Weg zu machen und nach ihnen Ausschau zu halten.

Hansen suchte nach Freiwilligen, die bereit waren, mit ihm zu seinem havarierten Schiff zu fahren, um das an Bord befindliche Material auf die Insel zu schaffen. Seine Mannschaft stand vollzählig hinter ihm. Selbst die Verletzten wollten helfen. Das lehnte er selbstverständlich ab, und auch von den Gesunden fand er nicht alle geeignet. Er wählte einige seiner Leute aus, denen er zutraute, mit der Gefahrensituation zurechtzukommen. Auch Sörensen bot sich an, als er davon hörte. Er hatte sich inzwischen mit Hansen angefreundet und wollte gern helfen. Hinzu kam, dass er Erfahrung auf See hatte. Ohne viele Worte schloss er sich den Seeleuten an, als sie die Motorboote bestiegen und hinaus auf das Meer fuhren.

Hansen und Sörensen befanden sich im ersten Boot, während die anderen Boote ihnen mit je zwei Mann Besatzung folgten. Man würde genug Platz haben, um die wichtigsten Dinge an Land bringen zu können, falls es überhaupt möglich war, in das Schiff zu gelangen.

Marc sprang sofort alarmiert auf, als sich die Tür der Hütte öffnete. Einer der Krieger trat auf ihn zu und blickte ihn böse an.

Dabei hielt er ihm bedrohlich seinen Speer entgegen. Marc hob beide Hände und wich zurück. Das fehlte jetzt noch, dass ihn einer der Kerle hier abstach! Hinter ihm rief das Mädchen mit schriller Stimme ein paar Worte, worauf der Mann den Speer sinken ließ. Misstrauisch wechselte sein Blick zwischen dem Weißen und der jungen Frau. Sie kam näher und sprach leise auf ihn ein. Schließlich nickte er und strich dem Mädchen zärtlich über die Wange. Marc verstand. Es handelte sich offenbar um den Freund des Mädchens! Er atmete auf. Hoffentlich konnte er ihnen helfen!

Zwei ältere Frauen, die Essen brachten, waren inzwischen in die Hütte gekommen. Ohne sich umzublicken, stellten sie die Sachen auf dem Boden ab und verschwanden schnell wieder.

Während die alten Frauen anwesend waren, sprach die junge Frau kein Wort. Erst als sie wieder weg waren, redete sie weiter so leise auf ihren Freund ein, dass die Männer, die einige Meter entfernt hinter ihm standen, sie nicht hören konnten. Der Krieger lächelte schließlich zufrieden, ging hinaus und verschloss die Tür.

Die junge Frau strahlte und bot Marc von dem Essen an, das ihnen gebracht worden war. Marc vermutete, dass das Fleisch von einem der Riesenvögel stammte. Dazu gab es einen säuerlich riechenden grünen Brei und ein paar mehlige Wurzeln. Als sie sah, wie Marc zögerte, aß sie rasch von allem etwas, um ihm zu zeigen, dass er keine Bedenken haben musste. Vorsichtig probierte er schließlich die Speisen und war überrascht, wie gut sie schmeckten.

Gestikulierend fragte er sie, ob das eben ihr Freund gewesen war und ob er ihnen helfen konnte. Sie nickte und plapperte begeistert auf ihn ein. Marc lächelte und hob die Hand. „Langsam, kleines Mädchen, ich kann dich leider nicht verstehen", murmelte er dabei. Mühsam verständigten sie sich auf Zeichensprache. Marc entnahm aus den Gesten, dass der junge Mann wiederkommen und sie befreien wollte. Das würde verdammt gefährlich werden, dachte er. Aber was blieb ihm schon übrig? Er versuchte, ihr begreiflich zu machen, dass auch Jessica aus der Hütte herausgeholt werden musste. Sie verstand sofort und nickte lebhaft. Dabei ergoss sich wieder ein Wortschwall über ihn, dem er nur so viel entnehmen konnte, dass auch daran gedacht worden war. Wie das Ganze vonstattengehen sollte, konnte er sich jedoch überhaupt nicht vorstellen.

Olaf hatte mitbekommen, dass sein Papa wieder auf See war. Was er dort wollte, verstand er zwar nicht so ganz, da ja das große Schiff gesunken war. Er vertraute ihm aber und wusste, dass er ihn nicht hier allein zurücklassen würde.

Als er sich vergewissert hatte, dass niemand ihn beobachtete, schlich er sich aus dem Zimmer der Krankenschwestern hinaus. Er blickte noch einmal über die menschenleeren Flure und verschwand blitzschnell durch die große Eingangstür. Den Weg kannte er. Sein Papa hatte ihn dort immer hinausgeführt.

Draußen kümmerte sich auch keiner um ihn. Die Männer saßen in einiger Entfernung am Lagerfeuer und sahen nicht in seine Richtung. Schnell rannte er zum nächsten Gebüsch, um sich dort zu verstecken. Er vermutete, dass man ihn sofort zurück zu den langweiligen Krankenschwestern bringen würde, wenn ihn jemand entdeckte. Als er sicher war, dass keiner zu ihm herübersah, schlich er langsam weiter.

Nach und nach entfernte er sich immer weiter von dem kleinen Hospital. Schließlich bemerkte er erfreut, dass weit und breit kein Mensch mehr zu sehen war. Endlich war er ganz allein und konnte tun und lassen, was er wollte. Singend schlenderte er einen schmalen Tierpfad entlang und bewunderte die vielen bunten Blumen, die überall wuchsen.

Plötzlich krochen mehrere eigenartige Wesen aus den Büschen hervor und bauten sich vor ihm auf. Erstaunt blieb Olaf stehen. Solche Tiere hatte er noch nie zuvor gesehen. Sie hatten Ähnlichkeit mit Eidechsen, doch sie waren viel größer und gaben keckernde Laute von sich. Scheinbar neugierig und zutraulich kamen sie näher.

„Hallo, wer seid ihr denn?", fragte Olaf sie und hielt ihnen seine kleinen Hände hin.

„Da vorne ist es!" Der Kapitän blickte mit zusammengekniffenen Augen in die Ferne. Tatsächlich konnte man von Weitem die Umrisse des halb gesunkenen Schiffes erkennen.

„Wieso ist es nicht komplett untergegangen?", wunderte sich Sörensen.

„Es war an dieser Stelle irgendetwas unter uns", brummte Hansen. Er wusste es auch nicht genau, aber er konnte sich daran erinnern, dass die Instrumente eine geringe Wassertiefe angezeigt hatten, ehe sie komplett verrücktspielten.

„Eine Sandbank?", hakte Sörensen nach.

„Ja, vielleicht. Oder auch ein Felsen." Hansen zuckte die Schultern. „Man konnte den Instrumenten nicht mehr trauen. Durch den Sturm zeigten sie plötzlich Dinge an, die eigentlich gar nicht sein können."

„Aha." Sörensen wusste nicht so recht, was er davon halten sollte. Langsam kamen sie näher an das Schiff heran. Hansen gab den anderen ein Zeichen, die Boote zu stoppen. Zunächst musste er überlegen, von welcher Stelle aus sie am besten an Bord kamen. Vorsichtig umkreisten sie das große Schiff. Es hing auf der Seite und musste tatsächlich auf Grund liegen, da es sich nicht bewegte und sonst längst versunken wäre.

„Wir gehen rein", beschloss Hansen und winkte einen seiner Offiziere herbei, der im nächsten Boot saß.

„Ich komme mit", Sörensen griff nach einem Seil, das er an der Reling des Schiffes befestigen wollte. Hansen war das gar nicht recht. Er wollte zunächst nur zusammen mit dem Offizier an Bord gehen, um die Lage beurteilen zu können.

„Sie bleiben hier!", befahl er Sörensen, während er bereits begann, sein Schiff zu erklimmen. Sörensen brummte etwas Unverständliches vor sich hin. Hansen war zwar Kapitän, aber er gehörte nicht zu seiner Mannschaft, und somit hatte er ihm überhaupt nichts zu befehlen. Er wartete, bis Hansen im Inneren des Schiffes verschwunden war, und kletterte dann ebenfalls hinauf.

Die anderen Männer blieben in den Booten und riefen ihm etwas zu, was er jedoch glücklicherweise nicht verstand. Ihnen wäre es nicht im Traum eingefallen, gegen die Befehle des Kapitäns zu handeln. Sörensen war in ihren Augen ein Idiot. Wenn er gehört hätte, was sie miteinander sprachen, hätten sie sicherlich später mit ihm mächtigen Ärger bekommen.

Es war schwierig, sich auf dem schräg liegenden Schiff zu bewegen. Hinzu kam, dass Sörensen es nicht kannte. Hansen und der Offizier waren weit und breit nicht zu sehen. Sörensen versuchte, sich zu orientieren, um den Laderaum zu finden. Es lag nicht in seiner Natur, tatenlos herumzustehen und abzuwarten, was geschehen würde. Behutsam tastete er sich Schritt für Schritt vorwärts.

Als es dunkel wurde, versammelten sich die kleinen Menschen am Feuer. Sie aßen, lachten und tanzten, da sie glaubten, nun würde die Vereinigung zwischen den Weißen und ihren eigenen Leuten stattfinden. Niemand machte sich mehr die Mühe, die Hütten zu bewachen. Man war der festen Überzeugung, die Gäste würden nun nicht mehr flüchten wollen.

Marc wartete angespannt im Halbdunkel der Hütte auf den Krieger, der sie befreien sollte. Die Tür lag in Richtung der Feiernden, sodass ein Entkommen von dieser Seite aus nicht möglich war. Plötzlich bewegte sich etwas an der gegenüberliegenden Hüttenwand. Atemlos sah Marc, wie sich ein spitzer Gegenstand durch die geflochtene Wand bohrte und sie langsam zerschnitt. Im nächsten Moment war der Freund der jungen Frau zu sehen. Er schob seinen Kopf durch die Öffnung und bedeutete ihnen, ihm schnell zu folgen. Marc half dem Mädchen, durch das Loch in der Wand zu klettern, und stieg rasch selbst hinterher. Ohne zu zögern, rannte der Krieger geduckt zur Rückseite der Hütte, in der man Jessica gefangen hielt.

Jessica presste beide Fäuste auf den Mund, um nicht aufzuschreien, als sie die Hand sah, die sich durch die Hüttenwand tastete und sie offenbar herbeiwinkte. Schnell blickte sie sich nach einem Gegenstand um, mit dem sie sich zur Wehr setzen konnte, doch sie fand nichts. Zitternd stand sie da, unfähig einen klaren Gedanken zu fassen.

„Jessica!", hörte sie plötzlich leise eine vertraute Stimme. Vor Erleichterung wäre sie fast ohnmächtig geworden. Gott sei Dank! Es war Marc!

„Schläft der alte Mann?" Marc versuchte, in der Dämmerung etwas zu erkennen.

„Ja!", flüsterte sie.

„Los, wir müssen weg von hier!" Er reichte ihr die Hand und half ihr, durch die Öffnung zu klettern.

Olaf lachte, als er sah, dass die eigenartigen Tiere aufrecht wie Menschen gingen. Das hatte er bei den Eidechsen, die er kannte, noch nie gesehen. Auch die seltsamen Laute, die sie von sich gaben, fand er lustig. Er versuchte, sie nachzuahmen, was ihm recht gut gelang. Erstaunt stellte er fest, dass die Tiere darauf reagierten. Sie kamen noch näher, antworteten ihm und schienen Kontakt aufnehmen zu wollen. Olaf freute sich, als es immer mehr wurden. Sie versammelten sich um ihn herum und starrten ihn aufmerksam an.

Wie auf ein geheimes Kommando stürzten plötzlich alle Echsen auf ihn zu und verbissen sich in seiner Kleidung. Olaf schrie überrascht auf, als er durch den Aufprall der Tiere zu Boden fiel. Im nächsten Moment fühlte er sich durch den Sand geschleift. Die Echsen knurrten und fauchten, während sie ihn in das dichte Gestrüpp zerrten.

Kapitän Hansen und der Offizier waren in einen der Ladebunker geklettert und begutachteten die Waren, die dort lagerten. Die Kisten waren durch die Schräglage des Schiffes auf eine Seite gerutscht, und viele davon waren dabei zu Bruch gegangen. Das war nicht außergewöhnlich, aber merkwürdigerweise sahen einige so aus, als hätte sich jemand daran zu schaffen gemacht. Sie waren völlig zerfetzt, der Inhalt war herausgerissen, zerpflückt und über den Boden verteilt worden.

„Sehen Sie sich das einmal an!", sagte Hansen nachdenklich. „Es muss jemand hier gewesen sein. Diese Schäden können nicht durch die Schräglage verursacht worden sein!"

Der Offizier betrachtete die zerfetzten Sachen. „Eigenartig. Das kann nur jemand gewesen sein, der unseren Notruf empfangen hat."

„Wer hätte etwas davon? Man kann die Dinge ja nicht mehr gebrauchen. Es sieht eher so aus, als hätten sich irgendwelche Tiere darüber hergemacht."

„Tiere? Welche denn? Wir haben keine Ratten an Bord!" Der Offizier fühlte sich angegriffen.

„An Ratten dachte ich nicht gerade, aber vielleicht ..." Der Kapitän unterbrach sich und lauschte. „Hören Sie das auch?"

Aus einer Ecke des Raumes ertönten Klopfgeräusche und ein Knirschen. Es hörte sich so an, als ob etwas zerbrach. Plötzlich vernahmen sie jämmerlich wimmernde Laute. Entsetzt starrten sie sich an.

„Was ist das?" Hansen sprang auf und näherte sich vorsichtig der Geräuschquelle.

„Das gibt es nicht!" Der Offizier schnappte nach Luft.

Fassungslos standen sie vor einem großen Gelege mit riesigen Eiern, aus denen sich echsenartige Köpfe ins Freie kämpften.

„Was sind das für Viecher? Wie junge Möwen sehen sie ja nun nicht gerade aus", meinte Hansen.

„Die sehen so ähnlich aus wie Krokodile, wenn sie schlüpfen", überlegte der Offizier.

Hansen blickte sich um. Ein Teil des Schiffes war so zerstört, dass tatsächlich wilde Tiere eindringen konnten. Ein Krokodil aber wohl eher nicht, selbst wenn es hier welche gab, woran er jedoch nicht glaubte.

„Wir werden es genau wissen, wenn die Eltern zurückkommen", meinte er sarkastisch. „Vielleicht sollten wir uns jetzt lieber etwas beeilen!"

Olaf hatte eigentlich keine Angst, da er mit Tieren noch nie etwas Schlimmes erlebt hatte. Er konnte sich überhaupt nicht vorstellen, dass es diese Wesen vielleicht nicht gut mit ihm meinten. Als sie schließlich von ihm abließen, fand er sich unter einem dichten Busch wieder. Die Echsen hatten ihn umkreist und beobachteten ihn lauernd. Er sah sich um und entdeckte ein riesiges Nest mit unzähligen Eiern neben sich. Sie sahen genauso aus wie die Hühnereier, die seine Mama immer beim Bauern kaufte. Sie waren nur ein bisschen größer. Und sie bewegten sich leicht.

Diese Tiere waren sehr intelligent. Sie beschafften sich vorausschauend Beute, um die in Kürze schlüpfenden, immer hungrigen Jungtiere versorgen zu können.

Mit großen Augen betrachtete Olaf das Gelege. Eier, die sich bewegten, hatte er noch nie gesehen. Als er sie anfassen wollte, wurden die Tiere sehr böse. Sie zeigten ihm ihre spitzen Zähne und machten ihm klar, dass sie das nicht wollten.

Im Krankenhaus war man in heller Aufregung, als man feststellte, dass der kleine Junge verschwunden war. Zunächst hatte es niemand bemerkt, da alle mit irgendetwas beschäftigt waren und sich niemand um den Kleinen gekümmert hatte.

Marion schlug schließlich Alarm, als sie Olaf weder in ihrem Zimmer noch sonst irgendwo in der Klinik finden konnte. Dr. Berg wurde sehr ernst. Es war nicht auszudenken, wenn dem Kind etwas passierte! Er schickte die beiden Krankenpfleger hinaus, um Olaf zu suchen. Er selbst begab sich zu den Strafgefangenen und fragte jeden, ob er das Kind gesehen hätte. Er hoffte, sie würden ehrlich zu ihm sein und dass keiner unter ihnen war, der sich an einem kleinen Jungen vergreifen würde. Er traute es den Männern nicht zu, aber sicher konnte er sich nie sein …

Als Sörensen den Kapitän und den Offizier nirgends entdecken konnte, begann er, die Materialkisten nach oben zu schleppen. Mit Seilen ließ er sie hinunter in die wartenden Boote.

„Kommt vielleicht mal einer von euch auf die Idee, mir zu helfen?", rief er den Männern in den Booten zu, nachdem er zum dritten Mal in den Laderaum gestiegen war und weitere Kisten heraufgehievt hatte.

„Wir haben den Befehl, zu warten", sagte einer der Schiffsbesatzung und zuckte die Schultern. „Hast du den Kapitän irgendwo gesehen?"

„Frag nicht so blöd! Natürlich nicht. Oder würde ich sonst hier allein stehen?" Sörensen wurde langsam sauer. Er war zwar mitgekommen, um zu helfen, aber er konnte es nicht fassen, dass er nun der Einzige war, der sich mit dem Kistenschleppen abmühte.

„Vielleicht ist ihm etwas passiert?", überlegte ein anderer.

„Dann kommt rauf und schaut nach!" Kopfschüttelnd stapfte Sörensen ein weiteres Mal hinunter in den Ladebunker. Diesmal kamen ihm tatsächlich die beiden vermissten Männer entgegen. Sie sahen irgendwie grün im Gesicht aus, fand er.

„Ist was passiert?", fragte er ohne Umschweife.

„Noch nicht. Aber wir müssen dringend hier weg!", antwortete Hansen und sah sich besorgt um.

„Warum? Kommt wieder ein Sturm auf?", fragte Sörensen verständnislos. „Die paar Minuten haben wir bestimmt noch, um die Kisten einzuladen. Wenn Ihre Männer helfen würden, ginge es auch schneller!" Geringschätzig blickte er auf die Seeleute in den Rettungsbooten herab.

„Ich erkläre es Ihnen später", sagte Hansen knapp. „Lassen Sie alles stehen, und begeben Sie sich sofort in eines der Boote!"

„Ich denke gar nicht daran! Erst wird alles eingeladen, was in die Boote passt!", widersprach Sörensen. Kopfschüttelnd musterte er den Kapitän. Vielleicht hat ihn sein zerstörtes Schiff so mitgenommen, dachte er bei sich.

„Nein! Wir haben keine Zeit mehr", versuchte es Hansen noch einmal, doch es war bereits zu spät. Das Rauschen der Wellen wurde durch ein unheilvolles Flattern übertönt. Alle blickten erstaunt zum Himmel und mussten mit ansehen, wie zwei riesige Vögel auf das Schiff zuschossen und direkt zum Angriff übergingen. Ohne zu zögern, sprang Sörensen mit einem Hechtsprung ins Wasser, während der Offizier wie angewurzelt an Deck stehen blieb und den unheimlichen Tieren fassungslos entgegensah. Hansen rief ihm etwas zu, doch es gab für den Mann keine Rettung mehr. Beide Vögel stürzten sich aus vollem Flug auf ihn herab und schlugen ihre scharfen Krallen in seinen Körper. Seine Schreie waren markerschütternd. Er wurde bei lebendigem Leibe zerrissen.

„Schnell, kommen Sie!", brüllte Sörensen, als Hansen zögerte, sein Schiff zu verlassen. „Sie können ihm nicht mehr helfen, verdammt noch mal!"

Hansen war vor Entsetzen wie erstarrt. Er konnte nicht glauben, was sich da gerade Furchtbares vor seinen Augen abspielte. Erst als diese grauenvollen Kreaturen den Leichnam des Offiziers in den Ladebunker zerrten, um dort mit ihm ihre Brut zu füttern, kam er langsam zu sich. Endlich sprang auch er ins Meer und wurde sofort von seinen Leuten in eines der wartenden Rettungsboote gezogen. Gleichzeitig starteten die Männer die Motoren, und im nächsten Moment jagten die Boote davon.

„Was wollt ihr denn nur von mir?", fragte eine helle Kinderstimme.

Marc hielt Jessica zurück und blieb stehen. „Hast du das auch gehört?"

„Ja. Da scheint irgendwo ein Kind zu sein!"

„Hier? Unmöglich! Wo soll es denn herkommen?"

„Wolltet ihr mir euer Nest zeigen? Das ist aber nett von euch", ertönte wieder die Kinderstimme.

„Dort! Das Kind muss in diesem Gebüsch sein", meinte Marc und zeigte auf eine dicht bewachsene Stelle. Energisch stapfte er auf den Busch zu, dicht gefolgt von Jessica. Die beiden Eingeborenen blieben zurück. Der junge Krieger und das Mädchen begleiteten sie und hofften, im Lager der Weißen unterschlüpfen zu können. Zu ihrem Stamm konnten sie nun nicht mehr zurück.

Olaf versuchte gerade, eines der Tiere zu streicheln, was dieses als Angriff betrachtete und böse fauchte, als plötzlich die Zweige zur Seite geschoben wurden und helles Sonnenlicht hereinstrahlte. Geblendet schloss er die Augen.

„Marc, sieh doch! Das ist eine unbekannte Spezies!", rief Jessica hellauf begeistert, als sie die Echsen sah.

„Mal sehen." Marc war sich nicht sicher. Zunächst musste aber das Kind in Sicherheit gebracht werden. „Hallo, kleiner Mann", sagte er leise. „Kommst du mit uns? Wir gehen zum Krankenhaus." Marc war sehr vorsichtig. Er sah das Gelege und vermutete, dass die Tiere das Kind ins Gebüsch gezerrt hatten.

Er reichte dem Jungen die Hand, doch die Echsen wurden sofort aggressiv. Sie knurrten, zeigten ihre spitzen Zähnchen und machten Anstalten, ihn anzuspringen.

„Pass auf, Marc!", schrie Jessica erschrocken. Marc wich zurück. Er wollte unter keinen Umständen riskieren, dass dem Kind etwas geschah, aber irgendwie musste er es von den Echsen wegbekommen. Plötzlich fühlte er sich am Arm gepackt. Er dachte zunächst, es sei Jessica, doch im nächsten Moment erkannte er den jungen Krieger. Er bedeutete ihm, zurückzubleiben und sich ruhig zu verhalten. Dann kroch der Mann unter den dichten Busch. Merkwürdigerweise gaben die Echsen keinen Mucks mehr von sich. Kurz darauf erschien er mit dem Jungen wieder. Wie er es fertiggebracht hatte, den Echsen das Kind wegzunehmen, blieb sein Geheimnis, aber offenbar sah er diese Wesen nicht zum ersten Mal.

„Bist du ein Menschenfresser?", fragte Olaf den wild aussehenden Mann treuherzig. Staunend betrachtete er ihn.

Der Krieger sah Marc fragend an, doch dieser hatte gerade nicht das Bedürfnis, ihm zu übersetzen, was das Kind gefragt hatte. Er schaute sich den Kleinen genauer an. Seine Kleidung war zwar völlig zerfetzt, aber er schien unverletzt zu sein. Nicht der kleinste Kratzer war an seinem Körper zu sehen.

„Bist du in Ordnung?", fragte er ihn dennoch.

„Ja, klar!" Olaf lachte. „Ist er ein Menschenfresser?", fügte er flüsternd mit großen Augen hinzu.

„Nein, nein. Du brauchst keine Angst zu haben. Das sind Bewohner der Insel, und sie begleiten uns zum Camp", beschwichtigte Marc, obwohl er sich gar nicht so sicher war, ob der Kleine nicht doch recht hatte. Aber Olaf hatte keine Angst. Er fand es einfach nur hoch spannend, echten Menschenfressern zu begegnen. Er hatte sich schließlich in den schillerndsten Farben ausgemalt, was er auf dieser geheimnisvollen Insel alles entdecken würde …

Dr. Berg war erschüttert, als man das Kind auch nach Stunden noch nicht gefunden hatte. Die Strafgefangenen waren ausgeschwärmt und hatten die halbe Insel durchsucht. Weit konnte der Junge eigentlich nicht gekommen sein, dachten sie. Trotzdem hatten sie keine Spur von ihm entdeckt.

Berg wusste noch nicht, wie er es dem Kapitän beibringen sollte. Die Boote waren bereits in Sicht. Berg ging Hansen entgegen, doch auf den ersten Blick bemerkte er, dass etwas nicht stimmte. Die Männer wirkten bedrückt, und es befanden sich nur ein paar wenige Materialkisten in den Booten.

Sörensen erreichte als Erster den Sandstrand und sprang an Land. Er nahm Berg beiseite. „Die Mistviecher sind auf dem Schiff", sagte er leise, bevor Berg mit dem Kapitän sprechen konnte. „Sie haben einen der Offiziere an ihre Jungen verfüttert." Er konnte nicht weitersprechen, weil er das furchtbare Bild wieder vor Augen hatte. Er schüttelte nur den Kopf, legte Berg kurz die Hand auf die Schulter und stapfte davon.

„Um Himmels willen!" Berg fühlte sich von einer Welle des Grauens überrollt. Wieder ein Toter! Und noch immer wusste niemand, was mit Hansens kleinem Sohn passiert war!

Schweigend brachten die Seeleute das Material an Land. Der Kapitän wies sie an, zunächst alles zum Hospital zu bringen. Als er Dr. Berg auf sich zukommen sah, war er nicht in der Lage, ihm zu berichten, was geschehen war. „Jetzt nicht", sagte er knapp.

„Ich muss Ihnen aber etwas Wichtiges sagen. Es geht um Ihren Sohn."

„Hat er etwas angestellt?", fragte Hansen müde.

„Wenn es nur das wäre! Er ist verschwunden, und die Männer suchen seit Stunden nach ihm."

„Oh mein Gott!" Hansen verbarg sein Gesicht in den Händen. „Meine Männer und ich beteiligen uns sofort an der Suche. Hoffentlich haben ihn nicht diese Kreaturen ..." Er brach ab. Er konnte einfach nicht mehr. Sein Gesicht war ganz grau geworden vor Kummer. Gebeugt, als müsse er eine Zentnerlast auf den Schultern tragen, stapfte er mühsam hinter Berg durch den Sand.

„Papi!", schrie plötzlich eine freudige Kinderstimme. In vollem Lauf rannte Olaf über den Strand und fiel seinem Papa um den Hals. Hansen fing ihn auf und drückte ihn an sich. Tränen strömten über seine Wangen, als er sein Kind gesund wiedersah.

„Weinst du?" Aufmerksam betrachtete der kleine Junge sein Gesicht.

„Ach, nein. Mir ist nur etwas ins Auge geflogen", behauptete Hansen und zwinkerte Berg zu, der erleichtert neben ihnen stand und die glückliche Szene beobachtete.

„Wie kommst du denn jetzt hierher, und wo warst du die ganze Zeit?", fragte Dr. Berg den Kleinen.

Olaf holte tief Luft. „Also, das war so", begann er, und dann erzählte er von wilden Tieren, die ihn in ihr Nest gezerrt hatten, und von Menschenfressern, die ihn gerettet und schließlich hierher zurückgebracht hatten. Er schmückte das alles sehr spannend aus, und Hansen warf Berg einen amüsierten Blick zu.

„Hauptsache, du bist wieder da, und dir ist nichts passiert", meinte er. „Geht es dir wirklich gut? Deine Kleidung ist ja ganz kaputt."

„Das waren die wilden Tiere. Die hatten ganz spitze Zähne und haben mich festgehalten und über den Boden geschleift."

„Aha. Und dann kam ein Menschenfresser und hat dich gerettet?"

„Ja, natürlich. Da drüben ist er!" Olaf zeigte in Richtung des Hospitals. Ein Stück entfernt waren Marc, Jessica und die beiden Einheimischen stehen geblieben. Sie sahen zu ihnen herüber und freuten sich, dass alles gut ausgegangen war. Von dem Toten auf dem Schiff konnten sie selbstverständlich noch nichts wissen.

Dr. Berg war fassungslos, als ihm Jessica und Marc berichteten, was sie erlebt hatten. „Sie sehen mich völlig ratlos", sagte er. „Die Einheimischen haben sich uns gegenüber bisher völlig korrekt verhalten. Nichts deutete auf irgendwelche Feindseligkeiten hin."

„Na ja, sie waren nicht direkt feindselig", meinte Jessica. „Sie haben wohl einfach eine andere Lebensweise als wir. Sie dachten, sie tun etwas Gutes, indem sie versuchen, die Völker zu vermischen."

„Es ist nicht zu entschuldigen, dass hier irgendjemandem Zwang angetan wurde!" Berg kam nun richtig in Fahrt. „Diese Menschen brauchen sich bei uns nicht mehr blicken zu lassen!"

„Das werden sie aber tun. Es ist davon auszugehen, dass sie den jungen Mann und das Mädchen bestrafen wollen, weil sie sich nicht den Anordnungen ihres Häuptlings gefügt haben." Jessica versuchte, die einheimischen Menschen zu verstehen, auch wenn sie selbst eines der Opfer war.

„Wir müssen die beiden in Sicherheit bringen. Aber wie? Im Krankenhaus haben wir eigentlich keinen Platz. Vielleicht könnten sie eine Weile auf einem Lager in einem der Gänge schlafen, aber auf Dauer ist das natürlich keine Lösung", überlegte Dr. Berg.

Ehrfurchtsvoll bestaunten die beiden Inselbewohner das weiß getünchte Gebäude. Noch nie in ihrem Leben hatten sie einen festen Bau betreten. Sie wagten kaum, sich darin zu bewegen, und fühlten sich sichtlich unwohl. Gestikulierend erklärten sie, dass sie hier nicht bleiben wollten.

„Wir werden sie im Camp beschützen", schlug der Kapitän vor. „Schließlich haben sie meinem Sohn das Leben gerettet."

„Nein, das geht nicht. Ich will hier keinen Krieg zwischen den Inselbewohnern und den Strafgefangenen und Seeleuten! Die Männer des Stammes besitzen Blasrohre und Giftpfeile. Ich möchte mir das gar nicht ausmalen!" Energisch schüttelte Berg den Kopf. „Es muss eine andere Lösung geben!"

Schließlich einigte man sich darauf, die junge Frau und ihren Freund zunächst auf der Rückseite des Krankenhauses unterzubringen. Dort gab es eine überdachte Terrasse zum Meer hin. Sie war zur Erholung des Personals gedacht, und niemand anderes hatte Zutritt oder konnte dorthin gelangen. So waren die beiden vor dem täglich herunterprasselnden Regen geschützt und wurden von niemandem gesehen. Max richtete ihnen ein Lager aus Matten und Decken her, was die einheimischen jungen Leute freudig akzeptierten.

Es stellte sich heraus, dass sich in den Kisten, die Sörensen vom Schiff geholt hatte, hauptsächlich Medikamente und Verbandsmaterial befanden. Dr. Berg war damit sehr zufrieden. Alles andere war nicht so wichtig, fand er. Lebensmittel hätten sie zwar auch gebraucht, aber die Strafgefangenen und die Seemänner hatten sich sofort bereit erklärt, das Hospital mit allem Vorhandenen mitzuversorgen. So brachten sie täglich frisch gefangenen Fisch, Bananen, Kokosnüsse, Eier und noch einiges mehr in das kleine Krankenhaus. Die angelegten Felder würden wohl auch bald erntereif sein, sodass man sich um die Nahrungsmittelversorgung nicht allzu viele Gedanken machen musste.

Die Seeleute beteiligten sich ohne viele Worte an der Arbeit, die auf der Insel anfiel. Sie waren froh, etwas zu tun zu haben. Da niemand wusste, wie lange man hier bleiben würde, begannen sie mit dem Bau weiterer Hütten. Das Lager weitete sich langsam immer mehr aus.

Man brauchte nicht lange zu warten. Still und leise wurde das Camp von den Männern des Stammes umstellt.

„Ich habe gerade das unangenehme Gefühl, beobachtet zu werden", behauptete Harry Bender plötzlich, als alle um die Lagerfeuer herumsaßen und gegrillten Fisch aßen.

„Mir kommt es auch so vor, aber ich dachte schon, ich bilde mir das nur ein", gab ihm Manfred Rupp recht.

„Das sind garantiert die Wilden! Die suchen mit Sicherheit die zwei, die ihnen abhandengekommen sind", sagte Sörensen und runzelte die Stirn. „Die sollen uns bloß in Ruhe lassen. Ich will damit nichts zu tun haben!"

Die anderen nickten und aßen weiter. Dennoch war die Anspannung fast greifbar zu spüren. Alle rechneten mit einem Angriff der einheimischen Männer.

„Können wir uns irgendwie wehren, wenn die uns jetzt wirklich überfallen?", fragte der Schiffskoch unbehaglich.

„Na ja. Mal sehen. Eigentlich wollen sie ja nichts von uns. Sie suchen nach ihren Leuten", meinte Bender.

„Sie machen aber uns womöglich dafür verantwortlich. Die denken wahrscheinlich, dass wir die beiden hier verstecken", gab Rupp zu bedenken.

„Damit haben sie ja auch nicht so ganz unrecht", entfuhr es Hansen, der wusste, dass sich der Krieger und das Mädchen auf der Rückseite des Hospitals verbargen. Die anderen hatten davon keine Ahnung.

„Wieso? Die sind nicht hier. Wie kommen Sie darauf?" Sörensen wurde hellhörig. Wenn es stimmte, befanden sie sich in großer Gefahr.

„Sie denken vermutlich, dass die beiden hier sind, weil sie die Forscher und meinen Sohn zurückgebracht haben", versuchte Hansen sich herauszureden. Erst jetzt wurde ihm klar, dass kaum jemand wusste, was im Lager der Einheimischen vorgefallen war.

Ein gefiederter Pfeil surrte durch die Luft und blieb wippend in der Rinde eines Baumstammes dicht neben Sörensens Kopf stecken. Sörensen duckte sich erschrocken. „Achtung, es geht los! Alle sofort in Deckung!", brüllte er.

Der Platz leerte sich in Windeseile. Die Männer suchten Schutz in den Hütten, hinter dicken Baumstämmen oder in dichtem Gestrüpp.

Im nächsten Moment trat der kleine Häuptling in die Mitte des Lagers. Er verschränkte die Arme vor der Brust und begann gestikulierend in seiner kehligen Sprache herumzuschreien. Alle sollten verstehen, was er wollte. Und alle hatten ihm Folge zu leisten. Schließlich war er das Oberhaupt der Insel. Die Weißen waren nur zu Gast hier. Sie hatten kein Recht, in die Traditionen seines Stammes einzugreifen oder seine Befehle infrage zu stellen!

Bender, den der Häuptling recht gut kannte, trat schließlich hinter einem der Bäume hervor. Er musste versuchen, mit dem Mann zu verhandeln. Man konnte nicht warten, bis die Wilden ihre Giftpfeile abschossen, dachte er. Er wusste aber auch, dass er sich zur Zielscheibe machte, falls die Situation eskalieren sollte.

Die Verständigung war mühsam. Der Häuptling behauptete, dass sich zwei Angehörige seines Stammes im Lager befanden. Bender gab ihm zu verstehen, dass die beiden nicht hier waren. Dabei zeigte er auf den Boden und die Umgebung und schüttelte den Kopf.

Der Häuptling bezweifelte das. Er wollte unbedingt jede Hütte durchsuchen. Bender gestattete es ihm und seinen Männern, da er wusste, dass sie niemanden finden würden. Tatsächlich wuselten die kleinen Menschen sofort in alle Hütten und suchten nach den Abtrünnigen. Gespannt warteten die Strafgefangenen und die Seeleute, wie sie reagieren würden, wenn sie sie nicht fanden.

Schließlich versammelten sich alle Eingeborenen auf dem Lagerplatz. Es war offensichtlich, dass sie das Camp nicht erfolglos verlassen würden. Der Häuptling zeigte auf das Krankenhaus und gestikulierte, dass sie auch dort nachschauen wollten. Bender lehnte das rigoros ab. „Dort dürfen nur kranke Menschen hinein", gab er ihm zu verstehen. Als die kleinen Männer noch immer keine Anstalten machten, das Lager endlich wieder zu verlassen, lud er sie notgedrungen zum Essen ein. Sofort ließen sich die kleinen Inselbewohner rund um die Feuer nieder und warteten darauf, dass man sie bewirtete.

„Idiot!", zischte einer der Seemänner böse und tippte sich an die Stirn. „Die kriegen wir doch nie wieder los!"

„Was bleibt uns denn anderes übrig? Wenn wir friedlich aus dieser Sache herauskommen wollen, ist das die einzige Lösung. Sie töten niemals ihre Gastgeber!", war Bender überzeugt.

Der Abend verlief sehr angespannt. Man brachte den Männern des Stammes gebratenen Fisch und frische Früchte und erduldete ihre Anwesenheit. Keiner fühlte sich wirklich wohl in seiner Haut. Alle hofften, dass die kleinen Menschen bald verschwinden würden. Man hatte auch ohne sie Probleme genug! Die Besatzung des Schiffes geriet immer öfter mit den Strafgefangenen aneinander. Die Seemänner hielten sich für etwas Besseres, während die Männer, die man auf die Insel verbannt hatte, ihren Heimvorteil genossen. Sie waren zuerst hier gewesen, und die anderen hatten sich zu fügen. Taten sie das nicht, musste man es ihnen eben beibringen. Notfalls mit Gewalt.

Bisher war es zwar noch nicht zu nennenswerten Handgreiflichkeiten gekommen, aber es war nur eine Frage der Zeit. Man konnte förmlich spüren, wie sich die Aggressionen auf beiden Seiten hochschaukelten.

Jessica und Marc hielten sich im Krankenhaus versteckt. Solange die Eingeborenen im Lager waren, wagten sie sich nicht hinaus. Sie befürchteten, dass der Häuptling auch an ihnen Rache nehmen würde.

Das junge Mädchen und ihr Freund blieben unbehelligt auf der Meerseite des Hospitals. Sie ahnten, dass die Männer ihres Stammes bereits im Lager waren, obwohl es ihnen niemand gesagt hatte. Sie waren es nicht gewohnt, eingeengt zu leben, und am liebsten wären sie geflüchtet. Aber wohin sollten sie gehen? Auf dieser Insel waren sie nirgends mehr sicher. Die ganze Nacht beratschlagten sie, was sie tun konnten.

Am nächsten Morgen waren die beiden verschwunden. Katharina, die ihnen das Frühstück bringen wollte, fand das Deckenlager leer vor. Zum Meer hin gab es nicht viele Ausweichmöglichkeiten. Wenn sie zum Baden ins Wasser gegangen wären, hätte man sie sehen müssen.

Katharina alarmierte Dr. Berg. Er stürzte sofort herbei. Als er sich umsah, fiel ihm auf, dass eines der Rettungsboote fehlte. „Wo wollen die denn hin?", fragte er ratlos. „Sie kommen doch nicht weit!"

Kapitän Hansen kam kurz darauf hinzu und meinte, in dem Boot hätten wahrscheinlich noch einige Notvorräte und Werkzeuge gelegen, da man mit ihm zuvor zu dem gesunkenen Versorgungsschiff gefahren war.

„Aber sie können doch sicher nicht mit einem Bootsmotor umgehen?", zweifelte Berg.

„Wahrscheinlich nicht. Aber in manchen Booten lagen auch ganz normale Paddel. Man muss auch damit rechnen, dass ein Motor mal nicht funktioniert", sagte Hansen schulterzuckend. „Vielleicht sind sie einfach nur zu einem anderen Teil der Insel gerudert, damit man sie hier nicht findet."

Auch die Krieger waren am nächsten Morgen verschwunden. Niemand hatte mitbekommen, wann sie das Lager verlassen hatten. Irgendwann waren alle eingeschlafen, und die kleinen Männer hatten sich leise davongestohlen.

„Als ob sie geahnt hätten, dass die beiden sich auf den Weg gemacht haben", sagte Berg leise zu Hansen, als er davon erfuhr.

„Wenn sie sie finden, wird das sicher nicht gut ausgehen ...", mutmaßte Hansen.

„Wir können es nicht ändern. Vielleicht haben wir schon viel zu sehr in ihr Leben eingegriffen. Schließlich gehören wir nicht hierher. Es ist ihre Insel!", sagte Berg resignierend.

Die anderen waren recht froh, dass die Wilden endlich das Lager verlassen hatten. Besonders die Seeleute hatten sich von den kleinen Männern bedroht gefühlt und nicht so recht gewusst, wie sie mit ihnen umgehen sollten.

Nachdem sie nachts diskutiert hatten, wie es denn nun weitergehen sollte, waren die junge Frau und ihr Freund auf den Gedanken gekommen, eines der Boote zu stehlen, um damit zu einer anderen Insel zu fahren. Sie hatten keinerlei Vorstellung davon, wie weit die nächste Insel entfernt war. Sie dachten einfach, es müsste in der Nähe weitere Inseln geben, wo sie sich niederlassen und in Frieden leben konnten. Selbstverständlich wussten sie auch nicht, in welche Richtung sie rudern sollten. Als sie sich viele Stunden später schließlich mitten auf dem Meer befanden und weit und breit kein Land mehr zu sehen war, dämmerte es ihnen, dass sie womöglich einen Fehler begangen hatten. Die Mittagssonne brannte heiß auf sie herab, und es gab keine Möglichkeit, ihr zu entfliehen. Zum Glück befanden sich etwas Trinkwasser und ein paar Lebensmittel an Bord des kleinen Rettungsbootes. Sie hatten gar nicht daran gedacht, etwas mitzunehmen, weil sie geglaubt hatten, innerhalb kurzer Zeit eine andere Insel zu erreichen.

Als sie ermattet am Boden des Bootes lagen und kaum noch Kraft besaßen, hob die junge Frau den Kopf und blickte über den Bootsrand. Sie glaubte im ersten Moment, sie würde es sich nur einbilden, weil sie so furchtbar müde und erschöpft war, doch das Bild, das sie sah, veränderte sich nicht. Ein riesiges Schiff lag dort auf der Seite. Schnell weckte sie ihren Freund, und auch er betrachtete fassungslos das große, halb gesunkene Schiff. So etwas hatten sie noch nie gesehen. Sie brachten die Seemänner nicht mit dem Schiff in Verbindung, weil sie nicht mitbekommen hatten, dass die Insel regelmäßig beliefert worden war.

Sie ließen das Rettungsboot an das Schiff herantreiben und banden es mit einem Seil fest. Behände kletterten sie empor und sahen sich staunend um. Sie waren in einer völlig unbekannten Welt gelandet! Vorsichtig tasteten sie sich auf dem schräg liegenden Deck entlang und erreichten schließlich eine Treppe, die in den Ladebunker führte. Sie stiegen hinab und fanden dort alles, was sie zum Überleben dringend brauchten. Frischwasser und Lebensmittelvorräte waren in Hülle und Fülle vorhanden. Sie kannten diese Art Nahrung nicht, aber sie waren froh, etwas zu haben. Vor Freude fielen sie sich in die Arme. Nun konnten sie das kleine Boot damit beladen und waren für eine Weile gut ausgerüstet. Falls sie keine andere Insel finden würden, hatten sie immer noch die Möglichkeit, zurückzukehren und sich vor den Männern des Stammes zu verbergen. Die Weißen würden ihnen bestimmt dabei helfen, dachten sie.

Als sie gerade dabei waren, den Inhalt der verschiedenen Kisten zu begutachten, hörten sie plötzlich seltsame Schreie. Beide verharrten und sahen sich erschrocken an. Die Laute kamen ihnen merkwürdig bekannt vor, aber sie konnten sie zunächst nicht zuordnen. Sie hörten sich so an, als würden Jungvögel im Nest nach Futter betteln, sobald sich die Eltern näherten. Und doch waren die Töne anders. Lauter, schriller und irgendwie bedrohlich.

Die beiden folgten den seltsamen Lauten und fanden kurz darauf das Nest, in dem sich sehr eigenartige Kreaturen befanden. Die echsenartigen Köpfe fuhren sofort herum, als die Tiere sie bemerkten. Das Geschrei wurde immer intensiver, und in den geöffneten Mäulern blitzten kleine, scharfe Zähnchen.

Der Krieger wollte das Mädchen gerade von den merkwürdigen Wesen wegziehen, als plötzlich ein Schatten über sie fiel. Ein riesiges Tier flatterte durch den zerstörten Teil des Schiffes herein und stürzte sich auf sie. Es hatte die Alarmschreie der Jungen gehört!

Die jungen Leute flüchteten in eine Ecke des Lagerraums, doch das Wesen folgte ihnen. Nun waren sie gefangen. Es gab kein Entrinnen. Sie versuchten zwar, sich zur Wehr zu setzen, doch die Kreatur ließ sich nicht beirren. Gnadenlos hackte sie mit ihrem messerscharfen Schnabel auf die kleinen Menschen ein, die hinter den Materialkisten Schutz suchten.

Im nächsten Moment verdunkelte sich ein weiteres Mal die Sonne. Sie wussten sofort, was das zu bedeuten hatte, und schlossen mit ihrem Leben ab. Ein zweites Tier war in den Ladebunker gekommen. Sie hatten keine Chance. Die riesigen Elterntiere beschützten ihre Jungen. Außerdem brauchten sie dringend Nahrung für sie ...

Birgit Hansen fand sich nicht damit ab, dass das Schiff ihres Mannes plötzlich verschollen sein sollte. Auch ihr kleiner Sohn war noch immer nicht gefunden worden, und sie spürte instinktiv, dass er bei seinem Vater war und beide noch lebten.

Sie hatte Himmel und Hölle in Bewegung gesetzt, doch offenbar war niemand bereit, ihr zu helfen. Überall hieß es, man würde weiterhin nach dem Jungen suchen und sie müsse Geduld haben. Angeblich forschte man auch noch immer nach dem verschwundenen Schiff, aber das glaubte sie den Behörden schon gar nicht mehr. Man hatte ihr bereits so viel erzählt. Sie konnte nicht ahnen, wie recht sie hatte. Die Suche nach dem vermissten Schiff war längst eingestellt worden. Keiner wusste, wo es gesunken war, und nachdem man das Gebiet abgeflogen und nichts entdeckt hatte, hatte man einfach aufgegeben. Es war nur so, dass niemand zu dicht an die geheime Insel herankommen sollte und man deshalb die Koordinaten geändert hatte. Somit war es völlig unmöglich, das havarierte Schiff ausfindig zu machen. Das war aber nicht sehr problematisch. Den Verlust des Schiffes würde die Versicherung ersetzen, und was mit den Menschen passiert war, interessierte sowieso niemanden.

Als das Telefon klingelte, hatte sie sofort wieder Hoffnung, etwas über den Verbleib ihres Mannes zu erfahren.

„Ja? Birgit Hansen", meldete sie sich.

„Björn Peters", sagte der Anrufer und schwieg einen Moment. Birgit kam der Name bekannt vor. Irgendwo hatte sie ihn schon einmal gehört.

„Wie kann ich Ihnen helfen?", fragte sie.

„Ich rufe eigentlich an, um Ihnen zu helfen. Ich habe gehört, das Schiff Ihres Mannes sei angeblich gesunken."

„Ich weiß es nicht. Man sagte mir, es sei vermisst. Aber wie können Sie mir helfen?"

„Ich bin mehrmals mit zu dieser Insel gefahren, doch diesmal hatte ich Urlaub." Der Mann schwieg wieder.

„Wissen Sie, wo sich die Insel befindet?"

„Ja. Aber ich darf es Ihnen nicht sagen. Die Insel ist streng geheim. Kaum jemand weiß überhaupt, dass sie existiert."

„Ich muss wissen, was mit meinem Mann geschehen ist! Außerdem vermute ich, dass sich unser kleiner Sohn bei ihm befindet. Ich bin mir ganz sicher, dass beide noch leben. Ich spüre es."

Der Mann schwieg wieder eine ganze Weile.

„Sind Sie noch da?", fragte Birgit Hansen schließlich nervös, als sie nichts mehr hörte.

„Ja. Ich bin noch da. Und ich würde der Sache gern auf den Grund gehen."

„Glauben Sie, Sie würden diese mysteriöse Insel finden?"

„Ja."

„Können wir uns treffen?" Birgit war ganz aufgeregt. Endlich hatte sie jemanden gefunden, der ihr vielleicht helfen konnte. Doch der Mann schwieg wieder.

„Was ist? Weshalb sagen Sie nichts?"

„Wir müssen vorsichtig sein. Ich möchte am Telefon nicht so viel erzählen."

„Gut." Birgit verstand sofort. Er befürchtete, dass man sie abhörte, da es sich um eine geheime Sache handelte. Sie glaubte das zwar nicht, aber man konnte ja nie wissen …

Später an diesem Tag begegneten sie sich unauffällig auf einem Spaziergang. Sie erkannten sich auf Anhieb und nickten sich zu. Peters blickte um sich, doch es schien niemand in der Nähe zu sein, der sie beobachtete.

„Ich habe eine Jacht gechartert", sagte Birgit leise und sah sich scheinbar zufällig um. Auch sie befürchtete, dass jemand mithörte und ihren Plan zunichtemachte.

„Wann?", fragte Peters knapp.

„Wann Sie wollen. Von mir aus sofort!"

„Morgen früh?"

„Ja." Sie sahen sich fest in die Augen. Das Abenteuer konnte beginnen!

Am frühen Morgen manövrierte Björn Peters die Jacht vorsichtig von der Liegestelle aufs offene Meer hinaus. Birgit Hansen stand angespannt neben ihm und hoffte, dass alles gut ging. Sie hatte die Jacht für zwei Wochen gemietet und einen nicht unerheblichen Preis dafür im Voraus bezahlt.

Am Abend zuvor waren sie gemeinsam einkaufen gegangen und hatten die Vorräte auf das Boot gebracht. Viel Gepäck hatten sie nicht. Birgit Hansen hatte eine Reisetasche mit dem Nötigsten dabei, und Peters hatte seinen Seesack mit an Bord gebracht, in dem sich alles befand, was er brauchte.

Als sie sich bereits ein ganzes Stück vom Hafen entfernt hatten, sah Peters plötzlich, dass ihnen ein kleines, schnittiges Motorboot folgte.

„Scheiße!", sagte er unfein.

„Oh mein Gott! Man hat uns entdeckt!", rief Birgit panisch und krampfte die Hände ineinander.

„Wir tun nichts Verbotenes, und die Jacht ist nicht geklaut", erinnerte Peters sie, „aber irgendjemandem scheint das nicht zu passen." Mit versteinerter Miene gab er Gas und beschleunigte. Trotzdem holte das kleine Boot auf. Der Abstand verringerte sich immer mehr.

„Können wir nicht schneller fahren?", rief Birgit verzweifelt.

„Doch. Aber dann reicht der Sprit nicht bis zur Insel."

Birgit sah wieder zurück auf das aufholende Boot. „Sie winken uns zu!", sagte sie verblüfft. „Es scheinen Frauen zu sein."

Peters drosselte den Motor und ließ die Jacht treiben. „Gut", sagte er, „hören wir uns erst einmal an, was sie wollen."

„Warum habt ihr denn nicht auf uns gewartet? Wir wollten doch mitfahren!", rief eine der beiden Frauen hinauf, als das Boot längsseits hielt. Peters blickte erstaunt hinab und wollte etwas sagen, doch Birgit ließ ihn nicht zu Wort kommen. Sie begriff sofort. „Wir haben gedacht, ihr kommt nicht mehr!", sagte sie und lachte.

Die andere Frau steckte dem Mann, der das kleine Motorboot steuerte, einen Geldschein zu. „Vielen Dank, dass Sie unseren kleinen Ausflug gerettet haben!", sagte sie dabei.

Die beiden Frauen stiegen die Leiter zum Deck der Jacht empor, während das kleine Boot rasch abdrehte.

„Was zum Teufel …" Peters brach ab und überlegte kurz. „Moment!", sagte er, „ich habe Sie doch irgendwo schon einmal gesehen?"

„Ja. Natürlich. Wir sind die Ehefrauen der Vermissten. Mein Mann ist der Schiffskoch", sagte die eine. „Und ich bin mit dem Ersten Offizier verheiratet", ergänzte die andere. „Wir haben Sie am Hafen gesehen und vermuteten dann, dass Sie sich auf die Suche machen würden. Deshalb sind wir Ihnen gefolgt. Der Mann, der uns auf dem Boot zu Ihnen gebracht hat, weiß selbstverständlich nicht, worum es geht."

„Hoffentlich erzählt er keinem was. Sonst bekommen wir womöglich doch noch Schwierigkeiten." Peters war die Sache sehr unangenehm. Drei Frauen an Bord einer Jacht, die Suche nach dem vermissten Schiff, von der niemand wusste, wie sie ausgehen würde, und womöglich waren ihnen in Kürze Verfolger auf den Fersen, die keinen Spaß verstanden.

„Danke, dass Sie so gut mitgespielt haben", sagte die Frau des Kochs zu Birgit und nickte ihr anerkennend zu.

„Ich kenne Sie vom Sehen." Birgit lächelte. „Ich freue mich, dass Sie zu uns gestoßen sind." Sie war tatsächlich froh, nicht mit Peters allein zu sein, obwohl sie ihm nicht misstraute. Dennoch war es sicherer, wenn sie zu mehreren waren, fand sie.

Auf der Insel gab es die erste handgreifliche Auseinandersetzung zwischen den Strafgefangenen und der Besatzung des Versorgungsschiffes. Plötzlich hatten sich zwei Parteien gebildet. Obwohl sich einige der Strafgefangenen zuvor untereinander absolut nicht einig gewesen waren, hielten sie auf einmal fest zusammen, als es darum ging, die Seeleute, die sie als Eindringlinge betrachteten, zu verdreschen.

Eigentlich gab es keinen vernünftigen Grund für die Schlägerei, die sich nun anbahnte, doch die Stimmung hatte sich langsam hochgeschaukelt. Die Strafgefangenen spürten genau, dass die Männer der Schiffsbesatzung auf sie herabsahen. Sie waren jedoch in der Überzahl, und sie würden ihnen schon zeigen, was sie davon hatten!

Der Schiffskoch war ein friedliebender Mensch, dem jegliche Art von Gewalt zuwider war. In der Vergangenheit war er mehrmals unfreiwillig in Schlägereien geraten und zog sich nun jedes Mal sofort aus der Affäre, wenn er bemerkte, dass eine Situation kritisch wurde. Auch diesmal verschwand er schnell und unauffällig aus der Gefahrenzone und versteckte sich in einem Gebüsch.

Plötzlich nahm er eine schleichende Bewegung in seiner Nähe wahr. Irgendetwas kroch durch das Unterholz! Er hielt den Atem an und rührte sich nicht.

Die Keilerei war inzwischen in vollem Gange. Rücksichtslos schlugen die Männer aufeinander ein. Dabei verursachten sie so viel Lärm, dass sie nichts mehr um sich herum mitbekamen.

Der Koch sah, wie sich die Gestalt lauernd den Kämpfenden näherte. Noch immer konnte er nicht erkennen, worum es sich eigentlich handelte. Es musste ein großes Tier sein! Er überlegte gerade, wie er die Männer vor dem nahenden Unheil warnen konnte, doch es war bereits zu spät. Als sich die Gestalt aus dem dichten Gestrüpp hervorschälte, riss er vor Entsetzen den Mund auf, war jedoch unfähig, einen Laut von sich zu geben. Das Wesen hatte Ähnlichkeit mit einem Komodowaran, doch es war viel größer. Dann ging alles sehr schnell. In atemberaubender Geschwindigkeit rannte das riesige Tier auf seinen kurzen Beinen mitten unter die Männer. Einer von ihnen, der, durch einen Faustschlag niedergestreckt, blutend am Boden lag, sah plötzlich den hässlichen Kopf der Echse über sich und roch ihren stinkenden Atem. Er glaubte im ersten Moment an eine Halluzination, doch im nächsten Augenblick biss das Tier mit seinen messerscharfen Zähnen zu. Es erwischte ihn an der Schulter, und er schrie vor Schmerz und Grauen laut auf.

Nun bekamen auch die anderen mit, was sich gerade zwischen ihnen abspielte. Sie waren so damit beschäftigt gewesen, sich gegenseitig die Köpfe einzuschlagen, dass sie die Echse bisher nicht bemerkt hatten.

Obwohl ausnahmslos alle auf das riesige Tier losgingen, ließ es nicht von seiner Beute ab. Seine spitzen, nach hinten gebogenen Zähne hatten sich in das Fleisch des Opfers verhakt, und es dachte gar nicht daran, auf diese Mahlzeit zu verzichten. Das Gift, das es mit dem Biss aus den Speicheldrüsen in die Blutbahn des Mannes injiziert hatte, tat langsam seine Wirkung. Obwohl der Mann bei vollem Bewusstsein war, wurden seine Abwehrbewegungen immer schwächer. Er brüllte wie am Spieß, was für die anderen kaum erträglich war. Immer wieder versuchten sie, die Echse zu vertreiben. Mit Knüppeln und Ästen hieben sie auf das Tier ein, doch die Schläge prallten wirkungslos auf dem harten, schuppigen Körper ab. Schließlich mussten sie hilflos mit ansehen, wie die furchtbare Bestie den noch immer lebenden Mann – es war einer der Schiffsbesatzung – langsam davonschleifte. Machtlos verfolgten sie das Reptil eine Weile, doch sie konnten nichts tun. Voller Grauen kehrten sie erst um, als das Wesen begann, den hilflosen Menschen, der noch immer zu leben schien, aufzufressen.

„Da vorne ist etwas!" Björn Peters blickte durch sein Fernglas auf das Meer hinaus.

„Könnte es das Schiff meines Mannes sein?", fragte Birgit aufgeregt.

Peters reichte ihr wortlos das Fernglas.

„Das gibt es nicht! Ich erkenne eindeutig das Schiff. Weshalb hat man es trotz intensiver Suche nicht entdeckt, wenn wir es sofort finden?" Birgit konnte kaum glauben, was sie sah.

„Vielleicht wollte man es gar nicht finden", brummte Peters. Er hatte da so eine Ahnung …

„Das ist doch Unsinn! Sie glauben doch nicht etwa, dass dahinter eine Absicht steckt?" Birgit schüttelte ungläubig den Kopf. Die anderen beiden Frauen sahen nun auch nacheinander durch das Fernglas und waren sich sicher, dass es sich um das gesuchte Schiff handelte. Als die Jacht das Schiff erreichte, erkannten sie, dass es auf der Seite lag und sich nichts rührte. Alles war still, und keine Menschenseele war zu sehen. Irgendwie hatten sie gehofft, dass die Männer noch an Bord waren und herausstürzten, wenn sie das Herannahen der Motorjacht hörten.

„Die Rettungsboote sind weg", stellte Peters nüchtern fest. „Die Männer haben sich selbst in Sicherheit gebracht."

„Hoffentlich haben Sie recht! Gehen wir an Bord?" Birgit blickte fragend um sich. Die Frauen nickten, doch Peters war dagegen. Er wollte das Schiff zunächst allein betreten. Er wusste nicht, was er dort vorfinden würde, und es war besser, wenn die Frauen nicht dabei waren, dachte er.

„Sie bleiben hier!", befahl er ihnen. „Ich gehe erst einmal allein. Es ist zu gefährlich. Wenn das Schiff plötzlich komplett untergeht, haben wir keine Chance."

Obwohl Birgit das nicht einsah und sich über seinen Befehlston empörte, gab sie schließlich nach.

Peters war gerade dabei, am Gestänge der Reling emporzuklettern, als am Himmel zwei riesige Vögel erschienen. Sie näherten sich schnell und stießen dabei eigenartige, schrille Laute aus, die er noch nie zuvor gehört hatte. Fassungslos blickte er ihnen entgegen. Offenbar hatten sie vor, auf dem gekenterten Schiff zu landen.

Erstaunt beobachteten die drei Frauen die Ankunft der gigantischen Tiere.

„So etwas habe ich noch nie gesehen", sagte die Ehefrau des Kochs, „aber wenn es hier Vögel gibt, muss sich Land in der Nähe befinden."

„Sie sehen nicht aus wie Vögel", behauptete die andere Frau, „man könnte fast glauben, sie stammten aus der Urzeit!"

Birgit wusste nicht so recht, was sie davon halten sollte, aber ihr kamen die Tiere ebenfalls sehr eigenartig vor. „Ich weiß auch nicht, was das ist, aber vielleicht sind wir wirklich schon in der Nähe dieser mysteriösen Insel, von der niemand etwas zu wissen scheint", überlegte sie.

Ohne den Mann zu beachten, verschwanden die riesigen Tiere durch eine Öffnung im Inneren des Schiffes. Peters ließ sich nicht beirren und folgte ihnen. Falls noch jemand an Bord war, würde er vielleicht dort fündig werden, dachte er bei sich. Er kletterte in den Ladebunker und konnte zunächst nichts Ungewöhnliches entdecken. Auch die merkwürdigen Vögel waren nicht zu sehen. Langsam tastete er sich voran. Da das Schiff schräg lag, war dies ein mühsames Unterfangen. Kein Geräusch war zu hören. Einen Augenblick lang glaubte er tatsächlich, allein hier unten zu sein. Doch plötzlich vernahm er seltsame Laute. Es hörte sich an wie Tiergeschrei. Das werden diese komischen Viecher sein, glaubte er, ohne auch nur einen Moment in Erwägung zu ziehen, dass er sich in größter Gefahr befinden könnte. Gemächlich hangelte er sich an den Kisten und Paletten entlang, die überall herumlagen. Manche waren kaputt und zerfetzt, was jedoch aufgrund der Havarie völlig normal zu sein schien. Er machte sich darüber keine Gedanken. Schließlich erreichte er eine Ecke des Laderaums, in der mehrere Materialkisten übereinandergestapelt waren. Ein merkwürdiger Geruch stieg ihm in die Nase. Neugierig blickte er hinter die Kisten und schrie vor Entsetzen laut auf. Bleiche Totenschädel, umgeben von abgenagten Knochen, schienen ihn höhnisch anzugrinsen. Es war ein Horrorszenario, das nur der Hölle entstammen konnte!

Er hatte die Überreste der Einheimischen, die auf das Schiff geflohen waren, gefunden, was er selbstverständlich nicht wissen konnte. Er glaubte, er hätte Leichname der Schiffsbesatzung vor sich.

Als er vor Grauen zurückwich, spürte er einen Widerstand hinter sich. Er dachte zunächst, es handele sich um weitere Materialkisten, die man im Laderaum transportiert hatte, doch der Widerstand fühlte sich eigenartig weich und lebendig an.

Er erstarrte und bewegte sich nicht. Was war das? Er spürte, wie es atmete, und er roch dieses Wesen. Es war ein Geruch, den er nicht zuordnen konnte. Eine Mischung aus Federstaub und Raubtier. Als das Tiergeschrei wieder einsetzte, wusste er plötzlich, was es war. Es musste sich um Jungvögel handeln, die um Futter bettelten! Und als er sich langsam umdrehte und in die kalten Augen des Riesenvogels sah, die mitleidlos auf ihn herabblickten, erkannte er glasklar, dass er dieses Futter sein würde ...

Die Frauen hörten ihn brüllen. Es war entsetzlich. Als die Schreie, die sich kaum mehr menschlich anhörten, erstarben, wusste Birgit, dass sie dem Mann nicht mehr helfen konnten. Sie mussten sofort von hier verschwinden. Sie hoffte, dass die Frau des Offiziers recht behielt und sich die geheime Insel in der Nähe befand.

Sie hatte Björn Peters dabei beobachtet, wie er die Jacht gesteuert hatte, und schaffte es tatsächlich, den Motor zu starten und davonzubrausen. Die Richtung wusste sie ungefähr, aber dennoch zweifelte sie daran, jemals auf dieser mysteriösen Insel anzukommen.

Die Verletzten wurden in das kleine Krankenhaus gebracht. Es waren die üblichen Blessuren, die durch eine Schlägerei entstanden waren und die Dr. Berg bereits oft genug gesehen hatte. Wortlos behandelte er die Wunden, als der Schiffskoch hereinkam und ihm von dem Reptil erzählte, das einen der Männer davongeschleift und getötet hatte.

„Das ist doch nicht zu glauben!" Berg überließ es Andy, den Verletzten, den er gerade behandelte, zu versorgen und ging mit dem Koch nach draußen. „Zeigen Sie mir die Stelle! Ich will es sehen!", sagte er leise.

Bender und Sörensen schlossen sich ihnen an, als sie der Schleifspur folgten.

„Habt ihr dieses Tier schon einmal hier gesehen?", fragte Berg, nachdem ihm die Männer die Kreatur beschrieben hatten.

„Nein." Bender schüttelte den Kopf. „So etwas habe ich in meinem ganzen Leben noch nicht gesehen. Im Fernsehen wurde einmal über Komodowarane berichtet. Gruselige Viecher! So ähnlich sah es aus. Aber es war viel größer."

Sörensen gab ihm recht. „Ich glaube, dass diese Tiere weder bekannt noch erforscht sind", meinte er. „Man hätte doch sonst sicherlich schon einmal von ihnen gehört."

Der Koch sagte zunächst nichts. Er hatte da so seine Befürchtungen … Erst als Berg ihn direkt fragte, was er von der Sache hielt, rückte er langsam mit seiner Theorie heraus. „Das ist ein Wesen, das es eigentlich gar nicht mehr geben dürfte", sagte er vorsichtig.

„Was meinen Sie damit?" Berg verstand ihn nicht.

„Auch wenn ich mich jetzt lächerlich mache, aber ich glaube, es ist eine Art Saurier, die als längst ausgestorben gilt."

Bender und Sörensen schwiegen und sahen sich vielsagend an. Beide dachten das Gleiche. Auch sie hatten schließlich bereits diesen Verdacht gehegt, als es um die seltsamen Riesenvögel ging.

„Ach was!", erwiderte Berg unwirsch. Er glaubte, die Männer hätten Hirngespinste, da sie auf der Insel so wenig zu tun hatten. Das war durchaus verständlich, aber er war weit davon entfernt, an Saurier aus der Urzeit zu glauben. Er hatte diese Riesenvögel zwar selbst gesehen, doch sie waren für ihn einfach eine unbekannte Art. Es lag nicht in seiner Natur, die Dinge zu verkomplizieren.

Die kleine Jacht raste in vollem Tempo über das Meer. Birgit blickte durch das Fernglas und stieß plötzlich einen Schrei aus. „Die Insel! Da vorne ist sie!", rief sie den herbeieilenden Frauen aufgeregt zu. Sie reichte das Fernglas weiter, und auch die anderen beiden sahen, dass sie sich tatsächlich einer Insel näherten.

„Hoffentlich ist es die richtige Insel", bemerkte die Frau des Kochs zweifelnd und sprach damit aus, was Birgit befürchtete. „Soweit ich weiß, ist das die einzige Insel in dieser Gegend", sagte sie dennoch. In ihr glomm die Hoffnung auf, in Kürze ihren kleinen Sohn und ihren Mann umarmen zu können. Selbstverständlich konnten die Frauen nicht ahnen, dass sie die ganze Zeit einen falschen Kurs gefahren waren.

Die Männer auf der Insel waren auf der Hut. Hatten sie sich anfangs noch ziemlich sicher gefühlt, da die Riesenvögel erst in der Dämmerung auf Jagd gingen, mussten sie nun jederzeit damit rechnen, von diesen mysteriösen Echsen angegriffen zu werden. Egal, ob sie auf den selbst angelegten Feldern den Mais ernteten, im Wald nach Früchten und Brennholz suchten oder im Meer Fische fingen – immer saß ihnen die Gefahr im Nacken.

Hinzu kam, dass merkwürdigerweise die Eingeborenen der Insel offenbar wieder Interesse an den Weißen zeigten. Völlig lautlos und unsichtbar umringten sie das Lager. Dennoch blieben sie nicht unbemerkt.

„Ich habe da so ein komisches Gefühl", sagte Sörensen in belanglosem Ton zu Winterbach, als sie gerade das Netz mit den gefangenen Fischen einholten.

„Die Kerlchen sind wieder da", erwiderte Winterbach ebenso belanglos.

„Die glauben, wir merken das nicht", meinte Sörensen und beschäftigte sich weiter mit dem Netz, ohne sich umzublicken.

„Was sie wohl wollen?" Auch Winterbach sah sich nicht um. Er glaubte nicht, dass von den kleinen Männern eine Gefahr ausging.

„Wir beachten sie einfach nicht", beschloss Sörensen. „Sollen sie halt kommen, wenn sie was von uns wollen."

„Die haben aber Giftpfeile."

„Ich weiß. Interessiert mich aber nicht. Die tun uns schon nichts."

„Vielleicht wollen sie uns vor diesem neuen Monster beschützen?", meinte Winterbach.

„Keine Ahnung, was die vorhaben. Aber wir werden es mit Sicherheit erfahren." Sörensen war nicht aus der Ruhe zu bringen.

Tatsächlich war es aber so, dass man das Lager der Weißen nie ganz aus den Augen gelassen hatte. Der kleine Häuptling war über alles unterrichtet, was dort geschah. Er hatte seine Beobachter überall postiert, wo sie nicht auffielen, jedoch alles mitbekamen. Da sich diese Menschen so lautlos und unsichtbar wie jagende Wildtiere bewegten, waren sie bisher noch nicht entdeckt worden.

Somit wusste der Häuptling auch vom Angriff des riesigen Reptils, das einem Waran ähnelte. Auch für die Eingeborenen war diese Spezies eine große Gefahr. In der Vergangenheit waren bereits mehrere Kinder und Frauen des Stammes den Tieren zum Opfer gefallen. Niemand hatte ihnen etwas entgegenzusetzen. Selbst die sonst so wirksamen Giftpfeile würden an der lederartigen Haut der Kreaturen einfach abprallen, falls man sie einsetzte. Das tat jedoch keiner, da es streng verboten war. Die Tiere galten für die Einheimischen als Heiligtum.

So wie jeden Abend saßen die Strafgefangenen und die Seeleute um die Lagerfeuer herum und unterhielten sich. Sie brieten die Fische, die Sörensen und Winterbach gefangen hatten, auf Stöcke gespießt über der Glut, und dazu gab es die ersten selbst geernteten Maiskolben, die sie rösteten und mit Salz bestreuten, das aus den Vorräten des Versorgungsschiffes stammte.

Die Männer fühlten sich sicher, da sie aufgrund der Vorkommnisse Wachen aufgestellt hatten, die sie vor herannahenden Raubtieren warnen würden. Alle zwei Stunden wechselten sie sich damit ab.

Bender erschrak fast zu Tode, als neben ihm plötzlich der kleine Häuptling des Stammes auftauchte und ihn aus seinem zahnlückigen Mund breit angrinste.

Niemand hatte ihn kommen sehen. Und er war nicht allein gekommen. Die Eingeborenen hatten sich bereits auf dem ganzen Lagerplatz verteilt. Wo kamen sie so plötzlich her? Die Wachen hätten doch Alarm schlagen müssen!

Noch immer hatten die Weißen nicht verstanden, dass diese kleinen braunen Menschen ganz anders waren. Es war nicht möglich, sie zu kontrollieren. Und wenn sie es nicht wollten, sah oder hörte man sie nicht!

Als die Jacht auf Grund lief und sich knirschend durch den Sand schob, schaltete Birgit den Motor ab. Die drei Frauen sprangen in das hüfthohe Wasser und wateten das letzte Stück an Land. Es war ein herrlicher, weißer Sandstrand, der von Palmen umsäumt war.

„Das ist ja ein Paradies!", rief die Frau des Kochs begeistert und breitete die Arme aus. „Jeder, der so etwas sieht, würde uns glühend beneiden!"

„Da bin ich mir nicht so sicher." Birgit blickte sich suchend um. Nirgendwo war auch nur der Hauch einer Zivilisation zu entdecken. „Wir sind hier falsch! Das ist nicht die Insel, die wir gesucht haben!" Sie war sich ganz sicher, doch die anderen beiden Frauen waren nicht überzeugt.

„Ach was! Das kannst du doch gar nicht wissen", behauptete die Frau des Offiziers. Mittlerweile war man zum „Du" übergegangen, da alle es albern fanden, sich in dieser Situation weiterhin zu siezen.

„Wir werden sehen", beschwichtigte die Frau des Kochs.

Sie marschierten direkt in das Innere der Insel, ohne Vorräte und Trinkwasser mitzunehmen. Auf der Jacht war noch einiges vorhanden, aber sie dachten einfach nicht so weit.

Sie begeisterten sich an der Pracht der fantastischen Vegetation. Überall blühten Blumen und Büsche in den herrlichsten Farben. Voller Staunen betrachteten sie die riesigen, duftenden Blüten und vergaßen dabei fast, weshalb sie hier waren.

Im Inneren der Insel herrschte ein tropisches Klima. Es war schwülheiß, und gegen Mittag wurden die Temperaturen fast unerträglich. Die hohe Luftfeuchtigkeit machte das Atmen zur Qual.

„Ich kann nicht mehr", wimmerte die Frau des Kochs und ließ sich auf den modrigen Boden fallen.

„Ich muss unbedingt etwas trinken", jammerte die Frau des Offiziers. „Das ist mörderisch!"

„Wir hätten uns etwas mitnehmen müssen", meinte Birgit. „Aber wir können es jetzt nicht ändern. Sicherlich gibt es hier irgendwo Trinkwasser. Wir müssen weiter!" Unerbittlich trieb sie die anderen beiden weiter über den morastigen Boden.

Tatsächlich fanden sie nach kurzer Zeit einen Tümpel, an dessen Rand herrliche Orchideen wuchsen. Voller Freude stürzten sich die Frauen in das Gewässer, aber sehr schnell stellte sich heraus, dass dies ein Fehler war. Trinkbar war es nicht. Es stank modrig und war von schleimigem Getier besiedelt.

Die Frau des Kochs schrie auf. „Etwas hat mich gebissen!", behauptete sie und versuchte, fluchtartig das Ufer zu erreichen. Doch irgendetwas schien sie festzuhalten. „Hilfe!", schrie sie panisch und ruderte hilflos mit den Armen. Birgit und die Frau des Offiziers schwammen auf sie zu und mussten mit ansehen, wie sie im nächsten Moment in die Tiefe gezogen wurde und die stinkende Brühe über ihrem Kopf zusammenschlug.

„Schnell, wir müssen ihr helfen!", rief Birgit und tauchte in das dunkle Gewässer hinab. Die Offiziersfrau wollte sich jedoch nicht in Gefahr begeben und hatte es sehr eilig, diesen ekligen Tümpel schnellstmöglich zu verlassen. Als sie festen Boden unter den Füßen hatte, beobachtete sie den Kampf um Leben und Tod, der sich vor ihren Augen abspielte. Selbst zu helfen kam ihr nicht in den Sinn.

Birgit gelang es, die Frau zu packen, doch in Verkennung der Sachlage wehrte diese sich und schlug um sich. Unbeeindruckt zerrte Birgit sie zum rettenden Ufer. Dort griff nun auch endlich die Offiziersfrau ein und half, die mit grünem Schleim bedeckte Frau an Land zu ziehen.

„Vielen Dank!", sagte Birgit giftig zu ihr. „Jetzt brauchst du auch nicht mehr zu helfen!"

„Ich hätte sowieso nichts tun können", verteidigte sich die Offiziersgattin. „Außerdem hatte ich Angst."

„Aha! Lieber lässt man jemanden ertrinken!" Birgit winkte ab. „Es ist gut. Ich weiß jetzt, mit wem ich es zu tun habe."

Zunächst waren die Frauen eine ganze Weile damit beschäftigt, das eklige Ungeziefer von ihren Körpern zu entfernen. Blutegel, kleine Würmer und merkwürdige Käfer hatten sich überall an ihnen festgebissen.

Die Offiziersfrau sprach nicht mehr mit Birgit, da sie sich von ihr brüskiert fühlte, doch sie hatte nicht lange Gelegenheit, beleidigt zu spielen. Als sie glaubte, endlich sämtliches Ungeziefer losgeworden zu sein, blickte sie auf und erschrak. Kleine braune Männer, die völlig nackt waren, standen um sie herum und starrten sie schweigend an. Sie trugen Speere und Blasrohre bei sich.

„Oh mein Gott! Die wollen uns umbringen!" Die Offiziersgattin zitterte vor Angst und war einer Ohnmacht nahe.

Die Frau des Kochs war noch viel zu geschwächt, um überhaupt reagieren zu können. Sie lag einfach nur auf dem feuchten Boden und ließ alles um sich herum geschehen.

Birgit jedoch stellte sich sofort der Herausforderung. Sie wusste selbst, dass sie sich in großer Gefahr befanden, aber dies waren auch nur Menschen, und vielleicht konnte man mit ihnen verhandeln, hoffte sie.

Der kleine Häuptling redete gestikulierend in seiner kehligen Sprache auf Bender ein. Die anderen saßen oder standen um sie herum und warteten gespannt, was als Nächstes geschehen würde. Bender verstand die Eingeborenen von allen am besten, doch diesmal zuckte er nur hilflos die Schultern.

„Ich weiß nicht, was er will", sagte er zu den anderen. Der kleine Mann schien das verstanden zu haben und sprang auf. Er formte mit den Händen ein Boot und zeigte auf das Meer hinaus. Ein anderer zeichnete mit einem Ast drei Striche auf den Boden. Noch immer ahnte keiner, was die Einheimischen ihnen sagen wollten. Bender schüttelte den Kopf und sah den Häuptling fragend an. Dieser nahm seinem Stammesbruder den Ast aus der Hand und malte damit die Silhouette einer Frau in den Sand. Anschließend zeigte er mit ausgestrecktem Arm ausgerechnet auf den Kapitän.

Hansen fuhr zusammen. „Ich verstehe gar nichts", rief er ratlos. „Will der mir etwas anhängen? Ich verwahre mich dagegen!"

„Ich bin mir nicht sicher, aber ich sage euch mal, was ich vermute." Bender holte tief Luft. „Sie wollen uns sagen, dass drei weiße Frauen in einem Boot gekommen sind!"

„Aha!" Sörensen starrte ins Feuer und schüttelte den Kopf. „Und wo sind diese drei Damen jetzt?" Er hielt das für absoluten Unsinn.

„Wer weiß? Vielleicht stimmt es." Bender zeigte auf das Meer hinaus und hielt fragend beide Handflächen nach oben. Eifrig ergriff der kleine Häuptling wieder den Ast und malte eine Art Buckel in den Sand. Die weißen Männer begutachteten die Zeichnung, wussten aber zunächst nicht, was sie darstellen sollte. Der Häuptling deutete auf den gemalten Hügel, anschließend auf den Boden, auf dem sie standen, und danach auf das Meer hinaus.

„Es gibt noch eine Insel!", sagte Bender leise. „Und dort sind drei Frauen gestrandet, die wohl eigentlich zu uns wollten."

Plötzlich waren alle ganz aufgeregt. Wenn das stimmte, musste man sofort versuchen, die Frauen hierherzuholen. Wer mochten die Frauen sein? Alle hatten irgendwie die Hoffnung, es handele sich um ihre Angehörigen, selbst wenn sie seit Jahren keinen Kontakt mehr zu ihnen gehabt hatten.

Bender und Sörensen machten sich da nichts vor. Falls die Geschichte stimmte, waren es Frauen, die ihre Ehemänner suchten. Und die waren ausschließlich von der Schiffsbesatzung. Kein Mensch wusste, wo man die Strafgefangenen hingebracht hatte. Die Insel war geheim, und man hatte sie längst abgeschrieben.

Die kleinen braunen Männer schienen recht freundlich zu sein. Sie grinsten die drei Frauen breit an und gestikulierten in Richtung des Meeres.

„Was wollen sie von uns?", fragte die Frau des Kochs ängstlich. „Vielleicht sollen wir ihnen die Jacht geben?"

„Ach was! Damit können die doch überhaupt nichts anfangen", meinte die Offiziersfrau herablassend. „Das sind Wilde.

Es wäre schon ein Wunder, wenn sie mit einem Kanu umgehen könnten."

Birgit konnte kaum glauben, was sie da hörte. Statt eine Lösung zu suchen, wie man sich einig werden konnte, hatten die Damen nichts Besseres zu tun, als diese Menschen herabzusetzen. Sie wollte jedoch kein Öl ins Feuer gießen und hielt sich zurück. Sie trat auf die kleinen Männer zu und versuchte, sich mit ihnen zu verständigen.

Die Offiziersgattin fand das völlig überflüssig. „Los, wir gehen jetzt wieder auf die Jacht und verschwinden!", bestimmte sie. Gefolgt von der Frau des Schiffskochs, schritt sie würdevoll auf die Jacht zu. Die einheimischen Männer beachtete sie dabei bewusst nicht. Sie würde sich mit Sicherheit keine Vorschriften von irgendwelchen Wilden machen lassen!

Ehe sie das Ufer erreichte, vertraten ihr jedoch zwei der Eingeborenen den Weg und kreuzten ihre gefährlich aussehenden Speere vor ihr. Was das zu bedeuten hatte, war nicht schwer zu verstehen, doch die Frau stieß die kleinen Männer samt Speeren einfach beiseite und watete durch das hüfthohe Wasser zur Jacht hinüber. Ängstlich um sich blickend folgte ihr die Frau des Kochs. Birgit blieb an Land. Sie wollte sich mit diesen Menschen nicht anlegen, und sie vermutete, dass es einen Grund gab, weshalb sie sie zurückhalten wollten.

Sie versuchte, mit ihnen zu kommunizieren, was nicht so einfach war. Sehr schnell begriff sie jedoch, dass die kleinen Menschen nichts Böses im Sinn hatten. Immer wieder zeigten sie auf das Meer hinaus, und Birgit verstand nach einer Weile, dass sie sie irgendwo hinbringen wollten. War es möglich, dass die Eingeborenen wussten, wo die Besatzung des Schiffes abgeblieben war? Kannten sie womöglich die geheime Insel, von der niemand sprach?

Inzwischen versuchten die anderen beiden Frauen vergeblich, den Motor der Jacht in Gang zu bringen. Immer wieder erstarb er, und schließlich war gar nichts mehr zu hören. Birgit hatte es sich schon gedacht. Der Treibstoff hätte gerade so bis zu der geheimen Insel gereicht. Sie waren aber nun ganz woanders gelandet. Von hier aus wegzukommen war utopisch.

Erst jetzt bemerkte sie die vielen winzigen, hölzernen Boote, die halb versteckt im Gestrüpp lagen. Sogleich hüpften die kleinen Männer um sie herum und wiesen einladend auf ihre Boote. Sie freuten sich sichtlich, dass Birgit sie zu verstehen schien.

„Kommt ihr wohl bitte einmal hierher?", rief sie den anderen beiden Frauen zu. „Wir haben keinen Treibstoff mehr. Mit der Jacht kommen wir nicht von hier weg."

„Du glaubst aber nicht im Ernst, dass ich mich in so eine Nussschale setze?", protestierte die Offiziersfrau sofort, als sie die kleinen Boote der Eingeborenen sah.

„Gut. Dann bleib du hier! Ich werde auf jeden Fall mit ihnen fahren. Ich möchte endlich zu meinem Mann."

„Ich auch!", pflichtete die Frau des Kochs ihr bei. Sie war einverstanden und nickte den Einheimischen freundlich zu.

„Wenn das so ist, fahre ich natürlich auch mit", räumte die Offiziersfrau schließlich notgedrungen ein. Trotzdem warf sie den Männern, die sie eben noch als „Wilde" bezeichnet hatte, misstrauische Blicke zu.

Als sich endlich alle einig waren, zogen die Eingeborenen wieselflink ihre Holzboote ins Wasser und bedeuteten den Frauen, einzusteigen. Nachdem alle saßen, nahmen die Boote schnell Fahrt auf. Die kleinen Männer ruderten mit erstaunlicher Kraft und Ausdauer über das ruhige Meer.

„Es kommt ein Sturm auf!", behauptete Sörensen und sah besorgt zum Himmel.

Die meisten der Strafgefangenen nahmen ihn nicht ernst. Das Wetter war wunderschön. Es war recht heiß, doch die Sonne schien, und es war kein Windhauch zu spüren. Sie gaben das auch zum Ausdruck.

„Der spinnt sich wieder was zurecht!", murmelte einer. Sie stießen sich gegenseitig an und lachten.

Der Kapitän folgte seinem Blick. Er nahm sein Fernglas, das er immer mit sich führte, und blickte auf das Meer hinaus. „Scheiße!", sagte er unfein. Bestürzt sah er Sörensen an. „Wenn sich die Frauen jetzt auf dem Meer befinden, werden sie niemals hier ankommen." Er wurde ganz blass vor Entsetzen.

Nur die Seeleute begriffen, dass sich eine Katastrophe anbahnte. Die Anzeichen waren so gering, dass sie niemandem sonst auffallen konnten. Die Oberfläche des Meeres begann, sich eigenartig zusammenzuziehen. Es sah aus wie ein leichtes Zittern, etwa so, als würde das Meer frieren. Es waren kaum Schaumkronen zu sehen, und der Himmel verfärbte sich nur so minimal, dass es einem Laien nicht auffallen konnte.

Der kleine Häuptling schien plötzlich den Verstand zu verlieren. Er rannte herum, gab unartikulierte Töne von sich und warf sich zu Boden, wobei er sein Gesicht im heißen Sand vergrub.

„Was ist mit ihm?", fragte Hansen irritiert.

„Er betet", vermutete Sörensen. „Er weiß genau, dass seine Männer mit den drei Frauen da draußen sind und welche Gefahr ihnen droht. Diese Naturmenschen haben den Instinkt von Wildtieren."

Tatsächlich hatten sich bereits sämtliche Tiere zurückgezogen. Kein Laut war mehr zu hören. Normalerweise war die Insel immer von Vogelgesang und dem Geschrei verschiedener anderer Tiere erfüllt. Plötzlich herrschte jedoch Totenstille. Selbst die Hühner und Ziegen hatten sich in die Hütten verkrochen und gaben keinen Ton von sich, als ahnten sie, das etwas Fürchterliches geschehen würde. Es war direkt unheimlich.

Die kleinen Männer in den Booten wurden unruhig. Selbstverständlich waren auch sie in der Lage, die Zeichen der Natur zu deuten. Aber das war noch nicht alles. Ein unheilvolles Flattern war plötzlich zu hören. Riesige Tiere näherten sich rasant und schienen auf den kleinen Booten landen zu wollen.

„Wir sind verloren!", schrie die Offiziersfrau theatralisch und warf die Arme zum Himmel. „Wie blöd kann man auch sein, diesen Wilden zu vertrauen!" Böse starrte sie um sich.

„Halte sofort dein dummes Maul!", herrschte Birgit sie an. „Das ist doch nicht zu glauben!"

„Ach ja?", keifte die Frau weiter. „Wer ist denn daran schuld, dass wir jetzt mit diesen Halbaffen hier sitzen und wahrscheinlich unser Leben einbüßen werden?"

„Wenn du weitersprichst, schmeiße ich dich über Bord. Das ist ganz schnell erledigt. Dann brauchst du dir keine Sorgen mehr zu machen", mischte sich nun die Frau des Schiffskochs energisch ein.

Die Eingeborenen achteten nicht auf die Streitereien der Frauen. Besorgt beobachteten sie das Meer, das sich leicht kräuselte, den Himmel, der allmählich fahl wurde, und vor allem die großen Vögel, die die Boote langsam umkreisten, immer näher kamen und dabei schrille, kreischende Laute ausstießen.

Birgit entging das nicht. Sie versuchte, sich mit dem Bootsführer zu verständigen. Dieser schüttelte jedoch stumm den Kopf. Er wollte nicht mit ihr kommunizieren. Der Befehl des Häuptlings war klar. Er lautete, die weißen Frauen unbeschadet auf die geheime Insel zu bringen. Er würde dafür sein Leben geben, doch er wusste, dass es Mächte gab, die stärker waren als er.

„Wir müssen ihnen mit den Motorbooten entgegenfahren", entschied Hansen, als klar war, dass sich die Frauen tatsächlich auf dem Meer befanden und auf dem Weg zu ihnen waren.

„Wie stellen Sie sich das vor? Wenn ein solches Unwetter herannaht, geht kein Mensch mehr auf See!", erwiderte einer seiner Leute. Ein einziger Blick des Kapitäns ließ ihn jedoch sofort verstummen. Ihm wurde bewusst, mit wem er sprach und dass Hansen recht hatte. „Okay. Ich habe nicht nachgedacht", gab er schließlich freimütig zu. „Fahren wir?"

„Ja. Sofort. Wer kommt mit?" Er blickte die Männer seiner Mannschaft an. Verdammt, das waren alles tolle Kerle! Und sie würden ihm helfen. Er war sich ganz sicher.

Ohne auch nur einen Moment den Sinn der Aktion infrage zu stellen, erhoben sich sämtliche Männer der Schiffsbesatzung, marschierten hinunter zum Strand und ließen die Boote zu Wasser.

Die Riesenvögel griffen an. Die Menschen in den kleinen Booten hatten ihnen kaum etwas entgegenzusetzen. Dennoch wehrten sie sich aus Leibeskräften. Der Bootsführer bedeutete den Frauen, sich flach auf den Bootsboden zu legen. Birgit und die Frau des Kochs taten dies sofort, doch die Offiziersfrau weigerte sich. Tatsächlich versuchte sie, den Eingeborenen Ratschläge zu geben, wie man die Vögel vertreiben konnte.

Die kleinen Männer beachteten sie nicht. Ruhig bestückten sie ihre Blasrohre mit den Giftpfeilen und setzten sie sich an die Lippen. Sie trafen die Tiere auf Anhieb, doch sie konnten nicht verhindern, dass die Frau, die aufrecht im Boot stand, von den scharfen Krallen eines Raubvogels gestreift wurde. Das Gift wirkte leicht verzögert, doch nach wenigen Sekunden stürzten die Vögel schließlich um sich schlagend ins Meer.

Die Offiziersfrau regte sich fürchterlich auf. Ihre Schultern waren aufgerissen worden, und sicherlich würden sich die Wunden infizieren, doch als einer der kleinen Männer sich die Verletzungen ansehen wollte, um sie zu behandeln, schlug sie empört seine Hände weg. Für ihn war das eine tiefe Beleidigung, aber er ließ sich nichts anmerken. Ihm war jedoch noch etwas anderes aufgefallen. Aus seiner Sicht würde die Frau sowieso nicht mehr lange leben ...

Die Seeleute hatten zu kämpfen, mit den Rettungsbooten überhaupt vorwärtszukommen. Die Wellen schlugen immer höher, und die Gischt spritzte ihnen ins Gesicht. Sie konnten kaum noch etwas sehen. Wie schlimm musste es dann erst um die kleinen Ruderboote der Eingeborenen bestellt sein?

Der Sturm nahm Fahrt auf. Es war Wahnsinn, sich bei diesem Wetter auf das Meer hinauszubegeben. Hansen blickte mit versteinerter Miene durch sein Fernglas. Er hoffte, die kleinen Boote mit den Frauen an Bord jeden Moment zu sehen. Noch war es nicht zu spät. Sie würden es schaffen, sicher an Land zu kommen. Aber lange durfte es nicht mehr dauern. Der Sturm wurde immer stärker, und die Boote drohten zu kentern.

Endlich sah Hansen etwas in der Ferne. „Dort sind sie!",
rief er den anderen zu. „Hoffentlich schaffen wir es noch!" Alle
wussten, wie gefährlich das Unterfangen war. Selbst wenn sie
die kleinen Boote erreichten, mussten sie sehr viel Glück haben, um unbeschadet wieder auf die Insel zurückzukommen.

Verbissen hielten sie auf die Holzboote zu, doch es wurde immer schwieriger. Die Motorboote sanken von einem Wellental
in das andere und wurden immer wieder emporgeschleudert.

Die Eingeborenen hatten bereits mit ihrem Leben abgeschlossen.
Sie wussten, dass sie dieses Unwetter nicht auf See überleben
konnten, wenn keine Hilfe kam. Trotzdem ruderten sie tapfer
weiter und ließen sich den Frauen gegenüber nichts anmerken,
da diese sowieso schon völlig panisch waren. Allein Birgit behielt die Ruhe. Sie hoffte, dass ihr Mann sie retten würde. Nein,
sie spürte es. Er war in der Nähe, und es würde nicht mehr lange dauern, bis er sie erreicht hatte ... Sie sagte aber nichts, da
ihr die anderen sowieso nicht geglaubt hätten.

Plötzlich wurden die kleinen braunen Männer euphorisch.
Sie lachten und jubelten wie kleine Kinder und zeigten in die
Ferne. Die Frauen konnten noch nichts erkennen, doch Birgit
wusste, was das zu bedeuten hatte.

Die Motorboote preschten heran. „Birgit!", glaubte sie den
Ruf ihres Mannes durch das Tosen des Meeres zu vernehmen.
Und jetzt sah sie ihn endlich! Aufrecht stand er am Bug des ers-
ten Bootes und winkte ihr zu.

„Lars!", schrie sie voller Freude und wollte aufstehen, damit
er sie besser sehen konnte, doch einer der Eingeborenen hielt
sie fest. Es war viel zu gefährlich. Sie würde über Bord gehen.

Endlich trafen sich die Boote. Irritiert sahen die Seeleute,
wie ihrem Kapitän die Tränen über das Gesicht liefen. Vielleicht
war es aber auch nur die emporspritzende Gischt? Birgit wollte
hinüber zu ihm, doch das war nicht möglich. Der Wellengang
ließ es nicht zu.

„Bleib, wo du bist!", schrie Hansen gegen die Wind. Wir nehmen euch ins Schlepptau!" Und so geschah es. So schnell wie

möglich vertäute man die schmalen, hölzernen Boote und begann die Rückfahrt. Birgit krampfte fest die Hände ineinander. Es musste einfach ein gutes Ende nehmen!

Noch während der dramatischen Fahrt bemerkten die kleinen einheimischen Männer, dass es der Offiziersfrau offenbar immer schlechter ging. Die Wunden an ihren Schultern quollen auf, und mit einer seltsam monotonen Bewegung versuchte sie immer wieder, mit der rechten Hand ihren Rücken zu erreichen.

Der Mann, der bereits schon einmal versucht hatte, ihr zu helfen, sah mitleidlos auf sie hinab. Er wusste, dass sich das Böse bereits in ihr ausbreitete ...

Sörensen und Winterbach standen am Ufer und warteten. Der heftig niederprasselnde Regen schlug ihnen ins Gesicht, doch sie wichen nicht von ihrem Posten. Die anderen hatten sich längst in ihren Hütten verschanzt. Nur Dr. Berg kam immer wieder einmal kurz hinaus.

„Ist noch immer nichts zu sehen?", fragte er überflüssigerweise.

„Nein. Hoffentlich schaffen sie es!", rief Sörensen. Man konnte sich kaum verständigen, weil der Wind und das tosende Meer so laut waren. Berg wollte gerade wieder gehen, als Winterbach in der Ferne etwas erkennen konnte.

„Ich sehe etwas! Sie müssen es sein!", schrie er gegen den Sturm an.

„Ich hole Max und Andy. Sicher gibt es Verletzte!", mutmaßte Berg und rannte davon. Sörensen mobilisierte noch einige Männer aus dem Camp, die helfen konnten.

Schließlich gelangten die Boote in die Bucht. Helfende Hände zogen die Frauen aus den kleinen Holzbooten und trugen sie die letzten Meter an Land. Hansen sprang aus seinem Rettungsboot, noch ehe es am Ufer angelangt war, und stürzte seiner Frau entgegen. Endlich konnten sie sich in den Armen halten! Birgit weinte vor Glück und Erleichterung. „Ist Olaf bei dir?", fragte sie nach einer ganzen Weile leise.

„Ja! Er ist hier. Und es fehlt ihm nichts! Der Bengel hat sich an Bord geschmuggelt."

„Das dachte ich mir. Gott sei Dank!" Birgit konnte gar nicht mehr aufhören zu weinen. „Niemand wollte mir helfen, bis dann ..."

„Alles wird gut! Erzähle mir alles später in Ruhe", unterbrach Hansen sie. Er legte seinen Arm fürsorglich um sie und geleitete sie zum Hospital.

Die Einheimischen verließen ihre kleinen Holzboote und legten sich sogleich flach auf den Boden. Sie dankten ihrem Gott, dass er sie am Leben gelassen hatte. Für die Frauen fühlten sie sich nun nicht mehr zuständig. So bekamen sie auch nicht mit, dass die Offiziersfrau ohnmächtig geworden war. Hilflos lag sie im Sand, doch niemand schien es zu bemerken. Die Frau des Schiffskochs war bereits davongerannt. Sie konnte es kaum erwarten, ihren Mann wiederzusehen. Voller Sorge hoffte sie, dass es ihm gut ging.

Als Dr. Berg mit den beiden Krankenpflegern das Ufer erreichte, sah er sofort, dass es schlecht um die Frau des Offiziers bestellt war. Er beugte sich zu ihr hinunter und untersuchte sie kurz. „Schnell, eine Trage!", rief er Max zu. „Bringt sie ins Krankenhaus!" Was der Frau fehlte, wusste er selbst noch nicht. Zunächst hatte er an Kreislaufprobleme gedacht, doch die Anzeichen passten nicht dazu. Es musste etwas Schlimmeres sein.

Als ihr Ehemann hörte, dass seine Frau bei den Ankommenden war, konnte er sein Glück kaum fassen. Bisher wusste ja noch niemand, welche Frauen da zu ihnen unterwegs gewesen waren. Er kam hinzu, als man seine leblose Frau gerade auf einer Trage zum Hospital brachte.

„Was hat sie denn?", rief er völlig entsetzt, als er das bleiche Gesicht sah. Er liebte seine Frau und hatte sie noch nie in einem solchen Zustand gesehen. Immer hatte sie nett, adrett und gesund ausgesehen. Doch jetzt schien er in das Antlitz einer Sterbenden zu blicken. Die Haut hatte sich gelblich verfärbt, und das Gesicht verfiel zusehends.

„Kommen Sie mit!", bot Berg ihm an. Es musste jetzt alles schnell gehen. Für Diskussionen blieb keine Zeit. Außerdem wurde der Sturm immer stärker. Die Wellen türmten sich meterhoch und rissen die Boote auseinander. Der Sand wirbelte auf und peitschte ihnen schmerzhaft entgegen.

Draußen schien die Welt unterzugehen, als Berg die ohnmächtige Frau im Behandlungszimmer des Krankenhauses untersuchte. Zunächst wusste er sich keinen Rat. Die Kratzspuren auf ihren Schultern hatten sich entzündet und sahen nicht schön aus, doch dies schien nicht der Auslöser für den Zustand der Patientin zu sein. Plötzlich fand er eine große, rot aufgetriebene Beule auf ihrem Rücken. So etwas hatte er noch nie gesehen. Verdammt, was war das?

Er schickte den Offizier hinaus. Angehörige hatten normalerweise sowieso nichts in der Aufnahme verloren, doch hier tickten die Uhren ein wenig anders. Man akzeptierte vieles, was woanders undenkbar gewesen wäre.

„Ist es etwas Schlimmes?", fragte der Ehemann besorgt.

„Das weiß ich noch nicht so genau", antwortete Berg ehrlich. „Ich wäre Ihnen aber dankbar, wenn Sie den Untersuchungsraum nun verließen."

Betrübt nickte der Mann. „Ich werde beten", sagte er und stapfte mit hängenden Schultern hinaus.

„Tun Sie das!" Berg nickte ihm zu.

„Skalpell!", sagte er, ohne aufzusehen. Er streckte die Hand aus. Sofort lag es in seinen Fingern. Marion wusste meist schon vorher, was er brauchte.

Vorsichtig ritzte er die dicke, gespannte Beule an. Die Haut klaffte weit auseinander. Er erwartete jede Menge Eiter, und auch Marion rechnete damit und hielt ihm bereits einen Tupfer und eine Schale hin. Doch zum Vorschein kam etwas völlig anderes. Ungläubig blickte Berg in das Operationsfeld. Kein Eiter oder Sekret! Etwas Merkwürdiges bewegte sich in der Wunde. Es wand und ringelte sich.

Marion hielt ihm bereits eine Pinzette hin, doch was sich dort grau und schleimig bewegte, schnellte ihnen plötzlich entgegen.

Angewidert beobachtete Berg, wie ein fahler Wurm, der keinen Kopf zu besitzen schien, aus der Wunde kroch. Marion hielt ihm noch immer die Pinzette und die Schale hin, doch Berg schüttelte den Kopf. „Lassen wir ihn von selbst herauskommen", sagte er mit belegter Stimme.

Der Wurm schien kein Ende zu nehmen. „So etwas gibt es nicht!", stieß Berg fassungslos hervor.

Als das Tier schließlich den Körper der Frau komplett verlassen hatte, wurde es vermessen. Es war sehr dünn, hatte aber tatsächlich die Länge von fast einem halben Meter. Es wurde in medizinischem Alkohol getötet und konserviert. Vielleicht war es möglich, zu einem späteren Zeitpunkt seine Herkunft zu ermitteln.

Was Dr. Berg nicht ahnen konnte, war, dass der Parasit bereits Eier in der Wunde abgelegt hatte …

Der Sturm wuchs zu einem Hurrikan, der alles zu vernichten drohte, sobald er auf das Land stieß. Auf dem Krankenhausflur stritten sich Max und Andy, als Berg das Behandlungszimmer verließ.

„Was ist los?", ging er dazwischen.

„Die wollen alle rein! Aber das geht nicht. Wir haben keinen Platz. Außerdem ist das ein Krankenhaus und keine Strafanstalt!", ereiferte sich Max.

„Wir müssen sie reinlassen! Da draußen entwickelt sich ein Inferno! Wenn sie draußen bleiben, haben wir nachher eine Unzahl von Verletzten!", erwiderte Andy und sah Berg eindringlich an.

Berg blickte kurz nach draußen. Es bahnte sich eine Katastrophe an. Er sah, wie die kleinen, notdürftig gezimmerten Hütten regelrecht auseinanderbarsten und die Teile herumflogen.

„Lasst sie rein!", befahl er. „Sie sollen sich in die Gänge setzen und den Sturm abwarten. Wir können nicht riskieren, dass es Tote gibt."

Das Tor wurde geöffnet, und die Besatzung des Schiffes sowie sämtliche Strafgefangenen drängten sich in das kleine Hospital. Erst als man versuchte, auch die Ziegen und Hühner mit hereinzubringen, sprach Berg ein Machtwort. „Das geht nicht!

Die Tiere bleiben draußen!", sagte er streng. „Die kommen schon zurecht!"

Dies gab zwar wieder zu einigen Diskussionen und Streitigkeiten Anlass, aber es war ihm egal. Er konnte keine Tiere im Krankenhaus dulden, selbst wenn es noch so spartanisch war.

Die Eingeborenen waren verschwunden. Sie kannten diese Naturphänomene und wussten sich zu schützen.

Im Gewirr der vielen Leute fiel es nicht auf, dass sich Karl Mütze in den Behandlungsraum stahl. Er war auf der verzweifelten Suche nach Alkohol, und er war nicht wählerisch. Ausgerechnet erwischte er das Gefäß mit dem eingelegten Wurm ...

Nachdem sich die Menschen in das Krankenhaus verkrochen hatten und dicht gedrängt auf den Fluren saßen, ordnete Berg an, Suppe und Getränke an alle zu verteilen. Man wusste nicht, wie lange der Hurrikan über die Insel fegen würde.

Selbstverständlich ging dies nicht ohne Reibereien ab. Marion und Katharina mussten sich derbe Sprüche anhören und waren auch vor Handgreiflichkeiten nicht sicher. Als sie sich schließlich weigerten, den Gang noch einmal zu betreten, übernahmen Max, Sörensen, Rupp und Bender die Aufgabe.

„Wenn jetzt noch einer das Maul aufmacht, fliegt er raus!", brüllte Max. Sofort war Ruhe. Das war die Sprache, die die Männer verstanden. Niemand wagte mehr, eine dumme Bemerkung zu machen, da völlig klar war, dass er die Drohung ernst meinte.

Dr. Berg hatte dem Offizier erlaubt, am Bett seiner Frau zu sitzen. Er war sogar froh darüber, da er die Pfleger und Schwestern gerade nicht entbehren konnte. Der Ehemann würde ihm sofort mitteilen, wenn sich der Zustand der Patientin veränderte.

Es dauerte nicht lange.

Die Frau wurde unruhig und erwachte schließlich aus ihrer Ohnmacht. Sie fuhr empor und sah verwirrt um sich.

„Kommst du endlich wieder zu dir? Ich freue mich ja so!", rief ihr Mann und wollte sie umarmen. Doch im gleichen Moment veränderten sich ihre Augen. Zunächst blickten sie ihn seelenlos an, doch dann nahmen sie einen bösen, gehässigen Ausdruck an.

„Wer bist du?", flüsterte sie mit heiserer Stimme.

„Aber ich bin es doch!", erwiderte er hilflos. Er konnte kaum glauben, was er sah. „Erkennst du mich denn nicht?"

Statt zu antworten, stand sie langsam auf. Mechanisch setzte sie erst das eine und dann das andere Bein auf den Boden. Ohne ihn weiter zu beachten, verließ sie mit staksigen Schritten das Zimmer.

Sofort rannte er hinter ihr her und rief nach Dr. Berg. Er begriff, dass mit seiner Frau irgendetwas nicht stimmte, doch er konnte sich nicht erklären, was mit ihr los war.

Dr. Berg und Andy eilten herbei und brachten die Frau wieder in das Krankenzimmer. Den völlig verwirrten Ehemann ließen sie erst einmal draußen. Berg wollte sich zunächst selbst ein Bild machen.

Es war erschreckend. Die Frau war nicht mehr in der Lage, ihren Körper zu kontrollieren. Offenbar hatte ein unbekanntes Wesen Besitz von ihr genommen.

„Der Parasit!", sagte Andy ruhig. „Dieses Tier hat bereits seine Brut in ihr abgelegt."

„Das ist doch Unsinn!" Berg schüttelte den Kopf. „Wie kommen Sie denn darauf?"

„Ich hatte damit in der Forschung zu tun. Parasiten besiedeln den Körper eines Wirtes und kontrollieren ihn dann."

Berg nagte an seiner Unterlippe. So etwas hatte er schon einmal gehört, aber normalerweise betraf das nur die Tierwelt. Dass dies auch bei einem Menschen möglich war, glaubte er nicht. Andererseits – weshalb sollte es nicht so sein?

Jessica und Marc befanden sich noch immer im Hospital, wo sie sich vor den rachsüchtigen Eingeborenen versteckten. Die meiste Zeit hielten sie sich auf der Terrasse hinter dem Gebäude auf. Genauer gesagt, dort, wo man vorher das junge Paar des Stammes untergebracht hatte, welches anschließend geflüchtet und nicht wieder aufgetaucht war. Was aus den beiden geworden war, konnte selbstverständlich niemand ahnen. Jessica und Marc hatten während des immer heftiger werdenden Sturms geholfen, die Boote an Land zu ziehen und die Verletzten in das kleine Krankenhaus zu bringen.

Jessica kochte in der Küche Tee, während Marc den Krankenpflegern half, Ordnung in das Chaos der vielen Menschen, die Schutz suchten, zu bringen.

Berg erblickte die beiden und kam auf eine Idee. Vielleicht wussten sie mehr über die Parasiten, die sich vermutlich in der Frau eingenistet hatten. Mittlerweile hatte er von Birgit Hansen erfahren, dass die Frauen in einem Tümpel gebadet hatten, der offenbar von irgendwelchem unbekannten Ungeziefer verseucht war. Dort musste sich der Parasit durch die Haut der Patientin gebohrt haben.

Andy war keine große Hilfe. Er kannte das Phänomen zwar, aber es schien ihn nicht weiter zu interessieren. Seiner Meinung nach musste man so etwas als gegeben hinnehmen. Es gab keine Hilfe mehr für die Frau. So einfach war das.

Er sagte es Berg unumwunden. „Wir können da nichts mehr tun." Er zuckte die Schultern. „Die Brut hat sich bereits in ihrem Gehirn eingenistet. Ende. Das war es!"

Berg wollte sich damit nicht zufriedengeben. Er ließ Jessica und Marc zu sich rufen.

„Es gibt Parasiten, die meist kleine Tiere besiedeln und sie zwingen, für ihre Art völlig untypisch zu reagieren", erklärte Jessica, nachdem Berg ihr das Problem geschildert hatte. „Wenn sie erreicht haben, was sie wollen, töten sie den Wirt und bedienen sich seines Körpers."

„Also sie fressen das Opfer?"

„Ja. Aber nicht nur. Sie benutzen seinen Leichnam und bewegen sich darin fort."

„Das kann ich mir nicht vorstellen", Berg schüttelte angewidert den Kopf.

„Und dennoch ist es so. Die Tiere – das können Schnecken, kleine Säugetiere oder auch Insekten sein – wandeln dann als

210

Zombies herum. Sie sind längst gestorben, doch der Parasit existiert in ihnen und verwendet die tote Hülle als Lebensraum."

„Um Himmels willen! Glauben Sie, so etwas wäre auch bei einem Menschen möglich?"

„Darüber habe ich noch nie etwas gehört. Nicht in dieser Form. Selbstverständlich gibt es Parasiten, die auch Menschen besiedeln. Denken Sie zum Beispiel an die Krätzmilbe, die sich unter die Haut gräbt. Oder an einen Bandwurm, der sich im Darm einnistet und durch den Menschen weiterlebt, indem er ihm die Nährstoffe entzieht. Dennoch kenne ich keinen Fall, in dem ein Parasit einen Menschen tötet und anschließend seinen Körper kontrolliert."

Erschüttert wischte sich Berg über das Gesicht. Im Prinzip wusste man nichts Genaues, doch mittlerweile hielt er es für möglich, dass die Patientin einem solchen Wesen zum Opfer gefallen war.

„Ich danke Ihnen für Ihre Einschätzung."

„Keine Ursache. Glauben Sie, wir können wieder nach draußen gehen? Sind noch Männer des Stammes anwesend, die uns nachstellen könnten? Wir wollen Sie mit unserer Anwesenheit nicht weiter belästigen. Sie haben sicher gerade genug andere Probleme."

„Warten Sie den Sturm ab!", riet Berg. „Ich kann Ihnen leider nicht sagen, was diese Menschen im Schilde führen. Seien Sie vorsichtig!"

Draußen toste und krachte es. Die Palmen bogen sich bis zum Boden, und viele Bäume zerbarsten einfach. Die Teile der Hütten sausten wie Wurfgeschosse über die Insel und knallten gegen die Mauern des Hospitals. Es war lebensgefährlich, das feste Gebäude zu verlassen.

Der Hurrikan tobte drei Tage und drei Nächte lang, ehe er endlich an Kraft verlor.

Es wurde höchste Zeit, dass man wieder nach draußen konnte.

Die Männer waren in der Enge des kleinen Krankenhauses immer aggressiver geworden. Ein Wort gab das andere, und ehe man sich versah, bahnte sich die schönste Schlägerei an. Max, Sörensen, Bender, Hansen und noch ein paar andere schritten ein und verhinderten das Schlimmste. Trotzdem gab es einige Blessuren, um die sich Berg und Andy nun auch noch kümmern mussten.

„Wo ist eigentlich das Glas mit dem eingelegten Exemplar?" Dr. Berg sah sich suchend um.

„Das Glas ist hier, aber es ist leer!" Andy hielt das Gefäß hoch.

„Der Wurm war aber doch tot, oder?"

„Ja. Der konnte garantiert nicht mehr herauskriechen."

In Berg glomm ein böser Verdacht auf. „Das ist doch nicht zu glauben!", polterte er plötzlich los, ohne näher zu erläutern, was er damit meinte.

„Ich weiß, was Sie denken. Den hat einer ausgesoffen!" Andy war nicht sonderlich betroffen und verband gelassen die Platzwunde eines Seemannes, die dieser bei der Rauferei abbekommen hatte.

Es war niederschmetternd. Alles, was sich die Männer aufgebaut hatten, war durch den fürchterlichen Sturm vernichtet worden. Sie würden wieder bei null anfangen müssen.

Fassungslos liefen sie herum und betrachteten das, was von ihren Hütten und den angelegten Feldern übrig geblieben war. Es war nicht viel. Überall Zerstörung, wohin sie auch sahen! Die Tiere waren verschwunden. Man konnte nur hoffen, dass die Hühner und Ziegen irgendwie überlebt hatten und zurückkehren würden.

Noch immer wehte ein frischer Wind über die Insel, doch er hatte nichts mehr Bedrohliches. Fast alles war besser als die drückende, wabernde Hitze, die sonst wie eine Dunstglocke über dem Stückchen Land hing und das Atmen zur Qual machte.

Manche reagierten sehr emotional. Als Winterbach vor dem zerborstenen Hühnerstall stand, fing dieser große, starke Mann tatsächlich an zu weinen. Er hatte die kleinen Küken mit viel Hingabe aufgezogen, und nur wer selbst Tiere liebte, konnte ihn verstehen. Er schämte sich seiner Tränen, als Sörensen hinter ihn trat und ihm die Hand auf die Schulter legte.

„Sie kommen wieder!", sagte Sörensen fest. Jedes weitere Wort wäre zu viel gewesen. „Hilfst du mir, Fische zu fangen? Es muss irgendwie weitergehen!"

Winterbach drückte ihm die Hand, und sie sahen sich dabei in die Augen. Beide Männer wussten, dass dieser kräftige Händedruck eine Freundschaft besiegelte.

Die anderen schwärmten aus und sammelten alles, was sie finden konnten. Holz für den Neubau der Hütten lag genügend herum, und auch Kokosnüsse gab es massenhaft. Man brauchte sie nur aufzulesen.

Der Fischfang verlief leider nicht so gut. Die Fische hatten sich während des Sturms zurückgezogen. Es würde noch ein paar Tage dauern, bis man sie wieder vom Ufer aus fangen konnte. Hansen bekam das mit und bot Sörensen eines der Rettungsboote an. „Dann fahren wir halt ein Stück hinaus und fischen dort", meinte er pragmatisch. Das war eine sehr gute Idee von ihm, denn als die Männer schließlich das Netz einzogen, war der Fang größer als jemals zuvor.

Noch am selben Tag begannen die Männer, die zerstörten Hütten neu zu errichten. Es war erstaunlich, wie viel in kurzer Zeit erreicht werden konnte, wenn viele Hände emsig mit anpackten.

Als Dr. Berg am Abend das Camp besuchte, um nach den Männern zu sehen, konnte er kaum fassen, was die Leute geleistet hatten. Die ersten Hütten standen schon wieder. Noch war nicht alles fertig, doch es gab bereits einige Unterstände, die vor dem täglich niederprasselnden Regen Schutz boten.

Als es dämmerte, saß man um die Lagerfeuer herum und aß die frisch gefangenen Fische, die Sörensen, Winterbach und ein paar andere ausgenommen hatten. Dazu gab es die unzähligen Kokosnüsse, die man zu einem Berg aufgeschichtet hatte, und von denen sich jeder nach Belieben bedienen konnte.

Plötzlich waren durch das Prasseln des Feuers klägliche Stimmen zu hören. Alle hielten inne und lauschten.

„Was ist das?", fragte Berg. Langsam standen die Männer auf und griffen nach herumliegenden Knüppeln und Ästen. Alle waren in Alarmbereitschaft, da sie mit einem Angriff der Raubtiere rechneten. Sie suchten hinter den Bäumen und Sträuchern Deckung und warteten.

Zum Vorschein kam aber etwas ganz anderes. Eine kleine Ziege näherte sich und meckerte klagend vor sich hin. Ihr folgten weitere Tiere, und auch die Hühner kamen plötzlich gackernd herbeigerannt.

Die Anspannung löste sich, und die Männer brachen in lautes, befreiendes Gelächter aus. Winterbach warf Sörensen einen dankbaren Blick zu. Er hatte recht gehabt! Sörensen nickte ihm unauffällig zu. Die anderen brauchten das nicht mitzubekommen.

Verblüfft sahen die Männer, wie die Hühner mit größter Selbstverständlichkeit ihren neuen Stall bezogen, obwohl er noch nicht einmal fertig war. Die Tiere rannten herum und begutachteten laut gackernd die neue Behausung.

„Passt ihnen etwas nicht?", fragte Sörensen unsicher. Alle lachten.

„Da soll noch mal einer sagen, dass Hühner dumm sind!", meinte Winterbach. „Sie wissen genau, dass sie hier zu Hause sind, aber sie möchten gern ihren alten Stall zurück."

Die Ziegen blieben draußen, doch sie suchten die Nähe der Menschen. Sie legten sich nur wenige Meter entfernt zum Schlafen nieder. Offenbar fühlten sie sich im Camp der Männer sicher. Doch nach einiger Zeit wurden sie unruhig. Irgendetwas schien nicht zu stimmen. Sie erhoben sich und rückten immer näher an das Lagerfeuer heran, was sehr ungewöhnlich war.

Winterbach unterhielt sich mit Sörensen über Jessica und Marc, die vor Kurzem wieder aufgebrochen waren, um das Leben auf der Insel zu erkunden. Sie diskutierten gerade darüber, ob das nun leichtsinnig von den jungen Leuten war oder ob sie das Richtige taten. Gleichzeitig war Winterbach damit beschäftigt, eine Kokosnuss zu zerteilen, als sich plötzlich eine der Ziegen dicht an ihn heranschob. Für ihn war das ein Alarmzeichen. Er wusste das Verhalten der Tiere zu deuten. Sofort ließ er alles fallen und sprang auf.

„Alle in Deckung!", brüllte er. Die Männer fuhren zusammen. Niemand hatte etwas gesehen oder gehört. Verständnislos blickten sie um sich, doch noch immer konnten sie nichts Gefahrvolles entdecken.

„Spinnst du, oder was?", rief schließlich einer und tippte sich an die Stirn.

Die Seeleute erhoben sich langsam und griffen wieder zu den weggeworfenen Knüppeln und Ästen. Sie konnten nicht ahnen, dass sie sich diesmal mit diesen Waffen nicht wehren konnten.

Die Strafgefangenen blieben gelassen sitzen. Der Winterbach hat sie nicht alle, dachten sie. Sobald eine Ziege meckerte oder ein Huhn gackerte, brannte bei ihm eine Sicherung durch, und er versuchte das Camp zu evakuieren. Die Männer blickten sich vielsagend an. Manche rollten mit den Augen oder schüttelten den Kopf.

„Da hinten bewegt sich etwas!", meldete Hansen und kniff die Augen zusammen, um besser sehen zu können. Nun wurden die anderen auch munter und sprangen auf. Alle blickten in die gleiche Richtung, doch viel erkennen konnte man nicht. Es sah aus wie eine dunkle Woge, die sich offenbar dem Lagerplatz näherte.

„Was ist das denn?", brummte Sörensen. „Ein Tsunami?"

„Sicher nicht. Der wäre schon hier", erwiderte der Kapitän trocken.

Plötzlich war eine Art Knistern zu vernehmen. Es wurde immer lauter und übertönte sogar das Prasseln des Lagerfeuers.

„Verdammt, was kommt denn da auf uns zu?", rief Winterbach ratlos.

„Sicherlich nichts Gutes", meinte Bender. „Am besten, wir hauen sofort von hier ab!"

Niemand hatte es besonders eilig. Gemächlich begannen die Ersten, ihr Essen zusammenzupacken und sich auf den Weg zum Hospital zu machen. Wohin sollte man auch sonst gehen? Noch immer glaubten die wenigsten an eine echte Gefahr, doch die dunkle Wolke, die scheinbar über den Boden kroch, kam viel schneller näher, als alle gedacht hatten.

„Das sind irgendwelche Viecher!", brüllte Hansen plötzlich entsetzt. „Rennt, so schnell ihr könnt!"

Tatsächlich walzte eine Woge unzähliger schwarzer Käfer heran. Es schien kein Hindernis zu geben, das sie aufhalten konnte. Die kleinen Insekten überkrabbelten jeden Baumstamm und durchliefen jedes Gestrüpp, ohne dabei an Geschwindigkeit zu verlieren.

„Da ist ein schwarzer Käfer", sagte Olaf, als seine Mama ihn gerade zu Bett bringen wollte.

„Nicht ablenken, junger Mann!", lachte Birgit Hansen. Sie kannte ihren Sohn gut. Immer, wenn er schlafen gehen sollte, fiel ihm eine Ausrede ein, damit er noch eine Weile aufbleiben konnte. „Ich bringe ihn gleich hinaus. Ab ins Bett mit dir!"

Olaf hörte nicht auf sie. Stattdessen setzte er sich auf den Fußboden und hielt dem Käfer einen Finger hin. Er fand alle Tiere faszinierend. Dieses hier besaß einen schwarz schimmernden Chitinpanzer und war größer als die Käfer, die er von zu Hause kannte.

Im nächsten Moment schrie der Kleine laut auf. Entsetzt sah Birgit, wie sich das Insekt aggressiv in die Haut ihres Kindes verbiss.

Max, der das Geschrei des Jungen gehört hatte, stürmte in das Schwesternzimmer, in dem Olaf und nun auch Birgit schliefen.

„Was ist passiert?"

„Nichts Schlimmes, nur ein Käfer. Aber er lässt nicht los!" Birgit deutete achselzuckend auf das merkwürdige Tier. Vorsichtig löste Max den Käfer von Olafs Finger und wollte ihn zertreten. Das war jedoch nicht möglich. Der feste Chitinpanzer trotzte jeder Gewalt. Verblüfft sah Max, wie sich das wehrhafte Insekt in seiner Schuhsohle verbiss. Im nächsten Moment fiel ihm auf, dass noch mehr dieser Käfer im Zimmer herumliefen.

„Blödes Viehzeug! Wo kommt das denn nun wieder her?",
brummte er vor sich hin und verließ kopfschüttelnd das Zimmer.
Er machte sich darüber weiter keine Gedanken. Irgendwelches Ungeziefer gab es hier halt immer. Dagegen konnte man nichts tun.

Nicht alle schafften es bis zum Hospital. Blitzartig überflutete
die Woge der Käfer den ganzen Lagerbereich. Einige der Männer waren nicht schnell genug. Die harmlos aussehenden Käfer
griffen sofort an. Es war entsetzlich. Sie fielen die Menschen
an und bissen sich überall an ihnen fest. Sie krochen in Nasenlöcher, Haare, Ohren und Augen. Niemand hatte eine Chance,
sich gegen diese Übermacht zu wehren.

Sörensen hatte das Krankenhaus fast erreicht und blickte
sich noch einmal um. Er musste mit ansehen, wie einige seiner
Kameraden am Boden lagen und nicht mehr zu erkennen waren, da sie komplett von dem Ungeziefer bedeckt wurden. Sie
brüllten schauerlich und schlugen um sich, aber sie waren nicht
mehr in der Lage aufzustehen. Diese fürchterlichen Käfer schienen sie am Boden festzuhalten.

Vor Grauen weinend, rannte Sörensen trotzdem weiter. Er
konnte den Leuten nicht mehr helfen. Auch er würde aufgefressen werden, wenn er nun zurückging.

Die Einzigen, die Spaß hatten, waren die Hühner. Als sie das
Krabbeln der Insekten vernahmen, stürzten sie aus ihrer Hütte und machten sich über die Käfer her. Ein solches Futterangebot war selten. Es war ein Festmahl! Sie rannten umher und
pickten Unmengen der schwarzen Käfer auf, dennoch wurden
es scheinbar nicht weniger. Man sah kaum einen Unterschied.
Es waren einfach zu viele.

Die Ziegen hatten sich rechtzeitig aus dem Staub gemacht.
Sie hatten einen feinen Instinkt dafür, wann es besser war, sich
zurückzuziehen.

Die Eingeborenen ließen sich nicht blicken. Sicherlich hatten sie Erfahrung mit diesen Käfern, aber man konnte sie leider nicht fragen.

Sörensen, der das Krankenhaus zum Glück erreicht hatte, vermutete, dass das Phänomen etwas mit dem Wetterumschwung zu tun hatte. Damit lag er mit großer Wahrscheinlichkeit richtig, aber es nützte gerade niemandem etwas.

Alle, die es rechtzeitig schafften, wurden in das Hospital gelassen. Gleichzeitig war man damit beschäftigt, alle Fenster, Türen und Ritzen abzudichten, da die merkwürdigen Käfer auf einmal überall eindrangen.

„Was, um Himmels willen, werden wir hier noch alles erleben?", sagte Dr. Berg erschüttert zu Andy, der gerade am Bett der Offiziersfrau stand und ihr eine Injektion verpasste, die sie zur Ruhe bringen sollte. Wenn sie bei Bewusstsein war, tat sie Unberechenbares. Sie wanderte herum wie ein Zombie und schlug plötzlich wahllos auf andere Patienten ein. Manchmal griff sie auch unvermittelt ihren Mann an, der verzweifelt Tag und Nacht an ihrem Bett saß und nicht begreifen konnte, was mit seiner Frau geschah.

Der Parasit! Er hatte sich offenbar in ihr Gehirn gefressen, und man konnte ihr nicht helfen. Die einzige Lösung war, die Frau ruhigzustellen, damit sie keinen Schaden anrichten konnte.

Die Käfer krabbelten an der Fassade des Hospitals empor und bedeckten sie nach einer Weile völlig. Und immer wieder fanden sie kleinste Schlupflöcher, durch die sie in das Krankenhaus gelangten.

Jessica und Marc bekamen von der Invasion nichts mit. Sie befanden sich bereits auf der anderen Seite der Insel und hofften noch immer, eine Spezies zu finden, die als ausgestorben galt und auf geheimnisvolle Weise überlebt hatte.

Sie machten sich keine Gedanken darüber, ob und wie sie von dieser verfluchten Insel jemals wieder wegkommen würden. Sie waren beide noch jung, und für sie war diese Expedition ein riesiges Abenteuer, von dem sie immer geträumt hatten.

„Schau mal, Marc", sagte Jessica plötzlich und deutete in die Ferne, als sie sich auf dem Plateau eines steil abfallenden

Tals befanden. „Ich sehe dort etwas. Es bewegt sich und scheint recht groß zu sein."

Angestrengt blickte Marc in das Tal hinunter, doch er konnte zunächst nichts entdecken. „Was meinst du?", fragte er ratlos.

„Ein großes graues Tier. Es bewegt sich ganz langsam."

„Was soll das sein?"

„Keine Ahnung. Gibt es hier Elefanten?"

„Ganz sicher nicht. Vielleicht hast du dich geirrt."

Es dauerte nicht lange, bis sie feststellen mussten, dass sich Jessica nicht geirrt hatte. Das Tier, das sie gesehen haben wollte, war tatsächlich zunächst verschwunden. Sie konnten nicht ahnen, dass es bereits ihre Witterung aufgenommen hatte und sich verbarg, um bei nächster Gelegenheit aus dem Hinterhalt zuzuschlagen. Es war ein Wesen, das urzeitliche Instinkte besaß.

Im Krankenhaus tobte das Chaos. Die Käfer drangen durch alle möglichen Ritzen ein und attackierten die Menschen. Man musste versuchen, ihnen irgendwie Herr zu werden! Da sie sich nicht zertreten oder totschlagen ließen, war man zu der Lösung gekommen, sie einzufangen und in eine dichte Kiste zu sperren. Aber selbst das Einfangen erwies sich als Problem, da die Tiere sehr wehrhaft waren. Sie bissen sofort zu und sprangen die Menschen sogar an. Da man keine dicken Handschuhe, Netze oder andere geeignete Utensilien besaß, kam man auf die Idee, sie mit Plastikbechern, die man normalerweise den Kranken zum Trinken reichte, einzufangen. Das funktionierte leidlich. Die Kiste war dicht, aber die kleinen Biester versuchten sofort herauszukommen, wenn man durch eine kleine Öffnung die neu gefangenen Käfern hineinschob. Man musste höllisch aufpassen.

Da sich nun sehr viele Menschen in dem kleinen Hospital aufhielten, wozu es eigentlich nicht gedacht war, stand man sich ständig gegenseitig im Weg. Aber es half alles nichts. Die einen fingen die Käfer ein, während andere beobachteten, woher sie kamen. So gut es ging, dichtete man immer wieder die kleinen Eingänge ab, doch die Krabbeltiere schienen ständig neue Wege zu finden. Es nahm einfach kein Ende.

Hansen blickte auf eine der Fensterscheiben, die von den Käfern vollkommen bedeckt war. Der Raum war dadurch so dunkel, als wäre es Nacht.

„Glauben Sie, die Viecher verschwinden wieder?", fragte er Dr. Berg zweifelnd.

„Bestimmt. Und ich hoffe, dass sie das bald tun. Als hätten wir nicht schon genug andere Probleme!"

„Wenn die weg sind und wir wieder rauskönnen, werde ich mit meinen Leuten versuchen, die Jacht auf der Nachbarinsel flottzumachen, mit der meine Frau gekommen ist", überlegte Hansen.

„Das ist ein guter Gedanke! Wir brauchen unbedingt Hilfe von außen. Von selbst kommt sowieso keiner auf die Idee, hier nach dem Rechten zu sehen!"

„Ich glaube Ihnen mittlerweile, dass sich tatsächlich niemand für die Menschen auf dieser Insel interessiert."

„Ich wünsche Ihnen sehr, dass Sie es schaffen, das Festland zu erreichen. Aber ich glaube kaum, dass sich etwas ändern wird. Die wissen ganz genau, was hier los ist. Ich vermute, das war seit Langem alles so geplant."

„Meinen Sie, dass jemand Kenntnis davon hat, welche Urzeittiere es hier gibt? Ehrlich gesagt, glaube ich, dass es keine Tiere sind, die irgendwie überlebt haben. Dahinter steckt etwas anderes."

„Sie denken, sie seien künstlich erschaffen worden?"

„Ich weiß es nicht. Aber so etwas soll es geben. Es ist doch vollkommen unverständlich, dass niemand hierherkommt, um sich ein Bild von den Geschehnissen zu machen. Wer weiß, ob man die Strafgefangenen nicht als Experiment auf diese Insel verbannt hat."

„Was meinen Sie damit?"

„Na ja, es könnte doch sein, dass man sehr wohl weiß, welche Kreaturen es hier gibt, und man nun testet, ob Menschen mit ihnen zusammen überleben könnten. Und falls nicht, sollten sie vielleicht als Frischfutter für diese Biester dienen."

Dr. Berg war das alles etwas zu weit hergeholt. „Und die Käfer?", fragte er stirnrunzelnd.

„Die gehören vermutlich wirklich hierher. Genauso wie die auf der Insel geborenen Menschen."

„Ich kann das alles nicht glauben. Es wird höchste Zeit, dass wir etwas unternehmen!"

Darin waren sie sich einig. Dennoch wollten sie noch niemanden in ihren Plan einweihen. Dazu war es noch zu früh. Zunächst musste man die Käferplage loswerden.

Jessica und Marc diskutierten noch immer, welches Tier Jessica wohl gesehen haben mochte, als sie plötzlich ein knackendes Geräusch hinter sich hörten. Sie fuhren herum und erstarrten. Nur wenige Meter von ihnen entfernt befand sich eine riesige Echse, die auf ihren Hinterbeinen stand und sie aus kleinen, gefährlichen Augen fixierte.

„Marc, das ist fantastisch!", rief Jessica begeistert. „Das ist ein Tyrannosaurus Rex."

„Quatsch!", sagte Marc sofort. „Dafür ist er viel zu klein. Außerdem sieht er nicht sehr freundlich aus. Los! Weg von hier!" Er packte sie am Arm und wollte sie mit sich zerren, doch sie sträubte sich.

„Willst du dich fressen lassen, oder was?", schrie Marc sie an. „Du hast sie doch nicht alle!"

„Der tut uns schon nichts!" Jessica war so fasziniert von diesem urzeitlichen Tier, dass sie sich der Gefahr überhaupt nicht bewusst war.

„Doch! Das ist sicher kein T-Rex, aber er ist im Begriff, uns anzugreifen!" Marc hatte jetzt keine Zeit zu diskutieren. Er zerrte Jessica weiter. Einfach nur weg von diesem Ungetüm. Tatsächlich hatte es ein wenig Ähnlichkeit mit diesem legendären, riesigen Fleischfresser, der vor Urzeiten gelebt hatte, aber es war viel kleiner. Es hatte schätzungsweise eine Höhe von etwa nur zwei Metern. Dennoch war für Marc, der sich beruflich mit diesen längst vergangenen Lebewesen beschäftigte, glasklar, dass sie sich in Lebensgefahr befanden.

„Vielleicht ist es ein Baby!", hoffte Jessica, als sie hinter Marc durch das Unterholz stolperte.

„Nein. Sicher nicht. Komm jetzt endlich von hier weg! Das Vieh wird nicht mehr lange überlegen."

So war es. Gemächlich setzte sich das Wesen in Bewegung und verfolgte seine Beute. Es beeilte sich dabei nicht, denn es wusste, dass sie ihm nicht entfliehen konnte. Egal, wie schnell diese kleinen Gestalten liefen – es würde schneller sein. Und es hatte Zeit. Es brauchte keine Energie zu verschwenden.

Marc wusste, dass ein Tyrannosaurus Rex etwa 27 Stundenkilometer schnell laufen konnte. Dieses Tier war definitiv kein T-Rex, aber dadurch, dass es kleiner und leichter war, würde es wahrscheinlich noch schneller sein, wenn es sich auf die Jagd begab.

Genauso schnell, wie die Käfer gekommen waren, verschwanden sie auch wieder. Das Wetter hatte sich geändert. Plötzlich war es wieder drückend schwül auf der Insel, was die kleinen Krabbeltiere offenbar nicht vertrugen.

Verblüfft sahen die Männer am nächsten Morgen, dass sich sämtliches Ungeziefer zurückgezogen hatte. Nur in der verschlossenen Kiste, in die man die Käfer gesperrt hatte, vibrierte und rumorte es. Max trug den Kasten schließlich nach draußen und öffnete ihn. Sofort stürzten die Tiere hinaus und vergruben sich eilig im Sand. Weit und breit waren keine Käfer mehr zu sehen, und doch wusste man nun, dass sie da waren.

Die Männer waren froh, das kleine Krankenhaus wieder verlassen zu können. Doch was man draußen vorfand, war sehr gruselig. Von den Menschen, die es nicht geschafft hatten, das Hospital rechtzeitig zu erreichen, war nicht mehr sehr viel übrig geblieben. Menschliche, sauber abgenagte Skelette lagen überall herum. Die Käfer hatten gründliche Arbeit geleistet. Es war kaum möglich, die Identität der Toten festzustellen. Nur anhand einiger Kleidungsstücke konnte man den einen oder anderen noch erkennen.

Ohne viel Aufhebens wurden die skelettierten Leichen an einem abgelegenen Ort begraben.

Zum ersten Mal während ihrer Ehe bekamen Lars Hansen und seine Frau Birgit richtig Krach miteinander. Er hatte ihr erzählt, dass er mit ein paar Männern seiner Schiffsbesatzung hinüber zur Nachbarinsel wollte, um die Jacht in Betrieb zu nehmen und anschließend zum Festland zurückzufahren.

„Ich fahre mit", sagte sie sofort fest.

„Nein. Es ist zu gefährlich. Außerdem musst du bei Olaf bleiben."

„Olaf kommt auch mit."

„Auf gar keinen Fall! Versteh mich doch! Ich weiß nicht, was auf uns zukommen wird. Wilde Tiere, ein Sturm oder sonst etwas. Ich möchte dich und Olaf dieser Gefahr nicht aussetzen!"

„Aber ich soll hier sitzen und mich verzehren, während du dort draußen um dein Leben kämpfst? Nein! Dazu bin ich dir nicht bis hierher gefolgt. Ich will bei dir sein. Jetzt und in Zukunft. Du kannst mich nicht einfach zurücklassen!" Entschlossen blickte sie ihm in die Augen. Sie war nicht bereit, auch nur einen Millimeter breit nachzugeben. Wenn er fortwollte, musste er sie mitnehmen!

Hansen sah das anders, aber er wusste, dass es im Moment keinen Sinn hatte, mit Birgit darüber zu diskutieren. Wenn sie sich etwas in den Kopf gesetzt hatte, war sie für keine Argumente mehr zugänglich.

Stattdessen vertraute er sich Dr. Berg an. „Ich möchte meine Frau und meinen Sohn in Ihrer Obhut lassen", begann er umständlich. „Bei Ihnen sind sie sicher."

Berg überlegte einen Augenblick. Was sollte er antworten? Die Sicherheit auf dieser Insel war relativ, und er konnte es sich eigentlich nicht leisten, Verantwortung für die beiden zu übernehmen.

Hansen bemerkte sein Zögern und ordnete es richtig ein. „Ich weiß, dass Sie keine absolute Sicherheit gewährleisten können, aber dennoch wäre ich beruhigt, wenn die zwei hier bei Ihnen bleiben könnten. Ich kann sie auf diesem gefährlichen Trip nicht gebrauchen. Ich weiß ja selbst nicht, ob wir jemals ankommen. Und wer weiß, was man mit uns anstellt, wenn es stimmt, was ich vermute."

„Gut. Lassen Sie sie hier", stimmte Berg schließlich zu. „Ich wünsche Ihnen viel Glück!"

Hansen war kein Mensch, der übermäßig Gefühle preisgab, aber in diesem Moment umarmte er den Doktor fest, und Tränen rannen ihm dabei über die Wangen. Er wusste nicht, ob er seine Frau und sein Kind in diesem Leben noch einmal wiedersehen würde.

Noch in der Nacht legten klammheimlich zwei Rettungsboote ab. Man hatte Frischwasser, ein paar Konserven und die letzten Benzinkanister an Bord.

„Ob das reichen wird?", zweifelte der Erste Offizier. Hansen hatte seine besten Männer ausgewählt, die ihn auf dieser gefährlichen Reise begleiten sollten. Es waren nicht viele, aber es war ein Maschinist darunter, dem er voll vertraute, sein Erster und noch ein paar andere, die ihm jederzeit zur Seite stehen würden.

Das erste Stück ruderten sie, um keine Aufmerksamkeit zu erregen. Erst als sie außer Hörweite waren, warfen sie die Motoren an.

Sie erreichten nach kurzer Zeit die Nachbarinsel, aber es war noch zu dunkel, um die Jacht in Augenschein nehmen zu können.

„Wir warten, bis es hell genug ist", beschloss Hansen. „Ruht euch aus! Vielleicht könnt ihr noch ein paar Stunden schlafen. Wer weiß, wann wir dazu wieder Gelegenheit haben."

Er selbst schlief nicht. Er saß am Strand und blickte auf das Meer hinaus. Er dachte an Birgit und Olaf. Seine Frau würde kein Verständnis dafür haben, dass er sie nicht mitgenommen hatte. Er konnte sich lebhaft vorstellen, wie sie sich darüber aufregen würde. Schmerzlich verzog er das Gesicht, aber er stand zu seiner Entscheidung. Ob es die richtige war, würde sich bald erweisen.

Jessica und Marc blieben völlig außer Atem stehen. „Es ist weg. Wir haben es abgehängt!", keuchte Jessica. In ihrem Ton schwang Bedauern mit. Sie wollte sich unbedingt mit diesem Wesen befassen, und sie konnte nicht verstehen, weshalb Marc offenbar überhaupt nicht an ihm interessiert war.

„Falls du dir Gedanken darüber machst, dass wir es nun nie wiedersehen werden, kann ich dich beruhigen", antwortete Marc trocken.

„Wieso?" Alarmiert blickte Jessica um sich.

Marc nahm ihren Kopf in beide Hände und drehte ihn ein Stück nach rechts. „Was siehst du dort?"

„Ich sehe nichts!"

„Dann brauchst du eine Brille!"

Es war tatsächlich schwer zu erkennen, aber in einiger Entfernung verbarg sich das echsenartige Wesen hinter einem Baumstamm und beobachtete sie aus kleinen, gefährlichen Augen.

„Wie kommt es dorthin? Es war doch eben noch hinter uns!"

„Diese Viecher sind sehr schlau. Es lauert uns auf. Wir müssen es überlisten." Marc überlegte, welche Strategie gerade am sinnvollsten war, als sich die Ereignisse überstürzten.

Am Hafen saß ein Mann und beobachtete scheinbar gelangweilt die vielen Boote, die gerade ein- oder ausliefen. Er trug eine kurze Hose und ein bunt bedrucktes Hemd und sah damit so aus wie viele andere harmlose Touristen. Wer genauer hinsah, konnte jedoch bemerken, dass er mit seinem Fernglas insbesondere die ankommenden Jachten sehr interessiert abtastete.

Als Hansen langsam das Boot in den Hafen manövrierte und nach einem freien Liegeplatz suchte, griff er sofort zum Telefon und wählte eine Nummer.

„Die Jacht kommt gerade herein", sagte er knapp.

„Wer ist an Bord?", fragte der andere Teilnehmer.

„Hansen und ein paar seiner Leute."

Auf der anderen Seite wurde kommentarlos aufgelegt.

Als Hansen und die wenigen Männer seiner Besatzung noch damit beschäftigt waren, das Boot festzuzurren, versammelten sich mehrere in schwarze Anzüge gekleidete Männer am Kai. Sie trugen Sonnenbrillen und wirkten durch ihre Aufmachung nicht gerade unauffällig. Jeder, der ihnen begegnete, ging ihnen instinktiv aus dem Weg.

Sie griffen von drei Seiten gleichzeitig an. Aber nicht die Menschen waren das Ziel der Attacke. Jessica und Marc duckten sich tief in das dichte Unterholz und beobachteten einen einmaligen Kampf der Giganten.

Drei der riesigen Flugsaurier stürzten sich auf die Echse und schlugen ihre messerscharfen Krallen in ihr Fleisch. Die Kreatur brüllte in entsetzlichen Tönen und wehrte sich aus Leibeskräften, doch sie hatte gegen die drei Angreifer keine Chance. Nach kurzer Zeit polterte das urzeitliche Tier zu Boden, und Jessica und Marc sahen atemlos mit an, wie die vogelartigen Wesen riesige Fleischstücke aus dem noch zuckenden Körper herausrissen.

„Weg von hier!", flüsterte Marc. „Wenn sie uns entdecken, sind wir verloren." Vorsichtig schlichen sie durch das Unterholz davon, bemüht, keinen Laut zu verursachen.

Als Hansen und seine Leute das Boot verließen, wurden sie sofort von den schwarz gekleideten Herren umringt.

„Gehen Sie unauffällig mit uns!", befahl ihnen einer von ihnen leise.

„Ich denke gar nicht daran! Was soll das? Was wollen Sie von uns?", begehrte Hansen auf.

Der Herr, der zu ihm gesprochen hatte, schob wortlos sein Jackett ein wenig zur Seite. Darunter wurde ein Pistolenhalfter mit einer Waffe sichtbar. „Sind wir uns jetzt einig?", fragte er ruhig.

Hansen kam sich vor wie in einem schlechten Agentenfilm. Das war doch einfach nicht zu glauben! „Gut, wir gehen mit, aber ich erwarte eine Erklärung von Ihnen!", sagte er und nickte seinen Leuten zu.

Die Herren grinsten sich süffisant an. Er erwartet eine Erklärung! Sie fanden das offenbar lustig. Ohne ein weiteres Wort nahmen sie Hansen und den Rest der Schiffsbesatzung zwischen sich und führten sie zu einem unauffälligen weißen Kleinbus. Man verband ihnen die Augen und stieß sie hinein. Mit einem Knall, der alle zusammenfahren ließ, schloss sich die Schiebetür. Zwei der Entführer sprangen auf die Vordersitze, während sich die anderen auf mehrere schwarze Limousinen verteilten, die sie in der Nähe abgestellt hatten. In halsbrecherischem Tempo brausten sie schließlich davon.

Als man Hansen die Augenbinde abnahm, befand er sich in einem fensterlosen, düsteren Raum, der nur durch einen Strahler erhellt wurde, den man direkt auf sein Gesicht gerichtet hatte. Geblendet durch das grelle Licht, konnte er zunächst überhaupt nichts erkennen. Und wieder glaubte er, sich in einem kuriosen Agententhriller zu befinden. Seine Leute hatte man von ihm getrennt. Hoffentlich erzählen die Jungs keinen Unsinn, dachte er besorgt bei sich, als er langsam begann, die Umrisse des Raumes zu erkennen. Ihm gegenüber saßen zwei der schwarz gekleideten Herren, die trotz der Dunkelheit ihre Sonnenbrillen nicht abnahmen.

Er ahnte, dass seine Gefangennahme etwas mit der geheimen Insel zu tun haben musste. Doch das, was man ihm nun vorwarf, machte ihn fassungslos.

„Sie haben Ihre Frau und Björn Peters ermordet. Geben Sie es zu!", hörte er die leiernde Stimme eines der im Schatten sitzenden Männer.

„Das ist doch Unsinn! Niemals würde ich meiner Frau etwas antun!", rief er entsetzt. „Wie kommen Sie denn darauf?"

„Ihre Frau und der Maschinist Björn Peters haben den Hafen mit dieser Jacht verlassen. Sie kommen nun fröhlich mit ihrer Schiffsbesatzung und eben dieser Jacht zurück und wollen uns erzählen, sie wüssten nicht, wo sich Ihre Frau befindet?" Der Mann, der gerade sprach, neigte sich etwas nach vorn. Es wirkte bedrohlich, und das sollte es wohl auch, doch Hansen konnte die Männer noch immer nur schemenhaft erkennen.

„Das habe ich nicht gesagt! Unser Schiff ist während eines Sturms gekentert. Wir haben mit den Rettungsbooten eine Insel erreicht. Da man uns offenbar nicht gefunden hat, ist meine Frau mit der Jacht aufgebrochen und strandete glücklicherweise auf derselben Insel. So haben wir uns wiedergesehen. Der Maschinist war nicht an Bord, und meine Frau ist noch immer auf der Insel." Während er sprach, merkte er selbst, wie unglaubwürdig sich die Geschichte anhörte. Weshalb hätte er seine Frau auf einer unbekannten Insel zurücklassen sollen?

„Aha. Eine Insel." Einer der schwarz gekleideten Herren kam um den Tisch herum und breitete eine Seekarte vor Hansen aus. „Dann zeigen Sie uns doch einmal, welche Insel das sein soll!"

Sofort witterte Hansen die Falle. Wenn er jetzt einen Fehler machte, würde sie zuschnappen! Gemächlich beugte er sich über die Karte und zeichnete mit dem Finger die Route nach, auf der sie gekommen waren. Plötzlich stoppte er. „Hier sind wir gekentert", sagte er fest. „Mein Schiff liegt an genau dieser Stelle!"

„So. Und was haben Sie dann getan?", fragte die nervtötend leiernde Stimme aus der Dunkelheit.

„Was wohl? Wir haben die Rettungsboote zu Wasser gelassen und sind zu dieser Insel gefahren." Sein Finger fuhr auf der Karte entlang und zeigte auf die Nachbarinsel, auf der Birgit gestrandet war. Sofort beugten sich die Herren lauernd über den Tisch, um zu sehen, wohin er deutete.

„Sind Sie sich da ganz sicher?", fragte einer der Schwarzbefrackten angespannt. Es hörte sich fast so an, als würde der Mann die Luft anhalten.

„Aber natürlich! Zweifeln Sie etwa daran? Ich bin Kapitän und sollte mich mit Navigation und dem Lesen von Seekarten auskennen!", antwortete Hansen scheinbar brüskiert.

„Ist Ihnen etwas aufgefallen?", fragte die leiernde Stimme gelangweilt.

„Nein. Was sollte mir aufgefallen sein?", fragte Hansen gespielt ahnungslos. „Eine unbewohnte Insel mit ein paar Palmen, weiter nichts." Er hob die Schultern. „Zum Glück gibt es dort Süßwasser, sonst hätten wir nicht überleben können. Aber wir hatten den Auftrag, die Bewohner einer anderen Insel mit Waren zu beliefern. Dazu sind wir ja nun nicht mehr gekommen. Sicherlich warten diese Menschen dringend auf die Ankunft eines Versorgungsschiffes."

„Wir werden uns darum kümmern", sagte einer der Männer gleichgültig. „Sie können gehen."

Hansen konnte kaum glauben, dass man ihn einfach so entließ. Hoffentlich war das keine Falle! Mit steifen Schritten verließ er angespannt das Gebäude. Der kalte Schweiß brach ihm aus. Das ist Todesangst, dachte er bei sich und rechnete in diesem Augenblick fest damit, von hinten niedergeschossen zu werden. Doch nichts dergleichen geschah. Als er draußen im gleißenden Licht der Sonne auf der Straße stand und nicht wusste, wohin er gehen sollte, traten plötzlich aus den Häuserschatten seine Leute auf ihn zu.

„Nichts wie weg von hier!", flüsterte einer von ihnen. Doch als sie sich schnell entfernen wollten, wurde ihnen ein weiteres Mal der Weg versperrt. Diesmal waren es zwei leger gekleidete Männer, die sofort Hansen gezielt ansprachen.

„Herr Kapitän?", fragte einer der beiden höflich.

Nicht schon wieder, dachte Hansen bitter und hätte schreien mögen, doch er riss sich zusammen.

„Ja, bitte?", fragte er in geschäftsmäßigem Ton.

„Würden Sie uns den Gefallen tun, das neue Versorgungsschiff zu übernehmen?" Einer der Herren lächelte ihn sonnig an.

Hansen war zunächst zu verblüfft, um zu antworten. Sein Erster Offizier stieß ihn schließlich sachte an und raunte ihm etwas zu. Die anderen standen um ihn herum und blickten ihn auffordernd an. Das war die Chance, wieder zurück zur Insel zu gelangen! Niemand konnte wissen, wie diese Leute arbeiteten und welche Pläne sie verfolgten!

Hansen überlegte einen Augenblick. Es war logisch, das Angebot anzunehmen, aber es war ihm klar, dass er nichts erreicht hatte. Er wusste zu diesem Zeitpunkt jedoch noch nicht, wie er das Geschehen auf der geheimen Insel publik machen sollte, ohne seine Mannschaft und sich selbst in Gefahr zu bringen. Man hatte ihm mit dieser scheinbaren Verhaftung deutlich gezeigt, dass er sehr vorsichtig sein musste.

„Ja. Ich übernehme das Schiff. Sind die Waren bereits an Bord? Wann können wir auslaufen?"

„Es ist alles geregelt. Wenn Sie sofort auslaufen würden, wäre uns das sehr recht", antwortete der lächelnde Herr. In seiner Stimme schwang scheinbar ein drohender Unterton mit. Hansen überlegte, ob er sich das nur einbildete, doch er bekam ein ungutes Gefühl. Sie wollen, dass wir so schnell wie möglich von hier verschwinden, und dafür werden sie gute Gründe haben, dachte er.

„Ich muss zunächst mit der Reederei sprechen!", wagte er einen Vorstoß.

„Wir sind von der Reederei. Es ist alles geklärt!", behauptete der Kerl mit dem sonnigen Lächeln.

Irgendetwas stimmt hier nicht, dachte Hansen, und sein Unbehagen wuchs. Selbst wenn sie uns jetzt loswerden, müssen sie doch damit rechnen, dass wir bald wiederkommen. Aber ihm blieb keine Wahl.

„Geht an Bord!", befahl er den wenigen Männern seiner Besatzung, die er auf der Jacht mitgebracht hatte. „Wir laufen aus."

Ehe er sich versah, marschierten auch die beiden fremden Herren auf das Schiff, als sei es das Selbstverständlichste der Welt. Sie übergaben ihm ein paar Papiere, machten jedoch keinerlei Anstalten, das Schiff wieder zu verlassen.

Einer der beiden setzte sich in die Funkkabine. „Sie wollten doch mit der Reederei sprechen", sagte er und winkte Hansen herein, der unschlüssig in der Tür stand und ihn beobachtete.

Eine sonore Stimme schnarrte aus dem Gerät. „Ich grüße Sie, Herr Kapitän!", sagte sie schleimig.

„Guten Tag", erwiderte Hansen förmlich. „Ich würde gern mit Ihnen persönlich sprechen."

„Aber, aber, verehrter Kapitän, Sie misstrauen uns doch nicht etwa?"

Doch, dachte Hansen, aber was sollte er darauf antworten?

„Wir holen das nach, wenn Sie wieder zurück sind." Die Stimme hörte sich gelangweilt an.

Ja, wenn, dachte Hansen, und ihm wurde plötzlich ganz kalt.

„Können Sie mir erklären, welche Herren uns da am Kai empfangen haben?"

„Die beiden, die jetzt bei Ihnen sind? Die gehören zu uns."

„Nein. Ich meine die anderen, die uns verschleppt haben. Sie waren schwarz gekleidet und trugen Sonnenbrillen."

„Ich habe keine Ahnung, wovon Sie sprechen. Wenn das so ist, haben diese Leute ganz sicher nichts mit uns zu tun."

Er lügt, dachte Hansen. Er weiß ganz genau, worum es geht.

„Die beiden Herrschaften, die mit an Bord sind, werden Sie begleiten." Die Stimme duldete keinen Widerspruch.

„Aha. Sind das Seeleute? Was soll ich mit ihnen anfangen? Normalerweise werde ich als Kapitän vorher gefragt, wen ich mitnehmen will." Hansen gab sich selbstsicher, doch die Sache wurde ihm immer unheimlicher.

„Lieber Herr Hansen, Sie haben selbstverständlich recht! Sicher können Sie die beiden Herren gebrauchen. Einer ist Funker, und der andere kann kochen. Aber wir haben jetzt keine Zeit, weiter darüber zu diskutieren. Sie haben doch selbst gesagt, dass die Menschen auf der Insel dringend Hilfsgüter benötigen!" Abrupt schwieg die Stimme. Offenbar hatte der Mann am anderen Ende einen Fehler gemacht.

Woher weiß er das, wenn er die schwarz gekleideten Ganoven nicht kennt? Hansen ließ sich jedoch nichts anmerken. In ihm glomm ein schrecklicher Verdacht auf. Die beiden Kerle, die mitfahren wollten, würden dafür sorgen, dass er und seine Mannschaft niemals mehr zurückkehrten! Sie sollten Teil dieses grausamen Experimentes werden – genauso wie die Strafgefangenen!

Dr. Berg gelang es nicht, Birgit Hansen zu beruhigen. Sie war außer sich, als sie erfahren hatte, dass ihr Mann sich ohne sie davongemacht hatte.

„Er braucht gar nicht wiederzukommen!", schleuderte sie Berg entgegen. „Und Sie haben es gewusst!"

„Ja. Ich habe es gewusst", gab er freimütig zu. „Er wollte Sie und das Kind nicht in Gefahr bringen. Das können Sie weder ihm noch mir vorwerfen!"

Ohne ein weiteres Wort rannte Birgit hinaus. Sie weinte verzweifelt. Ging denn nun alles in die Brüche? Sie hatte Lars bisher immer vertraut, und auf einmal belog er sie auf schamlose Weise!

Berg hatte gerade andere Sorgen. Die Patientin, in der sich der Parasit eingenistet hatte, begann, sich merkwürdig zu benehmen. Man stellte sie zwar immer wieder mit Medikamenten ruhig, doch diese schienen plötzlich ihre Wirkung verloren zu haben. Es war gruselig. Die Frau stand auf, lief herum und sprach zeitweise völlig normal. Man konnte fast den Eindruck erlangen, sie würde wieder gesund werden, und ihr Mann schöpfte neue Hoffnung. Doch es stellte sich sehr schnell heraus, dass dem nicht so war.

Einer der Strafgefangenen, der stationär aufgenommen worden war, weil er sich versehentlich während des Neubaus der Hütten eine Axt in sein Bein gerammt hatte, schrie verzweifelt um Hilfe.

Als Berg, Andy und Max in das Krankenzimmer stürmten, bot sich ihnen ein bizarres Bild: Die von Parasiten befallene Frau lag auf dem Mann und versuchte offenbar, ihn zu infizieren. Immer wieder presste sie ihren Mund fest auf den des hilflosen Patienten.

„Um Himmels willen!" Dr. Berg war mit einem schnellen Schritt bei der Frau, die völlig von Sinnen zu sein schien, und riss sie zurück. Doch sie entwickelte unheimliche Kräfte, wehrte den Arzt ab und schleuderte ihn durch das Zimmer. Erst als Max und Andy grob zupackten, bekamen sie sie halbwegs unter Kontrolle.

„Vielleicht sollten Sie sich das einmal ansehen", sagte Andy ernst zu Dr. Berg und deutete auf eine Beule auf der Seite ihres Kopfes. Berg rappelte sich auf und trat neben ihn. Rein zufällig hatte Andy die Stelle berührt. Es war kein Hämatom.

„In den OP!", befahl Berg heiser. Andy hatte eine Ahnung, doch Max war völlig unbedarft. „Wegen der Beule am Kopf?", fragte er verständnislos. Im nächsten Augenblick hatte er jedoch genug damit zu tun, die Frau zu bändigen. Obwohl er über enorme Kräfte verfügte, hätte er es ohne Andys Hilfe nicht geschafft. Sie trat, biss und schlug um sich, und dabei versuchte sie merkwürdigerweise immer wieder, einem von ihnen ihren Mund auf das Gesicht zu drücken.

„Haltet sie von euch fern!", rief Andy. Sie darf euch nicht mit dem Mund berühren!"

„Was zum Teufel ...", begann Max, doch weiter kam er nicht. Andy tat das einzig Richtige. Er versetzte der Frau einen Kinnhaken, der sie ohnmächtig werden ließ.

„Es muss jetzt schnell gehen! Die kommt gleich wieder zu sich!" Gemeinsam mit Max warf er sie auf einen Rollwagen. In Windeseile rannten sie zum OP. Berg war bereits vorausgeeilt, um die Operation vorzubereiten. Marion war herbeigerufen worden und stand im OP bereit.

„Weshalb versucht sie, jemanden mit dem Mund zu berühren?", fragte Berg, während er mit Andy im Vorraum stand, wo sie sich Arme und Hände wuschen.

„Ich bin mir nicht sicher, aber ich vermute, dass der Parasit es ihr befiehlt. Das würde bedeuten, dass sich die Larven in der Mundschleimhaut eingenistet haben und sie sie auf einen anderen Wirt übertragen soll."

Berg starrte Andy entsetzt an. „Dann ist der Mann mit der Beinverletzung bereits infiziert?"

„Vermutlich. Es muss aber nicht so sein. Wir müssen abwarten." Andy hob die Schultern.

„Die Beule bewegt sich!", brüllte plötzlich Max aus dem OP, als er das Kopfhaar der Frau an der relevanten Stelle rasierte. Schnell beendeten Berg und Andy ihre Waschungen und stürzten in den OP. Die Beule waberte unregelmäßig vor sich hin, doch noch ehe Berg das Skalpell ansetzen konnte, das Marion ihm reichte, riss die Haut ganz langsam ein, und kleine Maden krochen hervor. Ungläubig starrte Berg auf das Operationsfeld, als die Beule plötzlich auseinanderplatzte und sich unzählige Maden in Windeseile über den OP-Tisch verteilten.

„Sofort alle einsammeln!", befahl er, als er sah, wie sich ein Teil des Ungeziefers in die Haare der Patientin verkroch. Andy, Max und Marion hoben die Tiere mit Pinzetten an und ließen sie in ein mit medizinischem Alkohol gefülltes Gefäß fallen.

„Hoffentlich säuft das nicht wieder einer aus!", warf Andy ein und erntete dafür einen bösen Blick von Dr. Berg.

„Der Mann ist alkoholkrank!", sagte er tadelnd. „Er kann nichts dafür."

Katharina stand herum und hielt sinnlos eine Präparationsschale in den Händen.

„Helfen Sie gefälligst mit!", herrschte Berg sie an. „Sie sehen doch, dass gerade jede Hand gebraucht wird!" Während er die Larven einfing, rannte Katharina weinend hinaus. Sie presste beide Hände auf den Mund, um sich nicht mitten im Operationssaal übergeben zu müssen.

„Sie kann nichts dafür", sagte nun Andy. „So etwas ist nun mal nicht jedermanns Sache."

Berg wollte sich dazu im Moment nicht äußern. Er musste sich um die Patientin kümmern. Er erweiterte den Riss in der Kopfhaut und wollte damit beginnen, den Herd auszuschälen, doch es war aussichtslos. Je weiter er schnitt, desto mehr Maden kamen zum Vorschein. Durch das grelle Licht der OP-Lampe gestört, krochen sie hervor, und es schienen immer mehr zu werden.

„Das ist unglaublich!", sagte Berg erschüttert. „Was kommt denn da noch alles heraus?"

„So ein Wurm kann Hunderte oder gar Tausende Eier legen, je nach Spezies", antwortete Andy ruhig und beschäftigte sich weiter damit, die herumkriechenden Maden einzufangen und unschädlich zu machen. „Wir müssen unbedingt alle kriegen", fügte er hinzu. „Was sie sonst anrichten könnten, ist nicht auszudenken!"

An Bord des neuen Versorgungsschiffes gab es die ersten Probleme. Der Funker weigerte sich, irgendwelche Nachrichten des Kapitäns weiterzugeben. Hansen wollte mit seinem früheren Auftraggeber sprechen, der für die Waren, die auf die Insel gebracht werden sollten, zuständig war.

„Das macht jetzt alles die Reederei!", behauptete der Funker.

„Ich möchte mich davon selbst überzeugen", antwortete Hansen mit unbewegtem Gesicht.

„Ich sagte Ihnen doch bereits, dass das nicht notwendig ist!", beharrte der Funker.

„Und ich sage Ihnen, dass Sie hier überhaupt nichts zu melden haben. Ich bin der Kapitän, und ich bestimme, was an Bord vor sich geht!"

„Wenn Sie sich da mal nicht irren!" Hinter ihnen war der andere Mann aufgetaucht, der angeblich Koch war. Er hielt eine Pistole in der Hand, die er auf Hansens Brust gerichtet hatte.

„Gut." Hansen hob resignierend beide Hände. „Ich werde weder meine Mannschaft noch mich selbst unsinnig in Gefahr bringen. Was also soll ich Ihrer Meinung nach jetzt tun?"

„Nichts Besonderes. Sie führen das Schiff und bringen es zur Insel. Nichts weiter. Wir brauchen Sie noch." Der letzte Satz war ihm so herausgerutscht, und er hätte sich am liebsten die Zunge abgebissen, aber es war nicht mehr zu ändern.

„Ich verstehe", sagte Hansen ruhig. Er hatte es bereits geahnt, aber nun wusste er, worauf er sich einstellen konnte.

Es gab zwei Möglichkeiten. Entweder musste er die beiden Ganoven unschädlich machen, oder sie würden ihn vernichten. Er war kein Mörder, aber er war sich der Verantwortung gegenüber seiner Frau, seinem Kind und seiner Mannschaft bewusst.

Trotz aller Vorsicht trat Jessica auf einen trockenen Zweig. Es knackte laut, und sie verharrten erschrocken und sahen sich vorsichtig um. Der größte Vogel hob den Kopf und stieß einen markerschütternden Schrei aus. Die beiden anderen wurden aufmerksam und blickten um sich, fraßen jedoch gelassen weiter und schlangen große Fleischstücke des erlegten Reptils in sich hinein.

Als Jessica und Marc sich schnell entfernen wollten, bemerkten sie zu ihrem Entsetzen, dass der riesige Vogel bereits ihre Verfolgung aufgenommen hatte. Sein Instinkt sagte ihm, dass es hier noch mehr leicht zu schlagende Beute gab. Die Tiere waren immer hungrig und mussten auch für ihre Jungen sorgen.

Es war ziemlich sinnlos, vor diesem urzeitlichen Wesen zu fliehen, da es viel schneller war und sie recht schnell einholen würde.

Marc erblickte eine Art Kuhle unter einem dichten Gestrüpp und zerrte Jessica dort hinein, in der Hoffnung, der Vogel würde dies nicht mitbekommen. Leider hatte er sich verrechnet. Das riesige Tier hatte sie längst aufgespürt und streckte nun seinen Kopf durch das Gebüsch. Kalte, mitleidlose Raubtieraugen starrten sie an. Der messerscharfe Schnabel kam immer näher und begann, auf sie einzuhacken. Marc schleuderte dem unheimlichen Wesen Steine, Holzstücke und alles, was er sonst noch fand, entgegen. Wenn sie schon sterben mussten, so wollte er wenigstens nicht kampflos untergehen. Seine Gegenwehr zeigte jedoch wenig Wirkung. Ganz im Gegenteil. Das Tier wurde wütend und brach durch das Unterholz, um die kleinen, hilflosen Menschen zu besiegen.

Jessica zog Marc zurück. „Wir versuchen es anders", sagte sie leise mit weicher Stimme. Sie kroch ein Stück hervor und hielt dem Monster zum Zeichen des Friedens beide Handflächen entgegen.

„Du spinnst!", brüllte Marc. „Das Vieh bringt uns um!" Panisch versuchte er, Jessica zurückzuhalten, doch im nächsten Augenblick schloss das Tier plötzlich die Augen und sank langsam in sich zusammen.

Es wurde jedoch sehr schnell klar, dass nicht Jessica das Wesen zum Umdenken bewegt hatte. Als es sich tatsächlich nicht mehr rührte, näherte sich Marc ihm langsam und sah den Pfeil, der sich in den Hals des Tieres gebohrt hatte und noch nachfederte.

„Vom Regen in die Traufe!", sagte er bitter.

Als er aufsah, bemerkte er unzählige kleine Männer, die sie umstellt hatten. Einer von ihnen löste sich aus der Gruppe und trat auf ihn zu. Anders als die anderen war er mit einem aus Palmblättern geflochtenen Gürtel bekleidet, an dem eine Menge bleicher Tierknochen baumelten. Auf dem Kopf trug er einen Vogelbalg, und sein Gesicht war in schrillen Farben zu einer furchterregenden Fratze bemalt. Das Erschreckendste war jedoch ein menschlicher Totenschädel, den er an einer dünnen Schnur um den Hals trug.

„Wer oder was ist das?", fragte Jessica irritiert.

„Das ist mit absoluter Sicherheit der Medizinmann!", meinte Marc sarkastisch. „Es wundert mich nur, dass er erst jetzt in Erscheinung tritt."

Sofort begann der kleine wunderliche Mann, die beiden Weißen tanzend und hüpfend zu umkreisen, wobei der Vogelbalg auf seinem Kopf eindrucksvoll wippte und die aneinanderschlagenden Totenknochen schauerlich klapperten. Die anderen rückten langsam näher, blieben jedoch in respektvollem Abstand stehen. Der Medizinmann des Stammes war eine Autorität, und keiner wagte, dies anzuzweifeln oder sich ihm gar in den Weg zu stellen.

„Was will er von uns?", fragte Jessica leise.

„Keine Ahnung. Aber wir werden es bald erfahren." Marc rührte sich nicht von der Stelle. Er wollte den Ureinwohnern keinen Grund liefern, sie anzugreifen. Freundlich nickte er dem Medizinmann zu, doch dieser beachtete ihn gar nicht. Mit monotonem Singsang zog er den Kreis immer enger um die jungen Leute. Plötzlich blieb er stehen und ließ sich auf den Rücken fallen. Die Krieger kamen näher.

„Was ist jetzt passiert?" Jessica klammerte sich ängstlich an Marc fest. Sie hatte noch sehr gut die letzte Begegnung mit den Wilden vor Augen und befürchtete das Schlimmste.

„Bleib ruhig! Er ist vermutlich in eine Art Trance gefallen", meinte Marc und legte beschützend seinen Arm um sie.

Die Krieger des Stammes rückten noch näher heran und beugten sich schließlich gespannt über den am Boden liegenden Mann. Er krächzte, gurgelte, schrie und schlug wild um sich. Alles, was er nun von sich gab, deuteten sie als Zeichen ihrer Götter, die sich ihnen durch den Medizinmann mitteilen wollten. Nur sie würden befehlen, was mit den weißen Menschen geschehen sollte.

Ein paar andere Stammesmitglieder, deren Rang offenbar niedriger war, begannen bereits damit, den toten Riesenvogel zu zerteilen und davonzutragen. Am Abend würde es ein Festmahl geben, an dem alle teilhaben sollten.

Dr. Berg ließ resignierend die Arme fallen. Der Frau war nicht mehr zu helfen. Nachdem alle Würmer aus ihr herausgekrochen waren, starb sie still und leise. Es sah so aus, als wäre mit den Parasiten auch das Leben von ihr gewichen.

„Vorbei!", sagte Andy nüchtern. „Ich hole ihren Mann herein."

„Warten Sie noch!", sagte Berg erschüttert. „Ich möchte ihm diesen Anblick ersparen." Er zeigte auf die klaffende Wunde und die noch immer herumkriechenden Larven.

Obwohl Max nicht einsah, weshalb er einer Toten einen Verband anlegen sollte, tat er, was Dr. Berg anordnete. Die letzten Maden wurden eingesammelt und in dem mit Alkohol gefüllten Gefäß entsorgt. Erst als man noch einmal jeden Winkel kontrolliert hatte, ob nicht doch noch irgendwo Parasiten herumkrochen, wurde der Ehemann der Frau in den Raum gelassen. Er sollte Gelegenheit bekommen, sich von ihr zu verabschieden. Anschließend musste sie möglichst schnell begraben werden. Eine Aufbewahrung und Überführung der Leiche war völlig unmöglich.

Tränenüberströmt saß der Offizier bei seiner verstorbenen Frau, als Berg zu ihm trat und ihm die Hand auf die Schulter legte.

„Es tut mir leid. Sie hat nicht gelitten", sagte er, obwohl er es eigentlich nicht genau wusste. Aber was änderte es? Die Frau war tot, und wozu sollte man den Mann noch mehr belasten?

Schweigend sahen die Strafgefangenen zu, wie man ein Erdloch aushob und die Frau des Offiziers bestattete. Die Seemänner begleiteten sie und gaben ihr die letzte Ehre.

„Wenn von uns einer draufgeht, macht keiner so ein Aufhebens!", beschwerte sich Manfred Rupp und sprach damit aus, was alle anderen dachten. Zustimmend nickten einige.

„Hör auf, die Leute aufzustacheln!", sagte Bender leise. Es war fast körperlich spürbar, wie die Stimmung umschlug.

„Sie soll einen von uns infiziert haben, ehe sie gestorben ist", behauptete nun Sörensen, nicht ahnend, was er damit auslöste.

„Was soll das heißen?" Winterbach wurde hellhörig. Auch alle anderen sahen plötzlich auf und versammelten sich mit ernsten Gesichtern um Sörensen. Dieser wusste im ersten Moment nicht, wie ihm geschah.

„Habe ich bloß gehört", brummte er. „Ist wahrscheinlich nur dummes Geschwätz", versuchte er abzuschwächen.

„Wer hat das gesagt? Von wem hast du das gehört?" Winterbach ließ nicht locker.

„Ach, vergesst es! Ich habe zufällig ein Gespräch mitbekommen, aber ich habe es sicher falsch verstanden." Sörensen schwor sich, ab sofort die Klappe zu halten. Sosehr die anderen ihn auch bedrängten – er sagte nichts mehr.

Dr. Berg sah sich einem Haufen aufgebrachter Männer gegenüber. Sie hatten sich vor dem Hospital versammelt und starrten ihn feindselig an. Was war denn jetzt wieder los? Als man ihn fragte, ob es stimme, dass einer ihrer Leute durch die kranke Frau infiziert worden war, wusste er zunächst nicht, was er darauf antworten sollte. Wie kamen sie darauf? Wer hatte da den Mund nicht gehalten?

„Ich weiß es nicht!", sagte er schließlich ehrlich. „Ich hoffe, dass nichts passiert ist, aber ich kann es nicht versprechen. Wir haben alles getan, um die Patientin zu isolieren."

„Offenbar nicht genug!", rief einer aus der Menge. „Aber wir sind ja hier eh der letzte Dreck! Hauptsache, die Seemänner samt Gattinnen werden hofiert!"

Beifälliges Gemurmel. Die Männer rückten aggressiv näher. Es sah fast so aus, als wollten sie das Krankenhaus stürmen.

„Leute!" Berg hob beschwörend beide Hände. „Ihr solltet mich mittlerweile gut genug kennen, um zu wissen, dass ich für jeden Kranken da bin und es für mich keinen Unterschied macht, woher er kommt und welche Vorgeschichte er hat."

„Da hat er recht!", sagte Bender fest. „Hört jetzt auf mit dem Mist!"

Zufällig kam Birgit Hansen gerade von einem Strandspaziergang mit Olaf zurück.

Es war nicht möglich, den Kleinen ständig im Hospital einzusperren. Er musste hinaus, auch wenn es gefährlich war. Einige der Seemänner fanden sich immer sofort ein und begleiteten sie zum Schutz.

Olaf hatte wieder ein Abenteuer erlebt, das seine Mama und die sie begleitenden Männer nicht so lustig fanden. Als er jauchzend am Strand herumtobte, näherten sich ihm plötzlich die kleinen Echsen, die aufrecht gingen und die er schon kannte. Da sie ihm neulich keinen Schaden zugefügt hatten, betrachtete er sie als Freunde.

Birgit und die Seeleute waren gerade ein Stück von ihm entfernt und achteten nicht auf ihn.

Olaf rannte den Echsen freudestrahlend entgegen und sprach mit ihnen. Sie bauten sich um ihn herum auf und sahen ihn neugierig an. Ob sie ihn wiedererkannten? Olaf fand diese Tiere faszinierend. Er versuchte, mit ihnen zu spielen, und die Echsen gingen sogar darauf ein. Er warf ein Stück Holz, und die Tiere sprangen hinterher. Olaf freute sich und spielte das Spiel weiter. Immer wieder warf er etwas, und prompt rannten die Echsen hinterher.

Nach einer Weile hatten sie davon jedoch offenbar genug. Sie kamen zu Olaf zurück und setzten sich vor ihn wie folgsame Hunde.

In diesem Augenblick bemerkten Birgit und die Männer endlich, was gerade vor sich ging. „Um Himmels willen, was ist das?", rief Birgit fassungslos und rannte zu ihrem Kind. Die Männer verscheuchten die Echsen. Sie schienen zunächst zu zögern und gaben keckernde Laute von sich, verschwanden dann aber tatsächlich ohne Eile. Wo sie auf einmal hergekommen waren, wusste niemand so genau. Vermutlich hatten sie in einem Gebüsch auf Beute gelauert.

„Mama!", rief Olaf anklagend. „Die Männer dürfen sie nicht verjagen! Das sind meine Freunde."

„Ja, ich weiß", beschwichtigte Birgit. „Wir müssen aber jetzt zurück." Ohne auf sein Gezeter zu achten, nahm sie ihn bei der Hand und zog ihn in Richtung des Hospitals. Die Seeleute blieben dicht hinter ihnen und passten auf, dass die merkwürdigen Tiere sich nicht noch einmal heranpirschten.

„Was ist denn hier los?", fragte Birgit ratlos, als sie die Versammlung vor dem kleinen Krankenhaus erblickte. Sie hatte keine Angst vor diesen Männern. Weshalb auch? Noch nie war sie von ihnen bedroht worden. Die Schiffsbesatzung bildete sogleich einen schützenden Ring um sie und das Kind.

„Lasst die Frau und das Kind durch!", forderte einer der Seemänner.

„Und wenn nicht?", rief einer der Strafgefangenen provozierend. Es wurde brenzlig. Die Masse der Männer richtete nun ihre Aufmerksamkeit auf Birgit, Olaf und die sie begleitenden Seeleute.

„Bitte!", sagte Birgit ruhig. „Ich weiß zwar nicht, welches Problem es gerade gibt, aber mit Sicherheit haben mein Sohn und ich damit nichts zu tun. Ihr seid doch Männer! Und ich erwarte von echten Männern, dass sie Frauen und Kinder beschützen. Noch niemals musste ich um mich oder mein Kind bangen!"

Beifälliges Gemurmel. Langsam teilte sich die Menge, und eine breite Gasse bis zum Tor des Hospitals entstand. Niemand sagte etwas.

Birgit ging hocherhobenen Hauptes auf die Eingangspforte zu. Doch dann drehte sie sich noch einmal um und ließ ihren Blick über die Männer schweifen. Es war mucksmäuschenstill. „Ich danke euch!", sagte sie fest und nickte den Leuten zu.

Die Tür wurde kurz geöffnet, sodass sie mit Olaf hindurchschlüpfen konnte. Erst jetzt begannen ihr die Knie zu zittern. Sie wollte nicht, dass ihr Kind es mitbekam, doch sie konnte sich kaum noch auf den Beinen halten.

„Alles in Ordnung?", fragte Berg, der herbeigeeilt kam.

„Ja. Es geht schon", behauptete Birgit. Doch dem war nicht so. Sie rutschte einfach an der Wand hinunter, an der sie Halt suchte.

Marion erfasste die Situation sofort und versuchte, Olaf abzulenken. Sie nahm ihn bei der Hand und führte ihn weg. „So, jetzt erzählst du mir einmal, welche tollen Abenteuer du wieder erlebt hast", sagte sie freundlich zu ihm. Der Kleine blickte sich nach seiner Mutter um.

„Deine Mama kommt gleich. Sie muss noch etwas mit dem Doktor besprechen." Marion schob ihn in das kleine Schlafzimmer, das sie sich nun mit Birgit und Olaf teilte.

Katharina war einfach zu Andy und Max umgezogen. Max passte das zwar nicht, aber er konnte nichts dagegen tun. „Wenn ich da etwas mitkriege, fliegt ihr beide raus!", drohte er. Doch die beiden gaben ihm keinen Anlass. Sie benahmen sich völlig sittsam. Nur wenn Max Nachtdienst hatte oder anderweitig unterwegs war, tauschten sie heimlich Zärtlichkeiten miteinander aus.

Dr. Berg gab Birgit eine Kreislaufinjektion. „Es wird Ihnen gleich besser gehen", meinte er aufmunternd und blickte dabei aus dem Fenster.

„Ich muss hinaus!", sagte er ernst, als er sah, dass die Seeleute von den Strafgefangenen bedrängt wurden.

„Bleiben Sie!", erwiderte Andy ruhig. „Es ist besser, wenn sie das unter sich regeln."

Die Situation spitzte sich zu. Die Strafgefangenen waren in der Überzahl. Drohend bewegten sie sich auf die wenigen Seeleute zu.

„Wir sind am Arsch!", stellte schließlich einer von ihnen sachlich fest.

„Leute! Was wollt ihr von uns? Wir haben euch nichts getan. Wir haben uns immer gut verstanden. Außerdem wird es Zeit, sich um das Abendessen zu kümmern! Sonst gibt es heute nichts." Einer der Offiziere, auf den die Strafgefangenen eigentlich nicht sehr gut zu sprechen waren, da sie glaubten, er würde sich aufgrund seines Ranges Vorteile erschleichen, trat mitten unter die Männer. Was er gesagt hatte, zeigte offenbar Wirkung.

„Er hat recht!", rief Sörensen. „Wir müssen noch die Fische ausnehmen. Das braucht Zeit. Außerdem hat sich noch keiner um das Feuerholz gekümmert. Bananen haben wir auch keine mehr. Los, an die Arbeit!"

Endlich bewegten sich die Männer vom Krankenhaus weg. Es stimmte ja alles. Was konnten die paar Seemänner dafür? Wichtiger war, dass es irgendwie weiterging. Wenn alle nachher hungrig schlafen gehen mussten, war doch nichts gewonnen!

Miteinander diskutierend, verteilten sie sich schließlich, und jeder ging seiner Aufgabe nach. Die einen sammelten Feuerholz, andere halfen dabei, die Fische zuzubereiten, und ein paar schafften Bananen und Kokosnüsse herbei.

Irgendwann saß man schließlich gemeinsam um die Lagerfeuer herum. Alle waren gut Freund, und keiner konnte mehr so recht verstehen, weshalb sich die Situation so hochgeschaukelt hatte.

Hansen tat seinen Dienst, als ob nichts geschehen wäre. Er beachtete die beiden Ganoven einfach nicht, solange sie ihn in Ruhe ließen. Doch wenn er eine Gelegenheit fand, heimlich mit seinen Leuten zu sprechen, ohne dass die Kerle es mitbekamen, schwor er sie darauf ein, die beiden unschädlich zu machen. Es würde nicht einfach sein, und alle mussten mitziehen. Aber er wusste, dass er sich auf seine Männer verlassen konnte.

Alles musste möglichst unauffällig vor sich gehen. Die beiden sollten sich in Sicherheit wiegen und durften keinesfalls mitkriegen, dass etwas gegen sie geplant war. Tatsächlich waren sie so naiv, zu glauben, sie hätten alles im Griff, nur weil sie mit Pistolen bewaffnet waren. Sie fühlten sich den Seemännern haushoch überlegen und hatten keine Ahnung, dass diese sie höchst lächerlich fanden. Hansens Leute waren schon mit ganz anderen Dingen fertiggeworden, und ganz sicher würden sie sich nicht von diesen Gestalten auf der Nase herumtanzen lassen!

Plötzlich war die Gelegenheit da. Der Kerl im Funkraum wurde von zwei Männern der Besatzung in einem unachtsamen Moment einfach niedergeschlagen, während der andere in der Kombüse stand und tatsächlich kochte – was keiner erwartet hatte. Auch er wurde schnell und einfach überwältigt. Alles ging sehr rasch und problemlos. Die zwei Deppen – so nannten sie die Seemänner – wurden verschnürt und im Maschinenraum festgebunden.

Die Männer standen an Deck und lachten Tränen über die beiden Idioten, bis Hansen ein Machtwort sprach. „Ich weiß, dass das jetzt für alle sehr erleichternd ist", sagte er ernst, „aber dennoch sind wir die Kerle nicht los."

„Ich wüsste da schon etwas …", meinte einer feixend, und wieder lachten alle.

Hansen verstand sie ja. Auch er war froh, dass man zunächst in Sicherheit war. Die Waffen hatte er an sich genommen und weggeschlossen. Dennoch war er sich nicht im Klaren darüber, wie es nun weitergehen sollte. Gut, die Gefangenen wurden mit Wasser und Essen versorgt, und ständig kontrollierte jemand die Fesseln. Aber was sollte aus ihnen werden, wenn man die Insel erreicht hatte oder wenn man später wieder zurückfuhr?

Als die Krieger um den Medizinmann herumstanden und sich über ihn beugten, versuchten Jessica und Marc zu flüchten. Sie kamen jedoch nicht weit. Nach einigen Metern wurde ihnen der Weg von den kleinen nackten Männern verstellt. Drohend hielten sie ihnen ihre gefährlichen Speere entgegen. Die Weißen hatten kein Recht zu gehen, wenn es die Götter nicht erlaubten. Nur sie hatten zu entscheiden!

Der Medizinmann wand sich speichelnd und unartikulierte Laute ausstoßend auf dem Boden.

„Ich glaube, das geht nicht gut aus!", flüsterte Jessica angstvoll.

„Ich weiß nicht. Mir ist da gerade etwas aufgefallen. Der Bursche ist nicht in Trance. Ich habe eben gesehen, wie er sich aufgerichtet hat. Er hat eindeutig in unsere Richtung gesehen. Er hat kontrolliert, ob wir noch da sind. Der spielt denen etwas vor!" Marc war sich ganz sicher. „Er will selbst entscheiden, was mit uns geschieht!"

„Das macht es aber auch nicht besser!", erwiderte Jessica trocken. „Vielleicht hat er vor, uns noch einmal mit irgendwelchen Stammesmitgliedern zu verehelichen." Sie hätte am liebsten geweint, doch sie wusste, dass das gerade nicht zielführend war. Sie mussten versuchen, irgendwie aus dieser Situation herauszukommen!

Die Krieger deuteten den Blick des Medizinmannes anders. Sie glaubten, dass sich die Götter durch seine Augen mitteilen wollten.

Als man im Camp genüsslich die über dem Feuer gebratenen Fische verspeiste, gesellte sich Dr. Berg nun doch zu den Männern. Er fühlte sich verantwortlich, obgleich er das gar nicht war, aber er wollte auch wissen, ob sich alle wieder vertrugen.

Sogleich wurde er freundlich empfangen und bekam einen am Spieß gerösteten Fisch in die Hand gedrückt. Obwohl er bereits gegessen hatte, griff er beherzt zu. Er wollte die Männer nicht beleidigen, und außerdem war der Fisch ganz hervorragend. Er war fest, weißfleischig und sehr wohlschmeckend.

„Welche Fische sind das?", fragte er, während ihm das Fett über das Kinn tropfte. „So etwas Gutes habe ich noch nie gegessen!"

Die Männer freuten sich, dass er ihnen offenbar nicht böse war. Zunächst hielten sich alle zurück, da sie eine Standpauke wegen der Belagerung erwarteten, doch als er schweigend aß und es ihm zu schmecken schien, atmeten sie erleichtert auf.

„Den Namen kenne ich nicht", sagte Sörensen. „Sie halten sich zu Unmengen direkt am Ufer auf, und man kann sie fast mit der Hand fangen. Das habe ich noch nie erlebt." Er wollte noch etwas hinzufügen, doch plötzlich erstarrte er und stand langsam auf.

Alarmiert blickten die anderen um sich. Sörensen hatte den siebten Sinn. Wenn er irgendetwas bemerkte, bedeutete das in aller Regel höchste Gefahr!

Vorsichtig erhoben sich nun auch die anderen. Einer von ihnen gab Berg ein Zeichen, da er – noch immer genussvoll essend – nichts mitbekam. Als er aufblickte, sah er die Anspannung der Männer. Etwas Schreckliches schien sich anzubahnen. Gemächlich legte er den Fisch beiseite und griff nach einem Holzscheit.

Alle waren ganz still und lauschten. Jeder nahm zur Verteidigung einen erreichbaren Gegenstand in die Hand. Um das Feuer herum lagen viele Holzscheite und Steine. Auch die Speere, die man geschnitzt hatte und zum Fischfang benutzte, lagen in der Nähe. So bewaffnet, verteilten sich die Männer und suchten Deckung hinter den Bäumen und Hütten. Man konnte absolut nichts hören. Das Prasseln des Feuers und die Rufe der Tiere, die in der Dämmerung aktiv waren, übertönten alles.

Der Doktor war Sörensen gefolgt. Gemeinsam standen sie geduckt in einer der offenen Hütten und starrten nach draußen.

„Was haben Sie bemerkt?", flüsterte Berg leise.

Sörensen fuhr herum und legte den Finger auf die Lippen. Nicht sprechen! Was immer dort draußen lauerte – es würde es mitbekommen!

Zunächst geschah gar nichts. Hoffentlich rührt sich jetzt keiner, dachte Sörensen besorgt. Doch die Männer waren lange genug auf dieser verfluchten Insel, um zu wissen, dass die Gefahr noch längst nicht gebannt war.

Plötzlich erstarb jeder Laut. Die Nachttiere schwiegen, und selbst das Feuer schien kaum noch hörbar zu sein. Die Bedrohung wurde greifbar. Sörensen packte Dr. Berg am Arm. Sein Griff war so fest, dass der Arzt ein Aufstöhnen unterdrücken musste.

Ganz langsam schob sich der Kopf einer riesigen Echse aus dem Gestrüpp hervor. Es war eines jener Tiere, die den Waranen ähnelten, doch dieses Geschöpf hatte gigantische Ausmaße. Alle, die es sahen, hielten unwillkürlich den Atem an. Es wurde jedem klar, dass man es ganz sicher nicht mit Holzscheiten und Steinen vertreiben konnte. Es war auf der Jagd. Und es würde sich ein Opfer suchen!

Das Reptil verharrte und schnüffelte im Sand. Es schien eine Fährte aufzunehmen. Schließlich setzte es sich gemächlich in Bewegung und verfolgte die Spur. Es war ausgerechnet genau der Weg, den Sörensen und Berg genommen hatten.

„Es kommt!" Sörensen sah an die Decke des behelfsmäßigen Unterstandes. Es gab nur diese eine Möglichkeit zu flüchten. Behände kletterte er am Flechtwerk der Hüttenwand empor und reichte Berg die Hand. „Kommen Sie! Schnell!" Sein Atem ging stoßweise. Wenn der Arzt jetzt zögerte, würde er keine Chance haben!

Berg stieß sich vom Boden ab und klammerte sich an den Zweigen der geflochtenen Wand fest. Er packte Sörensens Hand. Mit einem kräftigen Ruck zog Sörensen ihn empor. Es war keine Sekunde zu früh!

Das riesige Raubtier schnellte mit ungeahnter Geschwindigkeit in die Hütte und sprang sofort nach oben, wo es die beiden Männer sah. Beinahe erwischte es den Fuß des Arztes, doch er konnte ihn glücklicherweise noch rechtzeitig wegziehen. Alles geschah in Bruchteilen von Sekunden, und ehe Berg wusste, wie ihm geschah, fand er sich auf dem Dach der Hütte wieder.

Geifernd stand das furchterregende Wesen unter ihnen. Speichel troff in langen Fäden aus dem riesigen Maul. Es sog ihren Geruch ein. Immer wieder stieß es Luft aus den kleinen Nasenlöchern, was sich wie ein böses Fauchen anhörte. Es würde nicht aufgeben! Es stellte sich auf die Hinterbeine und stützte sich an der wankenden Hüttenwand ab.

Da die Echse so riesig war, erreichte ihr Kopf die Männer fast, als sie sich aufrichtete. Schließlich machte sie Anstalten, die Hüttenwand emporzuklettern.

„Schafft das Vieh es, an uns heranzukommen?", fragte Berg entsetzt.

„Ich glaube schon. Es versucht es zumindest." Sörensen sah sich um. Neben ihnen befand sich ein großer Baum. Vom Hüttendach aus musste man aber etwa einen halben Meter hinüberspringen. „Wir müssen auf den Baum", entschied er. „Sind Sie so sportlich?"

„Was bleibt mir anderes übrig? Wenn ich runterfalle, hat sich die Sache sowieso erledigt", meinte Berg sarkastisch. Zweifelnd blickte er auf den dicken Ast, den sie erreichen mussten. Was, wenn er morsch war und abbrach? Aber sie hatten keine Zeit, lange darüber nachzudenken. Sie mussten springen. Jetzt!

Mit untrüglichem Instinkt erfasste das Raubtier, was sie vorhatten. Mit einem mächtigen Satz schnellte es plötzlich empor und erreichte das Dach der Hütte. Alles ging blitzschnell. Noch während des Sprunges verspürte Sörensen einen scharfen Schmerz. Er wusste sofort, dass ihn die Kreatur erwischt hatte. Während es Berg irgendwie gelang, den Ast des Baumes zu erreichen, stürzte Sörensen, durch den Angriff des Reptils gebremst, hilflos zu Boden. Das war es nun, dachte er noch, bevor er das Bewusstsein verlor.

Die Hütte hielt der zentnerschweren Last nicht stand und brach zusammen. Polternd krachte das riesige Tier in den Sand. Sofort rannten die Männer herbei und warfen Netze über das Reptil, die eigentlich zum Fischfang gedacht waren. Es wehrte sich aus Leibeskräften. Es strampelte und biss um sich, wobei es sich immer mehr in den Netzen verfing.

Erleichtert kletterte Dr. Berg den Baum hinunter. Helfende Hände griffen zu und brachten ihn sicher zu Boden. Sehr sportlich war er tatsächlich nicht. Ächzend kam er schließlich unten an und kümmerte sich sofort um den Verletzten.

Es sah nicht gut aus. Aus einer Beinwunde strömte das Blut und versickerte im Boden. Schmutz und Sand verunreinigten die Verletzung.

„Hat jemand etwas Wasser?", rief Berg. „Ich muss die Wunde halbwegs säubern, sonst kann ich nichts sehen. Lauft zum Hospital! Max und Andy sollen mit einer Trage kommen! So können wir ihn nicht transportieren. Er hat vermutlich eine Gehirnerschütterung."

Sörensen war noch immer ohnmächtig. Einer der Männer brachte eine Wasserflasche, und Berg spülte die Wunde vom gröbsten Dreck frei. Sie blutete stark. Ohne zu zögern, zog er sein Hemd aus und wickelte es fest um Sörensens Bein.

Das Reptil wand sich in den Netzen. Es schnaufte und grunzte, doch es konnte sich glücklicherweise nicht befreien.

„Was machen wir jetzt mit ihm?", fragte Winterbach ratlos. „Wenn wir es freilassen, wird es wiederkommen. Es hat gelernt, dass es hier leichte Beute findet."

Doch niemand wollte sich mit dem Gedanken anfreunden, das riesige Tier zu töten. Alle hielten sich zurück und starrten auf die zappelnde Kreatur.

Plötzlich ereignete sich etwas völlig Unerwartetes. Drei Krieger des einheimischen Stammes näherten sich und zeigten unmissverständlich auf die große Echse. Sie erhoben Anspruch auf das Tier und wollten es mitnehmen.

„Was haben sie denn mit ihm vor?", fragte Winterbach, der sofort verstand, was die Männer zu verstehen gaben.

„Was wohl? Sie werden es fressen wollen", erwiderte Bender grob.

„Das können wir ja auch selbst machen!", warf einer in die Runde, doch alle verzogen angewidert das Gesicht.

„Die kriegen es niemals von hier weg! Dazu ist es viel zu schwer", meinte Winterbach kopfschüttelnd.

„Vielleicht geht es freiwillig mit?", feixte ein anderer.

Die Männer konnten selbstverständlich nicht wissen, dass die Eingeborenen ausgerechnet diese furchterregenden Wesen als Heiligtümer auserkoren hatten.

Inzwischen waren Andy und Max mit der Trage eingetroffen. Andy hatte wohlweislich Bergs Arztkoffer mitgebracht und zog sofort eine Spritze mit einem Kreislaufmittel auf. Berg nickte ihm anerkennend zu, als er sie ihm reichte. Er drückte die farblose Flüssigkeit in den gesunden Oberschenkel und half, den Verletzten auf die Trage zu betten. Im Laufschritt brachten sie Sörensen anschließend zum Hospital. Berg beobachtete ihn dabei jede Sekunde. Er atmete jetzt ruhig, war aber noch immer nicht bei sich. Eilig wurde er in den Behandlungsraum geschoben. Berg spülte und behandelte die Wunde. Außerdem spritzte er dem Kranken Substanzen, die eine Blutvergiftung verhindern sollten.

Von Waranen wusste man, dass ihr Speichel toxisch wirkte und das Opfer auch dann starb, wenn es nicht lebensgefährlich verletzt war. Ob dies bei der unbekannten Echse ebenso war, konnte man nicht wissen, aber Berg vermutete es. Sörensen wurde in ein Krankenzimmer gebracht und in eines der Betten gelegt. Man musste nun abwarten, wie sein Körper reagierte.

Der Medizinmann hatte entschieden, was mit den Weißen geschehen sollte. Die kleinen Männer bedeuteten Jessica und Marc, ihnen zu folgen.

„Scheiße!", rief Jessica unfein. „Jetzt landen wir wieder im Lager dieser Kerle. Lass dir gefälligst etwas einfallen, wie wir von denen wegkommen!" Anklagend sah sie Marc an. Doch er wusste auch nicht, was sie tun sollten. „Wir gehen erst mal mit", sagte er ruhig. „Vielleicht erfahren wir bei ihnen noch Dinge, von denen wir nicht zu träumen gewagt hätten!"

„Ganz toll! Träum du mal schön weiter. Ich habe jetzt auf jeden Fall genug von diesem Abenteuer!" Giftig starrte sie ihn an, als sei er an allem schuld.

Im nächsten Moment trabten einige kleine Männer herbei und redeten aufgeregt in ihrer kehligen Sprache auf den Häuptling ein. Sie deuteten dabei in die Ferne. Marc konnte erkennen, dass es genau die Richtung war, in der sich das Camp befand.

„Da ist irgendwas passiert!", mutmaßte er. „Sie wollen zum Lager der Strafgefangenen oder zum Krankenhaus."

„Was können wir denn nur tun?", fragte Jessica und überlegte fieberhaft. Der Streit mit Marc war vergessen.

Mehrere Krieger machten sich sofort auf den Weg. Jessica und Marc sahen sich kurz an und dachten das Gleiche. Das war die Gelegenheit! Ohne viel Aufhebens schlossen sie sich den kleinen Männern an. Sie hörten den Medizinmann hinter sich herumschreien. Offenbar versuchte er, das Oberhaupt des Stammes davon zu überzeugen, dass die Götter etwas anderes entschieden hatten, doch das Wichtigste war, dass der Häuptling in allen Situationen das Sagen hatte. Wenn er nun einknickte, hatten sie verloren!

Die kleinen Menschen bildeten einen weiten Kreis um das für sie göttliche Wesen. Es war in ihren Augen eine Schande, dass man es in Netze gewickelt hatte. Einer der Krieger trat vorsichtig zu ihm und redete auf es ein. Tatsächlich schien es ruhiger zu werden. Plötzlich stieß ihm der kleine Mann seinen Speer in das rechte Hinterbein.

„Sage ich doch, dass sie es fressen wollen!", meldete sich wieder einer aus der Menge zu Wort. Alle umstanden das Reptil und warteten gespannt darauf, wie es nun weitergehen würde.

Das Tier zuckte zusammen, doch es starb nicht, wie man es erwartet hatte. Eine unförmige, bemalte Gestalt löste sich aus dem Pulk der Eingeborenen.

„Das ist der Medizinmann!", flüsterte Winterbach fast ehrfürchtig. Keiner hatte ihn kommen sehen. Ohne die Weißen eines Blickes zu würdigen, schritt er hocherhobenen Kopfes auf das Reptil zu. Er zauberte ein kleines Fläschchen hervor, das er an seinem Gürtel mit sich getragen hatte, und beugte sich über die Wunde. Er träufelte eine grüne Flüssigkeit in das offene Fleisch und begann, seine Hände beschwörend über der Echse zu bewegen. Er berührte sie dabei nicht, aber dennoch schien sie darauf zu reagieren.

Das Tier streckte sich, und es sah fast so aus, als hätte es das Zeitliche gesegnet. Doch wer genauer hinsah, konnte das leichte Züngeln und die wachen Augen wahrnehmen.

„Er hat es betäubt", sagte Dr. Berg, der unvermittelt wieder aufgetaucht war. Nachdem er Sörensen versorgt hatte, war er zurückgekommen. Er wollte wissen, was mit dem Wesen weiter geschah. „Er muss mir unbedingt verraten, was er dafür verwendet!"

„Das wird er nicht tun", meinte Winterbach. „Wir wussten ja bis heute noch nicht einmal, dass es unter den Wilden einen Medizinmann gibt."

„Doktor! Gott sei Dank!" Jessica stürmte auf Dr. Berg zu. Marc folgte zögernd.

„Wo kommen Sie denn jetzt auf einmal her?", fragte Berg verblüfft.

„Die Kerle hatten schon wieder etwas mit uns vor!", behauptete Jessica. „Wir haben uns unter sie gemischt und sind einfach mit hierhergelaufen."

„Das kannst du doch gar nicht wissen!", widersprach Marc energisch. „Es ist uns ja nichts passiert."

Jessica wollte etwas erwidern, doch Berg schnitt ihr das Wort ab. „Ruhe jetzt! Erzählen Sie mir das später! Ich will wissen, was sie mit dem Reptil machen."

„Die waren alle ganz aufgeregt und wollten hierher, um es zu retten", sagte Marc. „Deshalb hat sich auch niemand um uns gekümmert."

„Jetzt gibst du doch selbst zu, dass sie uns etwas antun wollten!", beschuldigte Jessica ihn.

„Halten Sie endlich die Klappe!", fuhr Berg sie an. „Klären Sie Ihre Streitigkeiten woanders! Es ist doch nicht zu fassen." Verständnislos schüttelte er den Kopf.

Behutsam, damit sich das heilige Tier nicht verletzte, entfernten die kleinen Männer die Netze, in die sich das Reptil gewickelt hatte. Auf die Netze nahm man keinerlei Rücksicht. Zum Teil waren sie schon durch die Echse zerrissen worden, und jetzt durchtrennten sie die Männer an mehreren Stellen mit ihren Speeren, um das Tier davon zu befreien. Verächtlich warfen sie die Fischernetze zur Seite und blickten die Weißen dabei böse an. So ging man nicht mit diesem göttlichen Wesen um! Für sie war es ein Frevel.

Bender verzog das Gesicht, als er sah, wie man mit dem wenigen, was ihnen zum Fischfang zur Verfügung stand, umging. Doch als er einschreiten wollte, hielten ihn die anderen zurück. Wozu unnötig Ärger heraufbeschwören? Diese kleinen Menschen würden es nicht verstehen. Man konnte die Netze schließlich wieder flicken.

Nun geschah, was vorher jemand nur im Spaß gesagt hatte: Das Wesen richtete sich auf und folgte den kleinen Männern. Der Medizinmann gab ihm offenbar geheimnisvolle Zeichen, die es zu verstehen schien. Mit seinen kurzen, dicken Beinen, an denen sich lange, gebogene Krallen befanden, watschelte es behäbig zwischen den Kriegern durch den Sand. Das riesige Maul war halb geöffnet, und man konnte die spitzen, gefährlichen Zähne sehen. Der giftige Speichel lief in langen Fäden hinunter.

„Die haben Nerven", rief Berg fassungslos. „Wenn es jetzt einmal zur Seite schnappt, haben sie einen Toten!"

Die Eingeborenen wussten sehr wohl, dass dies geschehen konnte, doch es stellte für sie kein Risiko dar. Ganz im Gegenteil. Für jeden von ihnen wäre es eine Ehre gewesen, durch dieses gottesnahe Tier getötet zu werden. Aus diesem Grund durften auch nur die Ranghöchsten des Stammes direkt neben dem Kopf des Tieres hergehen.

Sörensen erwachte aus seiner Ohnmacht. Es ging ihm langsam besser. Das verwundete Bein hatte zum Glück keine Sepsis nach sich gezogen. Dennoch litt er aufgrund der Gehirnerschütterung noch immer unter starken Kopfschmerzen und musste liegen. Er sah das nicht ein, doch Dr. Berg machte ihm eine klare Ansage.

„Wenn Sie jetzt hinausgehen, um zu fischen, brauchen Sie gar nicht erst wiederzukommen!", drohte er. „Sie werden sich die Seele aus dem Leib kotzen! Das ist so bei einer Commotio cerebri."

„Reden sie gefälligst deutsch mit mir!" Sörensen machte Anstalten, sich in seinem Bett aufzurichten.

„Sie haben eine Gehirnerschütterung. Und Sie bleiben liegen!" Mit festem Griff drückte ihn Berg auf das Bett zurück.

„Was ist mit dem Bein?" Sörensen starrte auf den dicken Verband.

„Das wird wieder."

„Hat mich das Vieh böse erwischt?"

„Nein. Bloß ein Kratzer."

„Und wieso machen Sie deshalb so ein Aufhebens?"

„Tue ich das?"

„Ja. Wie lange muss ich hier noch dumm herumliegen?"

„Weshalb sind Sie so ungeduldig? Es läuft Ihnen doch nichts davon!"

„Ich muss wieder hinaus zu meinen Leuten."

„Das wird noch eine Weile dauern." Berg kannte das. Die meisten Männer wollten es nicht wahrhaben, wenn sie tatsächlich schwer krank waren. Andere hingegen legten sich sehr gern in ein weiß bezogenes Bett und ließen sich umsorgen. Das waren aber in der Regel eher diejenigen, welche nicht unter ernsthaften Krankheiten litten.

Der Mann, der vermutlich durch die von Parasiten befallene Frau angesteckt worden war, zeigte bisher keinerlei Anzeichen einer Infektion. Dennoch war Berg vorsichtig. Man wusste einfach zu wenig über diese Parasiten, die sich in dem verseuchten Gewässer befanden. Vielleicht entwickelten sie sich gerade im Körper des Mannes, ohne dass man es mitbekam. Alle Untersuchungen waren bisher ergebnislos geblieben. Er ordnete weiterhin Quarantäne und Beobachtung seines Gesundheitszustandes an.

Olaf war es wieder langweilig. Seine Mama half in der Krankenhausküche, und Marion musste die Patienten versorgen, hatte sie gesagt. Er hatte aber keine Lust, allein in dem doofen Zimmer zu sitzen. Man hatte ihm zwar Papier und einen Stift gegeben, damit er malen konnte, aber das fand er nach einer Weile auch zu langweilig. Vorsichtig öffnete er die Tür des kleinen Schlafzimmers und spähte hinaus. Es war gerade niemand zu sehen. Die Luft war rein!

Neugierig tappte er über den Flur und verschwand geräuschlos in einem der Krankenzimmer. Er hatte irgendwo aufgeschnappt, dass es Verbrecher auf dieser Insel gab. Das fand er total aufregend. Vielleicht konnte ihm jemand spannende Geschichten über Diebe und Mörder erzählen!

„Hallo, junger Mann, wo kommst du denn her?" Erfreut über den Besuch, richtete sich der Patient in seinem Bett auf und stopfte sich ein Kissen hinter den Rücken.

„Ich bin schon die ganze Zeit hier!", antwortete Olaf keck. Fasziniert betrachtete er den Mann, der auf den ersten Blick ganz gewöhnlich aussah.

„Ich habe dich aber noch gar nicht hier gesehen. Weiß deine Mama, wo du bist?"

Olaf überhörte die Frage. Das tat er immer, wenn ihm etwas nicht in den Kram passte. „Bist du ein Mörder?", fragte er stattdessen gespannt. Vorsichtshalber war er an der Tür stehen geblieben. Man konnte ja nie wissen!

„Nein. Ich bin kein Mörder. Wie kommst du denn darauf?"

„Dann bist du ein Dieb?", fragte Olaf hoffnungsvoll.

„Auch nicht!" Der Mann lachte. Er war wegen Betruges zu einer Haftstrafe verurteilt worden, doch damit wollte er das Kind nicht belasten. „Möchtest du eine Geschichte hören?"

„Ja, aber nur, wenn sie spannend ist." Olaf kam näher und setzte sich auf einen Stuhl, der neben dem Bett stand.

Der Mann begann, Märchen der Gebrüder Grimm zu erzählen, an die er sich noch aus seiner eigenen Kindheit erinnern konnte. Er tat das sehr anschaulich, und Olaf hörte gebannt zu. So gut er es aus der Erinnerung wusste, erzählte der Mann ihm vom Froschkönig, von Hänsel und Gretel und das Märchen vom Wolf und den sieben Geißlein. Olaf war total begeistert und konnte nicht genug davon bekommen, doch nach diesen drei Geschichten war der Kranke sichtlich erschöpft.

„Für heute reicht es", sagte er schließlich. „Ich muss mich jetzt etwas ausruhen. Bestimmt sucht dich deine Mama schon."

So schöne Märchen hatte Olaf noch nie gehört. Spontan trat er zum Bett des Mannes und umarmte ihn. In diesem Moment kam Marion herein. Sie trug einen Mundschutz, um sich nicht zu infizieren, und erschrak fast zu Tode, als sie den Jungen auf dem Bett des Patienten liegen sah. „Um Himmels willen!", rief sie aus. Sofort machte sie auf dem Absatz kehrt und informierte Dr. Berg und Olafs Mutter.

„Keine Panik!", versuchte Berg, alle zu beruhigen. „Es ist wahrscheinlich nichts passiert. Bringen Sie den Jungen zurück in sein Schlafzimmer, oder gehen Sie mit ihm spazieren", sagte er zu Birgit. „Man muss ihn nicht unnötig verschrecken!"

Birgit nahm Olaf bei der Hand. „Komm, wir gehen an den Strand", sagte sie so ruhig wie möglich. In Wahrheit war sie völlig aufgebracht und machte sich die schwersten Vorwürfe, dass sie nicht besser aufgepasst hatte. Sie hatte gedacht, er würde sich mit den Malutensilien beschäftigen, doch eigentlich kannte sie ihn besser. Sie hätte wissen müssen, was geschehen konnte!

Als sie nun mit Olaf am Meer entlangging und sie nach schönen Muscheln Ausschau hielten, glaubte sie zunächst, ihren Augen nicht trauen zu können.

Ein großes Schiff näherte sich der Insel. Es sah so ähnlich aus, wie das, auf dem ihr Mann als Kapitän gefahren war. Konnte es sein, dass er es war?

„Ist das Papa?" Auch Olaf hatte das schöne Schiff gesehen.

„Ich weiß nicht. Aber ich hoffe es!", sagte Birgit inbrünstig. „Komm schnell, wir sagen den anderen Bescheid!" Sie rannte mit Olaf zum Hospital hinüber und rief schon von Weitem, dass ein Schiff die Insel ansteuerte.

In dem kleinen Krankenhaus lief alles aufgeregt durcheinander. „Hansen kommt!", war sich Berg ganz sicher. „Er hat es geschafft!" Er stürzte nach draußen, gefolgt von Andy, Max, Marion und einigen gehfähigen Patienten. Irgendwie bekamen es auch die Strafgefangenen mit, die sich außerhalb des Hospitals im Camp befanden. Alle rannten herbei, denn sie konnten kaum glauben, dass die geheime Insel endlich wieder von einem Versorgungsschiff angelaufen wurde. Ob es sich dabei tatsächlich um Kapitän Hansen handelte, interessierte die meisten von ihnen allerdings eher weniger.

Hansen atmete auf, als die Insel endlich auf dem Radar sichtbar wurde. „Wir sind da!", sagte er gepresst zu seinen Leuten. Fast andächtig starrten die Männer auf das Meer hinaus und warteten darauf, dass sie die geheime Insel durch ihre Ferngläser sehen konnten.

Die letzten Stunden waren nicht einfach gewesen. Die beiden Gefangenen machten großen Ärger. Sie beschimpften und bespuckten die Männer, die ihnen das Essen brachten, und stießen wüste Drohungen aus. Schließlich wollte keiner mehr hinunter in den Bauch des Schiffes steigen, um die Männer zu versorgen.

„Es hilft alles nichts", hatte Hansen gesagt. „Wir müssen die Kerle am Leben erhalten. Alles andere wäre Mord, und damit möchte ich mein Gewissen nicht belasten!"

An Land hatte man selbstverständlich mitbekommen, dass der Funker plötzlich schwieg. Nach einigem Überlegen hatte Hansen einfach mit einem SOS-Funkspruch geantwortet. Man musste nun annehmen, dass das Schiff in Seenot geraten war und wahrscheinlich sinken würde. Ab diesem Moment schwieg der Sender. Die Männer waren abgeschrieben.

„Die geben jetzt Ruhe!" Hansen rieb sich zufrieden die Hände und grinste die anderen freudig an. Im nächsten Moment besann er sich. Er war schließlich Kapitän und eine Respektsperson. Solche Gefühlsäußerungen waren seiner Meinung nach unangemessen.

„Herr Kapitän, die Insel ist in Sicht!", meldete der Erste Offizier förmlich.

Hansen sah durch das Fernglas. Sie würden nicht mehr lange brauchen. Er freute sich bereits auf Birgit und Olaf. Wie mochte es ihnen ergangen sein? Hoffentlich ging es beiden gut. Er hatte völlig verdrängt, dass seine Frau ihm womöglich noch nicht verziehen hatte, dass er einfach aufgebrochen war, ohne sie mitzunehmen.

Als sie näher kamen, sahen sie die vielen Menschen, die am Strand standen und sie erwarteten.

„Was ist denn da los?", fragte Hansen irritiert.

„Die freuen sich einfach, dass wir kommen! Seien Sie doch nicht so misstrauisch!", meinte der Erste. Die wenigen Männer der Mannschaft versammelten sich an Deck und starrten zu dieser geheimen, verfluchten Insel hinüber. Obwohl die meisten von ihnen eigentlich keinen Grund hatten, sich über ein Wiedersehen zu freuen, waren dennoch alle sehr ergriffen.

Mit einem kleinen Boot fuhr Hansen – begleitet von seinem Ersten Offizier – bis an das Ufer heran. Dr. Berg empfing ihn mit ausgebreiteten Armen. „Ist das schön, Sie wiederzusehen! Ich habe fast nicht geglaubt, dass Sie es schaffen würden!" Sie gaben sich einen festen Handschlag und umarmten sich sogar kurz. Sie wussten jedoch, dass sie von vielen Augen beobachtet wurden, und hielten sich entsprechend zurück.

„Ich habe Ihnen viel zu erzählen", sagte Hansen ernst. „Und es ist nicht sehr schön."

„Das machen wir nicht jetzt und hier." Berg ahnte Schlimmes.

„Eines muss ich Ihnen aber sofort sagen. Wir haben zwei Gefangene an Bord!"

„Wieso das denn?", fragte Berg alarmiert.

„Das sage ich Ihnen später. Die Kerle sind höchst gefährlich, und wir können sie hier nicht frei herumlaufen lassen!"

„Was soll ich machen?" Berg zuckte ratlos die Schultern.

„Wir haben hier keine Gefängniszellen. Wo sind sie denn jetzt?"

„Wir haben sie gefesselt und im Maschinenraum festgebunden."

„Du lieber Himmel! Wir müssen uns etwas einfallen lassen." Fieberhaft überlegte er, was mit diesen Männern geschehen sollte, doch es fiel ihm zunächst nichts ein.

„Wir lassen sie weiterhin unter Bewachung an Bord des Schiffes", schlug Hansen vor.

So geschah es. Jeweils zwei Männer der Schiffsbesatzung wurden abkommandiert, um die Gefangenen zu bewachen und zu versorgen.

„Papi!" Olaf stürmte auf seinen Vater zu. Hansen fing ihn auf und wirbelte ihn vor Freude durch die Luft. Birgit kam lächelnd hinterher. Sie umfing ihren Mann und war heilfroh, ihn wiederzuhaben. Sie hatten sich viel zu erzählen, doch dies war nicht der richtige Ort dafür.

Zunächst musste man dafür sorgen, dass sämtliche Hilfsgüter an Land gebracht wurden. Es war erstaunlich, welche Mengen verschiedener Dinge in den Lagerräumen des Schiffes untergebracht worden waren. Alles wurde mit Booten an den Strand gebracht und dort sortiert. Berg fand alles vor, was er für das Krankenhaus brauchte. Verbandsmaterial, Medikamente, Ersatzteile für die Geräte und so weiter. Doch es war noch viel mehr dabei. Unzählige Säcke voller Mais, Bohnen, Reis, Mehl und kistenweise Konserven wurden nach und nach an Land gebracht. Obwohl sich alle Seeleute und die meisten Strafgefangenen an der Arbeit beteiligten, dauerte es mehrere Stunden, bis das Schiff entladen war.

Berg und Hansen entschieden, was davon direkt ins Krankenhaus gebracht werden sollte und welche Nahrungsmittel dem Camp zur Verfügung gestellt wurden.

Berg und Hansen saßen in Bergs Zimmer, tranken Cognac und rauchten.

„Verstehen Sie, weshalb die das Versorgungsschiff so vollgepackt haben?", fragte Berg, nachdem ihm Hansen alles erzählt hatte.

„Ich kann nur vermuten, dass das Schiff eigentlich gar nicht für uns bestimmt war", sinnierte Hansen. „Alles andere würde einfach keinen Sinn machen!"

„Aber warum hat man Ihnen dann das Schiff übergeben?"

„Sie wollten uns wohl möglichst schnell loswerden. Es war ihnen zu gefährlich. Wir hätten etwas über die Insel ausplaudern können, und das ist wohl nicht in ihrem Sinne – wer auch immer dahintersteckt. Die beiden Ganoven sollten uns vermutlich ausschalten und das Schiff samt Waren zurückbringen. Das hat dann wohl nicht funktioniert."

„Das heißt, wir befinden uns weiterhin in Gefahr?"

„So kann man es ausdrücken. Ich weiß ja auch nicht viel mehr als Sie, aber ich denke, wir müssen uns auf alles gefasst machen!"

Für alle war es ein Fest, plötzlich solche Unmengen an Nahrungsmitteln zur Verfügung zu haben. Die Hintergründe kannte selbstverständlich niemand. Berg und Hansen vereinbarten miteinander, den Mund zu halten. Auch die Besatzung des Schiffes wurde zum Stillschweigen verpflichtet.

Am Abend saß man im Camp um die Lagerfeuer herum, aß und trank und war guter Laune. Nur die beiden Kerle, die noch immer unter Deck gefesselt waren, hatten keinen Spaß. Sie schmiedeten einen Plan. Obwohl sie ständig bewacht wurden, ahnte niemand, was sie im Schilde führten.

Auch im Lager der Eingeborenen wurde ein Fest gefeiert. Die kleinen Männer hatten das riesige Reptil unbeschadet zu ihrem Stamm gebracht. Dort wurde es feierlich geschmückt, und alle durften es anfassen. Die Berührung des Tieres sollte den Menschen Glück bringen. Da die Echse noch immer halb betäubt war, wehrte sie sich nicht.

Zuerst trat der Häuptling heran und strich dem Wesen leicht über den Kopf. Anschließend legte der Medizinmann seine Hände auf den Bauch des Tieres. Danach durften die ranghöchsten Krieger das heilige Wesen berühren, und dann kamen alle anderen an die Reihe. Erst am Schluss waren die Frauen und Kinder dran.

Der Medizinmann saß während der Zeremonie neben dem Kopf des Reptils und beobachtete es, doch dennoch entging ihm, dass der Blick des Tieres langsam wacher wurde. Noch immer rührte es sich nicht. Nur ein aufmerksamer Beobachter konnte erkennen, dass es seine Muskeln leicht anspannte.

Eine Frau mit zwei Kindern kam vorsichtig heran. Alle drei berührten das gottesnahe Wesen ehrfürchtig am linken Hinterfuß. Sie taten das ganz behutsam, doch obwohl die Berührung so leicht war, reagierte das Tier mit ungeahnter Schnelligkeit. Mit seinem langen, kräftigen Schwanz peitschte es die Kinder zur Seite. Ehe die Mutter reagieren konnte, wurde auch sie getroffen und fiel mit dem Gesicht in den Sand. Gleichzeitig riss das Reptil den mächtigen Kopf herum und biss zu. Es erwischte den Medizinmann in der Mitte des Körpers. Er gab keinen Laut von sich. Die Götter hatten entschieden! Er war auserwählt worden, durch dieses heilige Wesen während des Rituals zu Tode zu kommen, und er war sehr stolz darauf.

Es knirschte vernehmlich, als seine Rippen zerbrachen. Blut überströmte den zuckenden Körper, doch der Mann war noch immer bei vollem Bewusstsein. Die Echse ließ ihn nicht mehr los. Gemächlich stapfte sie mit ihrer Beute davon.

Die Krieger hielten sie nicht auf. Das stand ihnen nicht zu. Es war sogar so, dass sie lachten und sich für ihren Medizinmann freuten, da es eine große Ehre für ihn war, von einem dieser sagenhaften Tiere getötet zu werden. Auch die Frau und ihre beiden Kinder waren von nun an hoch angesehen, weil das heilige Wesen sie angegriffen hatte.

Nach wenigen Tagen wurden die Seemänner, die die beiden Ganoven bewachen sollten, nachlässig. Man brachte ihnen Eimer, in die sie ihre Notdurft verrichten konnten, Wasser stand immer in Griffnähe bereit, und Essen bekamen sie dreimal am Tag. Doch die Fesseln wurden nun nicht mehr jedes Mal kontrolliert, da man sich – warum auch immer – darauf verließ, dass sie hielten. Auch die geflüsterten Gespräche der beiden beachtete man nicht. Was sollten sie sich schon groß zu erzählen haben?

So bekam niemand mit, dass einer der Kerle es schaffte, seine Handfesseln zu lösen. In einem unbeobachteten Augenblick befreite er auch seinen Kumpanen. Zum Schein blieben sie genauso sitzen, wie man sie gefesselt hatte, um ihre Bewacher in Sicherheit zu wiegen. In einem günstigen Moment sprangen sie plötzlich auf und überwältigten die Seeleute, die ihnen gerade das Essen brachten.

Nun waren sie sich uneinig. Der Funker wollte die Männer töten, aber der andere war dagegen.

„Wir binden sie hier fest", schlug er vor. „Die haben uns ja auch am Leben gelassen!"

„Und was haben sie nun davon?", antwortete der Funker zynisch. „Wenn wir in Ruhe weitermachen wollen, müssen sie aus dem Weg geräumt werden!"

„Nein. Ich bin kein Mörder. Wenn du sie umbringst, kannst du deinen Scheiß allein machen. Ich will damit nichts zu tun haben!"

„Gut. Wie du meinst. Aber bedenke, dass auch du nicht unsterblich bist!"

So ein Arschloch, dachte der Mann, der während der Fahrt an Bord gekocht hatte. „Und was machen wir jetzt?"

„Das, was wir besprochen haben."

„Wir sind uns aber nicht einig geworden."

„Dann tun wir, was ich sage!"

Sie waren bereits verschiedener Meinung gewesen, während sie ihren Fluchtplan geschmiedet hatten. Der Funker hatte vorgehabt, eine Geisel zu nehmen und das Schiff zurückzubringen, aber der andere wollte davon nichts wissen. Er war von Natur aus neugierig und musste unbedingt herausfinden, was auf dieser geheimen Insel vor sich ging.

„Nein. Ich will zuerst auf die Insel!", beharrte er. „Danach können wir immer noch zurückfahren."

Zähneknirschend gab der Funker schließlich nach. Die Wachmänner wurden gefesselt und unter Deck verstaut.

„Die machen uns jetzt erst mal keinen Ärger!", meinte der Koch. Immerhin war er so fair, ihnen Trinkwasser und etwas Zwieback dazulassen.

Als es dunkel wurde, fuhren sie mit einem der Boote ans Ufer. Leise schlichen sie über den Sandstrand und verschwanden im Inneren der Insel. Sie ahnten nicht im Entferntesten, was sie erwartete!

Obwohl man es ihm verboten hatte, stahl sich Olaf heimlich wieder in das Krankenzimmer des Mannes, der so schöne Geschichten erzählen konnte. Der Kranke schlief und atmete rasselnd. Ohne sich dabei etwas zu denken, weckte Olaf ihn auf. Der Mann sah irritiert um sich und erkannte den kleinen Jungen.

„Ach, du bist es!", rief er erfreut. Aber es ging ihm so schlecht, dass er sich kaum aufrichten konnte.

„Bist du heute so müde?", fragte Olaf erstaunt. „Kannst du mir noch eine Geschichte erzählen? Die anderen waren so schön!"

„Das würde ich gern, mein Kleiner, aber ich bin dazu leider gerade nicht in der Lage", brachte der Mann mühsam hervor.

„Warum nicht? Bist du so krank?" Olaf war besorgt. „Soll ich jemanden rufen?"

„Ja. Kannst du den Doktor herschicken?"

„Das mache ich." Olaf nickte und rannte hinaus. Bereits auf dem Flur rief er laut nach dem Arzt. Sofort rannten Dr. Berg, Andy und Marion herbei.

„Was ist los? Bist du verletzt?" Berg wollte Olaf sogleich in das Behandlungszimmer bringen.

„Nein! Dem Mann dadrin geht es schlecht!" Olaf zeigte auf die Tür, hinter der der Patient lag, der eigentlich mit niemandem in Berührung kommen sollte.

„Warst du bei ihm?", fragte Berg ernst.

„Ja." Olaf senkte den Kopf und machte sich auf ein Donnerwetter gefasst. Er wusste genau, dass er nicht hineingehen durfte, aber er begriff nicht, weshalb.

„Er muss auch in Quarantäne", sagte Andy.

Olaf bekam es mit der Angst. Quarantäne? Was war das? Ein unheimliches Wesen? Er versuchte abzuhauen, doch Marion hielt ihn am Arm fest. „Hiergeblieben, junger Mann!", befahl sie streng. „Wo ist deine Mama?"

„Weiß ich nicht." Olaf schob trotzig die Unterlippe vor.

Max fand Birgit in der Krankenhausküche, wo sie regelmäßig beim Kochen half.

„Wenn ihr Sohn unter Quarantäne gestellt werden muss, dürfen Sie nicht mehr zu ihm", erklärte er ihr. „Es sei denn, wir müssten auch Sie isolieren."

„Weiß man denn, ob sich der Mann infiziert hat?" Birgit hoffte, dass sich alles als eine Lappalie herausstellen würde.

„Nein. Aber es geht ihm nicht sehr gut. Und Olaf war gerade bei ihm." Max zuckte die Schultern. „Der Doktor soll entscheiden, wie es nun weitergeht."

Die beiden Ganoven umgingen das Camp in sicherer Entfernung. Von Weitem sahen sie die vielen Männer an den Lagerfeuern sitzen und essen. Ein paar von ihnen schienen Wache zu halten. Sie standen wenige Meter entfernt oder umschritten das Camp und beobachteten die Umgebung.

„Pass auf, dass sie uns nicht sehen!", flüsterte der Funker und duckte sich hinter ein Gebüsch.

„Ach was! Wir sind viel zu weit weg. Außerdem ist es dunkel. Der Schein des Feuers reicht nicht bis hierher", meinte der andere sorglos. Die beiden stapften weiter, doch nach wenigen Schritten blieb der Funker abrupt stehen. „Was war das? Hast du das gehört?"

„Ich habe nichts gehört."

„Ich habe das Gefühl, es verfolgt uns jemand. Und mein Gefühl hat mich noch nie getrogen!" Plötzlich vernahmen beide, dass dicht hinter ihnen jemand atmete.

„Der soll nur kommen! Er wird sich wundern", knirschte der Funker leise und entsicherte seine Pistole, die er den Wachmännern wieder abgenommen hatte. Das Atemgeräusch wurde lauter und ging in ein Schnaufen über.

„Verdammt, was ist das?" Der Koch versuchte, etwas in der Dunkelheit zu erkennen. Langsam schob sich ein riesiger, dämonenhafter Kopf hinter einem dicken Baumstamm hervor. Der Koch begann zu zittern. Er hatte seinen Körper nicht mehr unter Kontrolle und war nicht in der Lage, zu sprechen oder sich zu bewegen. Er wähnte sich in einem Albtraum. Der Funker hingegen sprang sofort auf und rannte davon, als er das gigantische Tier sah.

Die Echse war nicht satt geworden. Sie hatte einen Teil ihres Opfers verspeist und den Rest ihrem Nachwuchs gebracht. Als sie wieder nach Beute suchte, hatte sie zufällig die Spur der beiden Männer aufgenommen. Schnüffelnd war sie der Fährte gefolgt. Die Jagd würde erfolgreich sein!

Der Raubtierinstinkt der Echse erwachte. Der kleine, hilflose Mensch, der bewegungslos am Boden lag und vor Angst unter sich gemacht hatte, würde ihr nicht entkommen! Ohne zu zögern, verfolgte sie wieselschnell den Flüchtenden. Er hatte keine Chance. Als ihn das mächtige Tier erreicht hatte, sprang es ihn von hinten an und biss sofort gnadenlos zu. Der Mann schrie in Todesangst. Zu einer Gegenwehr war er nicht mehr fähig. Die Kreatur zerquetschte ihn förmlich mit ihren messerscharfen Zähnen. Das Blut sprudelte aus Mund und Nase des Mannes, und er gab nur noch ein schauriges Gurgeln von sich, ehe er starb.

Ächzend und schnaufend zerrte die Echse ihr Opfer bis zu ihrem Nest, in dem die Jungen auf sie warteten. Die Kleinen stürzten sich sofort schreiend auf die Leiche. Sie hatten Hunger. Die Mutter sah eine Weile zu, wie die Babyechsen mit ihren spitzen Zähnchen die Fleischbrocken aus dem toten Körper rissen und gierig verschlangen. Sie schien zufrieden zu sein. Gemächlich stapfte sie schließlich davon, um den anderen zu holen.

Sörensen hatte sich gut erholt. Die Gehirnerschütterung war überstanden, und auch das verletzte Bein, an dem ihn die Echse erwischt hatte, heilte zufriedenstellend.

„Meinetwegen können Sie gehen!", sagte ihm Dr. Berg bei der Visite.

„Ehrlich? Und ich darf auch wiederkommen, wenn ich was habe?" Sörensen strahlte über das ganze Gesicht.

„Na klar! Jetzt hauen Sie schon ab!" Berg lachte. Er war so froh, dass das gut ausgegangen war. Doch nun sorgte er sich um den Mann, der vermutlich mit den Parasiten infiziert worden war. Es sah nicht sehr gut für ihn aus. Er hatte hohes Fieber bekommen und wusste offenbar nicht mehr, was er tat. Er versuchte aufzustehen und die Pfleger anzugreifen. Die Zimmertür hatte man endlich abgeschlossen, damit er nicht herumwandern konnte oder Unbefugte den Raum betraten.

Olaf war das nächste Problem. Wenn er sich angesteckt hatte, würde er den Parasiten womöglich weitertragen. Schweren Herzens entschloss er sich, ihn zu isolieren. Birgit bestand darauf, bei ihm zu bleiben. Das war auch gut so, denn man konnte ein so kleines Kind nicht allein wegsperren. Kapitän Hansen blieb in allseitigem Einverständnis draußen, hatte jedoch durch eine Glasscheibe Kontakt zu den beiden. Er machte sich die größten Sorgen, doch er fand es unsinnig, sich ebenfalls einschließen zu lassen. Sicherlich konnte er mehr ausrichten, wenn er sich außerhalb aufhielt, dachte er.

Er war es auch, der den völlig verstörten Mann entdeckte, der mit beschissener Hose vor dem kleinen Krankenhaus im Sand kniete und Einlass begehrte.

„Dich kenne ich doch! Du bist einer der beiden Drecksäcke, die uns umbringen wollten!" Hansen packte den Kerl und drehte ihm grob den Arm auf den Rücken. Gleichzeitig rief er seine Leute herbei. „Seht mal, wer hier ist!", rief er den anderen zu. Alle erkannten den Mann sofort.

„Du Arschloch!", brüllte ihn einer der Besatzung an. „Wo ist der andere? Und was habt ihr mit unseren Leuten gemacht?"

„Nichts. Sie leben! Sie sind auf dem Schiff. Ich kann nichts dafür. Ich bin doch nur ein kleines Rädchen im Getriebe!", winselte der Mann. Er wehrte sich nicht, als ihm die Seeleute die Hände auf den Rücken fesselten.

„Bindet ihn an einem Baum fest!", befahl Hansen. „Auch kleine Rädchen haben eine Funktion!", wandte er sich an den Ganoven. „Du wirst uns alles bis aufs letzte Detail erzählen, sonst gnade dir Gott!"

„Ich will nicht hier draußen bleiben. Ein fürchterliches Monster verfolgt mich!", jammerte die armselige Gestalt. „Kann ich nicht in das feste Gebäude hinein?"

Mitleidlos starrten die Männer ihn an. Auch einige Strafgefangene waren hinzugekommen, um zu sehen, was es gab.

„Nein! Du bleibst hier draußen, wie alle anderen auch. Und du sprichst mit uns! Wir wollen alles wissen! Wenn du das Maul hältst, bleibst du festgebunden. Auch wenn das Monster – wie du es nennst – kommt!" Hansen verstand da keinen Spaß. Seine Männer auch nicht. Zustimmend nickten sie und führten den Mann zu einem Baum in der Nähe des Feuers.

„Das könnt ihr doch nicht machen!", jammerte der Kerl, als man ihn festzurrte. „Ich will ja alles sagen." Ihm war bewusst, dass man ihn sofort liquidieren würde, wenn an bestimmter Stelle herauskam, dass er den Mund aufgemacht hatte. Es war ihm aber momentan völlig egal. Alles war besser, als von diesem fürchterlichen Ungeheuer gefressen zu werden!

Er erzählte alles, was er wusste, doch es war weniger, als sich die Männer erhofft hatten. Die Strafgefangenen, die Seemänner, der Doktor und auch Jessica und Marc hatten sich um den am Baum Gefesselten versammelt und hörten gebannt zu.

„Man hat auf dieser Insel unbekannte Tiere entdeckt", begann er. „Es gibt verschiedene Interessengemeinschaften, die diese Wesen erforschen wollen, um daraus Profit zu schlagen. Als Experiment sollten Leute hierhergebracht werden, die niemand vermissen würde. Man wollte sehen, wie sie mit diesen urzeitlichen Wesen zurechtkommen, bevor man sich dem Risiko einer Begegnung mit diesen Kreaturen aussetzt."

„Wurden die Tiere künstlich erschaffen?", fragte Dr. Berg. Alle anderen hielten den Atem an und schwiegen entsetzt. Was sie gerade hörten, war so ungeheuerlich, dass sie es erst einmal verkraften mussten.

„Das weiß ich nicht. Davon wurde nie etwas erwähnt."

„Weiß man, dass die Insel von Einheimischen bewohnt wird?", fragte Hansen.

„Sicher nicht. Man hat die Insel zunächst nur mit Flugzeugen überflogen und fotografiert. Beim Bau des Krankenhauses hat man sie offenbar auch nicht bemerkt."

Das war schlüssig. Für die Eingeborenen war ein Flugzeug etwas völlig Unerklärliches. Sie wussten sich zu verbergen, und wer sie nicht sehen sollte, sah sie auch nicht. Während der Errichtung des Hospitals hatten sie sich zwar immer in der Nähe befunden und die Weißen beobachtet, da sie in ihr Gebiet eingedrungen waren, doch sie hatten sich nicht bemerkbar gemacht.

Die Echse wollte nun ihr zweites Opfer abholen, aber es war nicht mehr da. Unbeirrt nahm das mächtige Tier sofort die Fährte auf. Giftiger Speichel tropfte aus seinem Fang. Schnaufend und prustend – die Nase dicht über dem Boden – gelangte es schließlich wieder in das Lager am Rande des Hospitals.

Jessica schaute sich zufällig um und sah das riesige Tier durch den Sand stapfen. Es kam direkt auf die Ansammlung der Menschen zu. Noch während der gefesselte Mann weitere Details preisgab, schrie sie plötzlich auf: „Die Echse kommt! Wir müssen uns in Sicherheit bringen!"

Alle fuhren herum und sahen die Kreatur auf sich zukommen. In Windeseile leerte sich der Platz. Niemand hatte die Absicht, sich von diesem Vieh fressen zu lassen. Die meisten rannten panisch davon. Einige blieben und wollten die Fesseln des Gefangenen lösen, doch die Knoten waren zu fest, und man hatte keine Zeit mehr, sich lange damit aufzuhalten.

„Schnell, ein Messer oder eine Schere!", brüllte Sörensen.

Von den noch Anwesenden hatte niemand etwas dabei, und man konnte nicht mehr warten. Schnell stürzten auch nun die

Letzten davon. Nur Dr. Berg, Sörensen, Winterbach und Hansen blieben noch bei dem verzweifelten Mann und versuchten, ihn zu befreien. Er war völlig von Sinnen und zappelte vor Angst dermaßen, dass es den Männern nicht möglich war, die Knoten aufzubekommen.

„Halte gefälligst still!", schrie ihn Hansen an. „Wir können dir sonst nicht mehr helfen!"

„Die Bestie kommt!", greinte der Gefesselte. „So macht mich doch endlich los!" Voller Entsetzen sah er, wie das gigantische Tier plötzlich anfing zu rennen. „Das Vieh will mich holen!", schrie er und schlug verzweifelt mit den Armen um sich. Die Arme hatte man inzwischen freibekommen, doch der Rest des Körpers war noch immer fest mit dem Baumstamm verbunden. Voller Grauen schloss er die Augen. Die Kreatur würde ihn zerfleischen! Das war die Strafe für alles, was er getan hatte!

Obwohl die vier Männer den Gefangenen nicht im Stich ließen, konnten sie ihm nicht helfen. Entgeistert sahen sie, wie das Tier zielstrebig auf den gefesselten Mann zurannte. Ohne die anderen Menschen zu beachten, biss es die Verschnürung durch. Trotz der gefährlichen Situation fiel Sörensen auf, wie merkwürdig das war. Woher wusste die Kreatur, dass es zuerst die Fesseln lösen musste, um an seine Beute zu kommen? Es gab dafür nur eine Erklärung: Diese Wesen waren hochintelligent!

Hilflos mussten sie mit ansehen, wie die Echse den Mann wegschleppte. Er rührte sich nicht und gab keinen Laut von sich. Sie glaubten dennoch, dass er noch lebte. Vermutlich war er vor Angst ohnmächtig geworden.

„Wir sind nicht mehr allein", brummte Sörensen und verzog das Gesicht. Alarmiert blickten sich die anderen drei um. Tatsächlich war das Lager von den kleinen braunen Männern umstellt worden. Sie waren dem heiligen Tier gefolgt, um es zu beschützen. Sie trauten den Weißen nicht.

Während die Krieger ehrfurchtsvoll neben der Echse, die das leblose Opfer mit sich zerrte, herliefen, trat der Häuptling auf Dr. Berg zu. Gestikulierend erklärte er ihm, dass sie das göttliche Wesen mitnehmen wollten. Dabei deutete er auf die Echse, in den Himmel und in die Ferne. Fragend sah er den Doktor an.

Berg war es sehr unbehaglich zumute. Er hatte gesehen, dass der Mann, den die Echse wegschleppte, noch lebte. Wenn er jetzt einwilligte, sprach er damit ein Todesurteil aus. Er versuchte, dem Oberhaupt des Stammes begreiflich zu machen, dass er den Mann retten wollte. Er zeigte auf das davonwatschelnde Tier und malte mit einem Stock die Umrisse einer menschlichen Gestalt in den Sand.

Der kleine Häuptling begriff sofort, was er meinte, doch er tat ahnungslos. Immer wieder zeigte er in die Ferne und ab und zu in den Himmel.

Berg wusste, dass der Bursche ihn verstand. Er vermutete, dass es für die Eingeborenen unmöglich war, dem Tier die Beute wegzunehmen, da sie ein heiliges Wesen in ihm sahen.

Den anderen schien es herzlich egal zu sein, was mit dem Ganoven geschah. Er hatte es nicht anders verdient! Nur Hansen mischte sich plötzlich ein. Er hatte erfahren, dass man inzwischen die beiden Seemänner, die die Verbrecher im Ladebunker gefesselt hatten, befreit und an Land gebracht hatte. Was sie erzählten, ließ den Mann, der an Bord gekocht hatte, in einem anderen Licht erscheinen. Eigentlich verdankten sie ihm ihr Leben, denn der andere wollte sie töten. Und der Koch hatte sich auch darum gekümmert, dass sie während ihrer Gefangenschaft mit Wasser und Lebensmitteln versorgt worden waren.

„Der Kerl spielt auf Zeit!", sagte Hansen schließlich zu Dr. Berg. „Wenn wir die Männer nicht aufhalten, sind sie gleich mit der Bestie verschwunden!"

Berg sah das auch so, doch was sollten sie tun? Die Dämmerung setzte bereits ein, und man konnte die Krieger mit dem Tier, das noch immer den leblosen Mann im Maul trug, nur noch schemenhaft erkennen. Das Stammesoberhaupt stand noch immer bei ihnen und gestikulierte.

„Der Bursche ist schlau. Er will uns ablenken", meinte Hansen leise. Er wurde langsam sauer. „Es kann doch nicht sein, dass wir …" Weiter kam er nicht. Ein lautes, unheilvolles Flattern, das die meisten inzwischen gut kannten und fürchteten, kündigte das Erscheinen der Riesenvögel an.

Die Echse hob den Kopf. Auch sie hatte bemerkt, dass ein Angriff bevorstand. Nur die kleinen Einheimischen bekamen es nicht mit, da sie sich voll auf das heilige Tier konzentrierten. Sie schienen völlig versunken zu sein, als die Vögel um sie herum landeten. Dann ging alles sehr schnell. Die Echse ließ den Mann fallen, um sich gegen die gigantischen Vögel zur Wehr zu setzen. Es waren fünf auf einmal. Drei davon stürzten sich auf die Echse, während die anderen beiden unter den Eingeborenen ein Massaker anrichteten.

Geistesgegenwärtig rannten Berg und Hansen zu dem Ohnmächtigen und schleiften ihn aus dem Kampfgetümmel. Sie hatten dabei großes Glück, nicht selbst verletzt zu werden, da die Raubtiere nur wenige Meter von ihnen entfernt miteinander rangen.

Jessica und Marc hielten sich in der Nähe in einem Gebüsch verborgen und verfolgten atemlos das Geschehen. Schließlich eilten sie herbei und halfen, den Mann, der sich noch immer nicht rührte, in Sicherheit zu bringen. Max und Andy rannten bereits mit einer Trage herbei. Sörensen hatte sie alarmiert. Schnell brachte man den Besinnungslosen in das kleine Hospital.

Jessica und Marc blieben zurück und beobachteten fasziniert, wie die urzeitlichen Wesen heftig miteinander kämpften. Es ging um Leben und Tod. Die Einheimischen versuchten immer wieder, das heilige Tier zu beschützen, doch sie hatten gegen die Übermacht der Vögel keine Chance. Die Giftpfeile, die sie abschossen, schienen diesmal keine Wirkung zu zeigen. Sie prallten einfach an den Körpern der riesigen Kreaturen ab.

Die Echse wehrte sich aus Leibeskräften, doch sie wurde immer schwächer. Sie blutete aus mehreren Wunden, und die kleinen Männer jammerten und schrien. Für sie brach eine Welt zusammen. Ihre eigenen Toten beachteten sie zunächst nicht.

„Man müsste eines dieser Wesen mit nach Hause nehmen", flüsterte Jessica.

„Natürlich." Marc kannte seine Freundin lange genug, um zu wissen, welch abstruse Ideen sie manchmal hatte. Am besten ging er darauf gar nicht ein.

„Das ist doch kein Problem", sinnierte Jessica weiter. „Wir sperren es einfach in den Laderaum des Schiffes und nehmen es mit."

„Ja, klar. Ganz einfach!" Marc schüttelte den Kopf. Manchmal fragte er sich, ob sie tatsächlich ernst meinte, was sie da von sich gab.

„Genau. Und dann bringen wir es in die Büros dieser ignoranten Interessengemeinschaften, die glauben, sie könnten so mit Menschen umgehen."

„Du vergisst dabei etwas."

„Was denn?"

„Es wird uns unterwegs fressen!"

„Dann nehmen wir ein Baby mit. Das kann man noch erziehen." Jessica grinste.

Während Dr. Berg den Ohnmächtigen untersuchte, trat Marion ein. „Der von den Parasiten befallene Patient ist eben gestorben", sagte sie leise.

Berg hatte nichts anderes erwartet. „Ich komme gleich." Er nickte ihr kurz zu.

Als der Mann endlich zu sich kam, schlug er wild um sich. Max und Andy hatten alle Hände voll zu tun, ihn zu bändigen. Das Letzte, woran er sich erinnern konnte, waren die messerscharfen Zähne, das riesige, speichelnde Maul und der stinkende Atem, der über ihn geweht war. Es dauerte eine Weile, ehe er begriff, dass er sich in Sicherheit befand. Andy kümmerte sich weiter um ihn, während Dr. Berg mit Marion und Max in das Isolationszimmer trat, in dem der Verstorbene lag.

Berg genügte ein kurzer Blick. Er wollte das Laken über den Kopf des Toten ziehen, doch Max hinderte ihn daran. „Er lebt doch noch!", rief er fassungslos. „Sehen Sie!" Er zeigte auf eine pulsierende Stelle am Hals der Leiche. Tatsächlich vibrierte dort etwas unter der Haut.

„Das ist ganz sicher nicht die Halsschlagader", knirschte Berg. Er wusste genau, was im nächsten Moment zum Vorschein kommen würde. „Alkohol und Pinzetten bereithalten!", befahl er. Als die tote Haut auseinanderplatzte, krochen zwar einige Maden hervor, doch es war anders als bei der verstorbenen Frau. Die meisten schienen sich in den Körper des Toten zurückzuziehen. Nachdem man die kleinen Würmer sofort aufgesammelt und getötet hatte, tat sich scheinbar nichts mehr.

„Gut", meinte Berg schließlich und atmete tief durch. „Die Leiche muss begraben werden. Möglichst tief und möglichst weit weg!" Man wusste nicht, ob die Parasiten weiteren Schaden anrichten konnten. Er musste an Olaf und seine Mutter denken. Hoffentlich war der Kleine nicht infiziert worden!

„Wir möchten weg!" Hansen hatte Dr. Berg um eine Unterredung gebeten. „Die Männer wollen nach Hause, und wir haben ein seetüchtiges Schiff. Es gibt keinen Grund für uns, noch länger hierzubleiben."

„Ich weiß. Und Sie haben recht!" Berg nickte. Für ihn selbst war es keine Frage, dass er hierbleiben würde, solange er auf dieser Insel Patienten zu versorgen hatte. „Würden Sie auch einige der Gefangenen mitnehmen?"

„Alle werden nicht auf das Schiff passen."

„Ich glaube, es werden auch nicht alle zurückwollen. Einige scheinen mit ihrem Leben hier recht zufrieden zu sein. Sie wissen, dass die Alternative eine Gefängniszelle ist."

„Fragen Sie sie! Wir werden sehen." Hansen nickte Berg zu, doch er hatte offenbar noch etwas auf dem Herzen.

„Sie machen sich Sorgen um Olaf und Birgit."

„Ja. Ich weiß nicht, was ich tun soll."

„Wenn Sie abfahren, bringen Sie die beiden in einer isolierten Kajüte unter, zu der niemand Zutritt hat. Statten Sie den Raum bereits vorher mit Lebensmitteln aus. Sie selbst dürfen auch nicht hinein, und die beiden dürfen nicht hinaus. Wenn Sie angekommen sind, müssen Sie dafür sorgen, dass sie in einer Spezialklinik für Tropenmedizin untersucht werden."

Hansen nickte schwer. „Das werde ich tun! Danke, Doktor – für alles!" Er ergriff Bergs Hand und drückte sie fest.

Die Babyechsen warteten vergeblich auf ihre Mutter. Doch sie waren bereits groß genug, um selbst nach Nahrung zu suchen. Sie verließen das Nest und verteilten sich in der Umgebung.

Jessica und Marc waren gerade wieder auf der Insel unterwegs, um Neues zu entdecken.

„Schau doch mal!", rief Jessica begeistert, als eine der kleinen Echsen vertrauensvoll auf sie zukam. „Ist die nicht niedlich?"

„Vergiss es!", sagte Marc sofort. Ihm war völlig klar, was sie vorhatte. Für ihn kam das überhaupt nicht infrage. Er würde keines dieser Tiere von hier wegbringen!

Alles schien plötzlich im Aufbruch zu sein. In Windeseile hatte sich herumgesprochen, dass der Kapitän mit seiner Mannschaft die Insel verlassen wollte und dass möglicherweise einige der Strafgefangenen mitfahren durften.

Am Abend saßen alle still beieinander und überlegten, was sie tun sollten. Einige wussten es bereits. Sie wollten unbedingt weg von hier! Manche zogen tatsächlich eine Gefängniszelle vor, weil sie dort mit allem versorgt wurden. Andere wiederum hatten vor, unterzutauchen, sobald sie das Festland erreicht hatten.

Auch Jessica und Marc wollten wieder nach Hause, doch Marc musste Jessica zunächst davon überzeugen, dass sie nichts mitnehmen durfte. Noch immer war sie von der Idee besessen, eine der Babyechsen an Bord zu schmuggeln.

Die meisten jedoch wollten bleiben. Sie hatten sich mit dem Leben auf der Insel angefreundet und hatten kein Bedürfnis, sie zu verlassen. Die von ihnen angelegten Felder trugen Früchte, sie hatten Hühner und Ziegen, man konnte Fische fangen, und die kleine Insel bot Kokosnüsse und Bananen. Es gab Nahrung in Hülle und Fülle. Hinzu kam, dass sie ihre selbst gebauten Unterkünfte hatten, Feuerstellen, an denen sie gemeinsam saßen und Fische brieten, sowie mit Steinen ausgelegte Erdhöhlen, in denen sie Fleisch garen und Weizen- oder Maisfladen backen konnten. Im Meer konnte man schwimmen und sich waschen, und wenn jemand krank war, konnte er zum Doktor gehen.

Sörensen sprach es klar aus, als Dr. Berg ihn fragte. „Ich habe hier alles, was ich brauche. Wo kann ich so leben wie hier?" Plötzlich sah er den Arzt jedoch misstrauisch an. „Sie bleiben doch auch, oder?"

„Selbstverständlich!" Berg lachte.

Auch Bender, Rupp und Winterbach wollten bleiben.

Andy und Katharina suchten das Arztzimmer auf und wirkten etwas betreten. „Wir würden gern mitfahren und ein neues Leben beginnen", druckste Andy verlegen herum. Katharina nickte nur zustimmend.

„Ich verstehe euch! Viel Glück!" Mehr wollte Berg im Moment nicht sagen. Um Andy tat es ihm leid, doch für Katharina war es das Beste, was sie tun konnte.

Es klopfte zaghaft an der Tür, und Marion kam herein.

Berg sah von seinem Schreibtisch auf. „Wollen Sie auch weg?", fragte er aggressiver, als er wollte.

„Nein. Im Gegenteil. Ich möchte bei Ihnen bleiben, wenn es Ihnen recht ist." Marion blieb fast schüchtern an der Tür stehen.

Berg sah sie plötzlich mit anderen Augen. Klein und hübsch stand sie dort und sah ihn aus himmelblauen Augen hoffnungsvoll an.

„Ja, sicher", sagte er ungelenk.

Sie wartete. Begriff er nun endlich, was sie für ihn empfand?

Berg hatte das zwar längst erkannt, doch er hatte es bis jetzt nicht wissen wollen. Langsam stand er auf und kam auf sie zu. Marion war verwirrt. Würde er sie jetzt küssen? Als er sich gerade zu ihr hinunterbeugte und ihre Gesichter nur noch wenige Zentimeter voneinander entfernt waren, wurde plötzlich ungestüm die Tür aufgerissen, und Max polterte herein.

„Doktor, ich muss Sie etwas fragen", rief er, ohne die Szenerie, die sich im darbot, zu beachten.

„Willst du auch abhauen?" Berg verschränkte die Arme vor der Brust und sah ihn finster an.

„Nein. Ich wollte fragen, ob ich hierbleiben darf." Max sah ihn treuherzig an.

„Nein." Berg musste sich ein Grinsen verkneifen.

„Nein?" Max riss entsetzt die Augen auf.

„Nein. Du darfst nicht bleiben, du musst! Was soll ich denn ohne dich anfangen?" Berg lachte.

Max strahlte über das ganze Gesicht, rannte hinaus und knallte die Tür hinter sich zu. Draußen auf dem Flur hörte man einen lauten Jubelschrei, der alle Bettlägerigen emporfahren ließ.

„Und ich?", fragte Marion leise.

„Du musst auch hierbleiben!" Liebevoll lächelte er sie an, und jetzt küsste er sie endlich.

Der Ganove, der bei der Überfahrt an Bord gekocht hatte, wollte auch bleiben. Sicher nicht für immer, aber er wollte warten, bis Gras über die Sache gewachsen war. Vielleicht würde er später einmal eine Gelegenheit finden, auf das Festland zu kommen und dort unterzutauchen. Im Moment war es ihm zu heiß. Er ahnte, was ihm blühte, wenn man ihn jetzt dort erwischte.

Berg war es egal. Ein Verbrecher mehr oder weniger auf der Insel – was machte das schon. Immerhin bot der Mann an, für die stationär aufgenommenen Patienten zu kochen. Dies kam Berg recht gelegen, da Katharina, die das bisher getan hatte, das Hospital verlassen würde.

Auch Karl Mütze wollte bleiben. Berg hatte ihm nahegelegt, mit an Land zu fahren und sich therapieren zu lassen, doch davon wollte er nichts wissen.

„Wenn ich es hier nicht schaffe, dann nirgendwo!", sagte er fest.

Tatsächlich hatte er sich zu seinem Vorteil verändert. Obwohl er noch immer trank, hatte der Alkohol keine Macht mehr über ihn. Seit einigen Wochen ging er immer wieder hinaus, wanderte auf der Insel umher, blickte über das Meer und saß abends oft mit den Strafgefangenen am Feuer, aß und diskutierte mit ihnen. Plötzlich machte ihm das Leben wieder Freude. Niemand wartete auf ihn, und es würde sich niemand für ihn interessieren, wenn er zurückkam. Auf gar keinen Fall würde er diese Insel freiwillig verlassen!

Alle hatten sich am Strand versammelt, als das große, schöne Schiff sich in der Weite des Meeres verlor. Die Männer schwiegen ergriffen, und jeder hing seinen Gedanken nach. War die Entscheidung richtig gewesen? Hätte man doch versuchen sollen, an Land ein neues Leben zu beginnen? Wer konnte das beantworten? Niemand konnte wissen, was die Zukunft bringen würde.

Auch die Eingeborenen waren anwesend und sahen dem schwindenden Schiff nach. Doch niemand bemerkte sie. Sie hielten sich im Hintergrund versteckt und waren völlig lautlos. Für sie war es ein unerklärliches Wunder, dass ein Boot in dieser Größe mit so vielen Menschen an Bord schwimmen konnte.

Berg und Marion standen ganz vorne. Sie hielten sich bei den Händen und zeigten damit jedem, dass sie von nun an zusammengehörten.

Als das Schiff am Horizont verschwunden war, begaben sich die Männer nachdenklich zurück zu ihren Lagerfeuern. Sörensen hatte wieder die wundervoll schmeckenden, fleischigen Fische gefangen, die sich nur in Ufernähe aufhielten. Es gab noch viel Arbeit. Die Fische mussten ausgenommen und gebraten werden. Das Leben ging weiter!

Später am Abend saß Sörensen ganz allein am Strand und sah zu, wie die glutrote Sonne im Meer versank. Ein Schwarm der riesigen Vögel zog gemächlich über den goldenen Abendhimmel. Auch sie hatten ein Recht zu leben. Eine kleine Babyechse stapfte vertrauensvoll auf ihn zu und legte sich neben ihn in den warmen Sand. Sanft strich er ihr über die schuppige Haut. Die Luft war erfüllt von den verschiedenen Lauten der einheimischen Tiere. Wo auf dieser Welt gab es etwas Schöneres?

Ende

Die Autorin

Marina Umlauf wurde 1967 in einer kleinen Stadt
im südhessischen Main-Taunus-Kreis geboren.
Nach Abschluss einer kaufmännischen Ausbildung
arbeitete sie als Sachbearbeiterin in verschiedenen
Bereichen.

„Das geheimnisvolle Dorf" erschien im Mai 2022
im novum Verlag und war nach „Das Geheimnis
im See" (Februar 2021, Edition Fischer) ihr zweiter
Roman.

Marina Umlauf

Das geheimnisvolle Dorf

ISBN 978-3-99131-418-9
256 Seiten

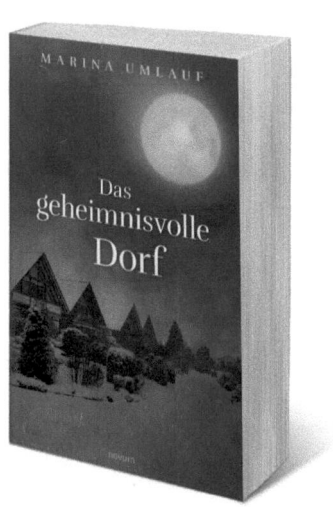

Ein Dorf voller Harmonie und Frieden. Jeder fühlt sich hier wohl. Ein Ort, der so sicher ist wie kein anderer auf der Welt. Aber dann passieren auf einmal furchtbare Dinge, die sich kein Mensch erklären kann. Was um alles in der Welt geht hier vor?